DEBRA ANASTASIA
Drowning in Stars

DEBRA
ANASTASIA

DROWNING
IN
ROMAN
STARS

*Ins Deutsche übertragen
von Firouzeh Akhavan-Zandjani*

LYX in der Bastei Lübbe AG
Dieser Titel ist auch als E-Book und als Hörbuch erschienen.

Die Bastei Lübbe AG verfolgt eine nachhaltige Buchproduktion.
Wir verwenden Papiere aus nachhaltiger Forstwirtschaft und verzichten darauf,
Bücher einzeln in Folie zu verpacken. Wir stellen unsere Bücher in Deutschland
und Europa (EU) her und arbeiten mit den Druckereien kontinuierlich
an einer positiven Ökobilanz.

Die Originalausgabe erschien 2020 unter dem Titel
»Drowning in Stars«
Copyright © 2020 by Debra Anastasia

Für die deutschsprachige Ausgabe:
Copyright © 2021 by Bastei Lübbe AG, Köln
Textredaktion: Christiane Wirtz
Umschlaggestaltung: © Jeannine Schmelzer
unter Verwendung von Motiven von shutterstock, © shutterstock/tomertu,
© kaisorn/shutterstock, © Rolau Elena/shutterstock
Satz: Greiner & Reichel, Köln
Gesetzt aus der Adobe Caslon
Druck und Verarbeitung: GGP Media GmbH, Pößneck
Printed in Germany
ISBN 978-3-7363-1667-6

1 3 5 7 6 4 2

Sie finden uns im Internet unter lyx-verlag.de
Bitte beachten Sie auch: luebbe.de und lesejury.de

Liebe Leser:innen,
dieses Buch enthält potenziell triggernde Inhalte.
Deshalb findet ihr auf Seite 461
eine Triggerwarnung.

T, J und D – immer nur für euch.

Prolog

Das Geräusch, wenn ein Mensch aus dem vierten Stock stürzt und auf den Bürgersteig klatscht, sollte in einer Liebesgeschichte eigentlich nicht vorkommen. Aber wir hatten nie irgendetwas richtig gemacht – er und ich.

Das Feuer warf einen flackernden orangen Lichtschein auf sein Gesicht. Ich wollte nicht nach unten schauen und sehen, was passiert war, also tat er es. Und so sah ich zu, wie er vor meinen Augen seine Kindheit hinter sich ließ.

Seine Gesichtszüge wurden hart, und er ballte die Hände zu Fäusten. Ich beobachtete, wie er die Lippen bewegte, als würde er etwas zu der unten liegenden Gestalt sagen.

Auch ich schloss mit meiner Kindheit ab, während ich mühsam die nächsten Worte hervorbrachte. »Ist er tot?«

»Ja.« Er spuckte aus dem Fenster, und ich würde alles darauf wetten, dass er getroffen hatte. Er war sehr gut im Spucken. »Es ging zu schnell. Es war zu leicht für ihn.«

Ich wollte mich aus dem Fenster beugen, weil ich plötzlich das Gefühl hatte, mich mit eigenen Augen überzeugen zu müssen.

Aber er drehte sich um, versperrte mir den Weg und packte meine Schultern. »Nein. Du sollst diesen Anblick nicht in deinem Kopf behalten. Das werde ich für uns beide tun.«

Ich rückte näher in Richtung Fenster, wodurch ich wie zufällig auch in seinen Armen landete. Er konnte toll umarmen.

»Sollte ich jetzt nicht vielleicht in Tränen ausbrechen? Verhalte ich mich richtig?« Bestimmt stand ich unter Schock.

Tröstend strich er über mein Haar, dann streichelte er meinen Rücken. »Du kannst weinen, wenn du willst.«

Er würde mich nicht dafür verurteilen. Das hatte er nie getan und würde er auch nie tun.

»Wir haben gerade jemanden umgebracht.«

Und dann sah ich mit einem Mal völlig klar. So erging es mir immer in seiner Gegenwart. Er sprach meine Gedanken aus. Nur mit ihm hatte ich diese Verbindung. »Nein. Er hat es verdient.«

Er verstand mich. Er wusste, was ich wollte. Ich wollte mich mit dem Tod dieses Monsters wie mit einer Trophäe schmücken. Ich hatte sie mir verdient. So wahr mir Gott helfe, ich hatte sie mir hart erarbeitet.

Ich schlang die Arme wieder fester um ihn und lauschte seinem Herzschlag, während das Gebäude nebenan knackte und brannte. Sein Herz schlug fest und ruhig, trotz der Last, die es zu tragen hatte.

Ich hoffte inständig, dass wir nur mit diesem einen Tod fertigwerden mussten.

1. KAPITEL

Pixie Rae

Sechs Jahre früher ...

Die Seifenblasen, die ich mit meiner Spielzeugpistole aus dem Billigladen abschoss, flogen heute Abend richtig gut. Ich zielte auf das offen stehende Fenster im gleichen Stockwerk des gegenüberliegenden Hauses. Ein Spielchen, mit dem ich mir die Zeit vertrieb, weil ich nicht schlafen konnte. Es war eine schwülheiße Nacht, und wir hatten keine Klimaanlage. In unserer Gegend war so etwas Luxus.

Ich wünschte mir etwas, als die Blasen durch das offene Fenster gegenüber schwebten, welches ebenso wie meines kein Fliegengitter besaß. Ich schaute zum Mond auf und zwinkerte ihm zu. Sterne waren in der Stadt nur schwer zu erkennen, doch der Mond lieferte immer eine Riesenshow ab.

Ich wünschte mir ... etwas. Es war eher ein Gefühl und nicht so sehr eine Sache. Ich wünschte mir, so entspannt und sorglos wie die reichen Mädchen in meiner Schule zu sein. Ich sehnte mich nach ihrer Lässigkeit im Umgang mit ihren Handys und ihrer Gewissheit, dass der Magen nicht während des Matheunterrichts knurrte. Diese Unbekümmertheit und Leichtigkeit waren es wohl, die ich wollte.

Als ich von unten Schritte hörte, zog ich schnell den Kopf zurück. Ich befand mich vier Stockwerke oberhalb der Straße, sodass ich mir eigentlich keine Gedanken zu machen brauchte. Aber es war die Macht der Gewohnheit. Hier in dieser Gegend machte man sich lieber unsichtbar, damit einem nichts passierte. Es konnte immer sein, dass derjenige, in dessen Blickfeld man geriet, üble Gedanken hegte oder etwas vorhatte, was kein bisschen nett war. Außerdem zeigte mein Wecker, der auf dem Boden stand, drei Uhr morgens an. Selbst um diese Zeit waren in der schmalen Straße unten Leute.

Ich wollte mein Glück erneut auf die Probe stellen, indem ich mir noch etwas wünschte. Heute war mein Geburtstag. Tja, vermutlich würde ich erst mal schlafen gehen müssen, damit der Wunsch zählte, aber es war bereits nach Mitternacht. Die Seifenblasenpistole war mein Geschenk, und obwohl der Sommer gerade erst angefangen hatte, war die Pistole reduziert gewesen.

Ich steckte den Kopf wieder zum Fenster hinaus und sah, dass sich niemand unten auf der Straße befand. Die Müllcontainer quollen über, und die Leute hatten angefangen, ihren Müll einfach danebenzustellen.

Im Augenwinkel sah ich kurz etwas aufblitzen, aber ich war nicht schnell genug. Ein Schaumstoffpfeil traf mich mitten auf der Stirn.

»Au!« Ich rieb mir den Kopf und warf dem Jungen, der am gegenüberliegenden Fenster stand, einen bitterbösen Blick zu. Dann zeigte ich ihm sogar den Stinkefinger.

»Was? Du hast damit angefangen! Ich hab geschlafen, und plötzlich hab ich Seifenblasen im ganzen Gesicht und in den Augen!«

Ich spähte nach unten. Die Leute, die da eben noch herumgelungert hatten, waren weitergegangen. Ich streckte meine Pistole durchs Fenster. »Wenn du geschlafen hast, wie willst du dann Seifenblasen in die Augen bekommen haben? Dann wären deine Augen doch geschlossen gewesen.«

Der Junge von gegenüber log. Das war mir völlig klar. Er fuhr sich mit der Hand durchs Haar, sodass es weniger wild abstand. »Ich habe versucht zu schlafen. Es ist heiß. Deine Seifenblasen sind mir immer wieder ins Gesicht geklatscht.«

Er schoss erneut einen Schaumstoffpfeil durch mein Fenster. Zischend flog er an meiner Wange vorbei.

»Aber bewahr' die Pfeile für mich auf. Ich brauch sie zurück.«

Ich sah ihn erbost an. »Nein! Ich bewahr' deinen Kram nicht auf.«

Niedergeschlagen senkte er den Blick auf seine Waffe. »Ich hab nur noch vier.«

»Daran hättest du denken sollen, ehe du damit an meinem Geburtstag auf mich geschossen hast.« Ich rieb mir die Stirn.

Sein Gesicht leuchtete auf. »Herzlichen Glückwunsch! Wie alt bist du geworden?«

Sein Lächeln stimmte mich versöhnlich. »Zwölf …«

»Genau wie ich! Wir gehen bestimmt auch in dieselbe Schule.« Er zielte mit seiner Pistole auf mein Fenster, aber diesmal nicht auf mich, und er drückte auch nicht ab. »Ich hatte gestern Geburtstag. Ich bin auch zwölf.«

Ich teilte ihm mit, was er offensichtlich nicht wusste. »Dein Haus könnte zu einem anderen Bezirk gehören, deshalb wäre ich mir nicht so sicher, dass wir auf dieselbe Schule gehen.« Ich kratzte mich am Ellbogen, bevor ich ihn genauer musterte. Braune Haare und braune Augen. Dünn. Er wirkte jünger als ich, obwohl wir gleich alt waren. Auch in meiner Klasse gab es Jungen, die kleiner waren als ich. Ich legte wieder die Pistole an und ließ Seifenblasen fliegen. Er pikte mit dem Finger hinein und brachte sie zum Platzen, sobald sie nah genug waren.

»Wie ist deine Schule?« Er schnappte mit dem Mund nach einer Blase und verzog das Gesicht. Die Seife schmeckte sicher widerlich.

»Blöd. Die Schule in dem anderen Bezirk ist ziemlich schön.« Damals hatte meine Mutter versucht, eine Wohnung im Gebäude gegenüber zu bekommen, aber man hatte keine Mieter genommen, die von staatlicher Unterstützung lebten. Heute war das anders. Das Haus hatte vor ein paar Jahren den Besitzer gewechselt. Aber meine Mutter meinte, es sei zu spät, um jetzt noch umzuziehen.

»Warum ist sie schön?« Er kniff die Augen zusammen, während er meine Seifenblasen weiter platzen ließ.

»Ich hab gehört, dass es da einen kleinen Garten gibt, in dem man zwischen Bäumen und Blumen und so 'nem Zeug sein Pausenbrot essen kann. Es werden auch Ausflüge gemacht. Viele Ausflüge. Das erzählt meine Freundin zumindest. Sie kennt jemanden, dessen Cousine da hingeht.« Das leise Surren meiner Seifenblasenpistole verband sich mit den Geräuschen der Nacht. Wir hörten Laster, die die Gänge wechselten und hupten. Die Abgase vermischten sich mit der schwülen Luft, die es einem fast unmöglich machte zu schlafen.

»Wie heißt du?« Er lehnte sich aus dem Fenster und schaute auf den vier Stockwerke unter uns liegenden Asphalt.

»Pixie Rae Stone.« Mein bescheuerter Name. »Meine Mutter hatte sich eine Südstaatenelfe gewünscht und nicht die Tochter, die sie dann bekam.«

»Ich heiße Gaze Patrick Jones.« Er kniff ein Auge zusammen und zielte mit seiner Nerf Gun auf eine Taube, die auf einem Sims meines Hauses hockte.

Ich schoss ein paar Seifenblasen in ihre Richtung, und sie flog davon.

Daraufhin drückte er versehentlich auf den Abzug. Der Schaumstoffpfeil traf den Fensterrahmen und fiel zwischen den beiden Häusern nach unten. »Scheiße!«

»Hey! Darfst du fluchen?« Ich lehnte mich wieder aus dem Fenster, denn ich war mir ziemlich sicher, dass er nicht mehr schießen würde, weil er bestimmt keinen weiteren Schaumstoffpfeil verlieren wollte.

»Klar. Nachts hört mich doch keiner außer dir, Pixie Rae.« Er lächelte mich an, und ich erwiderte unwillkürlich sein Lächeln.

»Ist Gaze dein richtiger Name oder die Abkürzung von irgendetwas?«

»Na ja, mein Vater hat mich nach dem Superhelden Gazerbeam aus *Die Unglaublichen* genannt, aber auf meiner Geburtsurkunde steht Gaze.« Er kratzte sich mit seiner Nerf Gun am Kopf.

»Okay.« Ich war mir noch nicht sicher, ob ich Gaze mochte oder eher nicht. Die zierliche alte Dame, die früher in der gegenüberliegenden Wohnung gelebt hatte, war selten in dem Zimmer gewesen, ihre Katze dagegen schon. Ich war ziemlich enttäuscht gewesen, als die dicke, getigerte Katze ausgezogen war.

Gaze zielte mit seiner Pistole auf die Taube, die wieder angeflattert war, um sich auf ihren alten Platz zu setzen. »Ich hasse Luftratten.«

»Ich mag sie. Sie sind mutig.«

Er sah erst mich an und dann wieder die Taube. »Dir hat wohl noch nie eine auf den Kopf geschissen, hm?«

»Bisher nicht«, gab ich zu. »Aber da heute mein Geburtstag ist, habe ich ja vielleicht Glück.«

Gaze lachte. »Vielleicht. Ich drücke dir die Daumen.« Er hob die Faust, in der sein Daumen steckte. Hinter ihm ging plötzlich die Tür auf, und Licht fiel aus dem Flur in sein Zimmer. Er löste sich vom Fenster und drehte sich zu dem Mann um, der hereingekommen war.

Ich zog mich in mein Zimmer zurück. Das Gespräch zwischen Gaze und dem Mann war für mich nur ein leises Murmeln, einzelne Wörter konnte ich nicht verstehen.

Ich ging zu meinem Bett und setzte mich hin. Nun war offiziell mein Geburtstag. Schließlich hatte mir bereits jemand gratuliert, und damit war es amtlich. Ich war jetzt zwölf Jahre alt.

Ich legte mich aufs Bett und beobachtete Gaze und den Mann. Sie schienen eine längere Unterhaltung zu führen. Während des Sommers hatte ich viel Zeit allein verbracht. Meine Mutter hatte zwei Jobs und bewarb sich gerade um einen dritten. Seit ich acht war, konnte sie mich allein lassen. Ich liebte Bücher und durfte ohne Begleitung zur Bücherei gehen, die drei Querstraßen entfernt lag … allerdings nur tagsüber und vor dem Abendbrot, aber ich durfte, und das war die Hauptsache.

Meine Mutter arbeitete hart, damit wir über die Runden kamen. Das erzählte sie mir häufig, wenn sie nach Hause kam. Zum einen hatte sie einen Ganztagsjob bei einer Tankstelle, wo man auch ein paar Lebensmittel kaufen konnte. Diese Arbeitsstelle lag am anderen Ende der Stadt. Dort arbeitete sie fünf Tage die Woche, und sie musste für Kollegen einspringen, die sich krankmeldeten oder kündigten. Als Zweitjob ging sie in einem Bürogebäude putzen, das nur ein paar Häuser von der Tankstelle entfernt war. Von dem dritten Job, der ihr gerade in Aussicht gestellt worden war, hatte sie bei der Putzstelle erfahren. Dabei würde sie einige der Angestellten auf Geschäftsreisen begleiten, für einen reibungslosen Ablauf sorgen, sich um die Businesskleidung kümmern, Termine vereinbaren, Zimmer sauber halten und Konferenzräume herrichten.

Sie war wirklich ganz erpicht auf diesen dritten Job. Sie sagte, dass sie dann bei der Tankstelle aufhören könne, aber natürlich viel reisen müsse. Mit dem Problem würden wir uns aber erst dann befassen, wenn es so weit war. Aber da ich mehr Zeit als sie hatte, machte ich mir natürlich trotzdem schon vorher Gedanken. Ich war nicht gern so viel allein, und vom Gesetz her war es eigentlich nicht erlaubt, aber wie meine Mutter immer so schön sagte – wir mussten Opfer bringen.

Ich schoss so lange mit meiner Pistole, bis kein Seifenwasser mehr drin war. Als ich mich auf die Ellbogen hochstützte, war das Licht vom Flur nicht mehr in Gaze' Zimmer zu sehen. Ein Schaumstoffpfeil kam durch mein Fenster reingeflogen. Er prallte gegen die Wand und fiel auf meine Brust. Ein Zettelchen war mit einem Klebestreifen an dem Pfeil befestigt.

Herzlichen Glückwunsch!

Gaze' Handschrift war echt miserabel, aber ich lächelte. Es könnte nett sein, jemanden zu haben, mit dem man sich unterhalten konnte … wenn er nicht wieder wegzog und kein Idiot war.

2. KAPITEL

Gaze

Ich lag im Dunkeln und starrte an die Decke. Meine neue Decke. Dad hatte mich noch nicht einmal angeschrien, weil ich noch wach war. Mein neuer Dad. Der sanfte Dad. Er sei resozialisiert ... zumindest behauptete er das. Er sagte, es würde gut laufen. Das hatte er mir ein paarmal erzählt. Er verkaufte jetzt elektronische Geräte und hatte mir versprochen, ein paar gute Sachen aus dem Laden mitzubringen. Die coole Nerf Gun war sein erstes Geschenk gewesen, um die neue Wohnung zu feiern.

Ich hätte mir eigentlich keine Hoffnungen machen sollen, dass es so bleiben würde, aber das war Dads Masche. Er konnte jeden dazu bringen, alles zu glauben. Sogar mich.

Ich musste am Ende des Sommers in der neuen Schule anfangen. Pixie Rae schien nett zu sein. Zumindest war sie jemand, mit dem man reden konnte. Und mit Seifenblasen konnte sie auch gut schießen. Vielleicht könnten wir uns ja mal einen Ball zuwerfen. Sie wirkte ein bisschen einsam. Aber möglicherweise war sie einfach nur müde – es war schließlich mitten in der Nacht.

Ich drehte mich auf die Seite und legte meine Nerf Gun neben mich. Meine Matratze war schön groß, aber sie war nicht neu. Dad hatte sie von einem alten Ehepaar aus dem Viertel bekommen, in dem wir vorher gewohnt hatten. Sie hatten die

Matratze auf beiden Seiten durchgelegen, und in der Mitte war ein deutlich sichtbarer Buckel, weshalb ich immer auf einer Seite liegen blieb. Ich kam mir wie ein Ei in einem Eierkarton vor. Aber es war trotzdem sehr bequem und dass die Matratze direkt auf dem Boden lag, half ein bisschen. Dad hatte gesagt, dass noch ein Rahmen geliefert werden würde, aber nicht wann. Die Matratze einfach weiter auf dem Boden liegen zu lassen, schien mir eigentlich ganz okay.

Es war heiß hier in der Stadt. Wir hatten in einer Wohngegend am Stadtrand gelebt. Dort war es kühler, und die Bäume und Felder waren schön. Aber jetzt wohnten wir hier. Man musste dorthin, wo man Geld verdienen konnte. Ich hatte noch den ganzen Sommer vor mir, ehe die Schule wieder anfing, und in der neuen Gegend gab es viel zu entdecken …

Ich wusste nicht recht, wie ich Pixie Rae treffen sollte. Sie war nicht mehr da, als ich am Morgen aufwachte. Zumindest reagierte sie nicht auf den Schaumstoffpfeil, den ich durch ihr Fenster schoss. Nachdem ich T-Shirt und Hose angezogen hatte, ging ich in unsere neue Küche, wo sich die Umzugskartons stapelten. Die Wohnung hatte zwei Schlafzimmer. Dad hatte mir auf einer Umzugskiste eine Nachricht hinterlassen.

Hi, pack die Küchensachen aus und räum sie weg.

Das war mein Marschbefehl für heute. Außerdem hatte Dad noch einen Fünf-Dollar-Schein hingelegt. Wahrscheinlich sollte ich mir davon Essen kaufen. Ich war nicht scharf darauf, bei der drückenden Hitze in der Wohnung zu bleiben, deshalb stopfte ich das Geld in die eine und den neuen Haustürschlüssel in die andere Hosentasche. Nachdem ich mir meine nachgemachten Converse-Sneakers angezogen hatte, verließ ich das Haus.

Es gab keinen funktionierenden Fahrstuhl, weshalb der Umzug ganz schön nervig gewesen war. Ich bemerkte einen Lastenaufzug, aber für den brauchte man einen Schlüssel. Ich ging die Treppe runter und verließ das Haus durch den Notausgang. Die Morgenluft war kühl genug, um einmal tief durchzuatmen. Ich ahnte schon, dass ich den Geruch von frisch gemähtem Gras hier bald vermissen würde. Ich musterte die Bar auf der anderen Seite der Straße, als würde ich einen Schurken in einem Film ins Visier nehmen. Sie war geschlossen, aber so ein Lokal derart dicht bei unserer Wohnung zu haben, könnte sich als Problem erweisen. Mir war klar, dass Dad wahrscheinlich nicht trocken bleiben würde, und der Laden würde ihn magisch anziehen, wenn alles schwieriger wurde. Ich schaute die Straße hoch und runter. Es herrschte zwar ein wenig Verkehr, aber es hielt sich noch in Grenzen. So früh am Morgen wirkte die Gegend verschlafen. Ich kratzte mich am Ellbogen und überlegte, wo ich zuerst hingehen sollte. Schließlich beschloss ich, erst einmal die Hauptstraße ein paar Blocks hochzugehen und dann immer wieder links abzubiegen, um wieder da anzukommen, wo ich losgegangen war.

Als ich das zweite Mal abbog, hatte ich das Gefühl, als würde man mich beobachten. Selbst die Gebäude wirkten mit einem Mal weniger einladend. Die meisten Ladentüren waren geschlossen und vergittert. Es war noch gar nicht Wochenende, weshalb ich mich fragte, wie die überhaupt Geschäfte machen wollten.

Endlich erreichte ich ein Gebäude, das geöffnet war. Die Bücherei. Ich betrat den Vorraum, als Pixie Rae gerade herauskam. Sie hatte zwei dicke Bücher und einen Puzzlekarton mit einem Katzenmotiv im Arm.

»Hi Gaze!« Sie trug einen Haarreif in Regenbogenfarben, der ihr haselnussbraunes Haar zurückhielt. Mit schnellen Schritten kam sie auf mich zu.

Ich hob lässig das Kinn zur Begrüßung, denn ich wollte nicht zu aufgeregt wirken. Während meines Spaziergangs bis zur Bücherei war ich ein bisschen vorsichtiger und zurückhaltender geworden.

Wie befürchtet war Pixie größer als ich. In meiner letzten Klasse war ich der Zweitkleinste gewesen. Mein Vater meinte, dass ich eines Tages in die Höhe schießen würde, aber bestimmt nicht heute.

»Musst du die über den Sommer lesen?« Der Gedanke machte mich nervös. Ich wollte ungern erfahren, dass meine neue Schule besonders streng im Hinblick auf Hausaufgaben war. Ich hasste alle Hausaufgaben bis auf die für Mathe. Das war mein Lieblingsfach – außer Sport natürlich.

»Ja, ich lese in den Ferien, aber nur, weil ich es mag. Das sind keine Hausaufgaben oder so.« Sie versuchte, sich das Haar über die Schulter zu werfen, aber es fiel eigensinnig wieder nach vorn. »Hast du eine Büchereikarte?«

Ich schüttelte den Kopf. »Nein. Ich weiß nicht mal, wie das hier läuft. Ich hatte früher keine Bücherei in der Nähe. Ich hab Geld bekommen, um mir was zu essen zu besorgen, und schau mich gerade um.«

»Magst du Bagels? Wir haben hier einen Laden, der gute verkauft.« Sie machte einen Schritt auf mich zu. »Ich muss die Sachen hier nach Hause bringen, aber unterwegs kann ich dir zeigen, wo der Laden ist.«

»Ich mag Bagels.« Ich bot ihr an, die Bücher für sie zu tragen, woraufhin sie mir eins reichte.

Ich warf einen Blick über ihre Schulter, konnte von der Bücherei aber nur einen breiten Tresen und einen Metalldetektor erkennen. Pixie Rae machte einen sehr weltgewandten Eindruck auf mich.

»Übrigens, noch mal herzlichen Glückwunsch.« Wir gingen zusammen die Treppe runter.

»Gleichfalls.«

Ich wollte denselben Weg zurückgehen, den ich gekommen war.

Pixie blieb stehen und gab einen missbilligenden Schnalzlaut von sich. »Da gehen wir ohne Erwachsene nicht entlang.«

»Die Gegend kam mir wirklich ein bisschen unheimlich vor.« Ich machte auf dem Absatz kehrt und folgte ihr.

»Das glaube ich. Von der Bücherei nach Hause ist dieser Weg hier besser. Der ist auch insgesamt schöner. Man kommt zum Beispiel am Bagel-Laden vorbei, und es gibt auch einen Zeitschriftenladen. Die haben Comics, falls du so etwas magst.«

Sie hatte richtig geraten. Ich war ein Riesenfan von Marvel-Comics. Die Kombination aus Bildern und Text machte es mir leichter, dem Inhalt zu folgen.

»Der Laden macht aber erst später auf.« Sie zeigte mit einem Nicken auf die leicht getönte Schaufensterscheibe des Comicladens.

Wir rochen den Bagel-Laden schon, ehe wir dort ankamen, und ich war mir ziemlich sicher, dass ich ihn auch mit verbundenen Augen hätte finden können. Als wir an der dicken Glastür ankamen, die von innen beschlagen war, hob ich fragend das Buch aus der Bücherei.

»Nein. Behalt es erst mal. Ich hol es mir später. Vielleicht magst du es ja lesen.«

Ich schaute auf den Titel. Es war die Biografie eines berühmten Filmstars.

Ich würde es nicht lesen, aber vielleicht schaute ich mir die Bilder an. Da ich beeindruckt war, dass sie mir so schnell ein

Buch aus der Bücherei anvertraute, fragte ich sie: »Möchtest du auch einen Bagel?«

Sie schüttelte den Kopf, und ihre Haare strichen über den Deckel des Buches, das sie im Arm hielt. »Nein, danke. Besorg dir welche, solange sie frisch sind! Wir sehen uns.«

Dann drehte sie sich um und ging.

Als ich den Laden betrat, merkte ich, dass der Verkaufsraum überraschend klein war, und der Tresen befand sich oberhalb meines Kopfes. Es gab offensichtlich eine bestimmte Reihenfolge, nach der bestellt wurde, aber ich begriff nicht, wie es funktionierte. Die Erwachsenen traten einfach immer vor mich. Ich wollte schon aufgeben, obwohl die Bagels unglaublich gut dufteten, als mir jemand auf die Schulter klopfte.

Pixie Rae stand genau hinter mir. »Ich dachte mir schon, dass es vielleicht schwierig werden könnte. Halt mal.« Sie gab mir ihre Sachen und ging dann direkt zum Tresen, wo sie sich einen Tritthocker herauszog. Sie stieg auf den Hocker, um mit dem Mann hinter dem Tresen auf Augenhöhe zu sein.

»Pixie! Herzlichen Glückwunsch, mein Sonnenschein!« Alle hier schienen ihren Namen zu kennen. Es kamen extra einige Leute von hinten aus der Backstube, um sie mit Mehl an den Händen per Handschlag zu begrüßen. Nachdem sie alle Glückwünsche entgegengenommen hatte, deutete sie mit dem Daumen über ihre Schulter.

»Gaze ist neu in der Gegend. Wir müssen ihm also helfen, sich etwas Gutes zum Essen zu besorgen.«

Und dann präsentierte sie mich wie ein Zauberer. Ich erwiderte das Lächeln der Angestellten, die jetzt über den Tresen schauten, um mich zu begrüßen und sich vorzustellen.

Nachdem alles gesagt und getan war, verließen Pixie und ich den Laden. Sie hatte einen Kuchenkarton mit einer rot gestreiften Schleife in der Hand und ich einen noch ofenwarmen

Bagel mit Frischkäse und eine weitere kleine Tüte mit allerlei Leckereien. Der Fünf-Dollar-Schein steckte immer noch in meiner Hosentasche, und Pixies Bücher und das Puzzle balancierte ich auf den Unterarmen.

Dass ich von Pixies Zauberkräften wie geblendet war, durfte man getrost als Untertreibung bezeichnen. Sie war so tatkräftig. Auf mich wirkte sie wie eine kleine Erwachsene.

Bei unserem Spaziergang durchs Viertel lernte ich durch sie viele weitere Leute kennen. Einige waren in unserem Alter, die meisten aber im Alter unserer Eltern.

Wir gingen an meinem Wohnhaus vorbei und in ihres hinein. Sie holte einen Schlüssel hervor, der an einem Band um ihren Hals hing. Eigentlich hätte sie die Haustür aufschließen müssen, doch sie stand offen, sodass wir gleich rein konnten und dann zu ihr in den vierten Stock hinaufliefen. Ich ahnte schon, welches ihre Wohnung sein würde, da sich unsere Fenster ja gegenüberlagen.

Als Pixie die Tür aufschloss, warnte sie mich vor. »Guck nicht so genau hin. Meine Mutter hat mehrere Jobs, und ich bin dafür zuständig, für Ordnung zu sorgen.«

Ich zuckte die Achseln, weil es mir wirklich total egal war. Mein Vater und ich lebten wie Junggesellen, wie er sich immer ausdrückte. Bei Pixie sah alles sauber und aufgeräumt aus, und deshalb wusste ich nicht, was an der Wohnung auszusetzen sein sollte. Sie gab mir mit einer Geste zu verstehen, ihre Bücher auf einem verkratzten Couchtisch abzulegen, während sie ihren Kuchen im Kühlschrank verstaute.

»Du kannst deinen Bagel in der Küche essen, wenn du möchtest.« Sie klopfte auf den runden Metalltisch, der dort stand.

Ich nahm ihr Angebot an, da ich glatt am Verhungern war. Die Haustür wurde aufgeschlossen, als ich gerade zum dritten

Mal abbiss. Von meinem Platz aus konnte ich ins Wohnzimmer sehen.

»Hi, Kleines.«

Selbst Mrs Stones Begrüßung klang müde, ehe ich die dunklen Ränder unter ihren Augen sah. Sie war eine hübsche Frau. Eine größere, ältere Ausgabe von Pixie. Ich wollte schon aufstehen und verschwinden, als Pixie mir mit einer Geste zu verstehen gab, dass ich sitzen bleiben sollte. Ich sank wieder auf meinen Stuhl zurück und aß weiter.

Mrs Stone schaffte es kaum bis ins Wohnzimmer, sondern wankte, als würde sie barfuß über glühende Lava laufen, bis sie endlich in einem Sessel saß. Pixie stellte ihrer Mutter mit leiser Stimme ein paar Fragen, aber soweit ich das erkennen konnte, bekam sie keine Antwort.

Dann hatte ich auf einmal das Gefühl, als würde ich wieder bei ihr durchs Fenster schauen, als ich Pixie dabei beobachtete, wie sie routiniert die nächsten Handgriffe ausführte. Offensichtlich tat sie das öfter. Sie öffnete den Kragen ihrer Mutter, damit diese es bequemer hatte, und streifte ihr die Schuhe ab. Dann nahm sie eine flauschige Decke vom Sofa, breitete sie über ihrer Mutter aus und hob ihre Füße auf den Couchtisch.

Mit zärtlicher, leicht besorgter Miene verschränkte sie die Arme ihrer Mutter auf deren Brust. Als sie einen forschenden Blick in meine Richtung warf, deutete ich auf die jetzt leere Bagel-Tüte. Pixie gab mir mit einem Handzeichen zu verstehen, dass ich leise sein und ihr folgen sollte. Also ging ich auf Zehenspitzen hinter ihr her, als sie die Wohnung verließ. Sie achtete darauf, die Tür sehr leise hinter sich zuzuziehen.

Nachdem wir die Treppe runtergestiegen waren, fing sie wieder an zu reden. »Bist du satt? Ich kann dich mit zum Spielplatz nehmen, wenn du darfst. Morgens kann man da gut hin.«

Ich warf meinen Müll in einen Abfalleimer neben dem Fußgängerübergang. »Ich kann gehen, wohin ich will. Ich muss nur heute Abend wieder zu Hause sein.«

»Das bekommen wir hin.« Sie wartete, bis die Fußgängerampel umsprang. »Wir müssen ja auch noch den Kuchen essen.«

»Dann geht es deiner Mutter also gut? Sie ist nicht krank oder so?«

Nach meiner Frage fühlte ich mich etwas schlecht, denn ich erinnerte mich an den besorgten Ausdruck, den ich auf Pixies Gesicht gesehen hatte.

»Nein. Sie ist nicht krank. Nur müde. Wie ich schon sagte: Sie arbeitet viel.« Pixie ging zu einem Tor und stieß es auf. Es schnappte wieder zu, als wir durchgegangen waren.

Der Park.

Kein Wunder, dass ich ihn bisher nicht bemerkt hatte. Die Eingangstore waren hoch und abweisend. Im Park befand sich ein in die Jahre gekommener Spielplatz, ein abgenutztes Basketballfeld und ein paar Picknicktische aus Metall. Ich erwähnte nicht, dass der Park bei meinem alten Zuhause in eine sanfte Hügellandschaft gebettet war, dass es dort zwei Spielplätze, Tennisplätze, Basketballfelder und so viele Fußballplätze gab, dass ich sie nie gezählt hatte. In Vororten war das nun mal so.

Sie griff nach meinem Arm und zog mich zu den Schaukeln. Zwei davon waren intakt. Die Ketten waren zwar verrostet, aber bei den anderen beiden fehlten die Sitze.

Ihre helle Freude darüber, zwei Schaukeln nebeneinander ergattert zu haben, war ansteckend, und ich ließ mich gern von ihr mitziehen.

Wir sprangen auf die Schaukeln und stießen uns sofort ab. Die Bewegung war so natürlich, als hätten wir es niemals lernen müssen. Es wurde bereits wärmer, doch für uns fühlte sich der Morgen kühler an, als wir hin- und herflogen und unsere eigene Brise erzeugten. Manchmal lächelten wir uns in diesem Schwebezustand an, wenn wir aus der Rückwärtsbewegung wieder nach vorne schossen. Dann gerieten wir aus dem Takt, und ihr haselnussbraunes Haar flatterte hinter ihr her wie eine Seele, die ihren Glücksmoment einholen wollte.

Ich wünschte, wir hätten länger schaukeln können, doch als ich verwegen mitten im Schwung von der Schaukel hüpfte, schnappte sich ein anderes Kind meine Schaukel. Das Problem war, dass es nur diese zwei Schaukeln gab, aber deutlich mehr Kinder auf dem Spielplatz herumliefen.

Pixie hüpfte bald nach mir herunter, und ihre Schaukel ereilte das gleiche Schicksal. An diesem Morgen fand ich heraus, dass ich bisher kein schöneres Gefühl erlebt hatte, als mit Pixie zu schaukeln, obwohl der Spielplatz nur wenig besser als ein Schrottplatz war.

Gemeinsam liefen wir über das kleine Gelände. Das Basketballfeld war voller Kinder in unserem Alter.

»Die Großen stehen später auf und vertreiben sie dann. Deswegen sind sie so früh da.«

Pixies Erklärung machte das überdrehte Spiel der Kinder verständlich. Und ich war mir ziemlich sicher, dass der verblichene Ball, den sie benutzten, in Wirklichkeit ein Fußball war.

Bei den Bäumen im Park waren keine Blätter mehr an den Ästen in Reichweite, als wäre es für alle ein Sport, sie abzurupfen. Kaum war mir dieser Gedanke gekommen, bewies Pixie, dass ich damit recht hatte, als sie sich nach einem Blatt reckte, das zu hoch für sie hing.

Sie war einen Kopf größer als ich, aber ich konnte gut springen. Ich schob sie sanft zur Seite, trat zurück und nahm Anlauf. Es gelang mir, das Blatt mit den Fingerspitzen meiner rechten Hand vom Baum zu zupfen.

Ich reichte ihr das Blatt mit einem breiten Grinsen, was mir erst bewusst wurde, als ein Kind in der Nähe anfing, uns zu hänseln. »Schaut mal, Pixie hat 'nen Babyfreund.«

Als dann auch noch einige anfingen, »Pixie ist verliebt, Pixie ist verliebt« zu rufen, wollte ich Pixie mit einer passenden Bemerkung verteidigen, aber ich lief nur rot an und brachte plötzlich kein Wort mehr hervor.

»Alfie, halt die Klappe. Keiner hat dich nach deiner Meinung gefragt.« Pixie zeigte ihm einen sehr erwachsenen Mittelfinger und streckte die Zunge raus.

Alfie verzog das Gesicht und antwortete, indem er ihr ebenfalls die Zunge herausstreckte.

Pixie stampfte mit dem Fuß auf, und er wich sofort einen Schritt zurück.

»Bring mich nicht dazu, dass ich zu dir rüberkomme.« Sie drehte sich zu mir um. »Er ist ein Idiot. Lass dich nicht von ihm ärgern.« Und dann sagte sie lauter, damit Alfie es auch hörte: »Für jemanden, der sich bei der Schulaufführung letztes Jahr noch in die Hosen gemacht hat, hat er 'ne ganz schön große Klappe.«

Alfie schien zu bedauern, überhaupt den Mund aufgemacht zu haben, und kehrte uns den Rücken.

»Hab ich's mir doch gedacht.« Pixie rümpfte die Nase. Ich verfolgte die ganze Szene belustigt. Meine Fensternachbarin ließ sich nichts gefallen, und ich konnte nicht behaupten, dass mich das störte.

Als wir den Park Seite an Seite verließen, wurde das Tor nun von drei großen Jungs im Teenageralter bewacht, die miteinander herumflachsten. Der größte ließ einen Basketball auf seinem Finger kreisen. Mein Bauchgefühl riet mir, wegzulaufen und den Jungs um jeden Preis aus dem Weg zu gehen. Doch Pixie ging geradewegs auf sie zu. Sie nickte dem mit dem Basketball zu, und er warf ihn in ihre Richtung. Ich bemerkte, dass er ihn weniger fest warf, als er wahrscheinlich gekonnt hätte.

Pixie fing ihn auf und begann, mit beiden Händen zu dribbeln. Sie war eher kein Basketball-Superstar.

»Haben die da drin Ärger gemacht?«, fragte der mit den langen schwarzen Haaren, der neben Pixie stand, während sie sich auf den Ball konzentrierte.

»Nö. Aber Gaze ist neu hier, also wollten sie ihm zeigen, dass sie taff sind. Sind sie aber nicht.« Sie gab den Ball wieder an den Größten zurück.

»Die haben von Tuten und Blasen keine Ahnung.« Der mittlere von den Jungs hatte einen Rotstich im Haar, sodass man auf die Idee hätte kommen können, er wäre mit Pixie verwandt.

Pixie trat zurück und legte ihre Hand auf meine Schulter. »Die Jungs hier sind morgens immer auf dem Basketballfeld. Das sind Tim, Tocks und Drizzle.« Sie zeigte so schnell auf jeden, dass ich nicht wusste, wer wer war. »Gaze ist cool. Und er gehört zu mir.«

Die Jungs musterten mich von oben bis unten und sahen einander dann mit hochgezogenen Augenbrauen an. Ich hatte sogar das Gefühl, dass einer von ihnen kicherte. Der größte von ihnen streckte mir lässig eine Hand entgegen. Ich hatte keine Ahnung, was ich damit machen sollte. Klar hatte ich schon mal beobachtet, wie mein Vater Kunden die Hand schüttelte, aber ein förmliches, altmodisches Händeschütteln würde sie wohl nicht von Pixies Behauptung überzeugen, dass ich cool sei.

»Ich bin Tocks.« Der größte von den drei Basketballspielern reichte den Ball dem Rothaarigen und gab mir dann eine sehr schnelle Anleitung zu dem, was von mir erwartet wurde. Die Hände sollten in schneller Folge vorn und hinten abgeklatscht werden. Dann hakte man die Fingerspitzen ein und riss sich voneinander los, als wäre man zusammengeklebt.

Jeder der Jungs führte die gleiche Begrüßung mit mir durch, und als das erledigt war, wusste ich, dass der Rothaarige Tim hieß, und dass Drizzle einen ziemlich harten Handschlag hatte.

Das hier war toll. Wirklich toll. Ich würde Pixie später fragen, wie sie es schaffte, so beliebt bei ihnen zu sein, aber sie war schon beim nächsten Schritt ihres Plans. »Wartet ihr auf Greg? Er war letzte Nacht in der Seitenstraße – ziemlich spät noch.«

Die Jungs gaben erst unverständliche Laute von sich, dann nannten sie Greg einen Schlappschwanz.

»Nehmt Gaze. Ich wette, er kann spielen.« Sie zeigte auf mich, und ich wäre am liebsten im Erdboden versunken.

Ich war gut in Sport. Wirklich gut. Ich war immer der Erste, der in eine Mannschaft gewählt wurde, und so. Aber ich war zwölf. Diese Jungs hier waren fast achtzehn.

Tocks drehte den Kopf Richtung Spielfeld, auf dem bereits zwei Mannschaften mit jüngeren Kindern spielten. Als Tocks und seine Kumpel darauf zugingen, rannten sie weg, als hätte es einen Feueralarm gegeben. Pixie lächelte mich an. »Ist das okay für dich?«

Ich sagte Ja, weil ich nicht wie ein Weichei dastehen wollte, doch ich war mir ziemlich sicher, dass ich ungefähr so nützlich wie ein Schweißtuch sein würde. Ich hoffte nur, dass sie mich nicht wie eins behandeln würden.

»Ich gehe jetzt nach Hause und sehe nach meiner Mutter, aber ich werde mit einem Buch zurückkommen. Bleib bei Tocks.«

Dann ging sie davon, und ich blieb mit drei riesigen Typen zurück, die Zwei-gegen-zwei spielen wollten.

3. KAPITEL

Pixie Rae

Gaze wirkte scheu, aber ich wusste, dass Tocks auf ihn aufpassen würde. Ich machte mir Sorgen, Mom könnte so tief schlafen, dass sie durch die sitzende Position später Nackenschmerzen bekäme. Das war schon mal passiert.
 Auf dem Heimweg behielt ich die Umgebung im Auge. Das war für mich völlig normal. Jedes Kind, das in der Stadt aufwuchs, war stets wachsam auf der Straße. Die Eingangstür zu unserem Haus stand sperrangelweit offen, obwohl sie immer geschlossen sein sollte. Bestimmt war die Hintertür auch auf. Ich war immer vorsichtig, denn man musste wissen, von wo jemand kommen könnte. Tagsüber konnte man sich aber deutlich freier bewegen. Verlassen durfte man sich allerdings nicht darauf, denn vor ein paar Wochen hatte es zwei Straßen weiter um die Mittagszeit eine Schießerei gegeben.
 Ich legte die Hand um die Schlüssel, die um meinen Hals hingen, um die Wohnung so leise wie möglich zu betreten. Mom saß nicht mehr im Sessel, und als ich der Spur ihrer abgelegten Kleidungsstücke folgte, fand ich sie in ihrem Bett. Sie hatte nicht mehr die Energie gehabt, die abgenutzte Decke über sich zu ziehen, und so tat ich das für sie.
 Für das Abendessen würde ich heute zuständig sein. Mal wieder. Ich vermisste es, dass Mom immer gekocht hatte, als ich jünger gewesen war. Auch wenn es manchmal nur Hotdogs

gewesen waren, so hatte sie sich doch um alles gekümmert: Sie hatte das Essen gekocht, abgewaschen und mich ins Bett gebracht. Das war, ehe Dad uns verlassen hatte. Jetzt musste sie Geld verdienen, um alle Rechnungen bezahlen zu können. Ich verstand es, aber ich vermisste sie trotzdem sehr.

Ich sah in den Kühlschrank und runzelte die Stirn. Käse-Makkaroni wären eine Möglichkeit, denn wir hatten Butter, Mehl, Milch und Nudeln, aber keinen Käse. Ich ging zu meinem Spezialbriefumschlag und nahm fünf Dollar heraus. Im Supermarkt an der Ecke gab es Käse in der Kühlung, doch der Laden war teurer als der Discounter ein paar Straßen weiter.

Aber ich wollte wieder zu Gaze, und deshalb war es mir egal. Ich schnappte mir ein Taschenbuch und zwei Flaschen Wasser für uns beide, ehe ich die Tür hinter mir schloss. Zumindest war Mom zu Hause.

Als ich wieder beim Spielplatz ankam, war es schon richtig warm. Das Basketballfeld würde bald in der prallen Sonne liegen, und dann würden Tocks, Tim und Drizzle mit Spielen aufhören und nach Hause gehen.

Ich setzte mich unter den einzigen Baum, der genug Blätter hatte, um Schatten zu spenden, und lehnte mich mit dem Rücken an den rauen Stamm. Es war ein kräftiger Baum, denn er war mit Initialen und Wörtern übersät, die in die Rinde geritzt waren, und trotzdem schlug er jedes Jahr aufs Neue aus.

Ganz begeistert, dass ich in der Bücherei das neuste Buch von Tijan ergattert hatte, schlug ich es auf. Aber ehe ich in die Fantasiewelt eintauchen würde, auf die ich mich freute, beobachtete ich Gaze eine Weile. Tocks spielte mit ihm in einem Team. Der Größte und der Kleinste gegen die anderen beiden. Ich konnte nicht erkennen, ob die Jungs ebenso hart wie sonst spielten, doch es war auf jeden Fall ein schnelles Spiel. Gaze war zwar kein überragender Basketballer, aber er hielt sich gut und spielte Tocks regelmäßig Bälle zu.

Ich hatte erst eine Seite meines Buches gelesen, als Gaze plötzlich schwer atmend vor mir stand. Ich reichte ihm eine Wasserflasche. Er kippte sie in sich hinein, ohne auch nur Danke zu sagen. Tocks winkte mir zu, als er mit den anderen den Park verließ.

Weil Gaze immer noch durstig wirkte, reichte ich ihm auch noch die zweite Flasche. Er trank sie bis zur Hälfte leer und gab sie mir dann zurück. »Sorry, danke. Ich hatte so einen Durst, dass ich schon Angst hatte, meine Augäpfel würden sich in Rosinen verwandeln.«

Ich stand auf. »Kein Problem. Heute werden es fünfunddreißig Grad, und es bleibt schwül. Ist also kein Wunder, dass du so einen Durst hast. Ich muss für heute Abend noch Käse kaufen.«

Er beugte sich vor, stützte die Hände auf die Knie und atmete ein paarmal tief durch. »Kannst du das allein machen? Ich muss duschen und die Umzugskartons, die bei uns in der Küche stehen, auspacken.«

Als er sich wieder aufrichtete, begleitete ich ihn zum Tor, damit ihn keiner anmachte. Sobald ich sicher war, dass er wusste, wie er nach Hause kam, ließ ich ihn gehen.

Ich hatte das Gefühl, Gaze beschützen zu müssen. Schon früher hatte ich erlebt, dass auf Kindern, die neu in der Gegend waren, sofort herumgehackt wurde. Dieses Muster wollte ich ändern. Es musste nicht immer so laufen. Niemand sollte auf sich allein gestellt sein.

Als ich beim Supermarkt ankam, war ich in Schweiß gebadet. Es war fürchterlich heiß, aber so ging es schon den ganzen Sommer. Ich freute mich, als ich die neuen Artikel für das bald beginnende Schuljahr sah. Ich ging gern zur Schule. Vor allem gefiel es mir, dass es in manchen Klassenräumen eine Klimaanlage gab. Ich holte mir einen Cheddar aus der Kühlung und ging damit zur Kasse. Dort saß jemand Neues, den ich noch nicht kannte. Ich schob ihm den Käse hin.

Auf seinem Namensschild stand *Butter*. Ich lächelte und begrüßte ihn. »Das ist ja ein toller Name.«

Er schien verwirrt und schaute dann auf sein Namensschild. »Ach ja. Stimmt. Das Namensschild ist nur für den Übergang gedacht. Ich konnte zwischen diesem hier und *Marigold* wählen.« Er zuckte die Achseln.

»Ich denke, du hast eine gute Wahl getroffen, Butter.« Ehe ich seinen richtigen Namen in Erfahrung bringen konnte, musste ich weitergehen, weil sich hinter mir eine Schlange bildete.

Er sah mich erst mit durchdringendem Blick an, ehe er kurz den Kopf schüttelte und die Lider senkte. Er hatte lange dunkle Wimpern.

Auf dem Weg nach draußen drehte ich mich noch einmal um und winkte Butter zu.

4. KAPITEL

Gaze

Allmählich war es richtig schwül geworden, und ich war sehr enttäuscht, als ich merkte, dass es immer heißer wurde, je weiter ich die Treppe hochstieg. Als ich endlich oben angekommen war und die Wohnungstür öffnete, war mir klar, dass die Sommerhitze ein echtes Problem werden würde.

Ich schloss die Tür hinter mir ab und ging in mein Zimmer, um mir neue Klamotten zu holen. Dabei warf ich einen Blick nach drüben in Pixies Zimmer, aber sie war nicht da. Oder zumindest konnte ich nicht erkennen, ob sie dort war oder nicht.

Ich stellte die Dusche an, und es dauerte eine ganze Weile, bis ich die richtige Temperatur – und zwar kalt – eingestellt bekam. Eiskalt. Ich hüpfte unter den Strahl und zwang mich, in der Dusche zu bleiben, bis mein Körper sich abkühlte. Dann wurde das Wasser von ganz allein wieder wärmer. Es pendelte sich auf Zimmertemperatur ein, und damit verlor es seinen Reiz. Also verließ ich die Dusche.

Ich zog ein ärmelloses Shirt und Basketball-Shorts an. Dann sah ich noch einmal nach Pixie, konnte sie aber immer noch nicht entdecken. Es wurde langsam Zeit, dass ich meine Aufgabe für den heutigen Tag erledigte. Ich musste die Umzugskartons in der Küche auspacken. Es dauerte nicht sehr lange, alles einzuräumen, da wir nicht viel besaßen. Ich verstaute die Gabeln und das restliche Besteck in einer Schublade neben dem Kühlschrank, und die Teller stellte ich in den Schrank über der Spüle.

Dann war ich fertig, aber von Pixie war immer noch nichts zu sehen. Deshalb fing ich mit meinem Zimmer an. Nachdem ich eine Weile geräumt hatte, schwitzte ich erneut. Weil mir heiß war und ich das Gefühl hatte, in der Wohnung zu ersticken, ging ich wieder nach draußen. Die Sonne war gerade dabei, hinter den Gebäuden zu verschwinden, aber auf der Straße wurde man trotzdem gebraten. Zumindest hatte man nicht das Gefühl, eingesperrt zu sein. Ich war gerade auf dem Weg zum Basketballplatz, als ich Pixie auf mich zukommen sah. Auf ihrem Gesicht lag ein breites Grinsen, und die Haare hatte sie mit einem Tuch hochgebunden. Mit dem blauen T-Shirt und den Jeans, die sie trug, verschmolz sie mit den anderen Kindern auf der Straße.

»Hast du etwa Wasser fürs Duschen verschwendet?« Sie deutete auf mein Gesicht und meine Arme, die mit Schweiß bedeckt waren.

»Ja. Komplett verschwendet.«

Sie reichte mir die Hand zum Gruß, wie es die Jungs vorhin getan hatten, und nun wusste ich ja, was von mir erwartet wurde. Wir klatschten uns ab, aber sie legte dabei eindeutig eine mädchenhafte Art an den Tag.

»Wie ist dein Buch?« Ich deutete auf das hübsche Cover des Buches, das sie sich unter den Arm geklemmt hatte.

»Total klasse. Ich wollte eigentlich Käse-Makkaroni kochen, aber es ist viel zu heiß, um auch noch den Backofen anzuschalten.« Sie fächelte erst sich und dann mir mit dem Buch ein bisschen kühlere Luft zu.

»Du kochst?« Dad und ich waren miserable Köche. Wir waren Fast-Food-Experten und konnten sehr gut Essen bestellen.

»Ja, einer muss es ja tun.« Sie schirmte mit der Hand die Augen gegen die Sonne ab und schaute über meine Schulter. »Tocks macht den Hydranten auf. Komm!«

Ich drehte mich um und folgte ihr, nachdem sie ihr Buch abgelegt hatte. Die Kinder auf der Straße jubelten, als Tocks das Ventil der Feuerwehr aufdrehte. Er hatte das achteckige Werkzeug, mit dem sich der Verschluss öffnen ließ. Und dann brach ein ziemliches Chaos aus. Ein paar der größeren Kinder drängelten sich vor, aber irgendwann kam jeder an die Reihe und konnte sich unter die Fontäne stellen. Einige Kinder wurden von anderen davor festgehalten, bis sie leicht panisch wirkten, aber Tocks scheuchte sie weiter.

Pixies Tuch löste sich, und ihr Haar ringelte sich durch die Feuchtigkeit. Sie sah mich breit grinsend an und hielt meine Hände fest, als wollte sie auf mich aufpassen, damit mir nichts passierte. Ich hielt den Atem an.

Der Sprühnebel des Hydranten und die tief stehende Sonne schufen einen Regenbogen, der ihren Kopf einrahmte. Ich spürte es bis in die Zehenspitzen. Intuitiv wurde mir klar: Pixie Rae gehörte zu mir. Ich liebte sie.

Sie zog mich an den Händen unter die Fontäne, und ich folgte ihr. Ich war zwölf. Ich wäre ihr überallhin gefolgt.

5. KAPITEL

Pixie Rae

Die Fontäne des Feuerhydranten bot an einem Tag wie heute wirklich die einzige Möglichkeit, sich Erleichterung zu verschaffen. Das Wasser war kalt. Eiskalt. Der Hydrant, den Tocks ausgewählt hatte, sorgte für eine riesige, tiefe Pfütze, in der wir planschen konnten, während das Wasser auf uns herabregnete. Die Pfütze war dreckig, aber das war egal.

Gaze und ich waren klitschnass, und unsere Finger ganz runzelig, als wir in der Sonne trockneten. Wir saßen eine Weile auf der Treppe des Hauses, in dem er wohnte, und genossen es, wie unsere Gänsehaut sich allmählich wieder glättete.

»Wie lange kennst du Tocks schon?« Gaze holte ein Päckchen Pfefferminzkaugummi hervor und reichte mir einen schlaffen, nassen Streifen.

»Er wohnt in meinem Haus. Zwei Stockwerke über mir. Er war mein Babysitter, als ich klein war.« Ich kaute so lange, bis ich Blasen machen konnte, die ich platzen ließ.

Eine Weile lieferten Gaze und ich uns einen Wettkampf, wer die größeren Blasen hinbekam, aber keiner konnte eindeutig gewinnen. Gaze meinte, dass er heute ein zweites Mal duschen müsse, nachdem er in der Pfütze gespielt hatte. Und dann erstarrten seine Gesichtszüge. Ein Mann kam auf uns zu. Gaze' Kiefer war mit einem Mal verspannt, und ich konnte erkennen, dass er die Zähne zusammenbiss.

»Hey. Willst du jetzt nicht mal nach Hause?« Gaze stand auf, und ich erhob mich ebenfalls. Er sah den Mann an, während er die Worte sprach, und deshalb dachte ich einen Moment lang, er würde mit dem Erwachsenen sprechen. Doch dann legte Gaze seine Hand an meinen Ellbogen. »Ist das okay? Kannst du jetzt gehen?«

Da erkannte ich, dass er tatsächlich mich meinte. Vielleicht erkannte ich es an den Augen von Gaze und dem Mann, die sich so sehr ähnelten. Ich wusste sofort, dass dies sein Vater war. Der Mann setzte ein breites Lächeln auf und sagte: »Na, Gaze, mein Sohn, geht's dir gut?«

Sein Vater war betrunken. Ich konnte es riechen. Ich merkte es an der leicht schleppenden Art, wie er sprach. Und jetzt wusste ich auch, warum Gaze wollte, dass ich wegging. So war das hier eben manchmal. Die Kneipe war gleich um die Ecke, und viele Leute brachten ihren Gehaltsscheck direkt dorthin.

Es war eigentlich noch ziemlich früh für so etwas, aber Gaze' Vater hatte einen eindeutig schwankenden Gang. Ich warf einen Blick über die Schulter und sah gerade noch, wie Gaze sich abrupt abwendete und die Treppe hochstürmte.

»Warte, nein. Es war nur ein Kunde. Ein Drink zur Feier des Tages. Ich feiere einen großen Geschäftsabschluss. Wir werden uns ein paar tolle Sachen für die neue Wohnung besorgen. Gaze? Gaze, komm zurück.« Gaze' Vater sprach ins Leere, denn sein Sohn war längst weg.

Ich ging nach Hause. Währenddessen überlegte ich, was es heute zum Abendessen geben sollte. Vielleicht könnte ich die Käse-Makkaroni ja auf dem Herd zubereiten, ohne sie auch noch in den Ofen zu schieben.

Als ich die Wohnung betrat, war von meiner Mutter nur noch die Arbeitskleidung da und ein Klebezettel, der am Kühlschrank hing.

Hallo Pix, ich muss eine zusätzliche Schicht übernehmen. Schlaf gut. Ich hab dich lieb.

Ich stieß einen leisen Seufzer aus. Unter einem der Kühlschrankmagnete klemmte ein Zehn-Dollar-Schein. Das war Moms Art, sich dafür zu entschuldigen, dass sie den Abend nicht mit mir verbrachte. Ich könnte wieder nach unten gehen, mir bei Subway ein Menü inklusive Cookie besorgen – was mich nicht die ganzen zehn Dollar kosten würde –, und mir das Kochen sparen. Außerdem gab es ja auch noch den Kuchen, den ich mir mit Gaze teilen wollte.

Aber als Erstes musste ich den Dreck von der Straße loswerden, und so stieg ich unter die Dusche und wusch mir die Haare mit meinem Lieblingsshampoo, das nach Erdbeeren duftete. Nachdem ich mich angezogen hatte, drehte ich das nasse Haar zu einem hohen Knoten und befestigte es mit einem Haargummi. So würde es länger nass bleiben und auch später noch schön kühl sein. Manchmal fühlten sich Sommertage endlos an. Ein Blick auf die Uhr sagte mir, dass es erst fünf war und somit noch lange hell bleiben würde.

Ich ging in mein Zimmer und schaute zu Gaze' Fenster rüber. Da tauchte er plötzlich über dem Fensterbrett auf.

Ich wusste nicht, was ich zu ihm sagen sollte. Jetzt kannte ich sein Problem: Sein Vater betrank sich während der Woche.

»Esst ihr gleich zu Abend?«

»Meine Mutter ist wieder zur Arbeit gegangen.«

Man sah Gaze die Überraschung an, als er die Augenbrauen hochzog. »Sie war doch kaum zu Hause.«

Ich schaute nach unten in die Seitenstraße. Wahrscheinlich erkannte er in diesem Moment *mein* Problem.

»Mein Vater ist eingeschlafen, deshalb weiß ich noch nicht, was ich heute Abend essen soll.«

Ich fischte den Zehn-Dollar-Schein aus meiner Tasche und hielt ihn hoch. »Ich hab was außer der Reihe bekommen. Wollen wir uns zusammen was zum Abendessen besorgen?«

Er strich sich das Haar aus der Stirn, und seine Miene hellte sich auf. »Das wäre toll. Danke.«

Wir trafen uns unten und liefen dann drei Straßen weiter zu Pete's Pizza, dem besten Pizzaladen in der Gegend. Für weit unter zehn Dollar bekamen wir zwei Stücke Pizza und ein Getränk, das wir uns teilten. Wir setzten uns in eine Nische am Fenster, wo unsere Beine am orangefarbenen Kunststoffbezug der Sitze klebten. Damit wir beide aus dem Fenster schauen konnten, setzten wir uns auf dieselbe Seite. Die Pizza von Pete's konnte man nur auf eine Art essen. Sie war tierisch heiß und duftete köstlich. Deshalb musste man langsam anfangen und hatte mit dem heißen Käse zu kämpfen. Er zog sich wie Kaugummi.

Leute zu beobachten, war in der Stadt ein Sport, mit dem man sich stundenlang beschäftigen konnte. Ich liebte es, weil ich mir immer Geschichten zu den Leuten ausdachte, die interessant aussahen.

Gaze zeigte auf einen Mann, der von Kopf bis Fuß so tätowiert war, dass er wie ein Skelett aussah.

»Ich glaube, ich hätte auch gern solche Tätowierungen. Was meinst du, wie alt muss man dafür sein?« Er wischte sich einen Tomatenspritzer vom Kinn.

»Ich denke mal, es hängt davon ab, ob man im Gefängnis sitzt oder nicht. Im Knast kommt man da bestimmt jederzeit ran. Aber draußen, hm, vielleicht fünfzehn? Ich will auf keinen Fall ein Tattoo haben. Ich hasse Nadeln.«

»Ich hab mit Nadeln kein Problem. Aber wie soll das denn im Gefängnis funktionieren? Man braucht doch so einen speziellen Stuhl und anderen Kram dafür. Ich hab mal eine Sendung darüber gesehen.« Gaze zerknüllte seine Serviette und strich sie dann mit beiden Händen wieder glatt.

»Jeder mit 'ner Nadel und ein bisschen Tinte kann ein Tattoo stechen.« Ich hatte es mal mit eigenen Augen gesehen.

»Das klingt nicht nach einer guten Idee.« Sein Blick war nachdenklich in die Ferne gerichtet, daher schien er dennoch ernsthaft darüber nachzudenken.

Gaze richtete sich auf. »Ich muss nach meinem Vater sehen. Aber danke fürs Essen.«

Ich fragte Gaze nicht, warum er nach seinem Vater sehen müsste. Wahrscheinlich wollte er sichergehen, dass er noch lebte oder dass sein Vater nicht irgendetwas machte, das er nicht tun sollte. Ich ging Erwachsenen, die sich wie sein Vater aufführten, nach Möglichkeit aus dem Weg.

Als wir aufstanden, machten unsere Beine Geräusche, als würden wir gleichzeitig pupsen. Lachend verließen wir den Pizzaladen.

Nachdem wir uns wieder beruhigt hatten, meinte ich zu Gaze: »Wir müssen nach Hause, ehe es dunkel wird. Nachts ist es hier für Kinder nicht so toll.«

»Dann sehen wir uns am Fenster«, schlug er vor, als sich unsere Wege vor seinem Haus trennten. Er wartete auf der Treppe, bis ich mein Wohnhaus betreten hatte.

Ich hasste diesen Teil des Tages. Den Abend. Die Nacht würde hereinbrechen, und ich wäre allein zuhause. Mit meiner Mutter konnte ich nicht darüber reden, dass ich Angst hatte, denn sie wiederholte ständig, wie toll es sei, dass ich schon so groß war.

Sobald ich die Wohnung betrat, knipste ich das Licht an und schloss gleich hinter mir ab. Ich hatte mir angewöhnt, als Erstes alles zu überprüfen. Ich schnappte mir meinen Baseballschläger, sah in jeden Schrank und sogar in die Dusche ... und unter die Betten. Die Lampen machte ich auch alle an. Den ganzen Abend würde ich sie nicht brennen lassen, nur während ich überall nachschaute.

Heute Abend ging ich, nachdem ich das erledigt hatte, in mein Zimmer und sah einen Ball, der hinter Gaze' Fenster immer wieder hochgeworfen wurde.

Ich griff nach meiner Seifenblasenpistole, füllte Seifenlauge nach und schoss in seine Richtung. Es dauerte ein bisschen, bis es mir gelang, dass die Seifenblasen auch in die richtige Richtung flogen. Gaze steckte den Kopf durchs Fenster. Er lächelte.

Unsere Fenster lagen so dicht zusammen, dass wir uns ganz normal unterhalten konnten. Die schwüle, stehende Luft trug unsere Stimmen.

»Wie geht's deinem Vater?«

Gaze zuckte die Achseln und gab keine Antwort, also ließ ich das Thema fallen. »Kannst du gut werfen?«

Der Ball schien ein Basketball aus Hartschaum zu sein. Ich hob die Hände.

Seine Augen funkelten, ehe er ihn mir in einem sanften Bogen zuwarf. Es war ein bisschen aufregend zu beobachten, wie er über die Straße flog. Ich fing den Ball in der Luft auf und drückte den Schaumstoff.

Dann stützte ich mich mit den Ellbogen auf dem Fensterbrett ab und holte tief Luft. Gaze schien zu glauben, dass ich gut werfen könnte, also versuchte ich es einfach. Er musste sich ein bisschen vorbeugen, um ihn zu fangen, aber er schaffte es.

An diesem Abend warfen wir uns über eine Stunde lang immer wieder den Ball zu. Ich war nicht mehr allein. Ich warf ihm sogar ein Stück Kuchen rüber. Ein paar Krümel fielen hinunter, aber er bekam noch ein einigermaßen großes Stück zu essen. Dann warfen wir wieder den Ball.

Als unsere Arme müde waren, sahen wir einander über die Straße hinweg an.

»Hey, ich bin hier. Die ganze Nacht. Wenn du mich rufst, wache ich auf.«

Ich nickte. Er hatte verstanden. Er wusste, dass es für mich nicht einfach war, so ganz allein zu sein.

Als ich schließlich ins Bett ging, ließ ich mein Fenster offen. Das machte ich normalerweise auch immer, denn es lag hoch über der Straße, und es kam ein bisschen Luft herein. Aber heute Abend war das offene Fenster auch eine Erinnerung daran, dass jemand für mich da war. Ganz nah.

6. KAPITEL

Gaze

Ich sah noch ein paarmal nach Dad. Er entschuldigte sich immer wieder … aber ich roch den Whiskey. Es war einfach furchtbar, wenn er so die Kontrolle über sich verlor. Solange ich lebte, hatte es diese Aufs und Abs gegeben. Trotzdem war ich immer voller Hoffnung, wenn er eine Weile nicht trank. Die Kneipe auf der anderen Straßenseite war ein schlechtes Omen gewesen. Ich hatte gewusst, dass das ein Problem werden würde, und gleichzeitig gedacht, dass er vielleicht länger durchhalten könnte.

Mit den Entschuldigungen gingen haufenweise Versprechungen einher. Er versicherte mir immer wieder, dass es eine Ausnahme und nur ein Drink gewesen sei. Aber es war mehr als nur ein Drink. Das wusste ich ganz genau. Dad blieb nie bei nur einem Drink. Also sorgte ich dafür, dass er auf der Seite lag. Denn es war schrecklich, wach zu werden und zu sehen, wie er beinahe an seinem Erbrochenen erstickte.

Wenn er nicht trank, war er streng zu mir. Doch wenn er trank, existierte ich fast nicht für ihn. Manchmal war ich dann einfach nur derjenige, der ihm das nächste Bier aus dem Kühlschrank holte.

Aber heute Abend war Pixie da, mit der ich Ball spielen konnte. Und ich fühlte mich wichtig, weil ich ihr gesagt hatte, dass sie nicht allein sei. Darin war ich gut. Vielleicht waren alle

Kinder von Alkoholikern gut darin, die Körpersprache anderer Menschen zu lesen. Sie waren auf der Hut. Immer.

Doch Pixie gab mir ebenfalls ein Gefühl von Sicherheit. Hier ... in dieser für mich neuen Gegend, wo sie alles und jeden zu kennen schien. Ich schätzte mich glücklich, sie in meiner Nähe zu haben.

Am nächsten Morgen lag Dad immer noch im Bett. Er hatte sich nicht übergeben, sodass ich nichts saubermachen musste. Ich hoffte, dass er aufstehen und ins Badezimmer gehen würde, wenn er mal musste. Nachdem ich mich angezogen hatte, verließ ich die Wohnung und war so früh unterwegs, dass ich das Getöse der Müllabfuhr mitbekam. Es würde etwas dauern, bis ich mich an das Stadtleben gewöhnt hatte.

Hinter Pixies Fenster war noch alles ruhig, und ich war nicht sicher, ob sie vielleicht länger schlief. Ich schoss keinen Nerf-Pfeil hinüber.

Ich wollte mein Glück versuchen und schauen, ob die großen Jungs noch einmal mit mir Basketball spielen würden, aber da Pixie nicht bei mir war, fragte ich mich, ob sie wieder nett zu mir sein würden.

Es war still im Park, als ich durchs Tor ging. Auf den Bänken, die um den Spielplatz verteilt waren, lagen ein paar Gestalten, die im gleichen Zustand wie mein Vater waren. Ohne meinen Basketball konnte ich nicht allein auf dem Platz spielen. Ich schwang ein paarmal auf einer der Schaukeln hin und her, doch wegen des Quietschens und Knirschens der Ketten erntete ich ein paar Flüche von einem grantigen Kerl auf einer der Bänke. Deshalb setzte ich schnell die Füße auf und brachte die Schaukel in einer Staubwolke zum Stehen.

Ich verließ den Spielplatz und ging zu der Seitenstraße zwischen Pixies und meinem Fenster. Dort lagen Bretter und Schutt von irgendeinem Bauprojekt. Das meiste war nur noch

Müll, doch unter einer modrigen Rigipsplatte entdeckte ich eine schöne breite Planke aus Holz. Ich versuchte, den Abstand zwischen den beiden Gebäuden abzuschätzen, und kam zu dem Ergebnis, dass es passen könnte.

Ich zog und zerrte das schwere Brett bis nach oben zu unserer Wohnung. Das war gar nicht so leicht, und ein paar ältere Damen, die gerade die Treppe runtergehen wollten, waren ziemlich genervt. Aber schließlich hatte ich es in meinem Zimmer und schob es durch mein Fenster nach draußen. An der Fassade unterhalb meines Fensters war ein kleiner Vorsprung, und auf Pixies Seite gab es den auch.

Ich war mir ziemlich sicher, dass ich jemanden umbringen würde, wenn ich das Brett fallen ließe, aber unten war niemand. Ich stützte es auf meiner Seite ab, und wenn ich mich nicht verrechnet hatte, würde es auf Pixies Seite auf dem Vorsprung landen. Dann könnten wir vielleicht den Ball über das Brett hin- und herrollen lassen.

Pixie kam genau in dem Moment in ihr Zimmer, als die Planke auf ihrer Seite auf dem Vorsprung landete. Sie rannte zum Fenster und sah nach unten.

»Oh!«

Es war toll. Wie die Planke auf einem Piratenschiff. Außerdem war das Brett recht breit. Wahrscheinlich könnte ich mit beiden Füßen nebeneinander darauf stehen, wenn ich wollte. Ich wollte es nicht, doch ich hätte wetten können, dass es ging.

Ich hob den Ball vom Boden auf und warf ihn. Er kam einmal auf der Planke auf, hüpfte hoch und flog dann genau durch Pixies Fenster. Ich sah, dass ihre Augen aufblitzten, als sie etwas fallen ließ, um den Ball aufzufangen.

Dann warf sie mir den Ball auf die gleiche Weise zurück. Das wiederholten wir bestimmt an die zwanzig Mal, ohne ein Wort zu sagen, ehe der Ball irgendwie falsch aufkam und in die Tiefe sprang. In dem Moment einigten wir uns darauf, dass derjenige den Ball holen musste, dem der Wurf misslungen war, und so hatte ich als Erstes die Ehre.

Es dauerte eine Weile runterzulaufen, den Ball zu finden, Pixie von unten zuzuwinken und dann den ganzen Weg zurück in mein Zimmer zu kommen. Wir spielten ungefähr eine Dreiviertelstunde lang weiter, wobei jeder von uns ein paarmal einen Ausflug in die Seitenstraße machen musste, um den Ball zurückzuholen. Nach dem letzten Wurf behielt ich den Ball. Danach hingen wir jeder an unserem Fenster und redeten über die dicke Taube, die ein bisschen trottelig wirkte, aber ganz in unserer Nähe blieb. Irgendwann lief sie sogar über das Brett.

So sah nun ein typischer Sommertag mit Pixie Rae aus. Sie begannen und endeten mit ihr. Pixie bestimmte die Melodie meines restlichen Sommers, und sie besaß die Gabe, einfach alles schöner zu machen. Sie beschützte mich vor den größeren Kindern im Viertel. Ich wünschte mir, dass das nicht nötig wäre – aber sie ließ sich gar nicht auf einen Kampf mit ihnen ein, sondern verwies sie alle einfach nur mit Worten auf ihren Platz. Und sie kannte jeden hier. Wenn ich mit ihr unterwegs war, hatte ich das Gefühl, schon mein ganzes Leben lang in dieser Gegend zu leben.

Der Feuerhydrant. Die Schaukeln. Die Bücherei. Basketballspiele am frühen Morgen mit den Großen. Wir leisteten einander Gesellschaft, und das brauchte ich.

Dad hing wieder an der Flasche und konnte sie gar nicht mehr loslassen. Sein neuer Job schien es zu erfordern, dass er mit Kunden in die Kneipe ging, um sie zum Kauf zu überreden oder einen Geschäftsabschluss zu feiern. Aber Dad ging jetzt sogar hin, wenn er gar nicht bei der Arbeit gewesen war.

Ich war enttäuscht, auch wenn ich wusste, dass es vorprogrammiert war. Er konnte einfach nicht widerstehen.

Ich nahm mir Geld für Essen und andere Sachen aus seiner Brieftasche, und dann warfen Pixie und ich unser Geld und unsere Fähigkeiten zusammen, um bei ihr zu kochen.

Mrs Stone war so selten zu Hause, dass ich tatsächlich überrascht war, wenn ich mal ihre Stimme im Hintergrund hörte, während Pixie und ich uns durchs Fenster unterhielten oder Ball spielten. Mrs Stone war wirklich nett, aber ziemlich unaufmerksam. Pixie fand Entschuldigungen für ihre Mutter, weil die so viel arbeitete, obwohl ich gar nichts dazu sagte, wenn sie weg war. Sie erzählte, dass ihre Mutter sie jeden Tag anrufen würde. Es war ein wunder Punkt bei ihr. Pixie war verrückt nach ihrer Mutter. Ich verstand das. Denn ich mochte meinen Vater auch, wenn er nicht gerade trank. Er war witzig und voller Energie, wenn er nüchtern war. Er war unternehmungslustig und spielte mit mir Fangen, oder wir gingen wandern, als wir noch auf dem Land gelebt hatten.

Es war mitten im Sommer – träge, faule Tage, an denen die Sonne gefühlt vierundzwanzig Stunden lang schien –, als ich das erste Mal einen Streit zwischen Pixie und ihrer Mutter mitbekam.

»Dann bist du also *wochenlang* weg?«, fragte Pixie ihre Mutter.

Ich brauchte Pixie nicht zu sehen, um zu wissen, dass sie mit dem Fuß aufstampfte.

»Das ist eine echte Chance, und das Reisen gehört einfach dazu.« Die Stimme ihrer Mutter klang aufgesetzt fröhlich und hoffnungsvoll.

»Dann nimm mich doch mit. Ich hänge hier die ganze Zeit nur rum.« Pixie klang flehend.

Ich spürte, wie Panik in mir aufstieg. Ohne sie würden meine Tage nicht so verlaufen, wie sie es jetzt taten. Ich hatte ein schlechtes Gewissen, als mich bei den nächsten Worten ihrer

Mutter Erleichterung durchströmte. »Kinder sind nicht erlaubt, Pixie. Und außerdem fängt deine Schule bald wieder an. Du musst gute Noten bekommen.«

»Ich hasse es, allein hier zu sein. Und jetzt soll das über Wochen so gehen? Ein paar Tage ist eine Sache. Aber Wochen? Ist das überhaupt legal?« Pixies Stimme wurde immer schriller und überschlug sich fast. Normalerweise war sie immer so beherrscht.

»Warte mal ... du *hasst* es? Ich dachte, es wäre okay für dich. Ich hab dich das tausendmal gefragt.« Mrs Stone lehnte sich gegen den Türrahmen.

Pixie saß wohl auf ihrem Bett. Darum war sie auch so deutlich zu verstehen. Ich wich ein Stück zurück, sodass ich im Schatten blieb und ihre Mutter mich nicht sehen konnte.

»Mir geht's gut. Es ist okay. Tu, was du tun musst. Geh nur zur Arbeit. Ich komm zurecht.«

Eine hundertprozentige Kehrtwende. Von trotzig zu verständnisvoll. Auf mich wirkte es gespielt, aber ihre Mutter sackte vor Erleichterung in sich zusammen. »Das ist gut. Ich fing schon an, mir Sorgen zu machen.«

»Wann geht's los?« Pixie benutzte die Frage, um ihre Haltung zurückzugewinnen und Stärke zu zeigen ... sich wie eine Erwachsene zu benehmen. Ich machte solche Sachen nicht, aber ich erkannte es an ihrem Tonfall. Dieses Verhalten war ihr in Fleisch und Blut übergegangen.

»Nächste Woche. Wir könnten vorher gemeinsam was unternehmen. Ach, warte mal ... Diese Woche habe ich eine Doppelschicht übernommen, und dann muss ich zwei Tage zusätzlich arbeiten, um die Zeiten auszugleichen, die ich wegen der ersten Reise fehle.« Pixies Mutter trat in den Raum. Ich konnte sehen, wie die beiden sich umarmten. Aus dem Schatten heraus begegneten sich Pixies und mein Blick.

»Das ist in Ordnung, Mom. Mach dir keine Gedanken.«

Ich wusste, dass Pixie mich sah, denn sie winkte mir mit einer Fingerspitze zu. Ich winkte nicht zurück, denn ich hatte das Gefühl, als würde ich sie dabei beobachten, wie ihr das Herz brach. Ich schwor mir, später mit ihr zu reden, wenn sie ins Bett gehen wollte. Sie könnte mir alles erzählen, was sie wollte, und ich würde ihr nicht sagen, dass sie eine Quasselstrippe wäre.

7. KAPITEL

Pixie Rae

Mom und ich gingen die verschiedenen Rechnungen durch, die bezahlt werden mussten, während sie weg war. Die erste Reise würde fünf Tage dauern. Die Miete wurde fällig, und so füllte sie einen Scheck aus, und ich übte ihre Unterschrift, falls ein Notfall eintreten sollte. Den Scheck würde ich bei unserem Hausmeister unter der Tür durchschieben. Sie sprach noch einmal alles mit mir durch, was ich wissen musste, während sie weg war. Es ging um die Regeln, die wir ausgemacht hatten … dass ich immer abschließen und nachts nicht rausgehen sollte. Alles Sachen, die ich bereits wusste. Wir überlegten zusammen, wie ich Strom sparen könnte, weil ich doch nachts nicht im Dunkeln bleiben wollte. Sie schlug vor, dass wir uns Sticker besorgten, die im Dunkeln leuchteten, aber ich wusste, dass es mir nicht reichen würde. Die Nächte gingen mir einfach an die Nieren. Ich sah Dinge im Dunkeln, und das machte mir Angst, auch wenn ich wusste, dass es nur meine Fantasie war, die mir einen Streich spielte. Doch es war schwer, meinen Kopf davon zu überzeugen, dass das alles nur Hirngespinste waren.

Aber ich sagte ihr, was sie hören wollte. Immerhin gab es ja jetzt Gaze. Ich hatte jemanden. Unser Sommer war toll gewesen. Wir waren praktisch unzertrennlich. Er nannte mich eine Quasselstrippe, weil ich gern redete, doch im gleichen Augenblick erklärte er mir, dass das okay für ihn sei, da er mir gern zuhöre.

Ich wünschte mir, meine Mutter könnte häufiger zu Hause sein, aber wie sie immer sagte: Wir mussten beide Opfer bringen. Ihr neuer Job brachte mehr Geld.

Ich half ihr beim Packen, als es für sie an der Zeit war abzureisen. Sie weinte ein bisschen, aber ich hielt die Tränen zurück, bis sie weg war und ich allein in meinem Zimmer saß. Irgendwann knallte ein Nerf-Pfeil an meine Wand. Ich sprang auf, nahm ihn und ging zum Fenster.

Gaze hielt lächelnd seinen Ball hoch. Ich nickte. Wir brauchten nicht mehr abzusprechen, wenn wir Ball spielen wollten. Der Ball ging fast dreißig Mal hin und her, ehe ich einen Fehlwurf hatte. Das war ein neuer Rekord.

Nachdem ich den Ball hochgeholt und Gaze wieder zugeworfen hatte, hielt dieser ein paar Sekunden inne.

»Mein Fenster wird immer offen sein.« Und dann warf er den Ball.

Ich wusste, was er damit meinte. Er wollte mir sagen, dass er da sein würde, wenn ich allein war. Das gab mir Mut. Wir kamen bis fünfunddreißig, ehe er das nächste Mal den Ball holen musste. Ein weiterer neuer Rekord.

8. KAPITEL

Pixie Rae

Am nächsten Morgen kam ich mit zwei Bagels von der Bäckerei zurück, als ich Gaze' Vater zusammengesunken neben der Kneipe auf dem Boden sitzen sah. Er hatte ein blaues Auge und schnarchte. Ich wusste nicht, was ich tun sollte, aber ihn einfach liegen zu lassen, schien mir zu gefährlich. Ich ging in die Kneipe hinein. Bis auf ein paar Männer, die um einen Tisch herumsaßen und Karten spielten, war der Laden leer.

»Entschuldigung, aber weiß jemand von Ihnen, warum der Vater meines Freundes da draußen sitzt?« Während ich auf eine Antwort wartete, wippte ich auf Fersen und Zehenspitzen hin und her.

»Bruce? Der hat sich gestern Abend dumm und dämlich gesoffen und musste rausgeworfen werden, weil er sich mit allen anlegen wollte.«

»Oh, ich kann ihn nicht einfach so da draußen sitzen lassen, denn er ist der Vater von meinem Freund. Aber er ist zu groß, um ihn allein hier wegzubewegen. Könnten Sie mir vielleicht helfen?«

»Lass ihn. Wenn er nicht wie Müll behandelt werden will, muss er sich halt benehmen.« Der Mann mit dem braunen Haar, das allmählich grau wurde, deutete auf die Tür.

»Das kann ich nicht machen«, sagte ich mehr zu mir selbst, ehe ich mit einem verärgerten Schnauben die Kneipe verließ.

Draußen überlegte ich dann, wie ich Mr Jones zumindest hochbekommen könnte. Ich versuchte, ihn am Arm zu ziehen, doch der fiel sofort wieder schlaff nach unten. Dann versuchte ich, gegen seine Schultern zu drücken, aber er rührte sich keinen Zentimeter.

Ehe ich noch etwas anderes versuchen konnte, traten die Kartenspieler grummelnd aus der Tür. »Wo willst du ihn hinhaben?«

»Vielen Dank! Folgen Sie mir einfach. Er wohnt in dem Haus auf der anderen Straßenseite. Sein Sohn wird wissen, was zu tun ist.« Ich ging voraus, während die Männer Mr Jones hochhievten und zwischen sich nahmen. Seine Beine schleiften über den Bürgersteig.

»Wie alt ist sein Sohn?«, fragte mich der Mann mit den grauen Haaren.

»So alt wie ich.« Ich sah den missbilligenden Blick, den er seinem Freund, der Mr Jones von der anderen Seite stützte, zuwarf. Ich kannte diesen Blick. Erwachsene gaben sich damit zu verstehen, dass sie es nicht gut fanden, wie jemand sein Kind großzog. Ich hatte Lehrer dabei beobachtet, wie sie diese Art von Blick tauschten, wenn sie Bedenken wegen der Arbeitszeiten meiner Mutter hatten. Tatsächlich hatte ich diesen Blick so häufig gesehen, dass ich mich hütete zu erwähnen, wie häufig meine Mutter mich allein ließ. Und jetzt musste ich sogar noch mehr darauf achten, was ich sagte, da sie so lange Zeit weg sein würde.

Ich deutete auf die Treppe. »Er wohnt im vierten Stock.«

»Oh, verdammt noch mal. Ralph, hast du den Schlüssel vom Lastenaufzug?« Der blonde Mann stützte Mr Jones mit einer Schulter, während er in seinen Taschen nach den Schlüsseln kramte.

Ich hatte noch nicht einmal gewusst, dass es in Gaze' Haus

einen Fahrstuhl gab, aber tatsächlich führte Ralph alle zu einer Doppeltür, die mir vorher noch nie aufgefallen war. Sie quetschten sich mit Mr Jones in die kleine Kabine, deshalb entschied ich mich dagegen, ebenfalls einzusteigen.

»Wir treffen uns im vierten Stock.«

Als ich zu der Tür kam, von der ich annahm, dass sie zu Gaze' Wohnung gehörte, waren die Männer schon weg. Offenbar waren sie gleich wieder mit dem Fahrstuhl nach unten gefahren. Mr Jones saß schlaff vor der Tür. Als ich leise klopfte, Gaze aber nicht reagierte, beschloss ich, wieder nach Hause zu gehen und durchs Fenster mit ihm zu reden. Mr Jones war immerhin fast zu Hause. So wie er an der Tür lehnte, brauchte Gaze sie nur zu öffnen, und sein Vater würde einfach in die Wohnung kippen.

Als ich wieder in meinem Zimmer war, warf ich den Ball gegen die Planke, damit er durch Gaze' Fenster hüpfte. Ich hörte, wie er drinnen aufprallte, und dann schaute Gaze auch schon durchs Fenster zu mir herüber.

»Dein Vater ist an eurer Wohnungstür. Er ist …« Und dann sah ich Gaze genauer an. Er wirkte so, als hätte er Angst vor dem, was ich gleich sagen könnte. Es ging nicht nur darum, dass sein Vater wohlbehalten nach Hause gebracht worden war. Mr Jones ging einfach viel zu häufig in die Bar, und jetzt musste Gaze sich den ganzen restlichen Tag um seinen bewusstlosen Vater kümmern.

»Danke.« Er hielt den Ball mit beiden Händen. Er warf ihn mir zu, und wir begannen zu spielen. Ich musste den Ball zweimal holen, weil ich mich nicht richtig aufs Spiel konzentrierte. Aber dann war er an der Reihe. Ich wartete, während er sich nicht von der Stelle rührte, sondern zusah, wie der Ball auf der Straße ausrollte.

Ich wusste nicht, was ich sagen sollte. Sollte ich ihm anbieten, ihm mit seinem Vater zu helfen? Aber mir war klar, dass er das nicht wollen würde. Sein ganzer Körper war angespannt.

Gaze schaute immer noch nach unten zu dem Ball. »Könntest du dein Fenster schließen? Nur für eine Weile?«

Wollte er für sich sein? Vielleicht war es das, was er jetzt brauchte. Er hatte mir ja bereits versprochen, sein Fenster niemals zu schließen. Deshalb tat ich, worum er mich bat. Ich schloss das Fenster.

Ich ging ins Zimmer meiner Mutter und behielt den Ball von dort aus im Auge. Gaze tauchte nicht auf. Er holte ihn nicht in der Zeit, die er normalerweise dafür brauchte. Aber das war ja auch verständlich, schließlich musste er sich erst um seinen Vater kümmern.

Ich wartete ... und wartete. Immer noch lag der Ball dort. Da ich nicht wollte, dass jemand anders unseren Ball an sich nahm, ging ich nach unten und hob ihn auf. Da hörte ich jemanden schreien und schaute zu Gaze' Fenster hoch. Es waren ganz deutlich Schläge zu hören. Leises Weinen. Noch mehr Schreie. Noch mehr Schläge.

Nachdem ich die Stufen zu meiner Wohnung hochgerannt war, lief ich sofort zu meinem Fenster und sah gerade noch, wie Gaze' Vater ihn in sein Zimmer stieß und die Tür zuschlug. Ich wartete. Mir war klar, dass so etwas manchmal vorkam. Meine Nachbarn prügelten sich hin und wieder. Aber natürlich waren das Erwachsene. In der Schule sah ich auch viele Schlägereien. Aber nichts hatte sich jemals so außer Kontrolle angehört wie das hier. Mein Magen zog sich zusammen, und ich wurde wütend.

Als Gaze wieder aus dem Fenster zu mir rüberschaute, konnte ich einen blauen Fleck auf seiner Wange erkennen. Ich hob den Ball hoch, und er nickte, zuckte jedoch sofort mit schmerzverzerrter Miene zusammen.

An dem Tag erfuhr ich Gaze' anderes Geheimnis. Meins kannte er ja bereits. Ich öffnete das Fenster und begann wieder mit ihm zu spielen. Wir redeten nicht über das, was ich gesehen hatte. Aber ich wusste nun, dass es für Gaze nicht immer sicher in seinem Zuhause war. Ich hatte Angst vor der Dunkelheit, aber meine Mutter würde mir niemals etwas tun. An diesem Tag war ich diejenige, die den Ball jedes Mal holte, denn ich wollte nicht, dass Gaze seinem Vater noch einmal gegenübertreten musste.

Ich würde auch nie wieder dafür sorgen, dass Mr Jones nach Hause gebracht wurde. Wenn es nach mir ginge, konnte er in der Gosse verrecken.

9. KAPITEL

Gaze

Ende der Woche würde Mrs Stone wieder nach Hause kommen. Und das war gut, denn ich wusste, dass es Pixie schwerfiel, nachts alle Lichter auszumachen. Deshalb ließ ich sogar eine meiner Lampen die ganze Nacht brennen und richtete sie auf ihr Zimmer, um ihr zu helfen.

Ich hatte keine Angst vor der Dunkelheit. Aber ich bekam allmählich Angst vor meinem Vater. Er hatte mich schon früher geschlagen, aber noch nie in dieser Art und Weise. Die Kneipe lag einfach zu nah bei unserer Wohnung. Da war es nicht anders zu erwarten. Ich vermutete, dass er mittlerweile nicht nur Alkohol trank, sondern auch andere Sachen einschmiss. Bei seinem Charakter war das nicht gut.

Ich steckte den Kopf durchs Fenster und suchte nach Pixie. Sie wiegte und drehte sich zu ihrer Musik und tanzte in mein Blickfeld. Mein Herz wurde leicht vor Freude, als ich sie sah.

»Hey.« Sie hörte auf zu tanzen. Sie war nicht verlegen, sondern einfach nur neugierig, was ich ihr sagen wollte. »Freust du dich schon auf deine Mutter?«

»Oh ja. Ich werde Kekse backen und dafür sorgen, dass alles sauber und ordentlich aussieht.« Sie lehnte sich ebenfalls aus dem Fenster und hielt Ausschau nach dem fetten Drecksack.

Der fette Drecksack war die Taube, die es sich angewöhnt

hatte, ständig in der Nähe unserer Fenster herumzuhocken. Meistens ignorierte sie uns komplett, aber gelegentlich ließ sie sich dazu herab, Pixie und mir aus der Hand zu picken, wenn wir ihr Futter hinhielten. Daher ihr Spitzname.

Und jetzt war das Vieh wieder da, aber es verhielt sich anders ... irgendwie komisch. Die Taube humpelte fast über den Vorsprung, auf dem das Holzbrett lag.

»Sie ist verletzt.« Pixie zog die Augenbrauen zusammen.

»Sieht so aus, als hätte sie nur was mit dem Fuß. Glücklicherweise hat sie ja noch Flügel. Sie kommt schon klar. Vielleicht frisst sie uns dann ja häufiger aus der Hand.« Ich wollte ein bisschen Ball spielen, aber Pixies ganze Aufmerksamkeit war auf den Vogel gerichtet.

»Nein, sie wird nicht klarkommen. Das kann ich sehen. Sie hat ein Stück Draht am Bein. Das hat ihr bestimmt irgendjemand drangemacht.« Pixie runzelte besorgt die Stirn.

Mist. Ich hasste es, wenn sie so ein Gesicht machte. »Soll ich den Ball nach ihr werfen, um zu schauen, ob der Draht dann abfällt?«

»Nein! Auf gar keinen Fall. Wenn du sie zu fest triffst, verliert sie noch das Bewusstsein. Das arme Ding. Die anderen Tauben werden über sie herfallen. Die sind so gemein.«

Sie machte Anstalten, aus ihrem Fenster zu klettern.

»Okay, warte.« Ich wusste zwar nicht, was ich tun sollte, aber sie machte mir ein bisschen Angst.

Der fette Drecksack hüpfte vom Vorsprung und landete unbeholfen flatternd mitten auf der Planke. Pixie hatte tatsächlich recht. Der Vogel hatte wirklich ein Problem. Ich sah Pixie an. Ich wollte nicht, dass irgendetwas direkt vor ihren Augen starb – nicht mal so eine dämliche Taube.

Ich war zwar klein, aber ich hatte einen hervorragenden Gleichgewichtssinn. »Kleine Sportskanone«, meinte mein Vater gelegentlich, wenn ich einen Ball gut fing oder mich geschickt bewegte.

Ich setzte mich aufs Fensterbrett, schwang die Beine darüber und setzte sie auf die Holzplanke. »Okay, du holst jetzt ein bisschen Brot oder so und versuchst, sie abzulenken.«

Langsam kam ich hoch, wobei das meiste Gewicht immer noch auf meinen Armen lag. Die Planke fühlte sich stabil an. Kein Lufthauch rührte sich. Ein windstiller Tag. Dadurch hatte der Drecksack wahrscheinlich noch schlechtere Karten, denn es gab keine Luftströmungen, von denen er sich hätte tragen lassen können.

Pixie war wieder am Fenster. Sie hatte den Frotteegürtel eines rosafarbenen Bademantels in der Hand und ein Stück Weißbrot. »Ich hab das Gefühl, dass das keine gute Idee ist.« Man sah ihr an, wie sie die Möglichkeiten gegeneinander abwog. Sie hatte recht. Es war tatsächlich schwachsinnig, aber ich wollte ein Held für sie sein ... zumindest ein bisschen.

»Sorg einfach dafür, dass sie dich die ganze Zeit anschaut. Mehr brauchst du nicht zu tun.« Ich verlagerte mein Gewicht vom Fensterbrett auf die Planke. Sie hielt. Ich bewegte mich ein paar Zentimeter nach vorn. Mein Magen zog sich zusammen, als ich nach unten schaute, und ich verspürte ein Kribbeln im Nacken. Sie hatte recht. Das hier war tatsächlich keine gute Idee. Ich beschloss, nicht wieder nach unten zu schauen. Langsam ließ ich mich auf die Knie runter, wodurch Drecksack einmal kurz hüpfte. Pixie warf dem Vogel Brotkrumen zu, die in seiner Nähe landeten. Die Taube war ein gieriges kleines Miststück. Sie begann sofort zu picken, obwohl sie so verschnürt war. Ich schob mich vorsichtig nach vorn und hörte, wie Pixie laut einatmete. Die Situation machte ihr Angst. *Ich* machte ihr Angst. Das Adrenalin, das durch meinen Körper strömte, war meine Rettungsleine. Meine ganze Konzentration war auf die Taube gerichtet. Dann schaute ich doch wieder nach unten, und mir wurde ganz komisch.

»Geh zurück. Vergiss den Vogel. Ich werde ihn selbst runterschubsen.« Ihre Stimme war hoch und schrill.

»Ich glaube nicht, dass ich das kann.« Ich versuchte, mein Herzrasen unter Kontrolle zu bringen. Für mich gab es kein Zurück mehr. Ich konnte nur noch vorwärts krabbeln.

»Okay. Okay. Ich ruf die Polizei an. Oder die Feuerwehr. Beweg dich einfach nicht.« Pixie verschwand im Zimmer.

»Warte! Warte! Pix, warte.« Ich schaute auf, und sie war wieder da. »Deine Mutter. Die dürfen nicht erfahren, dass sie dich so lange allein lässt. Ich glaube, das ist illegal.«

Sie biss sich auf die Unterlippe und schüttelte dann den Kopf. »Nein, das spielt keine Rolle. Ich will nicht, dass du runterfällst.«

Das war der Moment, in dem ich Pixie Rae das erste Mal anlog. »Das Brett bricht gleich. Ich muss jetzt rüberkommen.«

Es brach nicht. Es fühlte sich immer noch fest an, aber es schien ein bisschen nachzugeben, während ich mich Zentimeter für Zentimeter nach vorn bewegte. »Fütter Drecksack einfach weiter.«

Pixie zögerte, tat dann aber doch, worum ich sie gebeten hatte. Der Vogel hoppelte unbeholfen näher ans Brot heran, das sie ihm zuwarf. Glücklicherweise war sie zielsicher. Dass Drecksack wahrscheinlich so dumm wäre, sich aus lauter Gier unter Umständen in den Tod zu stürzen, wenn die Brotkrumen nicht vor ihm auf dem Brett landeten, sagte ich ihr nicht.

Ich rückte näher. Jetzt konnte ich einen genaueren Blick auf das Bein werfen. Der Draht sah seltsam aus. Er lag um ein Bein, und die Kralle des anderen hatte sich darin verfangen. Jemand hatte versucht, die Taube festzubinden, und dabei hätte man sie nur zu füttern brauchen. Denn mittlerweile war ich nur noch Zentimeter von ihr entfernt, und sie nahm mich überhaupt nicht wahr. Der Vogel hatte noch nicht einmal so viel Verstand, Angst vor mir zu haben, obwohl ihm erst vor Kurzem jemand etwas antun wollte.

Vorsichtig kam ich in die Hocke hoch. Ich holte tief Luft und schnappte mir Drecksack. Da flippte die Taube völlig aus. Ich hatte nicht damit gerechnet, dass sie sich so heftig wehren würde. Um dem Schnabel auszuweichen, zog ich den Kopf zwischen die Schultern. Sofort hackte der Vogel auf meine Finger ein. Ich legte eine Hand um Kopf und Schnabel und die andere umschloss seinen Hals.

Als ich einen Fuß nach vorn schob, kam eine Seite der Planke hoch, und das ganze Brett fing an zu wackeln, sodass ich Schwierigkeiten hatte, nicht das Gleichgewicht zu verlieren. Doch dann lag das Brett plötzlich wieder ruhig. Pixie stand jetzt auch auf der Planke und verhinderte durch ihr Gewicht, dass sie sich weiter bewegte.

»Danke.« Ich holte tief Luft. Drecksack machte seinem Namen alle Ehre. Es würde nicht möglich sein, den Draht zu lösen, während ich um mein Gleichgewicht kämpfte. Ich heftete den Blick auf Pixie, die aussah, als wäre sie in eine Schockstarre verfallen. Sie hielt sich am Fensterrahmen fest, während sie weiter wie angenagelt auf dem Brett stand. »Runter.«

Einen Moment lang wirkte sie verwirrt. »Ich geh doch nicht vom Brett runter. Oh, nein, du willst, dass ich mit dem Kopf runtergehe.« Sie beugte sich nach vorn, sodass der Vogel über ihr durch die Öffnung passte.

Ich schleuderte Drecksack wie einen Ball in Pixies Zimmer.

»Oh!« Pixie richtete sich wieder auf, sodass der Vogel, der sofort wieder flüchten wollte, von ihrem Rücken abprallte und ins Zimmer zurückflatterte. Durch die Bewegung beim Werfen des Vogels war ich wieder aus dem Gleichgewicht geraten.

Da setzte mein Fluchtinstinkt ein. Ich ging so schnell ich konnte und tat mein Bestes, bei der Vorwärtsbewegung nicht die Balance zu verlieren.

Als ich endlich auf Pixies Seite der Planke war, griff ich nach dem Fensterbrett, das sich hinter ihr befand. Lippen an Lippen standen wir da und tauschten mit klopfenden Herzen unseren ersten Kuss, ehe wir überhaupt wussten, was geschah.

Es dauerte länger, als es sollte, weil wir uns beide darauf konzentrierten, nicht das Gleichgewicht zu verlieren. Als ich mich schließlich von ihr löste, standen wir beide relativ stabil, während der Vogel hinter ihr kreischte. Ich sah an Pixies Schulter vorbei, wie Drecksack panisch durch ihr Zimmer flatterte.

Durch die Bewegung geriet die Planke erneut in Schieflage. Ich spürte, wie das Brett vom Vorsprung auf meiner Hausseite rutschte. Wir würden abstürzen. Es war vorbei.

10. KAPITEL

Pixie Rae

Ich sah, wie die Planke zur Seite wegkippte, und drehte mich um die eigene Achse. Ich schlang die Arme um Gaze und lehnte mich zurück, so weit ich konnte, während ich ihn gleichzeitig mit den Beinen umklammerte. Dann purzelten wir gemeinsam nach hinten in mein Zimmer. Meine Hüfte knallte als Erstes auf den Boden und dämpfte damit unseren Sturz. Das laute Krachen der Planke, die unten auf der Straße aufschlug, hallte im Raum wider.

Gaze rollte von mir runter und lag dann ebenfalls auf dem Rücken neben mir. Drecksack kreischte und flatterte gegen alle möglichen Sachen. Gaze stand auf und schaute erst aus dem Fenster nach unten, ehe er es schloss.

»Na, das war ja mal was.« Er reichte mir die Hand, und mit seiner Hilfe stand ich vom Boden auf. »Der Vogel kackt hier alles voll. Wir müssen ihn einfangen, wenn wir ihm den Draht abmachen wollen.«

Gaze erholte sich offensichtlich schneller als ich davon, dem Tod ins Auge gesehen zu haben. Ich hatte immer noch weiche Knie. Meine Mutter wäre ziemlich sauer geworden, wenn sie beim Nachhausekommen festgestellt hätte, dass ich tot war.

Aber Gaze war bereits auf der Jagd nach etwas, mit dem er Drecksack einfangen könnte, also riss ich mich zusammen.

Als Erstes machte ich die Zimmertür hinter mir zu, damit der Vogel nicht durch die ganze Wohnung flatterte.

Gaze kam mit einem Sieb, einem Topf und einem Küchentuch zu mir zurück. Ich drehte mich um, öffnete die Tür wieder, und wir quetschten uns schnell durch den Spalt, damit Drecksack im Zimmer blieb.

Die Taube hatte bereits an drei Stellen hingemacht, aber glücklicherweise nicht auf mein Bett. Im Moment hockte sie auf dem Fensterbrett, und ich fühlte mich ihretwegen ein bisschen schlecht, obwohl sie Gaze und mich beinahe umgebracht hätte. Drecksack sah uns an und schaute dann fast schon sehnsüchtig aus dem Fenster. Das war verständlich. Irgendein Irrer hatte ihr einen Draht um die Beine gewickelt, sodass sie Menschen gegenüber nun misstrauisch war. Zumindest stellte ich mir das so vor.

»Sie wird nach unseren Augen picken ... und unseren Händen«, warnte Gaze.

»Dann stellen wir uns darauf ein und rüsten uns für einen Kampf.« Ich ging zu meinem Schrank und suchte nach meinen Wintersachen, bis ich ein Paar Fäustlinge und Handschuhe fand. Dann schlangen wir uns jeder einen Schal um den Kopf, sodass nur ein Sehschlitz frei blieb.

Jetzt waren wir wirklich bereit. Gaze hatte das Sieb und den Topf in der Hand. Es dauerte eine halbe Stunde, bis es uns gelang, den Vogel mit den Küchenutensilien einzufangen. Drecksack verdrehte die Augen und pickte tatsächlich jedes Mal nach mir, wenn ich versuchte, ihn anzufassen. Schließlich verlor Gaze die Geduld. Er streifte die Handschuhe ab und packte die Taube an Körper und Schnabel.

»Schau einfach, ob du den Draht abbekommst. Vielleicht hast du ja eine Schere?« Den Vogel zu halten musste anstrengend sein, denn die Sehnen an Gaze' Hals traten hervor.

Ich ging schnell zu meiner kleinen Kommode und wühlte so lange darin herum, bis ich eine Schere fand. Um einen besseren Blick auf die Beine der Taube zu haben, hockte ich mich hin. Ein schmutziger weißer Bindedraht hatte sich um die Beine verheddert. Ich fand den Knoten, der alles zusammenhielt, und schnitt ihn vorsichtig durch. Der Draht löste sich, und dann dauerte es nicht mehr lange, bis ich ihn ganz entfernt hatte.

»Geschafft!«

Gaze trug Drecksack zur Fensterbank, wo er ihn absetzte, während ich das Fenster aufmachte. Ganz langsam öffnete Gaze erst die eine Hand, ohne jedoch den Schnabel loszulassen.

Als Gaze seinen Griff ganz löste, traten wir beide einen Schritt zurück. Drecksack stieß ein lautes Kreischen aus, hob das zuvor gefesselte Bein und kackte noch einmal, ehe er den Fuß aufsetzte. Problemlos. Die Taube konnte sich wieder ungehindert bewegen. Sie schrie uns noch ein letztes Mal an, hüpfte dann aber aus dem Fenster. Gaze und ich rannten hin und schauten nach unten. Kurz bevor Drecksack auf der Straße aufgeschlagen wäre, breitete er die Flügel aus und flog davon, wobei er uns noch einen letzten wütenden Blick zuwarf.

Gaze verschränkte die Arme hinter dem Kopf und stieß einen leisen Pfiff aus. »Dieser Vogel hätte uns beinahe umgebracht.«

»Um ehrlich zu sein, würde ich eher sagen, dass wir uns beinahe selbst umgebracht hätten.« Ich zuckte die Achseln und warf einen Blick auf das zerbrochene Brett. Es war für unser Ballspiel nicht mehr zu gebrauchen. »Jetzt muss ich hier erst einmal saubermachen. Aber danke, dass du der Taube geholfen hast.«

»Ach, kein Problem.« Gaze begann, mir beim Aufräumen

und Saubermachen zu helfen, was er nicht hätte tun müssen. Ich fragte mich, was ihn davon abhielt, nach Hause zu gehen, und warum er es vorzog, mit mir zusammen Vogelkacke aufzuwischen. »Deine Mutter wird am ersten Schultag zusammen mit dir hingehen, oder?«

»Ja, das hat sie gesagt. Ich brauche neue Schulsachen, aber ich will noch nicht darüber nachdenken. Bis dahin sind es noch zweieinhalb Wochen.« Ich warf das dreckige Küchentuch in eine alte Supermarkttüte.

»Stimmt. Glaubst du, die Jungs spielen heute Basketball?« Gaze schaute wieder aus dem Fenster in Richtung Park, aber ich wusste, dass er ihn von mir aus nicht sehen konnte.

»Ja, Tocks hat erzählt, dass sie heute Abend ein Turnier haben. Er wollte wissen, ob du als Ersatzspieler mitmachst. Jede Mannschaft darf einen haben.«

Er fing an zu strahlen, und seine Augen wurden vor Stolz ganz groß. »Aber klar doch! Das ist toll. Die müssen mich wirklich gut finden.«

Ich nickte und verschwieg ihm, dass Tocks mir erzählt hatte, einer ihrer Stammspieler habe sich den Knöchel verstaucht und der andere habe eine neue Freundin, die schwanger sei. Aber Gaze war ein guter Basketballspieler. Ich hatte von meinem Sitzplatz unter dem Baum aus genug Spiele verfolgt, um zu wissen, dass er es konnte. Er hielt bei Typen mit, die viel älter und größer als er waren. Und das war wahrscheinlich auch der Grund, warum er vier Stockwerke über der Straße über eine Planke laufen konnte, um einen Vogel zu retten.

Als wir mit dem Putzen fertig waren, wuschen wir uns die Hände an der Spüle in der Küche. Das entwickelte sich zu einer Blasenschlacht, als Gaze merkte, dass man aus dem Seifenschaum kleine »Schneebälle« aus Blasen formen konnte. Ich rannte in mein Zimmer zurück und schnappte mir meine Seifenblasenpistole. Wir schrien und lachten, während wir in meiner Wohnung einen Krieg anzettelten. Am Ende ließen wir uns erschöpft auf den Teppich im Wohnzimmer fallen.

»Dir ist klar, dass wir uns heute geküsst haben, oder?« Er drehte den Kopf, sodass ihm das Haar nicht mehr in die braunen Augen fiel.

Ich sah ihn aus zusammengekniffenen Augen an. »Du meinst den Moment, als wir versucht haben, nicht zu sterben, und das nur geschafft haben, weil wir uns so eng aneinandergeklammert haben, dass sich dabei unsere Lippen berührt haben?«

»Genau. Nenn es, wie du willst, aber es war, was es war. Ein erster Kuss. Zumindest für mich. Ich weiß ja nicht, mit wie vielen Jungs du schon Spucke getauscht hast.« Er machte einen Kussmund.

»Das ist ja ekelhaft. Wir haben keine Spucke getauscht. Das war buchstäblich der trockenste Wir-werden-gleich-sterben-Kuss der Welt. Der zählt nicht. Wenn ich einen richtigen Kuss bekomme ...« Ich redete nicht weiter. Ich wollte mit Gaze nicht übers Küssen reden. Es fühlte sich irgendwie ... falsch an.

»Wie wird das sein? Nicht vier Stockwerke oberhalb der Straße, während der Boden unter dir nachgibt?« Er zwinkerte mir zu und ließ mich endlich vom Haken. Ich tat so, als wollte ich ihn schlagen, berührte ihn aber nicht einmal.

»Also ehrlich. Ich werde von hier bis hier blaue Flecken haben.« Ich zeigte von der Schulter bis zur Hüfte. »Weil ich dich reingezogen habe, damit du nicht in den Tod stürzt.«

Gaze setzte sich auf. »Das war echt eine richtige Superheldenaktion, was? Ich war ziemlich beeindruckt.« Er grinste.

»Ich auch. Ich weiß gar nicht, wie ich darauf gekommen bin.« Ich setzte mich ebenfalls auf.

»Wie Black Widow.« Er stand auf und hielt mir wieder die

Hand hin. »Komm, wir holen uns Pizza. Ich wette, du willst heute Abend nichts kochen.«

»Auf keinen Fall. Wir haben schon mehr geputzt, als ich eigentlich wollte. Lass uns Pizza essen gehen.« Ich holte meine Schlüssel, und Gaze schloss das Fenster, um mir gleich darauf zu berichten, dass Drecksack schon wieder putzmunter auf seinem üblichen Platz hockte.

»Der sieht so aus, als wollte er uns den nächsten Snack direkt aus der Hand klauen, nicht wahr?« Ich stand schon neben der geöffneten Wohnungstür, während Gaze noch das Licht ausknipste, um Strom zu sparen.

»Ich wette, dass das sein Plan ist.«

11. KAPITEL

Gaze

Wir gingen nach unten. Dabei fiel mir auf, dass das Treppenhaus fast genau wie in meinem Gebäude aussah. Ich wusste, dass der gleiche Architekt mehr als die Hälfte der Häuser in der näheren Umgebung entworfen hatte. Die Sonne würde bald untergehen, aber wir hatten noch genug Zeit. Ich liebte es, wenn sich die Sommertage endlos in die Länge zu ziehen schienen. Mittlerweile hatte ich großen Hunger, und ich wollte nicht wieder zu meinem Vater zurück. Er war jetzt in der nächsten Phase: Er trank zu Hause. Für gewöhnlich schleppte ich ihn aus irgendwelchen Kneipen nach Hause oder kümmerte mich nicht darum, wenn er die ganze Nacht weg war.

Er konnte nicht mehr behaupten, dass er es nur tat, um Kontakte zu pflegen. Plötzlich packte Pixie mich am Arm und zog mich zu sich. Ich war ganz in Gedanken gewesen und hatte nicht darauf geachtet, wo ich ging. Vor einem Laden standen die in den Bürgersteig eingelassenen Klappen zum Keller weit offen.

»Hey, pass auf. Aller guten Dinge sind drei. Besser du kaust deine Pizza heute besonders sorgfältig, sonst verschluckst du dich noch daran. Heute ist nicht dein Tag.«

Ich öffnete die Tür zu Pete's Pizza und schnaubte. »Es ist nie mein Tag.«

Pixie trat in den Laden und stellte sich an, um zu bestellen.

Sie hatte Geld in der Socke. Da bewahrte sie es immer auf. Wir merkten uns die Ausgaben, und ich zahlte ihr meinen Anteil immer zurück. Pizza mochten wir beide am liebsten ohne besondere Zutaten, dafür mit einer Extraportion Käse, die nach dem Backen drübergestreut wurde. Wir bestellten zwei Stücke und eine Cola, die wir uns teilten. Ich holte zwei Strohhalme, während Pixie zwei Pappteller balancierte, auf denen der Käse orangefarbene Fettflecken hinterließ. Als ich die heiße Pizza roch, musste ich fast weinen. Erst jetzt merkte ich, wie hungrig ich war.

»Willst du draußen essen? Hier drin ist es viel zu heiß.« Pixie huschte zur Tür hinaus, während zwei ältere Männer warteten, dass wir den Laden verließen. Wir bedankten uns bei ihnen dafür, dass sie uns die Tür aufgehalten hatten, aber sie beachteten uns gar nicht.

Es war eigentlich schon ein bisschen zu spät, um unser Viertel zu verlassen, aber als Pixie vorschlug, unten am Fluss zu essen, machten wir uns auf den Weg dorthin.

Der Sonnenuntergang war unsagbar schön. Wir aßen schon, während wir am Park mit dem Spielplatz vorbeigingen und dann nach links abbogen, um ans Wasser zu gelangen. Es gab hier keinen Strand oder Ähnliches. Auf der einen Bank schlief ein Obdachloser, doch die andere war frei.

Ich hatte mein Stück bereits verschlungen, als wir dort ankamen. Deshalb setzte Pixie sich auf die Bank, während ich Kieselsteine sammelte, um sie übers Wasser hüpfen zu lassen. Wir befanden uns oberhalb der Wasseroberfläche, sodass es wirklich schwer war, die Steine hüpfen zu lassen, doch das hielt mich nicht davon ab, es weiter zu versuchen.

Schon bald stand Pixie mit einer Handvoll Kiesel neben mir. »Dieser Sonnenuntergang sieht wie eine Pizza mit geschmolzenem Käse aus.«

»Ja, ganz orange heute Abend.« Mir gingen die Kieselsteine in der richtigen Größe aus, und so ließ ich auch die restlichen fallen. Meine Finger waren jetzt grau und staubig.

Pixie versuchte ebenfalls ihr Glück. Aber keiner ihrer Steine hüpfte, sondern sie stürzten einfach alle sofort theatralisch ab.

»Versuchst du etwa Fische zu fangen? Ich hab noch nie jemanden gesehen, der so schlecht im Werfen ist.« Zufrieden sah ich, dass sie versuchte, ein Grinsen zu unterdrücken.

»Ja. Ich versuche, eine von diesen dreiäugigen Sonnenbrillen aus diesem verseuchten Fluss zu fischen. Irgendwo muss ich ja ein Weihnachtsgeschenk für dich herbekommen.« Sie warf noch einen Stein, der aufs Wasser klatschte und sofort unterging. Der Obdachlose auf der Bank furzte laut.

Wir versuchten beide nicht zu lachen. Er führte wirklich kein leichtes Leben, aber Pupser waren einfach urkomisch.

Die Glocke des fahrenden Eisverkäufers rettete uns. Der melodische Klang erfüllte die Luft und weckte unseren Sportsgeist, sodass jeder der Erste sein wollte. So war das nun mal mit Eistrucks, da konnte man nichts gegen machen.

»Eis am Stiel?« Pixie rannte in Richtung der Glocke davon, ehe ich antworten konnte.

Aber klar, Eis am Stiel. Ich spurtete hinter ihr her, um sie einzuholen. Zwei andere Kinder hatten sich bereits angestellt, doch als ich schließlich vor der Eisverkäuferin stand, war noch genug von Pixies und meinem Lieblingseis da.

Pixie drückte mir Geld in die Hand, und ich stellte mich auf die Zehenspitzen, um es über den Metalltresen zu schieben.

»Ihr beide werdet euch noch in Eis verwandeln.« Sie hatte langes schwarzes Haar, das sie zu einem riesigen Knoten auf ihrem Kopf festgesteckt hatte.

»Oh, wir würden uns nur zu gern in Eiscreme verwandeln ... dann müssten wir nämlich nicht mehr zur Schule gehen.« Ich nahm das Wechselgeld und reichte es Pixie. Die zwei Jungs, die nach uns gekommen waren, rückten näher, sodass wir ihnen schnell Platz machten. Während ich das Papier von meinem Eis abmachte, lief mir das Wasser im Mund zusammen, obwohl ich noch pappsatt von der Pizza war.

Wir warfen das Papier in den Mülleimer, und dann begann erst der wahre Wettlauf mit der Zeit. Wer würde schneller sein – wir oder die Hitze, die ebenfalls an unserem Eis leckte? Meine Hände waren klebrig vom Eis und staubig von den Kieselsteinen. Pixie fiel das letzte Stück von ihrem Eis runter. Wir hielten beide einen Moment inne und trauerten wie um einen gefallenen Soldaten bei einer Beerdigung.

»Tja, das war's dann wohl. Wollen wir nach einem Hydranten suchen oder nach Hause gehen?« Ich nahm Pixie ihren Eisstiel ab und warf ihn zusammen mit meinem in einen Mülleimer.

»Ich glaube, Tocks und seine Freunde haben gesagt, dass sie heute Abend einen beim Park aufmachen wollen.« Sie zeigte in die Richtung, wo die nächste Wasserparty steigen würde.

»Es ist schon ein bisschen spät. Willst du nicht lieber nach Hause?« Ich versuchte, mir das Haar aus den Augen zu streichen, ohne dabei die Überreste des Eises darin zu verteilen.

»Ich würde lieber im Park planschen und das Duschen heute ausfallen lassen.« Sie setzte sich in Richtung Park in Bewegung, und ich folgte ihr.

»Hört sich gut an. Ich hoffe nur, dass uns keiner blöd kommt.« Ich spreizte die Finger, damit sie einander nicht berührten.

»Du bist mit mir unterwegs. Da würde dir nie jemand blöd kommen.« Sie warf sich das Haar über die Schulter, indem sie eine schwungvolle Drehung mit dem Kopf machte. Anscheinend hatte sie genauso klebrige Finger wie ich.

Sie hatte recht. Pixie Rae kannte alle hier in der Gegend. Sogar die angsteinflößenden Typen mit den Bandanas an den Handgelenken und den Tattoos im Nacken.

»Okay.«

Wir gingen zum Park, und Tocks hatte tatsächlich den Hydranten geknackt. Wir mussten warten, bis wir an der Reihe waren, um unter die Fontäne zu springen. Die Wasserspiele am Hydranten waren abends irgendwie anders. Zum einen spielte laute Musik, und zum anderen leuchteten kleine orangefarbene Punkte in der Dunkelheit, wo die Jugendlichen rauchten.

Aber Tocks passte auf und hielt die Raucher vom Hydranten fern, während Pixie und ich herumhüpften. Ich nutzte den kräftigen Strahl, um meine Hände zu waschen, und das klappte wirklich gut. Pixie beugte sich sogar nach vorn, sodass ihr ganzes Haar nass wurde. Dann warf sie den Kopf nach hinten, und die davonfliegenden Tropfen bildeten kurz einen silbernen Schweif. Dann strich sie sich das Haar aus dem Gesicht.

Leider war das Wasser zu kalt, um es lange auszuhalten. Am Tage war Tocks der König des Spielplatzes, aber abends wirkte er wie der Kopf einer Gang. Mich beschlich das Gefühl, dass er mehr als nur die Raucher von Pixie und mir fernhielt. Sie umarmte ihn klitschenass, wie sie war, als wir uns auf den Weg nach Hause machten.

Er erwiderte die Umarmung und schüttelte dann seine Hände aus. »Sehr nett, Pixie. Das ist also der Dank, den ich bekomme.«

Pixie grinste ihn an und packte dann fest meine jetzt saubere Hand. Es war wirklich an der Zeit, nach Hause zu gehen. Ich wurde kurz traurig, als ich an unsere zerbrochene Planke dachte. Es hatte mir wirklich viel Spaß gemacht, mit Pixie Ball zu spielen. Auf die Art und Weise hatten wir uns während des

Sommers gut die Zeit vertrieben. Endlos. Wir hatten viel dabei gelacht.

Ich brachte sie bis zur Eingangstür ihres Wohnhauses. Alles schien sicher, und so hielt ich ihr die Tür auf. »Danke für meinen ersten Kuss.«

Pixie verdrehte die Augen. »Danke, dass du dein Leben für den fetten Drecksack riskiert hast.«

»Ich sehe dich dann oben!« Ich ließ die Tür hinter ihr zufallen und ging zu meinem Haus rüber. Mittlerweile war es Abend geworden. Ziemlich spät sogar, und ich war froh, dass ich nicht noch duschen oder mir Gedanken über die Schule machen musste.

Mir sackte das Herz in die Hose, als ich meinen Vater auf der Treppe vor unserer Haustür stehen sah, wo er auf mich wartete.

»Wo zum Teufel bist du gewesen?« Mein Vater warf seine brennende Zigarette auf den Boden und trat sie aus. Das tat er aber mehr aus Wut, als um das Brandrisiko zu verringern.

»Ich war … draußen?« Es klang wie eine Frage. Keine Ahnung, warum er sich deshalb überhaupt Gedanken machte.

»Und gibst du unser Geld aus?« Er zog die Tür auf, und als ich hindurchging, schlug er mich auf den Hinterkopf. Geld. Natürlich. Er war wahrscheinlich pleite. Sein Gehaltsscheck reichte nicht mehr. Zum einen verdiente er weniger, weil er nicht genug verkaufte, aber zum anderen gab er das Geld jetzt auch schneller aus. Durch Pixie ging ich jetzt bewusster mit Geld um. Sie führte genau Buch über ihre wöchentlichen Ausgaben. Außerdem bezahlte sie Rechnungen, indem sie die Briefe mit den Überweisungsträgern, die ihre Mutter vorbereitet hatte, zu bestimmten Zeiten einwarf.

»Nein. Ich war nur im Park.« Ich stürmte die Treppe hoch und ließ ihn mit Leichtigkeit hinter mir. Aber er kam hinterher und daran ließ sich nichts ändern. Er war in einer gefährlichen Stimmung. Er legte den Kopf auf diese gewisse Art zur Seite, wenn er etwas brauchte. Einen Drink. Irgendetwas. Und so war es auch heute Abend. Das Eis, das ich mit Pixie gegessen hatte, rumorte in meinem Magen.

»Im Park? Was treibst du dich da so spät abends rum? Was hast du angestellt?«

Ich öffnete unsere Wohnungstür – sie war nicht abgeschlossen – und ging zu meinem Zimmer. Manchmal, wenn ich die Tür hinter mir zumachte, vergaß er, mir eine Standpauke zu halten. Ich merkte, dass ein aggressiver Unterton in meiner Stimme mitschwang, als ich antwortete: »Hab nur beim Hydranten geplanscht.«

Er holte mich ein und legte seine große Hand flach auf meine Zimmertür, sodass ich sie nicht schließen konnte. Wie gern hätte ich mein Fenster zugemacht. Ich wollte nicht, dass Pixie die Bosheiten hörte, die als Nächstes aus seinem Mund kommen würden.

»Ah, du bist jetzt also ein richtiger Stadtjunge geworden, hm? Hast keine Zeit mehr für deinen Paps? Keine Lust mehr auf Fangenspielen im Park?« Der Unterarm meines Vaters war so angespannt, dass die Sehnen hervortraten.

Ich hörte die Antwort in meinem Kopf: *Du bist ja nie da. Dich interessiert doch nur noch eins ... Trinken.* Aber ich sprach die Worte nicht laut aus.

»Ich war heute den ganzen Abend zu Hause und habe auf dich gewartet, um Zeit mit dir zu verbringen, mein Junge.« Er versuchte zu lächeln, aber es wirkte eher so, als stünde ihm ein Besuch beim Zahnarzt bevor.

Mein nächster Schritt war riskant: Entweder würde er dann Ruhe geben oder nur noch wütender werden. Ich ging zu meinem Kleiderschrank und öffnete ihn. In einem Paar Baumwollstrümpfe bewahrte ich einen Zwanzig-Dollar-Schein auf, den ich weggesteckt hatte, als Dad beim Taschengeld mal besonders großzügig gewesen war. Taschengeld bekam ich in letzter Zeit gar nicht mehr. Vorbildliche Erziehungsgrundsätze gingen den Bach runter, wenn er in diesem Zustand war.

»Hier. Das ist alles, was ich habe. Kauf dir davon Whiskey.« Ich stand unbeweglich mitten in meinem Zimmer, und mein Vater kam näher. Ich hatte aufs falsche Pferd gesetzt, als ich ihm das Geld hinhielt.

12. KAPITEL

Pixie Rae

Ich wartete auf Gaze. Ich riss das Fenster auf, um nach der Taube zu sehen. Sie war nicht da. Das wertete ich als gutes Zeichen.

Die scharfen Worte von Gaze' Vater drangen zu mir herüber. Zwar konnte ich nicht verstehen, was er sagte, aber sein Tonfall war so vergiftet, dass er wie übel riechender Qualm aus dem Fenster zu strömen schien.

Nun konnte ich Gaze sehen, und er hielt seinem Vater Geld hin. Dann hörte ich, wie er ihn mit dem Wort Whiskey praktisch verhöhnte.

»Oh nein.« Meine Mutter trank gelegentlich ein Glas Wein, obwohl sie sich das wirklich nicht leisten konnte. Ich wusste aus der Nachbarschaft, dass man mit denen, die mit dem Trinken nicht aufhören konnten, anders umgehen musste. Manche hielten Abstand, andere waren überfreundlich. Und einige … einige sahen genau wie Gaze' Vater aus, und um die machte man einen großen Bogen.

Der Schlag kam so schnell, dass ich gar nicht damit gerechnet hatte. Gaze fiel zu Boden, sodass ich ihn nicht mehr sehen konnte, und der Schein, den er in der Hand gehabt hatte, flatterte wie ein einzelnes Stück Konfetti durch die Luft.

Ich lehnte mich aus dem Fenster. Wäre die Planke noch da gewesen, wäre ich jetzt darüber gelaufen. Ich war so wütend.

»Hey!« Mein Tonfall war so hart, wie der Schlag ausgesehen hatte. »Lassen Sie das!«

Gaze' Vater drehte den Kopf und starrte mich an. Sein Gesicht war rot angelaufen, und an seinem Hals zeichneten sich die Adern ab. Er sah Furcht einflößend aus.

»Kümmer dich um deinen eigenen Kram.«

Ich wollte schon etwas erwidern, als ich Gaze' Hände an seinem Fensterbrett sah, an dem er sich hochzog. Ich hielt mich zurück und wartete, bis ich sein Gesicht sehen konnte. Etwas Blut rann aus seinem Mundwinkel. Ich achtete nicht mehr auf seinen schrecklichen Vater, als ich Gaze in die Augen sah.

Lautlos formten seine Lippen die Worte: »Nein. Bitte …«

Ich biss die Zähne zusammen und schluckte, während sich meine Nägel in die Handflächen bohrten. Es war eine heikle Sache, anderen Menschen so nahe zu sein und mitzubekommen, wie sie lebten. Man erfuhr mehr über seine Nachbarn, als gut für einen war. Privatsphäre war hier im Grunde nicht vorhanden. Doch darum bat Gaze mich jetzt – um Privatsphäre. Ich trat zurück. Es gab verschiedene Möglichkeiten, was man tun konnte, wenn solche schrecklichen Dinge passierten. Mom hatte wegen der Nachbarin über uns einmal das Jugendamt angerufen, weil wir hören konnten, wie sie ihre kleinen Kinder schlug. Es war ein Fiasko gewesen, denn nachdem man ihr die Kinder für eine Weile weggenommen hatte, waren sie wieder zurückgebracht worden. Seitdem hassten die Nachbarn uns.

Aber bei Gaze war das etwas anderes. Er war älter. Das Blut an seinem Mund war noch hellrot und frisch. Man merkte ihm an, dass er Schmerzen hatte. Sein Vater war so viel größer als er. Gaze richtete sich auf und schloss das Fenster, wobei er mir die ganze Zeit fest in die Augen sah.

Er flehte mich an, ohne auch nur ein Wort zu sagen. Er hatte heute dem fetten Drecksack geholfen, und jetzt bat er mich um einen Gefallen.

Ich ließ ein paar Herzschläge verstreichen, ehe ich zurücktrat und mein Fenster schloss. Gaze' Lippen bewegten sich, und ich sah, dass er *Danke* sagte.

Das war für mich keine Erleichterung. Ich schlich in das Zimmer meiner Mutter und öffnete das Fenster dort einen Spaltbreit. Gaze und sein Vater stritten sich, aber ich hörte die Stimmen jetzt nur noch gedämpft. Während ich unter dem Fenster hockte, betete ich für Gaze. Ich fühlte mich hilflos. Nutzlos. Ich wischte mir Tränen aus den Augen. Ich hasste es zu sehen, wenn jemand litt. Diesen Aufruhr in Gaze' Zimmer mitzubekommen, war die reinste Folter für mich.

Genau deshalb hasste ich es, als Kind ohne meine Mutter zurechtkommen zu müssen. Ich wollte, dass ein Erwachsener entschied, was jetzt getan werden musste. Aber stattdessen musste ich darauf vertrauen, dass Gaze wusste, was er zu tun hatte … dass dieser Streit mit seinem Vater die beste Lösung wäre. Wobei Streit eine viel zu wohlwollende Umschreibung war. Denn das, was da im Nachbargebäude ablief, war eine ganz und gar einseitige Kommunikation. Gaze' Vater schien ein völlig anderer Mensch zu sein. Wie jemand so viel Wut in sich tragen konnte, war mir ein Rätsel. Der Ausbruch ging genauso schnell zu Ende, wie er angefangen hatte. Ich schlich in mein Zimmer zurück und öffnete mein Fenster. Ich sah Gaze erst am nächsten Morgen wieder, als die blauen Flecken in seinem Gesicht für all das standen, worüber wir nicht redeten.

13. KAPITEL

Gaze

Ich konnte mein Gesicht nicht verstecken. Aber es wäre ohnehin sinnlos gewesen, weil Pixie genug gesehen hatte, um zu wissen, woher die blauen Flecken kamen. Tiefe Scham erfüllte mich, weil sie Zeugin all dessen geworden war. Aber ich ließ mein Fenster offen, wie ich es ihr versprochen hatte. Sie hatte Angst vor der Dunkelheit, aber mein Monster wohnte mit mir zusammen.

Wie gern hätte ich die Planke noch gehabt, um wieder Ball zu spielen. Es würde die Anspannung lösen, und wir hätten etwas zusammen machen können. Ich versuchte es ohne das Brett, aber Pixie warf ihn mit etwas zu viel Schwung zurück. Wir beschlossen, den Ball gemeinsam zu holen und in den Tag zu starten.

Ich wich ihrem Blick aus, als wir uns in der Seitenstraße trafen. Ihr mitleidiger Blick war das Letzte, was ich jetzt sehen wollte. Ich entdeckte unseren Ball und hob ihn auf. Er hatte direkt neben unserem zerbrochenen Brett gelegen.

In dem Moment kam mir eine Idee. Wir würden etwas zu tun haben und die Sache, die jetzt zwischen uns stand, hoffentlich vergessen.

»Du kennst doch die Baustelle ungefähr zwei Straßen weiter, oder? Auf der anderen ... der schlechten Seite?« Das war der Teil der Stadt, den wir bei unseren täglichen Ausflügen mieden.

»Nein. Eigentlich nicht. Da gehen wir doch nie hin.« Sie schob die Unterlippe vor.

»Ich hab da eine Autorampe gesehen. Aus Metall. Stabil. Die würde besser halten als die Planke. Da liegt nur eine … man kann sie also nicht mehr für Autos benutzen. Außerdem war schon lange keiner mehr auf der Baustelle. Die Sandhaufen sind voller Unkraut, und aus dem Fahrerhaus des Baggers wächst ein Baum.« Ich zeigte in die ungefähre Richtung der Baustelle, die ich plündern wollte.

»Aber das ist Diebstahl. Und wenn das Zeug noch gut wäre, hätte sich das doch längst jemand weggeholt. Wie hast du die Rampe überhaupt entdeckt?« Trotz ihrer Einwände schlug sie die Richtung ein, in die ich gezeigt hatte.

»Vor einiger Zeit bin ich mal falsch abgebogen. Aber erst heute Morgen ist mir klargeworden, dass eine einzelne Rampe perfekt sein könnte. Sie ist lang genug.«

»Und man würde uns nicht verhaften«, ergänzte sie.

»Kinder werden selten verhaftet. Es gibt eher eine Verwarnung für die Eltern.« Mist. Ich hatte das Thema Eltern erwähnt.

Ihre Gedanken gingen in eine andere Richtung als meine. »Meine Mutter kommt heute Abend wieder nach Hause.«

»Oh, toll.« Ich war froh, dass wir über sie und ihre Situation sprachen.

»Sie hat gesagt, sie habe eine Überraschung für mich. Ich glaube, es könnte eine Katze sein. Oder ein Kätzchen. Sie denkt schon seit einer ganzen Weile darüber nach, weil ich mir eins zum Geburtstag wünsche, seit ich klein war. Bisher waren ihr die Kosten immer zu hoch gewesen … Tierarzt, Futter, Medikamente. Aber vielleicht hat sie durch den neuen Job jetzt mehr Geld. Ich fände es toll, eine Katze zu haben, die nachts bei mir wäre.« Sie sprang über ein großes Loch im Bürgersteig.

»Welche Farbe soll sie haben? Magst du schwarze Katzen?«
Ich bog wie damals an der falschen Stelle ab, was jetzt aber der richtige Weg war.

»Ich fand schon immer die am schönsten, die so aussehen, als hätten sie einen Milchbart … diese schwarzen Katzen mit einem Lätzchen.« Ihre Augen funkelten. »Aber ich würde alles nehmen. Sogar ein Meerschweinchen.«

»Oh, cool. Wir könnten es als Ball benutzen, wenn wir den hier verlieren.« Ich warf den blauen Plastikball in die Luft.

»Gaze Patrick Jones, untersteh dich.« Sie fing den Ball ab.

Ich beschleunigte meinen Schritt, als der Maschendrahtzaun in Sicht kam, der die Baustelle umschloss. »Da, schau.«

Wir befanden uns jetzt im zwielichtigen Teil der Stadt. Es war aber so früh, dass kein Mensch zu sehen war. Das war mir nur recht. Ich drückte gegen das Zaunstück, das als Tor diente. Es war mit einem Vorhängeschloss und einer dicken Metallkette gesichert. Aber ich konnte es so weit aufdrücken, dass der Spalt groß genug war, um mich erst mit dem Kopf und dann mit dem restlichen Körper hindurchzuquetschen. Damit es für Pixie ein bisschen einfacher war, zog ich ganz fest am Zaun, als sie sich durch die Öffnung schob.

»Hier sieht es ja schrecklich aus.«

Sie hatte recht. Es lag haufenweise Müll, zerbrochenes Glas und Spritzen herum. Ich kraxelte über den ersten Hügel hinweg und stellte fest, dass die Rampe immer noch da war. Sie war zwar verrostet, schien aber ansonsten intakt zu sein. Ich nahm die eine Seite in die Hand und wartete darauf, dass Pixie nach der anderen griff. Wir hoben sie hoch und lösten sie aus dem Unkraut, das sie mit der Zeit überwuchert hatte. Dann mussten wir noch ein bisschen zerren, bis auch eine besonders hartnäckige Wurzel nachgab. Die Rampe war längst nicht so schwer, wie ich angenommen hatte.

»Wir könnten sie mitnehmen. Das heißt, wenn du damit einverstanden bist. Ich kann mir nicht vorstellen, dass jemand mit einer einzelnen Rampe viel anfangen kann.«

Pixie wiegte den Kopf von einer Seite zur anderen, während sie gründlich nachdachte. Kurz ging ihr Blick zu den blauen Flecken in meinem Gesicht. »Okay. Wir machen's. Ich will endlich anfangen, mein Vorstrafenregister zu füllen.«

Ich lächelte sie an. Mir war klar, dass meine Prellungen ihre Entscheidung beeinflusst hatten, aber das nahm ich in Kauf. Ich war gern mit ihr verbunden ... indem wir eine Brücke zwischen unseren Häusern bauten.

Der Rückweg über den Hügel war eine mühsame Angelegenheit, aber dann schoben wir die Rampe ganz schnell durch die Lücke im Zaun. Ich wartete die ganze Zeit darauf, dass uns jemand anbrüllte und uns des Diebstahls bezichtigte, doch nichts rührte sich. Vielleicht war das überhaupt das Beste am Stadtleben: Die Leute kümmerten sich meist um ihren eigenen Kram.

Wir schleppten die Rampe durch Pixies Haus hoch. Wir sprachen das nicht ab, doch unser gesunder Menschenverstand sagte uns, dass mein Vater heute nicht sonderlich gastfreundlich sein würde. Erneut verspürte ich tiefe Scham, die mich so sehr herunterzog, als würde ich Betonschuhe tragen. Ich schniefte ein paarmal vor mich hin, doch dann konzentrierte ich mich darauf, die Rampe zusammen mit Pixie die Treppe hochzumanövrieren. Am Anfang war sie mir noch leicht vorgekommen, aber mittlerweile fühlte sie sich so an, als würde sie tausend Kilo wiegen.

Wir brauchten mehrere Anläufe, um das gerade Teil im richtigen Winkel durch das enge Treppenhaus zu bugsieren. Einige dunkle Stellen an den Wänden würden uns noch lange an die Reise der Rampe erinnern.

Sie dann in Pixies Zimmer zu schaffen, war ein bisschen einfacher, weil die Wohnung einen geraden Grundriss hatte. Die Haustür befand sich in einer Linie mit dem Fenster in ihrem Zimmer, wenn ihre Tür offen stand. Wir setzten die Rampe ab, um Wasser zu trinken und ein paar Karotten zu essen.

»Lass uns die Rampe jetzt zwischen die Fenster legen.« Ich stellte mein Glas in die Spüle, und Pixie tat es mir nach.

»Wenn wir das geschafft haben, will ich mich unter den Hydranten stellen.« Pixies Haare waren vorne ganz verschwitzt, und als ich mir an die Stirn fasste, stellte ich fest, dass meine es auch waren. Diese Aktion war Schwerstarbeit.

»Super Idee«, stimmte ich ihr zu, doch dann fielen mir meine blauen Flecken ein. Der Strahl, der aus dem Hydranten kam, war ziemlich kräftig, und ich war mir sicher, dass es wehtun würde. Und darüber hinaus würden noch mehr Leute die Prellungen sehen. »Aber lass uns erst einmal schauen, ob das hier hinhaut.«

Gemeinsam nahmen wir die Rampe an den Längsseiten hoch und hievten sie so weit, wie es eben ging, nach draußen. Dann stellte ich mich ans Ende und drückte nach unten, während ich die Rampe noch weiter nach draußen schob, sodass sie wie eine Zugbrücke in der Luft hing – wenn sie denn lang genug war.

»Bei Drei loslassen.« Ich umklammerte die Rampe und schaute gleichzeitig, ob unten irgendjemand war. Niemand war in der Seitenstraße zu sehen.

»Eins. Zwei. Drei!« Pixie zählte für uns, und dann ließen wir los. Die Rampe landete mit einem schrecklich lauten Knirschen auf dem Hausvorsprung auf der anderen Seite. Als wir uns aus Pixies Fenster lehnten, steckten auch ein paar Nachbarn gerade den Kopf nach draußen. Wir zogen uns sofort zurück. Als wir mit dem Schaumstoffball auf dem Brett gespielt hatten, waren keine Beschwerden gekommen. Aber da hatten wir auch keine lauten Geräusche gemacht. Bei der Metallrampe hingegen hatte ich Bedenken. Sie war stabiler, aber leiser würde sie wohl nicht sein.

Pixie zog die Nase kraus. »Ich hoffe, es beschwert sich keiner.«

»Wir probieren sie besser erst heute Abend aus, wenn es spät ist.« Ich sah auf die Uhr. »Wann kommt deine Mutter?«

»Oh. Bald. Die Zeit ist verflogen. Ich muss noch duschen. Wir beide werden viel zu erzählen haben. Und dann ist da ja noch die Überraschung!«

Mrs Stone dachte an sie, und das war gut. Ich sollte jetzt gehen, damit Pixie Zeit hatte, sich fertig zu machen. Aber es fiel mir schwer, jetzt nach Hause zu gehen.

»Vielleicht die Katze?« Die Vorstellung, dass eine Katze über unsere neue Rampe laufen und mich besuchen würde, fand ich aufregend. Ich verließ Pixie und lief noch ein bisschen um den Block. Als ich in unsere Seitenstraße zurückkehrte, betrachtete ich unsere Rampe von unten, und alles erschien mir gut.

»Hey, da ist ja die Kackfresse, aber diesmal ohne Bodyguard.«

Ich hatte nicht das Gefühl, dass ich gemeint wäre, aber dann kam der Spruch erneut, und ich drehte mich um. Es waren die Jungs vom Spielplatz – Alfie und seine Kumpel –, die ich kennengelernt hatte, als ich das erste Mal mit Pixie hingegangen war.

»Ich?« Ich deutete auf meine Brust, ehe ich einen Blick über die Schulter warf.

»Hast du dich etwa mit deiner Freundin geprügelt? Oder Basketball mit den Großen gespielt?« Die drei rückten näher. Die Straße zwischen den beiden Gebäuden war schmal und zugemüllt. Ich konnte nur vorn oder hinten raus. Aber als ich einen Blick über die Schulter warf, sah ich, dass die Müllcontainer nach der letzten Leerung so abgestellt worden waren, dass man auf dieser Seite nicht mehr durchkam.

»Ich wollte gerade nach Hause.« Ich wusste nicht, was ich sagen sollte. Und mit drei Jungs auf einmal wollte ich es auch nicht aufnehmen. Ich hatte nichts gegen sie, aber offensichtlich meinten sie, etwas gegen mich zu haben.

»Ach, wolltest du? Was macht denn Pixies Schoßhündchen so, wenn sie es von der Leine lässt?« Sie lachten sich fast kaputt und rückten noch enger zusammen.

Ich sagte nichts mehr. Sie würden eh alles verdrehen, was ich sagte. Ich setzte eine ausdruckslose Miene auf und ließ den Blick schweifen, während ich nach einer Fluchtmöglichkeit suchte.

»Ich will sehen, ob er wie ein Mädchen Glitzer scheißt«, sagte der dicke Braunhaarige mit einem höhnischen Grinsen.

Ich sah ihn an, und obwohl ich mir gerade geschworen hatte, nichts zu sagen, konnte ich mich nicht zurückhalten. »Du glaubst tatsächlich, dass Mädchen Glitzer scheißen?«

Das höhnische Grinsen verschwand schlagartig von seinem Gesicht und machte purer Bosheit Platz. »Redest du etwa mit mir?«

»Tja, du stehst direkt vor mir, also würde ich mal sagen Ja.«

Wie Schlangen, die nur darauf gewartet hatten, anzugreifen, nahmen sie meine Worte als Startsignal und stürzten sich auf mich. Faustschläge und Tritte prasselten auf mich ein. Ich wehrte mich, so gut ich konnte, obwohl sie nicht fair kämpften.

»HEY!«

Der Braunhaarige, der seine Hand gerade in mein Haar krallte, bekam plötzlich einen Tritt in die Kniekehle verpasst.

Pixie stand mit wild loderndem Haar wie eine Kriegerin da. »Drei gegen einen? Ihr elenden Waschlappen.«

Pixie Rae hatte einen Baseballschläger in der Hand und klopfte sich ohne einen Funken Angst damit in die offene Handfläche. Voller Ehrfurcht beobachtete ich, wie die anderen beiden sofort von mir abließen und sich zurückzogen.

Der Braunhaarige stand auf und rieb sich das Knie. »Vielleicht ist dein Freund Tocks gar nicht in der Nähe.«

»Willst du mir drohen? Ich brauche seine Hilfe nicht, um dir den Schädel wie ein Frühstücksei aufzuschlagen.« Sie deutete mit dem Schläger in seine Richtung und ließ die Spitze dann mehrmals warnend auf den Asphalt knallen. »Außerdem hab ich die Bullen angerufen. Ich hoffe also, eure Eltern haben Lust, euch bei der Polizeistation abzuholen. Und, Alfie, vielleicht kannst du dann ja gleich deinen Vater besuchen. Er wird bestimmt sehr stolz auf dich sein.«

Sie waren jetzt ganz kleinlaut, und Alfie reichte mir sogar eine Hand, um mir aufzuhelfen. Aber ich schlug sie weg und nannte ihn ein Arschloch. Pixie kam näher und stellte sich neben mich.

»Zieht ab. Und ich werde allen erzählen, dass es das letzte Mal gewesen ist, dass ihr mir so auf den Keks gegangen seid.«

Sie war ein Racheengel. Bei ihr fühlte ich mich so sicher wie noch nie zuvor in meinem Leben.

14. KAPITEL

Pixie Rae

Diese Arschlöcher waren so leicht zu durchschauen. Sie legten sich nur mit anderen an, wenn die allein waren. Ich behielt sie seit Jahren im Auge. Sie waren ein Jahr jünger als ich, sodass ich irgendwie das Gefühl hatte, für sie verantwortlich zu sein. Tocks warnte mich, dass die Kids irgendwann größer sein würden als ich und ich dann aufpassen müsste.

Ich wusste, dass sie Gaze das Leben zur Hölle machen würden, weil ich ihm geholfen hatte. Aber sie würden auch dankbar sein, wenn ich mal mit meinem Baseballschläger auftauchte, um ihnen zu helfen.

Als nur noch wir beide in der Seitenstraße waren, warteten wir einen Moment. Er lehnte an der Hauswand, während ich nachschaute, ob die Luft rein war. Ich wollte sichergehen, dass die Blödmänner sich nicht Verstärkung holten. Allerdings hatten sie nicht viele Freunde in der Gegend.

Ich ließ den Schläger neben Gaze stehen und kontrollierte die Straße erst in der einen Richtung, und als ich auch in die andere schaute, sah ich meine Mutter vor der Eingangstür zu unserem Haus stehen.

»Pixie Rae? Was machst du da? Du bist ja völlig verschwitzt.«

Meine Mutter sah wunderschön aus, sie war ganz in Weiß gekleidet. Instinktiv rannte ich mit ausgebreiteten Armen auf sie zu. Ich hatte sie so sehr vermisst.

Kurz bevor ich sie erreichte und mich in ihre Arme werfen konnte, trat ein großer Mann zwischen uns und streckte seine Hand aus. Er stoppte mich mitten im Lauf, indem er mir die flache Hand auf den Brustkorb legte.

»Nicht so stürmisch, junge Dame. Du willst doch nicht das schöne Hochzeitskleid deiner Mutter dreckig machen, oder?«

Ich schaute so perplex zu ihm auf, als würde er eine fremde Sprache sprechen. »Wer sind Sie?«

Er brach in schallendes Gelächter aus. »Ich bin dein neuer Daddy, Kleines! Ich habe mir immer eine Tochter gewünscht. Und deshalb freue ich mich so, dich endlich kennenzulernen.«

Dann umarmte er mich ungestüm, während ich an seiner Brust zappelte. Voller Panik sah ich zu meiner Mutter. Sie lachte auch, aber ich bemerkte ihren zurückhaltenden Blick, als würde sie bedauern, wie das gerade ablief. Was immer das hier war. Ich zappelte unangenehm lange, ehe meine Mutter eine Hand auf seine Schulter legte. »Vielleicht solltest du sie runterlassen, Bic. Ich glaube, sie hat einen Schock.«

Bic drehte den Kopf und drückte seine Wange an meine. »Sie ist total verrückt nach mir. Das sehe ich doch. Ich wusste, dass das großartig wird. So, und jetzt knuddelt die ganze Familie!«

Bic zog meine Mutter ebenfalls in die Umarmung und drückte mich viel zu fest. Sein Atem roch nach Zwiebeln, und seine Achseln waren feucht. Schließlich gab ich meine höfliche Zurückhaltung auf und fing an zu treten.

»Oh, oh! Sie ist temperamentvoll. Ganz wie die Mama.« Bic setzte mich hart auf dem Boden ab und schlang dann einen Arm um Moms Hals, um sie zu einem langen, widerlichen Kuss an sich zu ziehen. Sie ließ die Arme hängen, und ich sah den glänzenden goldenen Ring an ihrer linken Hand.

Ich berührte ihre Fingerspitzen. Meine Mutter gehörte mir. Wir konnten nie viel Zeit miteinander verbringen, aber wir gehörten zusammen. Ich war ihre Nummer eins.

Moms Finger bewegten sich, als wollte sie meine Hand halten, doch Bic wirbelte sie plötzlich herum und riss sie damit außerhalb meiner Reichweite.

Ich trat zurück.

Bic gab ein Knurren von sich und tat so, als wollte er Mom in den Hals beißen. »Dann wollen wir mal eine richtige Braut aus dieser Frau machen.«

Er hob sie hoch, als würde sie überhaupt nichts wiegen. »Mach dich vom Acker, und komm in zwei Stunden zurück. Da werde ich mich für die zweite Runde ausruhen.«

Ich verstand nicht, wovon er überhaupt redete, aber es fühlte sich widerlich an, als wäre meine Seele in irgendwas Ekliges reingetreten.

Mir kamen die Tränen, also drehte ich mich um und rannte in die Seitenstraße zurück. Gaze war in sich zusammengesackt, umklammerte aber meinen Baseballschläger. Jetzt sah ich ihn zum ersten Mal richtig an. Zu den blauen Flecken war eine Platzwunde hinzugekommen.

Höchstwahrscheinlich brauchte er sogar einen Krankenwagen. »Vielleicht solltest du ins Krankenhaus. Die haben dir ganz schön zugesetzt.« Ich wischte mir die Tränen weg und verrieb sie auf meinen Wangen.

»Wein nicht, Pixie. Das wird schon wieder. Ich schaff das.« Er bewies es mir, indem er mühsam hochkam. Ich schob meinen Arm unter seinen und stützte ihn.

»Wir müssen dich aber zumindest nach oben bringen und saubermachen.« Ich führte ihn auf sein Wohnhaus zu.

»Nimm's mir nicht übel, Pixie, aber ich weiß nicht, was mein Vater gerade macht. Könnten wir …?«

Ich unterbrach ihn. »Nein. Können wir nicht. Wir müssen zu dir.«

Meinen Baseballschläger würde ich mitnehmen. Wenn Gaze' Dad uns zu nahe käme, würde ich auf ihn losgehen.

Gaze sah nach unten und nickte ernst. Er würde sich seiner Angst stellen müssen. Ich seufzte.

»Meine Mutter ist gerade nach Hause gekommen, und normalerweise hätte ich kein Problem damit, zu ihr zu gehen …«

»Hey, das ist toll«, unterbrach er mich schnell und zuckte beim Sprechen zusammen. »Geh nach Hause. Du freust dich sicher, weil sie jetzt schon da ist.«

»Nein. Das ist es ja. Sie hat geheiratet. Während sie weg war. Und jetzt will dieser Mensch mit ihr allein sein.« Mir kamen wieder die Tränen.

Gaze streichelte meine Schulter. »Verdammt, was hat das denn zu bedeuten?«

»Ich weiß nicht. Aber jetzt kümmern wir uns erst einmal um dich. Dann …«

Dann … ich wusste nicht, was dann. Ich konzentrierte mich auf Gaze und half ihm nach Hause.

Für die Treppe brauchten wir eine Weile, denn er musste ein paarmal stehen bleiben und sich hinsetzen. Er rieb mir den Rücken, während ich weinte und er wieder zu Atem kam. Für die Leute, die im Treppenhaus an uns vorbeikamen, boten wir bestimmt ein Bild des Jammers, doch keiner sprach uns an. In dieser Gegend war man gut im Wegschauen, wenn es sich um etwas Unangenehmes oder Seltsames handelte. Jeder hier hatte seine eigenen Probleme.

Als wir endlich bei Gaze' Wohnung ankamen, stand die Tür einen Spaltbreit offen. Er drückte sie auf. Sein Vater war komplett weggetreten und lag schnarchend und sabbernd auf der abgenutzten Couch.

»Er wird 'ne ganze Weile so bleiben. Wir haben also Zeit.«

Ich half Gaze in die Küche und fand dort auch einen Lappen. Ich reinigte alle verletzten Stellen, die ich an seinem Körper finden konnte, und fragte ihn jedes Mal, ob es wehtun würde. Sein Kiefer reagierte sehr empfindlich auf Berührungen. An der Wange hatte er eine Platzwunde, aber mit einem Eisbeutel, den wir auf die Wunde legten, ging die Schwellung nach einer Weile ein bisschen zurück.

Nachdem ich ihn mit einem Glas Wasser und einem weiteren Eisbeutel versorgt hatte, hörte ich, wie sein Vater ins Badezimmer ging. Gaze' Augen weiteten sich.

»Du musst jetzt gehen. Es tut mir leid, aber ...«

Er brauchte es nicht zu erklären. Mir war klar, dass die Situation unangenehm werden könnte. »Wird er dich in Ruhe lassen?«

Gaze nickte einmal kurz, ehe sein Blick an mir vorbeiging.

Ich musste ihn von seinem Elend erlösen. Also drehte ich mich um, ging rasch durch die Wohnung und hörte die Toilettenspülung, als ich gerade die Wohnungstür leise hinter mir zuzog.

Mom war zu Hause, aber da wollte ich nicht hin. Es fühlte sich irgendwie nicht richtig an und kam mir auch ganz seltsam vor, dass ich mich über ihre Rückkehr gar nicht freute. Ich wusste nicht, was ich tun sollte.

Ich lief den Bürgersteig entlang. Ich musste Tocks erzählen, dass die drei Blödmänner Gaze angegriffen hatten. Gerade wollte ich den Weg Richtung Park einschlagen, um dort nach ihm zu suchen, als ich meinen Namen hörte.

»Pixie Rae!«

Ich warf einen Blick über die Schulter und sah meine Mutter in Bademantel und Hausschuhen im Hauseingang stehen.

Bei ihrem Anblick stiegen mir sofort Tränen in die Augen.

»Ach, meine Kleine, komm her.«

Ich rannte zu ihr hin, und sie streckte einen Arm nach mir aus, während sie mit der anderen Hand den Bademantel zusammenhielt.

Als ich die Arme um ihre Taille schlang, legte sie ebenfalls beide Arme um mich und drückte mir einen Kuss auf den Scheitel. »Magst du Bic? Er hat eine starke Persönlichkeit, aber er ist ein guter Mensch.«

Ich legte den Kopf in den Nacken, um zu ihr aufzuschauen. »Ich kenne ihn nicht.«

Das war eindeutig das Schlimmste daran. Ich kannte ihn nicht. Ich wollte ihn nicht kennen. Ich wollte nicht, dass irgendjemand Ansprüche auf meine Mutter erhob.

»Du wirst ihn lieben. Er hat ein großes Herz. Und er wird da sein, wenn ich unterwegs bin. Das heißt, du wirst nachts nie mehr allein sein. Das ist doch was Gutes, oder?« Sie strich mir das Haar aus dem Gesicht.

Ach, hätte ich ihr doch bloß nie gesagt, dass ich Angst vor der Dunkelheit hatte. Dann hätte sie auch nicht versucht, das Problem zu lösen.

Ein lauter Pfiff ertönte. So ein Pfiff wie Männer ihn von sich gaben, wenn eine Frau vorbeiging, die ihnen gefiel. Er kam vom Schlafzimmerfenster meiner Mutter. »Hey, Süße! Er ist wieder so weit.«

Mom winkte in Richtung Fenster. »Okay, Schsch. Okay. Bin gleich wieder da.« Sie drehte sich zu mir um. »Möchtest du nach oben kommen? Es ist ziemlich heiß in der Wohnung. Was möchtest du zu Abend essen? Wünsch dir was. Egal was. Wir wollen feiern.« Ich hatte das Abendessen bereits vorbereitet. Es sollte Spaghetti und Kekse geben. Auf einmal wollte ich das aber nicht mehr – nicht mit ihr und ihm zusammen. Blöder Bic. Mom küsste mich wieder auf den Scheitel. »Wohin du willst, Pixie. Wenn du wieder zu Hause bist, sagst du mir, was du möchtest. Wo willst du jetzt hin … in den Park? Lesen? Ich will deinen Tagesablauf nicht stören.«

Und dann drehte sie sich um und ging.

Meinen Tagesablauf stören.

Mein Tagesablauf bestand nur daraus, mich davon abzulenken, dass ich meine Mutter vermisste. Und jetzt verkehrte sich alles ins Gegenteil. An einem einzigen Nachmittag. Bic lehnte sich aus dem Fenster vom Schlafzimmer meiner Mutter und deutete auf die Rampe. »Was zum Teufel ist das denn da? Das machen wir weg, sobald ich mit deiner Mutter fertig bin.«

Ach, ich hasste ihn. Ich hasste Bic. Und jetzt gehörte er irgendwie zur Familie.

15. KAPITEL

Gaze

Pixies neuer Stiefvater war ein Arsch. Das sagte mein Vater. Das sagte Pixie. Und ich sagte das jetzt auch. Eine seiner ersten Amtshandlungen nach dem Einzug war der Versuch, die Rampe zu entfernen, die Pixie und ich gefunden hatten. Aber sie war so gut verkeilt, dass er sie nicht losbekam. Ich beobachtete ihn aus dem Schatten meines Zimmers heraus. Es machte ihn ganz fuchsig. Er versuchte es mit unterschiedlichen Werkzeugen, um sie zu lösen, doch sie war verrostet und steckte richtig fest. Er brummte etwas über Tetanusspritzen und Bolzenschweißgeräte vor sich hin.

Dann hatte er die Nase voll. Die Rampe blieb erst einmal. Ich war mir aber nicht sicher, ob Bic nicht irgendwann einen neuen Versuch wagen würde, sie zu entfernen. Laut meinem Dad war er ein widerlicher Langweiler. Er war in der Kneipe aufgetaucht und hatte allen ein Bier ausgegeben, um sich vorzustellen, aber weil er mit Mrs Stones Kreditkarte bezahlen wollte, musste sie ebenfalls hinkommen und die Zahlung bestätigen. Sie wirkte überhaupt nicht begeistert, machte es aber. Es war schon verrückt, dass mein Vater jemand anders so gut einschätzen konnte, obwohl er doch der war, der er nun einmal war.

Pixie war so wütend über die ganze Situation, dass sie noch nicht einmal darüber reden wollte. Sie verbrachte den Rest des Sommers weiter mit mir, als wäre ihre Mutter gar nicht zu Hause. Pixie bekam ein generalüberholtes gebrauchtes Handy von ihrer Mutter. Und so behielten wir die Sache einfach im Auge.

Wir trafen Tocks, und er erzählte uns, dass er Alfie und seine Kumpel gewarnt hätte, sich von mir fernzuhalten. Es gefiel mir nicht, dass ich seinen Schutz brauchte, aber ich war dankbar, dass Tocks Pixie so gernhatte, denn er wurde von ziemlich vielen Kids im Viertel förmlich verehrt.

Meine Wunden verheilten, und mein Vater trank in letzter Zeit ein bisschen weniger. Er war jetzt auf einem Gesundheitstrip und aß vor allem Obst und Gemüse. So war er nun mal: extrem. Entweder ganz oder gar nicht. Ich hoffte, dass er wieder ganz mit dem Trinken aufhören würde, aber seine Hände fingen an zu zittern, wenn er nicht zumindest ein bisschen Alkohol am Tag zu sich nahm. Er beschränkte es auf drei Bier. Davon war ich beeindruckt, denn bei drei Bier wurde er einfach nur freundlich und ein bisschen vergesslich, aber er verwandelte sich nicht in ein Monster.

Obwohl der Sommer kein Ende zu nehmen schien, wurde im Supermarkt jetzt Schulbedarf verkauft, und dann erzählte Pixie mir vom Tag der offenen Tür, der noch vor Schulbeginn stattfinden würde. Bic und ihre Mutter waren auf Reisen, und so würde sie mal wieder allein sein. Mein Vater hatte sich noch nie für meine schulischen Angelegenheiten interessiert, und ich konnte mir nicht vorstellen, dass sich das jetzt ändern würde. Deshalb beschlossen Pixie und ich, gemeinsam hinzugehen.

Am Tag der offenen Tür traf ich mich mit Pixie vor unserem Haus. Sie trug ein Sommerkleid, und ihr Haar hatte sie zu einem hohen Pferdeschwanz gebunden. Ich hatte nur eine kurze Hose und ein ärmelloses Shirt an. Es war mir gar nicht in den Sinn gekommen, mich schick zu machen. Sie hatte eine Mappe und einen Stift dabei. Bei mir passten noch nicht einmal die Socken zusammen.

»Na, bist du bereit für die siebte Klasse?« Pixie zeigte mir den kürzesten Weg. Wir konnten zu Fuß zur Schule gehen, was ein Glück war, weil ich den Schulbus zu meiner letzten Schule gehasst hatte. Ich wollte mich immer nur reinsetzen und zur Schule fahren, aber es gab stets ein paar Kinder, die sich aus welchen Gründen auch immer aufspielen mussten. Mein Vater meinte, dass sie einfach zu jung für Drogen waren und nicht wussten, wie sie sich zu benehmen hatten. Da sein Verhalten aber auch zu wünschen übrig ließ, wenn er bis oben hin voll war, hatte ich das Gefühl, dass er sich wirklich kein Urteil erlauben durfte.

»Nein. Am liebsten würde ich gleich wieder umkehren.« Ich tat so, als würde ich das jetzt gleich machen, und Pixie griff nach meinem Arm.

»Wir gehen hin. Es ist nur der Tag der offenen Tür. Wir können danach gleich wieder nach Hause gehen und uns entspannen.« Pixie und ich gingen untergehakt bis zur nächsten Querstraße, ehe wir uns voneinander lösten, um in das Schaufenster eines Ladens zu schauen, in dem ein Miniatur-Swimmingpool stand. Es sah so aus, als würde ein Hund in dem Becken schwimmen.

Nachdem wir uns eine Reihe von Namen für den Hund ausgedacht hatten, setzten wir unseren Fußmarsch fort. »Wie ist es mit Bic gestern Abend gelaufen?«

Bic hatte sich am Vortag vor Pixies Gebäude über Politik ausgelassen. Er schloss hier keine Freundschaften. Mir war nicht klar, was Mrs Stone in ihm sah.

Pixies Blick wurde hart. »Ich weiß es nicht. Ich hab meine Tür abgeschlossen.«

»Das war wahrscheinlich genau das Richtige.« An Pixies Zimmertür gab es einen Riegel, den der Vormieter angebracht hatte. Nachdem ich sie darauf hingewiesen hatte, war Pixie klargeworden, was für einen Vorteil so ein Riegel hatte. Vorher hatte sie ihn noch nicht einmal bemerkt. Sie mochte es, wenn ihre Zimmertür offen stand. Doch jetzt gab es einen Grund, sie zu schließen. So war sie ungestört ... von Bic.

Wir gingen auf die Schule zu, wo reger Betrieb herrschte. Es wimmelte von Kindern und Eltern, die in Grüppchen zusammenstanden.

»Da wären wir.« Pixie schob sich durch die Menge und winkte den Leuten zu, die sie kannte. Mir kam es so vor, als ob das fast alle wären.

Es war eine chaotische Veranstaltung. Eigentlich sollten wir die Möglichkeit erhalten, unsere neuen Lehrer kennenzulernen, und ein paar Unterlagen bekommen. Hätte Pixie mich nicht hinter sich hergezerrt, wäre ich noch nicht einmal hineingegangen. Wir trafen ihre und meine Klassenlehrerin, und dann hielten wir es nicht mehr aus. Es waren bestimmt dreimal so viele Leute da, wie eigentlich für die Räumlichkeiten vorgesehen waren. Zumindest meinte Pixie das, und ich hoffte, dass das auch stimmte. Bisher hatte ich mit vollen Räumen kein Problem gehabt, aber ich hatte das Gefühl, dass die Midville Middle School mir eine gewisse Angst davor einimpfen könnte.

Wir gingen zurück, und ich wartete draußen, während Pixie sich etwas anzog, was dem Wetter angemessener war.

Den Rest des Tages kosteten wir den Sommer noch einmal richtig aus und versuchten, ihn endlos in die Länge zu ziehen. Wir gingen zu den Schaukeln, spielten Basketball und tanzten unter dem Wasserstrahl des Hydranten, den Tocks geöffnet hatte, als wäre dies sein Job. Wir spielten ein paar Runden

Fangen und Versteinern mit anderen Kindern, bis Pixie und ich völlig ausgehungert waren. Am Hotdog-Stand ergatterten wir zwei der letzten Würstchen und kauften uns noch jeder eine Cola dazu.

Hotdogs mit Pixie. Keine Schulglocke. Keine Erwachsenen, die uns sagten, was wir tun sollten, oder uns mit ihrem Verhalten enttäuschten. Ich war genau da, wo ich sein wollte.

16. KAPITEL

Pixie Rae

Gaze hatte Senf am Kinn, und so wischte ich ihn mit meiner Serviette weg. Das war eine unserer Regeln. Kein Essen im Gesicht, keine Fledermäuse in der Höhle (Popel in der Nase) und nichts zwischen den Zähnen. Wir hatten einen Pakt geschlossen und hielten uns daran. Es war ein Gebot der Ehre, dass wir uns immer beistanden. Wir hatten es sogar mit einem großen Indianerehrenwort besiegelt.

Gaze und ich wippten mit den Füßen, während wir auf der Mauer saßen, die den Park umschloss. Wir verbrachten immer mehr Zeit miteinander draußen. Er wollte nicht zu sich nach Hause, und ich konnte meins auch nicht ertragen. Ich war empfindlich und leicht reizbar, weil ich den Mann, der mir meine Mutter weggenommen hatte, so abgrundtief verabscheute. Natürlich war meine Mutter nicht weg, aber Bic schien einen sechsten Sinn dafür zu haben, wenn wir uns miteinander unterhielten. Er mischte sich sogar in Gespräche über Themen ein, von denen er keine Ahnung hatte, wie zum Beispiel, wenn ich versuchte, mit meiner Mutter über unseren geplanten Urlaub zu reden.

Soweit ich das erkennen konnte, hatte er keinen Job, obwohl er viel am Telefon hing. Er sprach über geschäftliche Vereinbarungen, Vertragsabschlüsse und irgendwelche Übereinkünfte, aber er führte nie näher aus, worum es dabei ging. Und natürlich beteiligte er sich nicht im Mindesten an unserem Lebensunterhalt.

Aber Mom führte sich immer wie eine große Schwester von mir auf, wenn er da war, und nicht wie meine Mutter. Sie kicherte nur immerzu und war völlig aufgedreht. Ich verabscheute ihn. Ich hasste es, wie er ging, wie er kaute, dass er ständig die Hand in der Hose zu haben schien. Ich bekam mit, wie Nachbarn mal über ihn redeten und meinten, er würde gut aussehen, dass er aber ein richtiger Aufschneider sei.

Ich glaube, ich war immer noch fassungslos. Mir war nie in den Sinn gekommen, dass meine Mutter jemals heiraten könnte. Wir hatten so viel zu erledigen und überlegten immer, wie wir über die Runden kämen. Zumindest ich tat das.

Nachts schloss ich nun meine Tür ab. Außerdem hängte ich ein Handtuch vors Schlüsselloch, damit Bic sich nicht darüber lustig machen konnte, dass ich das Licht anließ. Aber ich musste es tun, denn ich fühlte mich einsam. Nur Gaze war für mich da.

Aus der Haushaltsplanung war ich jetzt raus. Ich redete mit meiner Mutter nicht mehr darüber, wie viel Geld für die verschiedenen Dinge zur Verfügung stand. Früher hatten wir das immer getan, aber jetzt behauptete sie, Bic sei in gewisser Hinsicht genial. Allerdings konnte ich nicht erkennen, in welcher Hinsicht genau das sein sollte. Gaze meinte dazu nur, dass Bic wahrscheinlich ein geniales Arschloch hätte. Gaze war echt der Größte. Aber Bic zog nicht immer das Klo ab, und deshalb wusste ich, dass er in dem Bereich nichts Geniales leistete. Außerdem warf er in der ganzen Wohnung seine nassen Handtücher über die Möbel.

Ich hatte begonnen, eine Liste zu führen, und die wurde mit jedem Tag länger. Aber das Schlimmste war so ein Gefühl, das ich nicht wirklich greifen oder benennen konnte. Er war einfach kein guter Mensch. Er war nicht gut für meine Mutter. Nicht gut für unsere Wohnung. Ein drohendes Unheil hing in der Luft. Mit Mom konnte ich darüber nicht reden. Sie würde es nicht verstehen.

Wenn die Schule wieder anfing, würde alles besser werden. Einen großen Teil des Tages würde ich dann woanders verbringen. Mom hatte eine Geschäftsreise nach Las Vegas erwähnt, bei der Bic unbedingt dabei sein wollte. Also würden sie nach nur drei Tagen im neuen Schuljahr für zwei Wochen weg sein.

Das war okay. Ein halber Monat. Einen halben Monat würde ich schaffen. Sie behauptete, dass Bic unsere Rechnungen über sein Handy bezahlen würde, um es mir abzunehmen, dass ich die Schecks in den Briefkasten warf.

»Lass sie ein Kind sein, Tracy. Ich werde dafür sorgen, dass alles läuft. Ich kümmere mich um meine Ladys.« Und dann zwinkerte er mir überheblich zu.

Das gefiel mir nicht. Ich wollte wissen, wo unser Geld blieb, aber ich war überstimmt. Statt also die Rechnungen per Post zu bezahlen, würde ich zwei Wochen lang ganz für mich und ein Kind sein. In letzter Zeit verdrehte ich häufig die Augen und zeigte versteckt den Mittelfinger.

Aber ich hatte Gaze. Er war immer nur eine Seifenblasenpistolenlänge entfernt. Wir spielten nicht mehr so häufig mit dem Ball wie damals mit der Holzplanke, denn die Rampe aus Metall machte Lärm. Seine Nachbarn hatten sich mehrfach beschwert, und deshalb hatten Gaze und ich Sorge, einer könnte auf die Idee kommen, die Rampe zu entfernen.

Die Holzplanke hatte man einfach so hingenommen. Schon komisch, dass die Leute Dinge, die tagtäglich da waren, irgendwann nicht mehr sahen.

Ich hatte mir bereits überlegt, was ich am ersten Schultag anziehen würde. Das war okay, denn in der siebten Klasse fragte man dafür nicht mehr seine Mutter um Rat. Es spielte auch keine Rolle, wenn ein paar Fotos vom jeweils ersten Tag des neuen Schuljahrs fehlten. Ich hatte zwar in der Grundschule versucht, zusammen mit meiner Mutter eine Tradition daraus zu machen, aber das hatte nicht wirklich geklappt.

Am Abend vor Schulbeginn bat ich Gaze, mir zu zeigen, was er anziehen würde.

Er zuckte die Achseln und zeigte auf das T-Shirt und die Shorts, die er gerade anhatte. »Das hier. Wenn die Sachen nicht stinken und ich mich nicht mit Essen bekleckere.«

Jungs.

»Also … was wollen wir an unserem letzten Ferientag anstellen? Lass uns eine Liste machen!« Ich hatte mich aus meinem Fenster gebeugt und schaute mich in der Seitenstraße um. Dem fetten Drecksack ging es gut. Er war gerade dabei, irgendwelche Köstlichkeiten aus dem Müll herauszupicken.

»Okay, ich sage zwei Sachen, und du sagst zwei Sachen.« Ich hielt vier Finger in die Höhe, damit wirklich klar war, was ich meinte.

»In Ordnung. Ich will noch einmal Basketball spielen und einen Hotdog essen.« Er hielt zwei Finger in die Höhe.

»Ich würde ja den Hydranten nehmen, aber Tocks hat mir erzählt, dass er jetzt aufpassen muss, weil die Feuerwehr wegen seiner Aktionen wütend ist. Deshalb sage ich: Ich möchte ein Eis am Stiel und bei Sonnenuntergang am Fluss sitzen.« Ich schloss meine Finger zur Faust. Dann kämmte ich mit den Fingern meine Haare zu einem Pferdeschwanz und wickelte das Gummiband, das um mein Handgelenk lag, so lange darum, bis der Zopf hielt. »Lass uns gehen.«

Gaze nickte. Ich drehte mich um, betrat unseren Flur und lief direkt gegen Bics Bauch. Er war ganz feucht vor Schweiß. Er packte meine Schultern. »Hey, hey, hey! Wo willst du denn so früh hin?«

Ich versuchte, einen Schritt nach hinten zu machen, aber er hielt mich fest. »Ich wollte Mom einen Zettel hinlegen. Ich gehe raus.«

Er beugte sich vor, um mir ins Gesicht zu sehen, und sofort schrillten meine Alarmglocken los. Er war zu nah – er war mir zu nah und zu dicht vor meinem Gesicht.

Fast hatte ich den Eindruck, als könnte er die Alarmglocken hören, und er hielt mich deswegen ein bisschen länger fest, als er sollte. Doch schließlich ließ er mich los.

»Glaub ja nicht, du könntest mir irgendwelche Märchen erzählen, Pixie Bixie. Ich bin jetzt dein Dad. Halt mich immer auf dem Laufenden. Aber du darfst gehen. Ich werde das mit deiner Mutter klären und ihr sagen, dass es okay ist.« Dann zwinkerte er mir zu. Durch die Bewegung waren die roten Äderchen in seinem Auge noch deutlicher zu erkennen. Es sah so aus, als hätte er kürzlich einen Schlag darauf bekommen.

»Ich *darf* gehen? Du erlaubst es mir?« Ich vergrößerte rasch den Abstand zwischen uns.

»Ja. Und du setzt dich jetzt besser in Bewegung, ehe ich meine Meinung ändere.« Er kratzte sich an der Brust und schob dabei sein T-Shirt ein bisschen nach oben, sodass sein behaarter Bauch zum Vorschein kam.

Ich zuckte zusammen, drehte mich um und sagte nichts mehr. Sein Gerede ergab für mich keinen Sinn. Ich stapfte die Treppe runter und sah, dass Gaze bereits auf mich wartete.

»Was ist los? Bist du da oben eingeschlafen, oder was?«

Ich ging los in Richtung Park, und Gaze musste sich beeilen, um mit mir Schritt zu halten. »Nein. Ich musste warten, bis Bic entschieden hatte, ob er mir die *Erlaubnis* geben würde, nach draußen zu gehen oder nicht.«

Ich warf einen Blick nach links, um zu sehen, wie Gaze reagierte. Er blieb wie angenagelt stehen.

»Was soll das denn? Deine Mutter lässt dich ständig allein. Warum sollte Bic etwas dazu zu sagen haben, was du den ganzen Tag machst?«

Ich spürte den Blick, ehe ich wusste, dass er mich durchbohrte. Ich drehte mich in der Taille, um zu meinem Fenster hochzuschauen, das wegen der Rampe leicht auszumachen war. Und natürlich schaute Bic durch mein Fenster nach draußen und beobachtete uns.

Ich versuchte, mich zu erinnern, was Gaze und ich gerade geredet hatten, und wie weit die Worte wohl zu hören gewesen waren.

Gaze folgte meinem Blick. »Scheiße«, brummte er.

»Sieh dich vor, was du sagst, Junge.« Bic sah uns höhnisch grinsend an.

Damit war meine Frage beantwortet. Er hatte genau gehört, was wir gesagt hatten. Ich zog an Gaze' Ellbogen, damit er weiterging.

»Das nervt!«

Als wir außer Hörweite waren, erwiderte Gaze: »Ja, er ist ein totaler Idiot. Es tut mir leid, dass du dich mit dem Typen abgeben musst. Es tut mir leid, dass sich für dich so viel verändert hat.«

Er verstand, wie es für mich war. Ich hatte es auf mich genommen, ohne meine Mutter auskommen zu müssen, denn das war mir die Zeit wert gewesen, die ich dafür mit ihr verbringen konnte. Aber das war nun für immer vorbei.

Doch jetzt hatten wir erst einmal unsere Wunschliste. Wir hielten uns von unseren Wohnungen fern. Der Hydrant kam zwar nicht infrage, weil die Feuerwehr gegenüber Tocks ein Verbot ausgesprochen hatte, aber da waren ja noch die Hotdogs, das Eis, und wir konnten am Fluss sitzen. Wir dachten uns ein neues Spiel aus, das wir Müll-Bingo nannten, und erstellten dafür auf meinem Handy eine Karte, in die wir eintrugen, wonach wir suchen mussten: Schwimmende Wasserflaschen, Milchkartons, Plastiktüten. Der Fluss war ziemlich verschmutzt.

Als es an der Zeit war, Basketball zu spielen, hatten die Jungs einen Spieler zu wenig, und so machte ich bei ihnen mit, statt ein Buch auf meinem Handy zu lesen. Sie waren total nett zu mir, und ich stellte mich nicht allzu dumm an, aber sie spielten auch nicht so hart wie sonst und sparten sich die dummen Sprüche untereinander.

Es war ein schöner letzter Ferientag. Dann bekam ich eine Nachricht von meiner Mutter, in der stand, dass ich nach Hause kommen solle. Das war ziemlich überflüssig, weil ich mich bereits auf den Weg gemacht hatte. Als Gaze und ich an der Kneipe vorbeikamen, hörten wir die laute Stimme seines Vaters. Er lallte. Ich warf Gaze einen Seitenblick zu.

»Wirst du heute Abend klarkommen?« Ich wollte nicht, dass er wieder verletzt wurde.

»Natürlich.« Angesichts seiner angespannten Miene hatte ich nicht das Gefühl, dass er die Wahrheit sagte.

»Mein Fenster wird offen stehen, wenn du irgendwas brauchst.« Ich wusste eigentlich nicht, was ich tun könnte, außer da zu sein, wenn irgendwas war. Ich könnte es natürlich meiner Mutter sagen, aber ... sie war abgelenkt, und ich wusste auch nicht, was sie unternehmen könnte.

»Okay. Danke. Ab morgen sind wir Siebtklässler.« Er hielt mir seine Faust hin, und ich stieß mit meiner dagegen.

Der morgige Tag schien immer noch in weiter Ferne. Trotzdem nahm ich meine Schultasche vom letzten Schuljahr, packte einen Block und Stifte hinein, legte mir die Jeansshorts und ein T-Shirt zurecht, die ich morgen anziehen wollte, und ging Bic aus dem Weg, soweit es mir möglich war. Er schien das zu spüren und tauchte immer dann im Flur auf, wenn ich da gerade durchging, oder klopfte an die Badezimmertür, kurz nachdem ich sie hinter mir zugemacht hatte.

Und obwohl Mom zu Hause war, verriegelte ich nachts meine Tür.

Ich schaute noch einmal zu Gaze' Fenster rüber, aber dort war alles dunkel. Wahrscheinlich war er bereits schlafen gegangen. Ich ging zu meinem Bett und legte mich hin.

17. KAPITEL

Gaze

Ich hockte in meinem Schrank, und es war stockdunkel. Dad war zu Hause und hörte sich schlimmer denn je an. Ich wusste nicht, wodurch es ausgelöst worden war … warum er ausgerechnet heute Abend viel mehr getrunken hatte, als er eigentlich sollte. Vielleicht war er ja neidisch geworden, weil sich die drei Jungs aus der Nachbarschaft seinen Punchingball vorgeknöpft hatten … nämlich mich.

Nun musste er offensichtlich seine Aggressionen an jemandem auslassen. Und ich war der beste Kandidat dafür, denn ich schlug nicht zurück. Ich trickste ihn auch nicht aus. Es war echt ätzend, ein Kind zu sein.

»Gaze! Komm her! Ich hoffe für dich, dass du dich so spät nicht mehr draußen rumtreibst.«

Als würde ihn das überhaupt interessieren. Ich hörte, wie etwas auf den Boden krachte.

»Das war die Lampe. Und wenn du jetzt nicht rauskommst, nehme ich mir ein paar Sachen vor, die du wirklich magst.«

In Gedanken ging ich durch, was von mir im Wohnzimmer lag und ich bereit war zu opfern. Mit den Lampen hatte ich kein Problem. Aber meine gebrauchte Spielekonsole war mir heilig, und ich würde das erreichte Level bei Pokemon verlieren, wenn der Fortschritt nicht in der Cloud gespeichert war. Die Monster, die ich gefangen hatte, wären dann weg.

Außerdem machte ich mir was vor, wenn ich dachte, dass er mich nicht finden würde. Denn das würde er. Und je länger er warten musste, desto größer würde seine Wut werden. Langsam kam ich aus meinem Versteck heraus und bewegte mich auf den Flur zu. Meine Hand lag noch am Türrahmen ... als hätte ich die Wahl.

Als er mich entdeckte, funkelte er mich so wütend an, dass seine Augen zu vibrieren schienen. Die Adern an seinem Hals waren so weit hervorgetreten, als würde er auf dem elektrischen Stuhl sitzen.

»Macht's dir Spaß, Verstecken zu spielen, mein Sohn?«

Vielleicht war in der Kneipe etwas vorgefallen, was ihn so in Rage versetzt hatte. Ich wusste nie, was auf mich zukommen würde, sondern nur wann es endete ... wenn entweder die Wut oder der Rausch meines Vaters nachließ. Und das dauerte mittlerweile immer länger.

Heute Abend zog er seinen Gürtel aus den Schlaufen seiner Hose. »Wenn ich rufe, dann kommst du. Das ist die Regel. Und wenn du nicht hörst, wenn ich etwas sage ...« Ich wusste, wie der Satz zu Ende gehen würde. »Dann wirst du es zu spüren bekommen.«

Er hatte noch nie einen Gürtel benutzt. Immer nur die Hände. Da war keinerlei Mitgefühl in seinem Gesicht, er konzentrierte sich ganz auf den Lederriemen und die glitzernde Schnalle. Als er sich auf mich zubewegte, trat er in die Glassplitter der zerbrochenen Lampe.

Gürtel und Glas waren unausweichlich. Mein Urinstinkt ließ mich handeln, ehe ich irgendetwas planen konnte. Ich hatte Angst. Ich wollte nicht wissen, wie sich der Gürtel, der in seiner Hand lag, auf meiner Haut anfühlen würde. Ich machte auf dem Absatz kehrt, lief in mein Zimmer und schmiss die Tür hinter mir zu. Sie hatte nur ein schwaches Schloss, aber ich sperrte trotzdem ab. Wie ein Bösewicht aus einem Film stand er hinter der Tür und stieß ein leises Lachen aus, als er den Knauf drehte und die Tür zu öffnen versuchte. Ich wurde von einem einzigen Gedanken beherrscht: Flucht. Da erinnerte ich mich an den Moment, als ich den fetten Drecksack gerettet hatte. Das war eine katastrophale Aktion gewesen, aber die einzige Möglichkeit, die ich jetzt sah. Dad tastete nach dem Ersatzschlüssel, der im Flur oben auf dem Türrahmen lag.

Ich legte die Hände aufs Fensterbrett und hob dann ein Bein nach dem anderen durchs Fenster. Prüfend setzte ich einen Fuß auf die Metallrampe. Es würde funktionieren. Keuchend rannte ich über die Rampe, ohne nach unten zu schauen. Und dann stand ich in Pixies hell erleuchtetem Zimmer. Ich hörte meinen Vater vor Wut laut aufbrüllen, als er in mein Zimmer kam. Schnell schaltete ich Pixies Licht aus und sah nach drüben, während er meine Schranktür aufriss.

Mein Name schallte durch die Seitenstraße und kam gleichzeitig im Flüsterton aus der Ecke, in der Pixies Bett stand.

Ich legte einen Finger an die Lippen, beobachtete aber weiter meinen Vater. Er kam zum Fenster. Das war der einzige Ausweg, wie ich verschwunden sein konnte.

Ich sah, wie er vor Wut fast explodierte, weil er seine Aggressionen nicht an mir auslassen konnte.

Ich trat etwas näher ans Fenster. Der Abstand zwischen uns machte mich mutig. Er konnte mich von dort aus, wo er stand, nicht schlagen. Er schien kurz in Erwägung zu ziehen, die Rampe zu überqueren, doch dann schaute er auf und schüttelte den Kopf. Durch die Bewegung verlor er das Gleichgewicht.

Ich hörte das Bett hinter mir quietschen, als Pixie aufstand. Im nächsten Moment schob sie ihre Finger in meine Hand. Ich warf ihr einen kurzen Blick zu.

Ihre Augen waren so viel älter als bei allen anderen Menschen, die ich kannte. Sogar älter als die unserer Eltern. Sie hob das Kinn an und warf meinem Vater einen finsteren Blick zu. In dem Moment wusste ich, dass sie alles für mich tun würde. Als ich wieder zu meinem Vater hinübersah, wurde mir klar, dass er die neue Situation abschätzte. Pixies Gegenwart bei unserer Auseinandersetzung änderte die Machtverteilung. Er holte tief Luft, ehe er ein künstliches Lächeln aufsetzte. Er deutete ein Winken an, als hätte er mich gerade bei der Schule abgesetzt, als wäre es das Normalste von der Welt, dass ein Siebtklässler vier Stockwerke über der Straße über eine Rampe balancierte, und als hätte er mich nicht gerade in Panik versetzt, weil er seinen Gürtel zur Hand genommen hatte.

Dann verschwand er aus unserem Blickfeld, und Pixie führte mich an der Hand zu ihrem Bett. Auch als ich mich hinsetzte, ließ sie mich nicht los.

»Bist du verletzt?«, fragte sie mit leiser Stimme. »Brauchst du Eis?«

Ich schüttelte einmal kurz den Kopf und sah zu Boden. Ich wollte nicht, dass irgendwer mich so sah ... dass irgendjemand davon wusste, was bei mir los war. Aber bei Pixie fühlte es sich nicht schlimm an, dass sie es wusste.

»Okay. Meine Tür ist abgeschlossen. Du kannst heute Nacht hierbleiben, und morgen sehen wir dann zusammen, wie es weitergeht.« Sie ließ meine Hand los, ging zu ihrem Schrank und holte eine zweite Bettdecke heraus. Dann reichte sie mir einen Teddybären, der fast so groß wie ein Kopfkissen war. Sie schlüpfte unter ihre Decke, und ich legte mich neben sie auf die Decke. Dann zog ich die Bettdecke, die sie mir gegeben hatte, über mich.

Ich sah sie an, und sie sah mich an. Sie hielt mir ihre Hand hin. Ich nahm sie. Wie auf der Rampe, nur näher ... und verbunden im Herzen. Ich schlief bald darauf ein, ohne mir noch weiter den Kopf über meine Probleme und die Folgen meines Handelns zu zerbrechen. Das Gefühl der Sicherheit war wie ein Beruhigungsmittel.

18. KAPITEL

Pixie Rae

Gaze schlief sofort ein wie ein Baby, seine Hand entspannte sich, und sein Gesicht sah viel jünger aus, wenn er nicht auf der Hut war.

Sein Vater war echt verrückt. Wenn er nicht trank – was nur sehr selten vorkam –, schien er ganz in Ordnung zu sein, aber dieses Monster, das ich gerade in Gaze' Zimmer gesehen hatte, war furchtbar. Das war Gaze' Zuhause. Sein Zufluchtsort war längst nicht so sicher, wie er es sein sollte.

Ich wusste, dass meine Mutter es verstehen würde, wenn ich ihr anvertraute, warum Gaze hier war. Er würde heute Nacht nicht verprügelt werden – mit einem Gürtel, soweit ich das gesehen hatte. Ich merkte, wie die Wut in mir hochstieg. Nichts machte mich zorniger, als wenn jemand Unschuldiges von seinen Eltern oder von anderen Kindern aus der Gegend tyrannisiert wurde. Gaze würde niemals anderen wehtun. Sogar den fetten Drecksack hatte er gerettet. Er war gut. Und er stand mir beinahe so nah wie meine Mutter. Gaze verdiente es nicht, dass er so von seinem Vater behandelt wurde.

In Gedanken ging ich noch einmal durch, ob ich alles erledigt hatte. Die Schultasche war gepackt, und ich hatte mir ein Sandwich für morgen gemacht, ehe ich ins Bett gegangen war.

Bic war außer Haus gewesen, sodass ich ganz entspannt mit meiner Mutter eine Reality Show hatte anschauen können.

Aber natürlich war Bic wie immer gerade in dem Moment hereingeplatzt, als ich mit ihr über meine Bedenken seinetwegen hatte reden wollen. Ich wollte ihr von diesem komischen Gefühl erzählen, das mich immer beschlich, wenn er mit mir in einem Raum war, aber dann musste ich das Thema fallen lassen. Weil ich nicht in seiner Nähe sein wollte, hatte ich mir eine andere Beschäftigung gesucht, bis es an der Zeit war, ins Bett zu gehen.

Und dann war da plötzlich jemand in meinem Zimmer gewesen. Ich hatte die Tür doch abgesperrt! Aber meine plötzliche Angst verschwand sofort, als ich Gaze erkannte, ehe er das Licht im Zimmer ausschaltete.

In meinem verschlafenen Zustand brauchte ich einen Moment, um zu begreifen, dass er über die Rampe in mein Zimmer gekommen war.

Beim letzten Mal, als er das getan hatte, wären wir beide fast gestorben.

Als ich seinen Vater brüllen hörte, wurde mir alles sofort klar. Er hatte Angst. Ich stand auf, um zu sehen, was er sah … um zu begreifen, was ihn wohl dazu gebracht hatte, über eine Rampe zu laufen, die sich vier Stockwerke oberhalb der Straße befand.

Gaze' Vater war ein Wahnsinniger. Seine Augen waren blutunterlaufen, als er mit wildem Blick zu uns herübersah. Sein Lallen war kaum zu verstehen. Er erinnerte an ein Monster aus einem Horrorfilm. In seinen Augen lag so viel Hass auf Gaze, während er den Gürtel immer wieder in seine offene Hand klatschte.

In dem Moment griff ich nach Gaze' Hand. Denn er musste sich das anschauen, und ich würde es mit ihm zusammen tun.

Ich wachte um 6:30 Uhr auf, als mein Wecker klingelte. Die Sonne war längst aufgegangen und befand sich auf ihrem täglichen Weg zum Himmel hinauf. Ich weckte Gaze, der noch im Tiefschlaf war. Schließlich öffnete er die Augen und runzelte verwirrt die Stirn, während er überlegte, warum er bei mir in meinem Zimmer war. Dann zuckte er zusammen und verriet damit, dass er sich wieder an den vergangenen Abend erinnerte.

»Schon gut. Musst du rüber, um dir Klamotten zum Anziehen zu holen?« Ich quetschte mich an ihm vorbei, sodass ich die Füße auf den Boden stellen konnte.

Gaze schlug seine Decke zurück und zuckte die Achseln. »Ich hab noch die Sachen von gestern an, aber ich hab keine Schuhe.«

Er schwang die Beine aus dem Bett und wackelte mit den Zehen.

»Ich habe schwarze Flipflops. Die könntest du nehmen, wenn du noch nicht nach Hause zurück willst.« Ich sprang auf, hockte mich hin und kramte unter meinem Bett. Die rosafarbenen Flipflops gefielen mir besser, aber es hatte eine Aktion im Schuhladen gegeben, bei der zwei Paar zum Preis von einem verkauft worden waren. Deshalb hatte ich die gleichen Schuhe noch einmal in Schwarz mitgenommen. Sie waren immer noch mit einem Plastikbinder zusammengebunden, an dem auch das Preisschild hing.

Ich schloss meine Zimmertür auf und verließ den Raum auf Zehenspitzen. Gaze folgte mir genauso leise. Wir gingen ins Badezimmer und benutzten beide dieselbe Haarbürste. Er tat sich Zahnpasta auf einen Finger und gab sein Bestes, um sich so die Zähne zu putzen, während ich zu meiner täglichen Routine überging. Ich ließ ihn im Badezimmer allein und wärmte uns Waffeln im Toaster auf. Mom schlief wie immer noch. Ich verließ das Haus meistens ein paar Minuten, ehe sie ihren Tag begann.

Gaze kam in die Küche, als ich die Waffeln gerade auf ein Küchentuch aus Papier legte. Ich streute ein bisschen Puderzucker drüber, ohne ihn nach seiner Vorliebe zu fragen. Das war mein übliches Frühstück, das ich auf dem Weg zur Schule aß.

Bic rülpste zweimal und ließ auf dem Weg ins Badezimmer einen fahren. Wie jeden Morgen pinkelte er laut bei offen stehender Tür. Glücklicherweise konnte man den Raum von da, wo wir waren, nicht sehen.

Gaze verzog das Gesicht, und ich hätte am liebsten gelacht, weil ich das normalerweise allein ertragen musste.

»Wer zum Teufel ist das denn?«

Als wären seine Worte der Knall einer Startschusspistole gewesen, schnappten Gaze und ich uns unsere Waffeln und eilten Richtung Tür.

»Halt! Mal ganz langsam. Alle beide.«

Gaze verlangsamte seinen Schritt und blieb dann stehen, sodass ich das Gleiche tun musste. Ich würde ihn nicht mit Bic allein lassen. Allerdings waren wir schon zur Tür raus, sodass wir uns technisch gesehen bereits in der Öffentlichkeit befanden.

»War der die ganze Nacht hier, Mixie Pixie?« Er pulte sich mit dem kleinen Finger Essensreste zwischen den Zähnen heraus. Jetzt probierte er also einen neuen Spitznamen für mich aus. Ich hasste es.

»Das ist meine Sache.« Ich verabscheute das Gefühl, das Bics Gegenwart in mir auslöste. Es fühlte sich wie ein Virus an, den ich zwar nicht sehen konnte, der sich aber immer weiter ausbreitete und mich zu ersticken drohte.

»Na, bist du denn schon alt genug, um Jungs mit in dein Bett zu nehmen?« Ich spürte die Röte, die sich von meinem Hals aufwärts ausbreitete, und hasste seine Andeutung, auch wenn ich das volle Ausmaß nicht verstand.

»Pixie ist eine Freundin. Meine beste Freundin. Seien Sie respektvoll, wenn Sie mit ihr reden.« Gaze richtete sich ganz gerade auf, um noch ein bisschen größer zu sein.

Bic brach in schallendes Gelächter aus.

»Du nimmst den Mund ein bisschen voll, mein Junge.« Bic kratzte sich unter dem Arm.

»Lass uns gehen.« Ich schob meinen Arm unter Gaze' Ellbogen. Bics fieses Lachen und seine Sprüche, die wir aber nicht mehr verstanden, prallten an unseren Rücken ab.

Wir aßen unsere Waffeln auf dem Weg zur Schule. Aus den Häusern, an denen wir vorbeikamen, strömten andere Kinder, die sich uns anschlossen. Gaze nahm mir mein Papiertuch ab, knüllte es zusammen und warf es in einen Mülleimer. Der erste Schultag. Heute schienen alle ein bisschen aufgeregt zu sein. Leute riefen meinen Namen und begrüßten mich. Alle hatten etwas Neues dabei wie einen Rucksack und einen Haarreif, nichts Verrücktes.

»Hey.« Gaze hielt mich am kleinen Finger fest und brachte mich so auf der Treppe zur Schule zum Stehen.

»Ja?« Mein erster Gedanke war, dass er den ersten Schultag schwänzen wollte. Das erschien logisch, da er auch nicht das geringste Interesse gehabt hatte, sich auf die Schule vorzubereiten.

»Geh Bic aus dem Weg und bleib nicht allein mit ihm.« Dann presste Gaze die Lippen zusammen.

»Das versuche ich doch immer. Aber warum sagst du das?« Die Kinder strömten an uns vorbei. Ich bekam Gesprächsfetzen mit, bei denen es um Videospiele und Filme ging.

»Es ist nur so ein Gefühl. Ich traue ihm nicht. Okay?« Es schien Gaze peinlich, es überhaupt zu erwähnen. Er bekam rote Ohren.

»Okay. Danke. Ich werde es versuchen.« Es war ein heißer

Tag, aber mir lief ein Schauer über den Rücken. Der Junge, der regelmäßig von seinem Vater verprügelt wurde, machte sich meinetwegen Sorgen. Gaze hatte das gleiche komische Gefühl wie ich. »Lass uns reingehen.«

19. KAPITEL

Gaze

Pixie und ich verbrachten nicht den ganzen Tag miteinander. Zwar hatten wir ein paar Kurse gemeinsam, doch in den meisten Fällen saßen wir getrennt. Mit dem widerlichen Alfie hingegen hatte ich fast alle Kurse zusammen. Echt ätzend. Beim Mittagessen gelang es mir, neben Pixie zu sitzen, und das war schön. Es schien fast so, als wäre sie der Mittelpunkt der ganzen verdammten Schule. Na ja, ich konnte den Leuten keinen Vorwurf daraus machen. Sie war einfach ein Mensch, mit dem man gern zusammen war. Für einen Moment hatte mich Panik überkommen, weil links und rechts von ihr bereits Leute saßen. Doch ich hätte mir keine Gedanken zu machen brauchen. Pixie schob doch tatsächlich mit beiden Händen drei andere Kinder weit genug weg, sodass ich mich neben sie setzen konnte.

Ich quetschte mich sofort dazwischen. Sie witzelte mit allen herum und erzählte von unseren Erlebnissen im Sommer. Ich war hin- und hergerissen. Einerseits war ich dankbar, dass ich zu ihrem Freundeskreis gehörte, andererseits aber auch eifersüchtig, weil sie die anderen an dem teilhaben ließ, was nur uns gehörte. Der erste Schultag fühlte sich komisch an. Ich lernte, dass ich meine Pixie mit anderen teilen musste, und das fiel mir nicht leicht.

Der letzte Kurs des Tages war Mathe bei einem Lehrer, der supercool war. Sobald wir alle Aufgaben gelöst hatten, durften wir uns einfach entspannen. Er spielte uns klassische Musik vor, und das war total schön. Ich fing an, über meinen Vater nachzudenken. Es wurde immer schlimmer mit ihm – vielleicht sogar so schlimm wie noch nie. Ich vermutete, dass er nicht mehr arbeitete, und er gab sich jetzt ständig die Kante. Ich wusste nicht, was als Nächstes auf mich zukommen würde.

Als ich sah, dass Pixie auf der Treppe auf mich wartete, durchströmte mich ein Glücksgefühl. Ich war ihr immer noch der Liebste. Jetzt, da so viele andere um sie herum waren, erkannte ich, wie viel Bedeutung es hatte, dass sie mich ihren besten Freund nannte. Ich war etwas Besonderes für sie.

Sie lächelte den anderen an, mit dem sie sich gerade unterhielt, als sie mich kommen sah, und hob einen Finger, damit er aufhörte zu reden. »Wie war dein erster Tag?«

»Gut.« Ich stellte mich zu ihr und der Gruppe, die sie umgab. Sie verabschiedete sich von allen, und ich tat es ihr nach. Wir machten uns auf den Nachhauseweg, nachdem sie sich bei mir eingehakt hatte.

»Hast du Hausaufgaben aufbekommen?« Sie rückte ihren Rucksack zurecht.

»Ja, aber ich hab sie schon während der Stunde gemacht. In Mathe werden wir jeden Tag Hausaufgaben bekommen. Aber die sind leicht.« Ich drängte sie sanft zur Seite, um einem Laternenpfosten auszuweichen.

»Das sagst du. Mathe kann mich fast genauso wenig ausstehen wie ich Mathe.« Wir erreichten die Kreuzung und warteten, bis die Fußgängerampel auf Grün umsprang.

»Ach was. Das mit den Zahlen hast du doch gut hinbekommen, als du die Rechnungen deiner Mutter bezahlen musstest.«

»Ja, das stimmt schon. Fühlst du dich bereit, deinem Vater heute gegenüberzutreten?«

Das tat ich nicht, aber da blieb mir wohl keine andere Wahl.
»Vielleicht ist er ja weg. Manchmal verschwindet er für eine Weile, wenn er so einen Ausraster hatte wie gestern.« Keine Ausflüchte. Sie wusste ohnehin alles, und daher konnte ich so mit ihr sprechen, als würde ich mit mir selbst reden.

»Weißt du, warum er so durchgedreht ist?« Wir betraten die Kreuzung und mussten uns voneinander lösen, um an ein paar älteren Leuten vorbeizugehen.

Als wir uns wieder untergehakt hatten, merkte ich, dass sie auf eine Antwort wartete. »Ich vermute, dass es wahrscheinlich ganz allgemein um Geld ging. Weil nicht genug da ist und so. Trinken kostet viel. So ein Rausch ist nicht billig.«

»Ja, das hört sich logisch an. Bezahlt er die Rechnungen?«

»Manchmal.« Ich sah zum Himmel hoch. Alles fühlte sich ungewiss und unsicher an.

»Kommst du an die Rechnungen ran? Wir könnten sie uns anschauen, um herauszufinden, mit was ihr es zu tun habt. Wenn du nichts dagegen hast. Wie du schon sagtest – ich habe Erfahrung damit. Im Moment nutze ich die allerdings nicht, denn Bic kümmert sich ja um uns.« Sie verdrehte die Augen.

»Normalerweise legt er alle Briefe neben der Tür ab. Da könnte ich sie wegnehmen.« Ich wusste nicht recht, was zwei Zwölfjährige mit unseren Rechnungen anfangen könnten, aber sie schien zuversichtlich.

»Ist er am Briefkasten gewesen? Hast du den Schlüssel dafür? Manchmal öffnen die Leute ihre Post gar nicht mehr, wenn sich die Situation zuspitzt.« Wir überquerten die letzte Straße, die uns noch von unseren Wohnhäusern trennte.

»Ich könnte danach suchen. Er müsste eigentlich an seinem Schlüsselbund sein.« Wir standen jetzt vor ihrem Gebäude.

»Fühlst du dich bereit, Bic gegenüberzutreten?« Ich schaute zum vierten Stock ihres Gebäudes hinaus.

»Welche andere Möglichkeit habe ich denn?« Sie zuckte die Achseln.

»Lass uns in den Park gehen.« Ich zeigte mit dem Daumen in Richtung der Schaukeln.

»Okay. Ich bin dabei.«

Ich freute mich riesig, als sich ihre eben noch leicht verzweifelte Miene entspannte.

Der Park war leer, als wir dort ankamen. Der Spielplatz, der in der prallen Sonne lag, war viel zu heiß für die Kinder. Pixie stellte ihren Rucksack auf einen Tisch, und ich stopfte meine paar Sachen mit hinein. Ich hatte die Lehrpläne von verschiedenen Kursen bekommen und einen Stift dabei, den ich mir von Pixie geliehen hatte.

Die leeren Schaukeln, die regungslos an ihren Ketten hingen, sahen einladend aus. Ich nahm die eine und Pixie die andere. Sofort stießen wir uns beide ab und begannen, mit den Beinen Schwung zu holen. Der Geruch von heißem Asphalt und die Sirene eines Krankenwagens in der Ferne gaben mir mittlerweile ein stärkeres Gefühl von Zuhause, als ich es auf dem Land je gehabt hatte. Ich spürte einen Stich im Magen, als ich daran dachte, dass Dad unfähig war, einen Job zu behalten. Ich wollte hierbleiben.

Bei Pixie.

20. KAPITEL

Pixie Rae

Ich wusste nicht, wie viel Ärger mich zu Hause erwarten würde, weil Gaze letzte Nacht bei mir geschlafen hatte. Früher, als es nur Mom und mich gegeben hatte, hätte ich es ihr erklären können und sie hätte es verstanden. Aber Bic hatte so eine Art an sich, dass sich immer alles nur um ihn und seine Ansichten drehte. Ich biss die Zähne zusammen und holte noch mehr Schwung mit den Beinen, ehe ich über die Schulter zu Gaze sah. Er schwang gerade zurück und ich vor. In der Mitte sausten wir aneinander vorbei, und er streckte mir die Zunge raus. Ich war so dankbar, dass es ihn gab, denn ich fühlte mich allein, selbst wenn Mom zu Hause war. Aber durch Gaze hatte ich immer jemanden an meiner Seite.

Nachdem wir zu Ende geschaukelt hatten, machten wir uns auf den Heimweg. Wir kamen an der Kneipe vorbei und sahen seinen Vater drinnen sitzen.

»Wir können für eine Weile zu mir gehen. Er wirkt für seine Verhältnisse ziemlich nüchtern. Also wird er noch eine Weile bleiben.« Gaze zog die Schlüssel aus seiner Hosentasche.

Als wir oben angekommen waren, begann Gaze sofort, leere Flaschen wegzuräumen. Ich stand neben dem Tischchen an der Eingangstür und sah, dass ein ganzer Haufen Briefe darauf lag. »Möchtest du, dass ich die durchsehe?«

Gaze fuhr sich mit der Hand durchs Haar. »Ja. Ich glaube,

das wäre vernünftig. Ich schau mal, ob unten im Briefkasten noch was ist.«

Er half mir beim Zusammenzählen, und ich zeigte ihm die Fälligkeitstermine und die Beträge, die noch offenstanden. Es war ganz schön viel zusammengekommen, als wir fertig waren. Er hatte eine Gesamtsumme und die Termine, wann bezahlt werden musste, auf einem anderen Zettel aufgeschrieben.

»Du gehst jetzt besser nach Hause, denn du bist schon ziemlich lange hier.«

Es blieb unausgesprochen, dass er auf die Rückkehr seines Vaters wartete wie auf die Explosion einer tickenden Zeitbombe. Und nun bürdete ich ihm noch eine weitere Sorge auf, außer denen, die ihn eh ständig beschäftigten.

»Okay.« Ich umarmte ihn spontan. »Ich bin immer für dich da.«

Ich trödelte auf dem Heimweg, trat nach Blechdosen und beobachtete den fetten Drecksack und seine Kumpel, die im Müll in der Seitenstraße herumpickten. Die ehemals überschäumende Freude, wenn Mom zu Hause war, war jetzt ziemlich gedämpft. Alles war anders und gar nicht mehr schön.

Trotzdem ging ich nach Hause.

Mom hatte mir von ihrem und Bics Plan erzählt, nach Las Vegas zu fahren. Das hielt ich zwar für keine gute Idee, aber ich würde es ganz bestimmt nicht riskieren, allein mit Bic zurückzubleiben. Ich traf mich vor dem Haus mit Gaze, um zusammen mit ihm zur Schule zu gehen, und musterte ihn schnell. Da ich keine neuen Verletzungen entdecken konnte, hoffte ich, dass er eine ruhige Nacht verbracht hatte, zumal kein Lärm durch mein Fenster zu mir gedrungen war.

Wir machten uns auf den Weg, und er räusperte sich zweimal, ehe er anfing zu sprechen. »Ich habe mir den Zettel, den wir gestern geschrieben haben, ein paarmal angeschaut, und ich glaube, ich weiß jetzt, was ich machen werde.«

»Okay.« Ich wusste zwar nicht, was er plante, wollte aber unbedingt, dass er weiter in seiner Wohnung blieb. Wenn ich konnte, würde ich ihm also helfen.

»Ich will diesen Samstag die Familie meiner Mutter besuchen. Ich werde sie bitten, Dad und mir das Geld zu geben, damit wir weiter in der Wohnung bleiben können.« Er nickte, während er sprach, als müsste er sich selbst überzeugen.

»Die Familie deiner verstorbenen Mutter?« Ich merkte, dass ich mich nicht sonderlich hoffnungsvoll anhörte, und schob deshalb eine aufmunternde Bemerkung hinterher. »Das ist wahrscheinlich eine sehr gute Idee.«

»Ich habe sie nie kennengelernt, und Dad mag nicht über sie reden, aber er hat schon oft gesagt, wie reich die Familie ist und wie sehr sie uns hassen. Tja, so ist das.« Er rieb sich mit der Hand das Knie, während wir an der Kreuzung darauf warteten, dass die Ampel umsprang.

»Wie kommst du hin? Weißt du, wo sie leben?« Ich stupste ihn an, als wir weitergehen konnten.

»Na ja, von ihrer alten Highschool kam ein Brief, der darum bat, Geld für so eine Ehemaligen-Sache zu schicken. Da stand ihre alte Adresse drin. Deshalb dachte ich mir, mit dem Zug dort hinzufahren.« Er warf mir einen schnellen Blick zu.

»Mom und Bic werden nach Vegas fahren, deshalb könnte ich dich vielleicht begleiten, wenn die Tickets nicht zu teuer sind. Das heißt, wenn du willst. Ich will dich nicht drängen.«

Sein Gesicht leuchtete vor Erleichterung auf. »Das wäre toll. Ich glaube, es ist eine ziemlich lange Zugfahrt. Ich hab auf Dads Karte nachgeschaut.«

»Okay. Wir machen es.« Ich hielt ihm den kleinen Finger hin, und er tat es mir nach. Es war ein Handschlag und gleichzeitig ein Versprechen.

21. KAPITEL

Gaze

Pixie und ich gingen nach der Schule zum Hauptbahnhof in der Innenstadt, um uns nach den Ticketpreisen zu erkundigen. Zusammen hatten wir genug Geld, um nach Poughkeepsie und zurück zu fahren. Und so fing unsere geheime Reise, um Dad und mir den Hals zu retten, schon mal sehr gut an. Es war irgendwie aufregend. Ich würde meinem Vater nichts von unserem Vorhaben erzählen. Er war es gewohnt, dass ich ständig draußen war. Ich bekam aber schon ein mulmiges Gefühl bei dem Gedanken, was wohl passieren würde, wenn er doch früh am Morgen nach mir schaute und feststellte, dass ich nicht da war. Aber das musste ich verdrängen. Ich wollte die Sache jetzt durchziehen und den Ausflug mit Pixie genießen. Sie war wie beflügelt, da sie eigentlich noch nie wirklich aus ihrem Stadtteil rausgekommen war. Wir würden um 10 Uhr in Poughkeepsie ankommen, wenn der Zug pünktlich war. Deshalb wollten wir zuerst ein bisschen die Gegend erkunden, ehe wir versuchten, das Elternhaus meiner Mutter zu finden.

Wir schauten aus unseren Fenstern und winkten uns zu. Sie musste sich nicht rausschleichen, da ihre Mutter und Bic gestern Abend einen späten Flug nach Vegas genommen hatten.

Ich jedoch schon. Aber es war ganz leicht, weil mein Vater es bis in sein Zimmer geschafft hatte, ehe er bewusstlos geworden war. Ich konnte meine Schritte mit seinem Schnarchen abstimmen, sodass ich ganz schnell unten neben Pixie auf dem Bürgersteig stand. Sie hatte ihren Rucksack dabei.

»Willst du zur Schule gehen?« Ich tippte gegen einen der Schulterriemen.

Sie schüttelte den Kopf. »Du Amateur. Wir brauchen doch Essen und Trinken für unterwegs … und etwas, womit wir uns beschäftigen können. Die Zugfahrt dauert doch ungefähr eine Stunde.«

»Oh. Das ist wirklich eine prima Idee. Gut gemacht.«

Am Bahnhof gingen wir zum Fahrkartenautomaten und kauften Hin- und Rückfahrtickets für uns beide.

Wir fühlten uns wie Erwachsene und waren über den Sommer so gewieft geworden, dass wir hoffentlich schlau genug wirkten und keiner auf die Idee kam, uns Steine in den Weg zu legen. Na ja, zumindest Pixie wirkte sehr lässig. Sie machte Blasen mit ihrem Kaugummi und hielt nach dem Zug Ausschau. Sie war völlig in ihrem Element.

Als der Zug einfuhr, suchten wir einen fast leeren Waggon und wählten Sitzplätze in Fahrtrichtung. Ich überließ ihr den Fensterplatz und machte es mir dann für die lange Fahrt bequem. Es war aufregend, als der Zug aus dem Bahnhof fuhr … fast ein Abenteuer. Pixies Augen leuchteten und deshalb wusste ich, dass sie es genauso empfand.

Nach ungefähr zehn Minuten versuchte ich, Pixie etwas zu essen zu entlocken. »Weißt du was … ich glaub, ich verhungere gleich.«

Sie drehte den Kopf in meine Richtung. »Hast du denn nicht gefrühstückt?«

»Ich wollte nicht, dass Bruce wach wird.« Das stimmte zwar teilweise, aber ich hatte auch dreimal die Schlummertaste gedrückt, sodass das nicht wirklich meine Sorge gewesen war.

»Okay. Du kannst was zu knabbern haben.« Sie holte zwei Tütchen mit Salzgebäck heraus, von denen sie mir eine gab.

Wir aßen es ziemlich schnell auf, und wie ein Damm, der einmal gebrochen war, machten wir uns dann über den restlichen Proviant her. Kurze Zeit später saßen wir vor einem Haufen von zerknittertem Einwickelpapier, unser Atem roch nach Erdnussbutter und an unseren Fingern klebten Salzkrümelchen. Sie reichte mir eine Serviette.

Wir machten uns sauber und steckten dann alles wieder in die braune Papiertüte, die wir entsorgen wollten, sobald wir an einem Mülleimer vorbeikamen.

»Jetzt darf sich aber heute Mittag keiner von uns beschweren, dass er hungrig ist.« Pixie war ärgerlich auf sich selbst und auf mich.

»Oh, das werden wir trotzdem. Da mach dir mal keine Gedanken.« Ich tätschelte ihren Unterarm und zeigte dann aus dem Fenster, um sie abzulenken. Die Gegend, durch die wir fuhren, war nicht so dicht bevölkert. Wir waren begeistert von den Wäldern und Flüssen, die wir sahen.

»Hier ist viel weniger los als an unserem Fluss.« Unser Fluss war eher braun als blau, und überall am Ufer lag Müll.

»Ja. Und ich kann mir gut vorstellen, dass so weit hier draußen auch Fische drin leben können. Ich bin mit meinem Vater immer angeln gegangen, als ich klein war.« In mir kam mal wieder die Enttäuschung hoch, diesen Vater verloren zu haben – den Vater, der für uns Ausflüge organisiert und Scherze gemacht hatte.

Sie spürte meine Stimmung. »Vielleicht geht es ihm eines Tages wieder besser.«

Ich nickte, obwohl ich eigentlich keine große Hoffnung mehr hatte, wenn es um meinen Vater ging. Aber ich war ihr dankbar, dass sie versuchte, mich aufzumuntern. Als Nächstes holte Pixie ihren MP3-Player heraus und reichte mir einen Ohrstöpsel. Wir hörten uns ein paar ihrer Lieblingslieder an, und ich beobachtete sie dabei, wie sie im Rhythmus der Musik mit dem Kopf wippte.

Dieser Teil der Reise war einfach. Der nächste Teil ... nun ja, ich wusste nicht einmal, ob es einen nächsten Teil geben würde. Wahrscheinlich waren Moms Eltern weggezogen, und unsere ganze Reise war völlig sinnlos.

Als Poughkeepsie als nächster Halt durchgesagt wurde, griffen wir nach unseren Sachen und stiegen aus. Es hatten sich mehrere Grüppchen auf dem Bahnsteig gebildet, und Pixie und ich traten zur Seite, um sie an uns vorbeigehen zu lassen. Jetzt mussten wir uns erst einmal orientieren. Ich hatte zwar Dads Karte in der Tasche, wusste aber nicht genau, wie man sie las. Pixie musterte interessiert ein Pappklavier, das umgekippt war, und ich musste ihre Aufmerksamkeit erst mal auf mich lenken, um die Lage mit ihr zu besprechen.

»Ich glaube, das hier ist die richtige Straße. Es sieht auf der Karte eigentlich ziemlich nah aus, aber es könnte doch ein langer Weg sein.« Ich zeigte auf den Bahnhof und die Straße mit der Adresse, die in dem Brief gestanden hatte.

»Hier in der Gegend ist es kühler. Das gefällt mir. Lass uns laufen. Woanders können wir eh nicht hin.«

Und so liefen wir in die Richtung los, die wir für die richtige hielten. Doch schon bald stellten wir fest, dass sie wohl doch nicht stimmte, und drehten um.

»Wir sind wie zwei Ausreißer«, stellte ich fest.

»Nein, Ausreißer kommen nicht zurück. Wir sind dann wohl Rück-Reißer.« Sie zwinkerte mir zu, und ich lächelte.

Mann, sie machte wirklich alles mit. Ich war froh, das hier nicht allein durchziehen zu müssen. Außerdem machte ich mir Sorgen, dass die Familie meiner Mutter unter Umständen die Polizei rief oder sonst was unternehmen könnte. Dad sagte immer, dass sie uns hassten. Und mit dieser Aktion würden sie nun erfahren, wie schlimm es tatsächlich um uns stand. Ich konnte nur hoffen, dass sie ein Herz besaßen … und ein Scheckbuch, das sie gewillt waren zu zücken. Wenn das hier nicht klappte, wusste ich nicht, was ich als Nächstes tun sollte. Trotz der Hitze lief mir ein Schauer über den Rücken.

»Geht's dir gut?« Pixie kickte einen Stein vom Bürgersteig.

»Ja. Ich überlege nur gerade, was ich sagen soll.« So weit war ich gedanklich nämlich noch gar nicht gekommen. Bisher war die ganze Sache nur eine grobe Idee gewesen.

Die Gegend, durch die wir gingen, wurde immer vornehmer. Rasensprenger berieselten perfekt gepflegte Grasflächen. Die Häuser wirkten klein verglichen mit den Mietshäusern, in denen wir wohnten, waren aber riesig im Vergleich zu normalen Einfamilienhäusern.

»Da ist so viel … Platz. Wow.« Pixie blieb stehen, um an den Blumen zu riechen, die neben einem Briefkasten wuchsen. Der Nachname meiner Mutter stand darauf. »Sieht so aus, als könnte es hier sein.«

Sie legte ihren Arm um meine Schulter, als ich das Haus dahinter in Augenschein nahm. Es hatte hohe Säulen wie das Weiße Haus und eine geschwungene Auffahrt mit schönen Bäumen.

»Sie könnten tatsächlich reich sein«, fasste ich meine Beobachtungen laut zusammen. Das Haus würde man wohl eher als Anwesen bezeichnen. Es gab sogar Nebengebäude. Alle Lampen und Einbauten bestanden aus Schmiedeeisen und wirkten sehr imposant.

»Lass uns mal schauen, ob sie zu Hause sind.« Pixie zog an meiner Hand, als wären wir Süßigkeitensammler und nicht zwei Eindringlinge, die die sorgfältig geschützte Familienidylle störten.

Die doppelflügelige Eingangstür ragte vor uns auf, und es dauerte bestimmt zwei Minuten, die extravagante Klingel ausfindig zu machen. Pixie überließ mir die Ehre.

Es hörte sich an, als würde im Haus eine Kirchenglocke läuten. Wir warteten ziemlich lange, sodass ich schon überlegte, noch einmal zu klingeln. Doch dann ging die Tür auf.

Die Frau, die die Tür aufgemacht hatte, trocknete sich die Hände mit einem Küchentuch ab. »Ja?«

Ich öffnete den Mund, doch es kam kein Ton heraus. Pixie griff nach meiner Hand.

»Wir haben ein paar Fragen wegen Sophie. Ist jemand da, der mit uns sprechen könnte?«

Das war die perfekte Art, es zu formulieren, und ich war Pixie erneut so dankbar, dass sie dabei war.

»Bitte, kommt herein.« Sie trat zur Seite, um uns einzulassen. Die Eingangshalle war riesig und hatte eine Treppe, die aussah wie in einem schicken Museum.

»Ihr beide wartet hier, und ich gehe mal nachschauen, ja?« Sie ließ das Küchentuch ein paarmal durch ihre Hände gleiten und wirkte unschlüssig, ehe sie hinter der Treppe verschwand.

»Sieht sie mir ähnlich? Glaubst du, wir sind verwandt?« Ich hatte tausend Fragen.

Pixie ging ein paar Schritte in den Salon zur Linken hinein. Der Raum war voller Bücher und Bilder von Fremden. Sie trat näher an eines der hohen Regale und stellte sich auf die Zehenspitzen.

»Das hier. Komm und schau dir das hier an.« Sie deutete auf ein verblasstes Bild in einem Holzrahmen.

»Oh.« Es war ein komisches Gefühl, das eigene Gesicht bei jemand anders wiederzuerkennen. Ich hatte zwar ein paar

Bilder von Mom, aber nicht viele, und keines war ein Porträt wie dieses, das offensichtlich von einem Fotografen gemacht worden war. Wir hatten beide die völlig gleiche Augenfarbe.

»Sie war wunderschön.« Pixie schien überhaupt keinen Zweifel daran zu haben, dass es sich bei dem Bild um meine Mutter handelte.

»Das war sie«, ertönte hinter uns die Stimme eines älteren Mannes.

Ich drehte mich zu ihm um.

»Und du musst ihr Sohn sein.«

Ich nickte. In meiner Fantasie hatte ich mich formvollendet vorgestellt und einen perfekten Eindruck gemacht. Aber in der Realität riss ich nur die Augen weit auf und schnappte nach Luft.

»Das ist Gaze, und ich bin Pixie Rae, und wir brauchen Ihre Hilfe.« Pixie trat vor und reichte ihm wie eine Geschäftsfrau die Hand. Ich folgte ihrem Beispiel und streckte meine Hand auch aus.

Der ältere Herr schüttelte ihr die Hand und hielt meine dann ein bisschen länger fest. »Es ist, als hätte man die Zeit zurückgedreht, wenn man dich sieht. Du ähnelst ihr so sehr.«

Trauer und Schmerz und vielleicht auch eine gewisse Fassungslosigkeit sprachen aus seinem Blick. Ich fragte mich, ob er diesen Moment wohl genau wie ich in Gedanken durchgespielt hatte, aber nun auch nicht in der Lage war, den richtigen Ton zu treffen.

»Lasst uns in mein Arbeitszimmer gehen, in Ordnung?« Die Dame, die uns die Tür geöffnet hatte, werkelte in der Eingangshalle herum und wischte auf den Tischen Staub.

»Sie sind nicht zu Ihrem Vergnügen hier, Matilda. Bitte, kümmern Sie sich um etwas anderes.«

Sie eilte davon.

Der Mann hielt die Tür auf, und Pixie und ich setzten uns gegenüber vom Schreibtisch in die schicken Ledersessel.

Nachdem er die Tür des Arbeitszimmers geschlossen hatte, trat er hinter den Schreibtisch. Er trug einen grauen Anzug und eine rote Krawatte an einem Samstag.

»Ihr seid ohne deinen Vater hergekommen?«

Er setzte sich hin, und sein Sessel gab ein Geräusch von sich, das mich an einen Pupser erinnerte. Ich konnte mich fast nicht beherrschen, denn ich fand die Situation urkomisch. Pixie streckte die Hand aus und kniff mich in den Arm, während sie mir einen warnenden Blick zuwarf. Sie wusste, dass Pupser mich immer in schallendes Gelächter ausbrechen ließen. Jetzt schluckte ich das Lachen herunter.

»Ja. Nur Pixie und ich.«

Er verschränkte die Arme vor der Brust und musterte uns beide. »Warum seid ihr hier?«

Kein *Geht es dir gut? Ist alles in Ordnung? Möchtest du Geschichten über deine Mutter hören?* Er kam sofort zum Punkt.

»Ich habe gehört, dass Sie reich sind, und wir sind es nicht. Dad macht gerade eine harte Zeit durch, deshalb will ich die Rechnungen bezahlen.« Wenn er es so direkt haben wollte, nun gut … Dieses Spiel konnten wir beide.

»Dein Vater macht eine harte Zeit durch? Ist das so? Dann war also der Umzug in die große Stadt nicht die Antwort auf seine Probleme? Damit hat aber nun wirklich keiner gerechnet.« Der alte Mann schnaubte ärgerlich.

Ich merkte, dass ich rot anlief, und mein Mund wurde auch ganz trocken.

»Hey, nur weil Sie Geld haben, müssen Sie sich nicht wie ein Blödmann benehmen. Wie wär's damit, das Ganze vernünftig anzugehen und nach Lösungen für das Problem zu suchen?« Pixie war wie immer bereit, für mich zu kämpfen.

Die Augenbrauen des alten Herrn schossen fast bis zum Haaransatz hoch, als er ihre Worte hörte. »Ihr beide nehmt wohl kein Blatt vor den Mund, hm?«

»Sie sind nicht besonders freundlich zu uns. Ich habe mehr erwartet von meinem … Großvater.«

Ich hatte ihn noch nie so genannt, nicht einmal im Stillen, wenn ich an ihn gedacht hatte. Er war für mich immer der Vater von Mom gewesen.

»Ach ja? Nun, dann legt mal los. Sagt mir, wie ich auf magische Weise dein Leben mit meinem Geld in Ordnung bringen kann.« Und mit diesen Worten lehnte er sich in seinem Sessel zurück.

Pixie stand auf und stützte beide Hände auf seinen Tisch. »Wir sind gerade anderthalb Stunden mit dem Zug gefahren, um mit Ihnen zu sprechen. Bringen Sie uns nicht dazu, es zu bereuen. Dieser Junge hier ist einfach großartig – großartiger, als Sie es je sein könnten.«

Ich sah auf meine Füße runter. Es fiel mir schwer zu sagen, was ich sagen musste. Ich hatte so sehr gehofft, dass es eine schöne Begegnung werden würde und dass man mir das Geld anbieten würde, ehe ich überhaupt darum bitten müsste. Ich hatte gehofft, dass man sich vielleicht sogar für *mich* interessieren würde.

Der alte Mann öffnete eine Schublade und holte ein Scheckbuch hervor. »Wie viel?«

Pixie stieß ein frustriertes Schnauben aus. Sie deutete auf ein Foto, das an der Wand hing. »Er sieht genauso aus wie sie. Genauso.«

Der Mann schaute vom Foto zu mir und dann wieder zurück. Seine Schultern sanken nach vorn. »Warum bist du hergekommen?«

Das war zumindest ein bisschen besser als *Wie viel.*

»Mein Vater macht gerade eine harte Zeit durch, und ich würde es uns gern ermöglichen, dass wir in unserer Wohnung bleiben können.«

Pixie öffnete ihren Rucksack und schob ihm entschlossen den Zettel mit der Zusammenstellung, die wir gemacht hatten, hin. »Das sind die Kosten, die monatlich aufgebracht werden müssen.«

Mein Großvater öffnete die Bügel seiner Brille mithilfe seines Kinns, während er den gefalteten Zettel aufschüttelte.

»Ah ja. Das ist … wohl durchdacht.« Er ging die Posten durch und nickte dann langsam. Schließlich fragte er überrascht: »Geld für Alkohol?«

»Wenn er keinen bekommt, wird's schlimmer.« Ich verschränkte die Hände im Schoß und empfand Dads Sucht als tiefe Demütigung.

»Du weißt, dass dein Vater meine Tochter umgebracht hat, weil er in betrunkenem Zustand einen Unfall verursacht hat, oder?« Er sah mich über den Brillenrand hinweg an, als hätte ich auch am Steuer gesessen.

Ich sah auf meine Hände runter. Das hatte ich nicht gewusst. Dad hatte immer so darüber gesprochen, dass es für mich nach einer Krebserkrankung oder einem anderen medizinischen Problem geklungen hatte, was zu Moms Tod geführt hatte, als ich noch ein Kleinkind gewesen war. Das erklärte vieles. So zum Beispiel, warum ich überhaupt nichts mit diesen Leuten zu tun hatte. Wahrscheinlich hassten sie mich.

Pixie legte ihre Hand auf meine.

»Er war damals noch ein Baby. Würde Ihre Tochter nicht wollen, dass Sie Gaze trotzdem lieben und für ihn sorgen?«

Eine Träne lief mir über die Wange, und ich wollte sie wegwischen, aber ich konnte meine Hände nicht bewegen. Ich war so dankbar, dass sie etwas sagte, denn ich war wie vor den Kopf geschlagen.

Mein Großvater stand auf. Ich konnte hören, wie sein Sessel über den Boden schabte. Als ich einen Blick riskierte, sah ich, dass er mir den Rücken zukehrte und ein Bild an der Wand betrachtete.

»Ich habe ihr gesagt, dass sie ihn nicht heiraten solle ... dass es mein Tod wäre. Es stellte sich heraus, dass meine Vorhersage fast stimmte. Ach, ich wünschte, ich wäre es gewesen.« Seine Stimme klang zum Schluss ganz erstickt. Er hob eine Hand und rieb sich die Stirn.

»Ich kann mich nicht damit beschäftigen. Und ich kann auch nicht zulassen, dass meine Frau das durchmacht. Wir haben alles hinter uns gelassen. Es tut weh, und ich bin nicht bereit, sie all dem wieder auszusetzen.«

Dabei machte er eine Handbewegung in meine Richtung.

»Dann haben Sie nur eine Möglichkeit. Sie bezahlen Gaze' Rechnungen, und dann werden wir Sie nie wieder belästigen. Aber das wäre ein Verlust für Sie. Ich würde nicht auf einen einzigen Tag mit ihm verzichten.« Pixie stand ebenfalls auf und starrte ihn mit wütender Miene an.

Mein Großvater betrachtete lange das Bild. »Okay. Okay. Gib mir die Adresse.«

Pixie hatte alles dabei, was mein Großvater an Informationen brauchte, darunter auch eine Kontonummer. Er notierte sich alles sorgfältig und legte dann den Stift zur Seite.

Pixie klopfte kurz auf den Schreibtisch. »Sie bezahlen jeden Monat, dann brauchen wir nicht wiederzukommen.«

Ich stand auf und wartete, ob noch irgendetwas von ihm käme ... vielleicht ein paar freundliche Worte oder sonst was.

Er holte seine Brieftasche hervor und holte mehrere Zwanziger heraus. »Das sollte reichen, damit ihr wieder nach Hause kommt ... und euch ein Abendessen besorgen könnt. Ich werde die Informationen an meinen Buchhalter weiterleiten, und er wird einen Dauerauftrag einrichten.«

Pixie legte einen Arm um meine Schultern. »Umgehend. Es muss schnell gehen, wenn wir seine Rechnungen begleichen wollen.«

Ich sah, wie der Adamsapfel meines Großvaters auf und ab hüpfte.

In meinen Träumen durfte ich mich hier überall umsehen, alte Fotoalben anschauen – ich wäre willkommen. Aber das würde nicht passieren. Stattdessen führte Pixie mich zur Tür, und wir gingen, ohne uns auch nur zu verabschieden.

Wir hatten die halbe Auffahrt hinter uns gebracht, als ich anfing zu weinen und die Schluchzer meinen ganzen Körper beben ließen.

Pixie umarmte meinen Kopf und zog mich an sich. »Das sind doch alles widerliche Idioten, die dich für die Fehler deines Vaters bestrafen wollen. Es tut mir so leid.«

Sie hatte recht. Mein Großvater war ein Idiot.

»Lass uns verschwinden. Hast du Hunger? Wir könnten in den Laden gehen, den wir am Bahnhof gesehen haben, und dort etwas essen. Erinnerst du dich daran? Da roch es doch so toll.« Sie schlang ihren Arm um meine Taille. Ich wischte mir die Tränen weg und schniefte.

All die Dinge, die ich heute erfahren hatte, wirbelten durch meinen Kopf. Mein Dad hatte meine Mutter umgebracht. Er machte immer noch genau das Gleiche wie früher. Es erklärte, warum er kein Auto besaß und statt eines Führerscheins eine spezielle Karte hatte, mit der er sich ausweisen konnte.

Und ich sah genauso aus wie meine Mutter. Das war eindeutig. Ich wünschte mir, ich würde mich an sie erinnern. Meine Wut auf meinen Vater wurde immer größer. Ich war sauer, dass ihre Familie zu denken schien, ich wäre ein Problem und müsste versteckt werden. Ich war sauer, dass mein Großvater lieber jeden Monat zahlte, statt mich anzuschauen und zu sagen, ich solle in sein riesiges Haus ziehen, weil ich zur Familie gehörte.

Ich war tief in Gedanken versunken, denn Pixie musste ein paarmal meinen Namen sagen, ehe ich merkte, dass wir in der Nische eines Diners saßen und beide eine Speisekarte in der Hand hielten. Ich hatte keine Ahnung, was ich bestellen sollte. Pixie nahm die Speisekarte an sich und bestellte für uns beide.

»Zwei Cheeseburger, Fritten und zweimal Cola.« Sie gab der Kellnerin die Karten zurück. Sobald die Frau verschwunden war, stand Pixie auf und rutschte neben mich auf die Bank, wobei sie mir mit der Hüfte einen Schubs gab, damit ich ihr Platz machte.

Sie legte ihre Hand wieder auf meine. »Ich glaube, du hast einen Schock. Das war einfach zu viel – und dann auch noch alles auf einmal. Gibt es irgendetwas, über das du reden willst?«

Sie beugte sich nach vorn, um mir ins Gesicht schauen zu können.

»Ich glaube, wir haben alles erfahren, was wir wissen müssen. Und wenn er bezahlt und ich an das Geld rankomme, sollte es klappen, dass ich gegenüber von dir wohnen bleibe.« Ich sah aus dem Fenster und beobachtete die Autos, die auf der Straße vorbeifuhren. Eins nach dem anderen flog vorbei, so selbstsicher. Die Kühlergrille der Wagen schienen mich mit einem bösen Grinsen zu verhöhnen.

Die Kellnerin brachte jedem seine Cola und ein Glas Wasser, das ich runterstürzte. Pixie ließ mich einfach ruhig dasitzen und aus dem Fenster schauen, bis unser Essen kam.

Ich war am Verhungern. Pixie und ich schlangen das Essen wie Tiere herunter. Hinterher tat uns beiden der Magen weh. Wir legten die Hände auf den Bauch und ließen uns auf der Bank nach hinten sinken, als wären wir hochschwangere Weihnachtsmänner.

Pixie bat um die Rechnung, als würde sie jeden Tag außer Haus essen. Sie erklärte mir sogar, wie man das Trinkgeld berechnete, das ich gar nicht einkalkuliert hatte. Ich beschränkte mich darauf, ihr zu bestätigen, dass sie richtig gerechnet hatte.

Als wir unsere Rechnung beglichen hatten, war es mittlerweile Abend geworden in Poughkeepsie. Pixie würde keine Schwierigkeiten bekommen, weil bei ihr niemand zu Hause war, doch bei mir würde das mit großer Wahrscheinlichkeit anders aussehen. Bruce würde entweder voller Hass auf mich sein oder bewusstlos. Ich hoffte auf das Letztere.

Nachdem wir über einen ausgetretenen Pfad wieder zum Bahnhof zurückgegangen waren, fanden Pixie und ich heraus, dass der nächste Zug schon in fünf Minuten kommen würde. Wir scherten uns überhaupt nicht darum, wie spät es schon war. Zu meiner Verteidigung musste ich jedoch sagen, dass Bruce ohnehin ständig die Regeln änderte, wann ich zu Hause zu sein hatte. Es hing einfach von seiner Laune ab. Man wusste nie, was einen erwartete, wenn man die Tür öffnete.

Pixie packte unsere Fahrkarten in ihren Rucksack. Am Bahnhof schien die Dunkelheit allmählich etwas heller zu werden. Der Vollmond ging auf. Der Rucksack rutschte Pixie von den Schultern, sodass er in ihren Armbeugen hing, als sie zum Himmel aufschaute.

»Die sind so …« Sie streckte die Hand nach oben aus und schien jeden einzelnen hellen Punkt mit den Fingerspitzen berühren zu wollen.

»Groß?«, schlug ich vor.

Ich erinnerte mich an diesen Nachthimmel noch aus meiner Zeit, ehe wir in die Stadt gezogen waren, aber mir war bewusst, dass er Pixie völlig unwirklich vorkommen musste.

»Klar? Vielleicht ist das das richtige Wort. Ich habe das Gefühl, als würde ich heute Abend in Sternen ertrinken.«

»Ertrinken? Na ja, es sind schon ziemlich viele. Ich habe mir nie Gedanken darüber gemacht, wie anders der Himmel in der Stadt aussieht. Da ist es einfach viel zu hell. Dadurch kann man all die Sterne am Himmel nicht sehen.«

Ich zeigte ihr, wie man den Großen Wagen und seinen Begleiter, den Kleinen Wagen, fand. Sie war ganz begeistert vom Nordstern und den Mondkratern. In mir stieg der Wunsch auf, ich hätte mehr Zeit, ihr alles zu zeigen. In meiner alten Gegend hatten wir einen Reifen als Schaukel und ein Baumhaus am Ende der Straße. Es war offizielles Niemandsland, und so gehörte es uns Kindern, die in der Umgebung wohnten.

Pixie würde das alles lieben. Vielleicht auch die Pfade hinter meinem Haus, über die manchmal Rehe liefen, sodass man warten musste, ehe man weitergehen konnte.

Vielleicht würde ich ihr das irgendwann mal zeigen. Heute Abend schienen die Sterne erst mal mehr als genug zu sein.

»Ist schon verrückt, dass dieser Nachthimmel die Stadt ganz winzig erscheinen lässt.«

Es war wirklich beeindruckend. Die tiefschwarze Kuppel über unseren Köpfen war so unendlich groß.

In der Ferne ertönte das Pfeifen des Zuges, und Pixie nahm den Rucksack wieder hoch. »Nun, zurück zu unserer heutigen Aktion. Irgendwie waren wir doch ziemlich erfolgreich, meinst du nicht auch?«

Es fiel mir schwer, es als Erfolg zu bezeichnen, dass mein Großvater all meine Hoffnungen und Träume zunichtegemacht hatte. Aber sie hatte recht. Ziemlich viel war auch gut gelaufen.

Als der Zug anhielt, warteten wir, bis alle ausgestiegen waren, ehe wir nach unseren Sitzplätzen suchten. Auf der Rückfahrt waren die Waggons viel leerer. Pixie legte ihren Kopf an meine Schulter, nachdem der Schaffner unsere Fahrkarten entwertet hatte. Ich schlief nicht. Ich beobachtete, wie die Lichter und der Fluss, der neben den Gleisen verlief, immer wieder aufblitzten. Es gab viel, worüber ich nachzudenken hatte. Traumbilder wirbelten durch meinen Kopf, in denen meine Mutter nicht tot war, mein Vater nicht gelogen hatte und meine Großeltern mich in ihrem Haus willkommen hießen. Die Wirklichkeit war dagegen ein schmerzhafter Schlag ins Gesicht.

Ich legte meine Wange auf Pixies Kopf. Zumindest hatte ich sie. Durch sie wurde alles ein bisschen erträglicher.

22. KAPITEL

Pixie Rae

Als der Zug quietschend zum Halten kam, berührte Gaze meine Schulter. Ich löste mich von ihm und blinzelte, als das helle Licht im Waggon anging. Wir waren nur ein paar Blocks von unserem Viertel entfernt, doch wir waren später zurück, als ich es mir gewünscht hätte. Es gab da ein paar heikle Straßen, durch die wir auf unserem Heimweg laufen mussten, die keinen guten Ruf genossen. Ich fühlte mich sehr jung, als Gaze und ich uns der Menge anschlossen, die den Zug verließ.

Ich trug meinen Rucksack vorne und hatte die Arme durch die Schulterriemen gesteckt, denn ich wollte es irgendwelchen Taschendieben nicht zu leicht machen.

Gaze und ich gingen Seite an Seite und hatten glücklicherweise keine unheimlichen Begegnungen. Wir flitzten an der Kneipe vorbei, wo es voll und laut war. Durch eine der großen Scheiben sahen wir Mr Jones auf einem der Tische tanzen. Also standen die Chancen für Gaze gut, dass er keinen Ärger bekommen würde, weil er noch so spät draußen war.

»Willst du mit zu mir kommen?« Ich hatte immer gern Gesellschaft, und das Wissen, dass Gaze jederzeit über die Rampe zu sich rüberlaufen konnte, eröffnete uns einige Möglichkeiten.

»Ja. Das fände ich schön. Ich zieh mir nur schnell was anderes an und bin dann so schnell ich kann bei dir.«

Wir gingen zu unseren Hauseingängen und betraten im gleichen Moment das Gebäude. Oben warteten wir an unseren Fenstern, bis wir einander sehen konnten – das war unsere Art sicherzugehen, dass der andere heil zu Hause angekommen war.

Es war gut, dass wir etwas tun konnten. Für ihn. Für uns.

23. KAPITEL

Pixie Rae

Achte Klasse …

Zwischen uns – Gaze und mir – lief es sehr gut. Die ganze siebte Klasse lang klebten wir förmlich aneinander. Tocks fand es immer toll, wenn Gaze beim Basketball dabei war, und ermutigte ihn, in der Schulmannschaft mitzumachen.
 Gaze benutzte die Rampe als Verbindung zwischen unseren Zimmern meistens nachts. Ich hatte zweimal versucht darüberzulaufen, war aber nie weit gekommen. Es ging einfach zu tief runter. Gaze erklärte mir immer wieder, ich müsse die ganze Zeit auf die Rampe schauen und dürfe nicht anhalten, aber ich erstarrte jedes Mal, wenn ich nur einen Fuß darauf setzte. Und das war's dann damit.
 Wir verbrachten unsere freien Tage miteinander. Wenn das Wetter schön war, machten wir die Hausaufgaben auf der Treppe zu dem Gebäude, in dem er wohnte. Die siebte war gut. Bis – natürlich – auf die Dinge, über die wir nach Möglichkeit nicht redeten … vor denen wir flohen, so gut es ging. Ich wusste, womit Gaze zurechtkommen musste, und ihm war klar, dass Bic nicht in Ordnung war. Als Mensch war er falsch, laut und angeberisch. Das Monster in ihm war leicht reizbar und kam mir immer unnötig nah. Mom war glücklich mit dem falschen Bic … Das Monster Bic bemerkte sie gar nicht.

Aber Gaze sah es. Er sagte, dass Kerle so etwas über andere Kerle wussten. Ich schloss meine Tür nachts ab und jedes Mal, wenn ich mich umzog. Aber wegen Bic fühlte ich mich unwohl in meinem Zuhause. Glücklicherweise sagte meine Mutter ihm, dass ich ein Teenager sei und Zeit für mich allein brauche, wenn er sich darüber beschwerte, dass ich nichts zusammen mit ihnen als »Familie« unternahm. Er würde nie meine Familie sein, sondern immer nur ein Schmarotzer. Aber er begleitete Mom auf ihre Geschäftsreisen, und das war ein Segen. Unsere Kosten waren gedeckt, also machte er vielleicht tatsächlich das, was er behauptete. Ich sah ihn nie zur Arbeit gehen, aber er schien immer irgendwelche Projekte am Laufen zu haben ... irgendwelche Investitionen zu tätigen. Gaze nahm an, dass das eine Umschreibung für Zocken war.

Gaze' Großvater hielt sich an sein Versprechen, die Fixkosten von Gaze' Vater und Gaze zu übernehmen. Wir gingen zur Bank und überwiesen die Rechnungen. Ich kannte die Kassiererin. Sie wohnte im selben Haus wie Gaze und durchschaute, was wir versuchten. Sie verknüpfte das Konto, auf dem die Schecks eingingen, mit der Kreditkarte von Gaze' Vater, sodass auch die Ausgaben für Alkohol darüber liefen.

Er hatte ein Dach über dem Kopf. Sein Vater versuchte ein paarmal, trocken zu werden. An den Kontoauszügen konnte Gaze erkennen, ob er es ernst meinte oder nicht. Wenn eine Kneipenrechnung darunter war, wusste er, dass es nicht funktionierte.

Durch mein Fenster beobachtete ich noch viermal, wie Gaze von seinem Vater geschlagen wurde, als dieser wieder an der Flasche hing. Hinterher kam Gaze immer zu mir rüber in mein Zimmer. Ich versorgte ihn mit Eis zum Kühlen und Wasser und wusch ihm das Blut ab. Jedes Mal behauptete er, es sei nicht so schlimm ... früher sei es viel schlimmer gewesen.

Die Gründe für die Prügelattacken waren folgende: Die Post war nicht da gewesen, als er in den Briefkasten geschaut hatte; Gaze war angeblich frech geworden, als Mr Jones ihn gebeten hatte, nicht den Flur zu saugen; Gaze hatte zu laut gekaut. Und das letzte Mal, das noch nicht lange zurücklag, wurde er wütend, weil Gaze über die Rampe zu meinem Zimmer gelaufen war.

Aber die meiste Zeit waren wir sicher – als säßen wir in einem Bau voller Klapperschlangen, die gerade ihren Winterschlaf hielten.

Der Sommer nach dem Ende der siebten Klasse war eine schöne Wiederholung der Ferien des Vorjahres: Wasserspiele unter dem Hydranten, Basketball, lesen und Eis am Stiel.

Die Raufbolde ließen Gaze in Ruhe, was mich nicht weiter überraschte. Entweder Tocks oder ich waren immer in seiner Nähe, sodass die anderen Kinder wussten, dass sie sich besser nicht mit ihm anlegten.

Aber die achte Klasse war dann etwas ganz anderes. In diesem Jahr änderte sich alles. Wenn wir vorher in einer Blase gelebt hatten, dann war das der Moment, in dem sie platzte.

24. KAPITEL

Gaze

Mein Vater hatte wieder einmal angefangen zu trinken. Das Konto, das ich eingerichtet hatte, war auf Null. Da wusste ich, dass meine Zeit abgelaufen war. Nun wandte sich das Blatt.

»Woher kommt das Geld?« Bruce' Augen waren glasig.

»Ich hab von Pix gelernt, wie man haushaltet, und da habe ich einfach ein bisschen ausgeholfen.« Ich wünschte mir, ich wäre größer. Meine Arme waren vom Basketballspielen ziemlich kräftig geworden, und manchmal machte ich mit den Jungs im Park Hanteltraining.

»Nun, du arroganter Rotzlöffel, ich bin hier das Oberhaupt dieses Haushalts und nicht du. Ich will verdammt noch mal wissen, wo das Geld herkommt.« Er klopfte mit seinem großen Zeigefinger auf den Tisch.

Mein Vater und ich lebten eine Lüge. Wenn es schlecht lief, dann lief es so wie jetzt. Er tat so, als wäre er ein Erwachsener, der alles im Griff hatte, und normalerweise stellte ich das nicht infrage. Doch weil ich die Rechnungen bezahlte und ihm Geld fürs Trinken besorgt hatte, legte ich gelegentlich eine gewisse Herablassung an den Tag. Das war zwar völlig gerechtfertigt, aber trotzdem … Wenn ich so tat, als wüsste ich es besser als er, sorgte das ziemlich schnell dafür, dass mein Gesicht wieder schmerzte und in allen Regenbogenfarben leuchtete.

»Sag mir einfach, was du brauchst, und ich besorg es dir.« Ich achtete darauf, dass meine Stimme möglichst neutral klang.

»Was meinst du damit, dass du es besorgst? Ich bin dein Vater! Hör mal ... verkaufst du etwa Drogen, oder was?«

»Nein. Ich hab einfach ein paar hundert Dollar gefunden, die jemand im Park verloren hat. Wenn du das Geld brauchst, kannst du es haben.«

Bruce' Augen wurden groß. »Du hast das Geld einfach gefunden? Das ist ziemlich schwer zu glauben.«

»Nein. Ich hab einfach ein Talent dafür, Sachen zu finden, Dad. Ich hab's für so einen Moment hier aufbewahrt.« Ich warf einen Blick zu meiner Zimmertür. Sie war wie immer geschlossen und hatte einen Fluchtweg ... zu Pixie.

»Nun, dann rück mal damit raus, Sohn. Denn ich brauche es.« Er hielt mir die ausgestreckte – zitternde – Hand hin.

Jetzt würde er noch wütender werden, denn ich musste das Geld erst von der Bank holen. »Ich hab es bei Pixie versteckt. Ich kann es dir erst morgen holen.«

Das war etwas, worüber wir nie sprachen. Mein Vater wusste zwar, dass ich zu ihr rüberschlich und dass ich manchmal auch die Nächte dort verbrachte, aber wir redeten nicht darüber. Am Anfang hatte er ein paar abfällige Bemerkungen darüber gemacht, dass sie meine Freundin sei, doch die Rampe unter meinem Fenster ignorierte er, weil das einfacher war, als sich damit auseinanderzusetzen. Es war Geld für Alkohol da, obwohl er keinen Job hatte, daher sah Bruce in der Regel vieles lockerer. Aber so war das mit dem Trinken. Schlussendlich war nie genug da. Er konnte nie genug trinken und hatte nie genug Geld, um noch mehr zu kaufen. Der Alkohol wollte ihn tot sehen, selbst wenn er auch mich dabei umbringen musste.

»Okay. Aber dann sofort morgen früh. Ich brauch es.«

Es war nur ein Donnerstag. Nichts Besonderes, alles wie immer. Alltag – sofern man von Alltag sprechen konnte, wenn man es mit jemand so Unberechenbarem wie meinem Vater zu tun hatte. Ich hatte mir eine Pizza aufgebacken und spülte die einzelnen Bissen mit Cola runter. Dad aß nicht mehr besonders viel. Und wenn, dann aß er in der Kneipe. Er sah abgemagert und aufgeschwemmt zugleich aus, was eigentlich kaum vorstellbar war. Die Blutgefäße auf seiner Nase platzten direkt unter der Haut. Wenn man es nicht besser gewusst hätte, würde man denken, ihm wäre kalt. Aber so war es nicht. Das Einzige, was kalt an ihm war, war sein Herz.

Ich musste einen Aufsatz abgeben, und Pixie und ich lasen immer die Hausaufgaben des anderen durch. Wir waren zwar beide im selben Kurs, doch ihre Aufgaben waren schwieriger. Sie musste tiefer in die Texte einsteigen und Fragen ausführlicher beantworten. Bei mir war das in Mathe so. Ich bekam die komplizierteren Aufgaben und sie die leichteren. Wir konnten unsere Hausaufgaben jederzeit austauschen, weil wir mittlerweile eine Art Flaschenzug zwischen unseren Fenstern angebracht hatten, über den wir mithilfe eines Wäschekorbs und Bändern an beiden Seiten unsere Sachen hin- und herschicken konnten. Eine einfache, gut funktionierende Lösung, die auch noch leise war. Perfekt für uns.

Ich freute mich schon auf die Pizza morgen in der Schule und biss in mein Pizzastück. Pizza war mein absolutes Lieblingsgericht.

Mein Schreibtisch stand neben dem Fenster, und ich benutzte ihn, um leichter rauszukommen, wenn ich Pix besuchte. Ich war ein Ass im Überqueren der Rampe. Für mich war es wie ein Spaziergang auf dem Bürgersteig. Pixie meinte, ich hätte einen irrsinnig guten Gleichgewichtssinn, und schrieb es meiner angeborenen Sportlichkeit zu.

Ich schaltete das Licht an meinem Schreibtisch an und sah zu Pixie rüber. Sie saß auf ihrem Bett und lackierte sich die Fingernägel. So war das bei uns. Wir waren einfach füreinander da, und ich ging nun eigentlich fast jeden Abend zu ihr, um bei ihr zu schlafen. Sie fand es toll, wenn ich da war, weil sie die Dunkelheit hasste … und sie hasste Bic.

Irgendwie wurde diese Situation toleriert. Mrs Stone und Bic wussten, dass ich bei Pixie schlief, aber ihre Mutter schien zu wissen, wie sehr Pixie und ich einander brauchten. Pixie erzählte mir von einem Gespräch mit ihrer Mutter, in dem sie ihr erklärt hatte, dass wir aufeinander aufpassten, wenn sie und Bic unterwegs wären, und dass ich wie ein Bruder für sie sei. Ich war mir ziemlich sicher, dass sie ihrer Mutter auch von meiner Situation erzählt hatte und es für mich ebenfalls so sicherer sei. Das war zwar nur eine Vermutung von mir, lag aber eigentlich nahe.

»Du nimmst Geld von der Familie deiner Mutter?«

Ich konnte nicht antworten. Dafür gab mein Vater mir keine Zeit, als er auch schon auf meine Schultern und den Nacken einschlug. Ich war auf meinem Stuhl gefangen. Er drückte mit seinem Bein dagegen, sodass meine Brust gegen die Tischplatte gepresst wurde, die ich normalerweise als Stufe benutzte, um aus meinem Fenster zu steigen.

»Verdammt, Dad. Was soll das denn?«

Seine Wut war außer Kontrolle, unaufhaltsam.

Die Schläge prasselten weiter auf mich ein. Ich bekam kaum noch Luft, weil mein Brustkorb so fest gegen die Tischkante gepresst wurde. Ich begann Sternchen zu sehen, und ich hörte alles nur noch gedämpft, als wäre ich unter Wasser.

Er war sauer, dass Moms Familie die Rechnungen bezahlte. Das lief nun schon so lange so, und ich hatte mir gedacht, dass er es längst herausgefunden und sich damit abgefunden hatte.

Schließlich war er seit fast einem Jahr arbeitslos, und trotzdem hatten wir immer noch unsere Wohnung, der Strom war nicht abgestellt, und er hatte Geld, um zu trinken.

Meine Gedanken verschwammen, denn die Schläge ließen mich immer schwächer werden. Ich kam nicht dagegen an. Er hatte mir jede Möglichkeit genommen, von ihm wegzukommen. Normalerweise nutzte ich meine wachsende Kraft und Schnelligkeit, um vor ihm zu flüchten. Aber in der Position, in der ich mich jetzt befand, kam ich noch nicht einmal hoch. Dieses Mal konnte ich nicht unter den Tisch krabbeln, während er fluchte und brüllte, ich solle mich ihm wie ein Mann stellen.

Ich wollte ihm sagen, dass ein Mann sein Kind nicht verprügelte, aber mein Mund war wie gelähmt und schmerzte. Oh Gott, ich hasste das. Ich hasste ihn. Ich hasste es, dass Pixie das mitansehen musste. Ich hoffte inständig, dass sie sich versteckte, wie ich sie immer gebeten hatte. Sie sollte so tun, als hätte ich einen normalen Vater ... ein normales Leben.

Der Schmerz breitete sich von meinem Hinterkopf immer weiter aus, sodass er bald durch meine ganzen Glieder zuckte.

Vielleicht würde er gar nicht mehr aufhören. Er war in einem Zustand, der eine perfekte Mischung aus Nüchternheit und Wut war. Er war nüchtern genug, um gezielt zuzuschlagen, und wütend genug, um seinem Zorn völlig zügellos nachzugeben. Seine Verfassung in Kombination mit der Tatsache, dass ich nicht wegkonnte, würde todsicher in einer Fahrt zur Notaufnahme enden, wo ich dann wie immer meine Lieblingserklärung vorbringen würde: »Das Basketballspiel ist ziemlich rau gelaufen, aber Sie sollten mal die anderen sehen.«

Ich spürte, wie meine Augen hervortraten ... weiße Kugeln, die nichts mehr sahen.

Ich fing an zu würgen, und mein Teller, auf dem das Pizzastück gelegen hatte, wurde rot. Mir war klar, dass Blut aus meinem Mund kam. Meine Lunge versuchte verzweifelt, Luft zu holen. Vor meinen Augen wurde alles weiß, und ich hörte nur noch ein lautes Rauschen.

Jeder Schlag hallte wie ein Donnerschlag durch meinen Körper.

Und dann hörte es auf. Ah, verdammte Scheiße, es hörte auf. Pixies Hände lagen an meinem Gesicht, und ich hörte sie immer wieder sagen: »Alles gut. Alles gut.«

Ich konnte nichts sehen. Vielleicht war ich jetzt für immer blind. Das Adrenalin, das durch die Schläge in meinem Körper freigesetzt worden war, und die Angst, mein Augenlicht zu verlieren, ließen mich zittern.

»BEWEG. DEINEN. ARSCH.« Pixie drückte gegen etwas, das am Boden lag. Als ich ein Stöhnen hörte, wusste ich, dass es ein verletzter Bruce war. Dann zog sie meinen Stuhl vom Tisch weg, sodass sich meine Lunge endlich wieder ungehindert mit Luft füllen konnte.

Ich spuckte noch mehr Blut. Pixie war wieder da und legte eine Hand ganz leicht an meine Wange, während sie mir ein Handtuch hinhielt, in das ich hineinhusten konnte.

»Du brauchst einen Arzt. Das sieht schlimm aus.« Pixie strich ganz zart mit den Fingerspitzen über meinen Kopf und den Nacken. Ich zuckte zusammen. Sie entschuldigte sich. Vom Boden war erneut ein Stöhnen zu hören.

Bruce schien wieder zu sich zu kommen. Ich hörte einen widerwärtigen, dumpfen Knall, der sich sehr danach anhörte, als würde ein Kopf vom Boden abprallen.

Dann wieder Pixies Stimme. »Du blödes Stück Dreck. Wenn du ihn umgebracht hast …«, sagte sie und verstummte, ehe sie den Satz zu Ende sprach. Sie schob ihre Hände unter meine Achseln und zog mich mitsamt dem Stuhl noch weiter vom Tisch weg. Der scharfe Schmerz in meiner Seite fühlte sich wie ein Messerstich an. Vielleicht hatte er mir dieses Mal die Rippen gebrochen. Warum hatte ich ihm auch den Rücken zugewandt? Warum hatte ich es nicht kommen sehen? Diese Wut, dass ich Moms Familie gebeten hatte, unsere Rechnungen zu bezahlen – ich hätte es wissen müssen.

Pixie schlang einen Arm um meine Taille und legte sich meinen Arm über ihre Schulter. »Kannst du gehen? Ich will mit dir nach unten, zum Krankenwagen. Ich hab Angst, dass dein Vater aufwacht.«

Ich war mir nicht sicher, ob sie mich hören konnte. »Nein. Kein Arzt. Die werden Fragen stellen. Nein. Kann mir das nicht leisten.«

Ich wusste nicht einmal, ob ich es laut sagte. Mein Leben hatte sich von einem Moment auf den anderen verändert. Nur ein einziger dummer wütender Moment. Aber ich konnte allmählich wieder sehen, und das war gut. Vielleicht weil ich jetzt wieder mehr Sauerstoff bekam und tief durchatmen konnte.

Pixie brachte mich mit dem Lastenaufzug nach unten. Weil der Schlüssel klemmte, konnte ihn jetzt jeder benutzen. Es stank erbärmlich. Unten im Eingangsbereich holte sie Hilfe, und auf einmal musste ich gar nicht mehr laufen. Vielleicht war jemand aus dem Haus dazugekommen? Vielleicht ein Polizist? Plötzlich wurde ich wie ein Baby getragen. Mein ganzer Körper schmerzte, während schon die näher kommende Sirene des Krankenwagens zu hören war.

»Ich bin hier«, raunte Pixie in mein Ohr. »Ich bleib bei dir.«

Und dann wurde ich ohnmächtig.

25. KAPITEL

Pixie Rae

Ich saß ganz hinten im Krankenwagen und versuchte immer wieder Gaze zu sagen, dass ich bei ihm sei. Die Sanitäter hatten mich einfach mitgenommen, weil ich all ihre Fragen beantwortet hatte. Ich sagte ihnen, wo er geschlagen worden war, und dass er meines Wissens auf nichts allergisch reagierte. Und während ich noch sagte, dass er keinerlei Medikamente nähme, schlossen sich bereits die Türen. Es saßen zwei Sanitäter mit Gaze und mir hinten ihm Wagen und vorne der Fahrer.

Jetzt versorgten sie Gaze, und ich konnte noch nicht einmal nach seiner Hand greifen. Während sich der Krankenwagen durch den Verkehr schlängelte, gaben sie ihm Sauerstoff … oder zumindest nahm ich an, dass es sich um Sauerstoff handelte. Die Sanitäter arbeiteten nicht hektisch, sondern wirkten sehr konzentriert. Irgendwann warf mir die Sanitäterin, neben der ich saß, einen Blick zu.

»Hat dein Vater dir wehgetan?« Sie musterte mich von oben bis unten. Ein paar Sekunden lang war ich verwirrt, weil ich nicht wusste, wie die Frage gemeint war. Doch dann wurde mir klar, dass sie dachte, ich sei Gaze' Schwester.

»Nein. Er ist …« Ich biss mir auf die Zunge. »Mir geht's gut. Das ist nicht mein Blut.«

Mir ging es nicht gut. Meine Hand, mit der ich Mr Jones den Schlag verpasst hatte, schmerzte. Ich hatte nach Gaze'

Schreibtischlampe gegriffen und ihm damit, so fest ich konnte, auf den Kopf geschlagen. Das hatte einen widerlichen Knall gegeben. Aber ich hatte nur einen einzigen Gedanken gehabt: Ich musste zu Gaze. Sein Vater war hinter ihm zusammengebrochen, und der Schreibtisch hatte gegen Gaze' Brust gedrückt.

Mit aller Kraft hatte ich Mr Jones weggerollt und seine Beine zur Seite getreten, damit er den Stuhl, auf dem Gaze gesessen hatte, nicht mehr blockierte. Dann hatte ich den Stuhl zurückgezogen und Gaze gehalten, als er ebenfalls auf den Boden gefallen war. Gaze sollte sich nicht noch zusätzlich am Kopf verletzen.

Ich fing an zu zittern, als die Erinnerung wieder in mir hochkam … wie ich Gaze aufgeholfen und zur Tür geführt hatte, wie ich mit der Faust gegen jede Tür gedonnert hatte, an der wir auf dem Weg zum Fahrstuhl vorbeigekommen waren.

Ein Nachbar hatte gesehen, was los war, als sich gerade die Fahrstuhltüren hinter uns geschlossen hatten, und war im Erdgeschoss auf mich zugekommen. Er hatte mir Gaze abgenommen und ihn nach draußen getragen. Dann hatten die Erwachsenen übernommen, und meine Aufgabe war es nur noch gewesen, bei Gaze zu bleiben.

Jemand hatte den Notruf gewählt, und die Polizei war als Erstes eingetroffen. Ich hatte ihnen die Nummer der Wohnung genannt und erklärt, dass Gaze' Vater das getan habe. Ich hatte Sorge gehabt, dass Mr Jones runterkam, wieder wütend wurde und Gaze womöglich noch mehr wehtat.

Und dann hatte ich Fragen beantwortet, als Mr Jones nach unten gebracht wurde. An seinen Händen war Blut gewesen, ebenso wie an meinen Händen.

Gaze' Hände waren sauber. Und jetzt, wo er im Krankenwagen lag, hatte man eine Kanüle in seine Hand geschoben und mit einem Klebestreifen fixiert. Gaze' Lippen waren blau, und ich sah das Weiße seiner Augen, als seine Lider flatterten.

Dann erreichten wir das Krankenhaus. Die Sanitäterin, die mich gefragt hatte, ob es mir gut ginge, half mir aus dem Krankenwagen und deutete auf eine Stelle, wo ich nicht im Weg stand. Ich beobachtete, wie man Gaze aus dem Krankenwagen zog. Er lag auf einer Trage mit Rollen, die ausklappten, sobald sie die Schienen im Wagen verließ. Der andere Sanitäter rollte Gaze hinein und gab noch im Laufen bereits alle wichtigen Informationen weiter.

Ich wollte die Arme um mich schlingen, hielt dann aber plötzlich inne. Meine blutigen Hände. Mein Pyjama. Mir war so kalt.

Die Sanitäterin griff in den Krankenwagen und öffnete eine Metallkiste. Dann kam sie zu mir und legte mir eine kratzige Decke um die Schultern. »Du hast zwar gesagt, es würde dir gut gehen … aber lass uns mal hineingehen und uns davon überzeugen, dass das auch stimmt.«

»Oh. Ich kann nicht … ich habe morgen Schule.« Ich versuchte, die Decke abzuschütteln, um sie ihr zurückzugeben.

»Kleines? Du stehst höchstwahrscheinlich unter Schock, und vielleicht bist du ebenfalls verletzt. Ich denke, Schule steht für morgen nicht zur Debatte.«

Es gab niemanden, den ich hätte anrufen können. Mom und Bic waren gemeinsam unterwegs. Ich nickte, weil ich mir wirklich nicht sicher war, ob ich barfuß und im Pyjama nach Hause laufen konnte.

Die Sanitäterin führte mich ins Krankenhausgebäude und redete leise mit einer freundlich aussehenden Krankenschwester.

Die Krankenschwester übernahm und führte mich zu einem Bett, das durch einen Vorhang abgeschirmt war. »Na, dann wollen wir dich mal saubermachen und dafür sorgen, dass du es schön warm hast.«

Das hörte sich herrlich an, und deshalb ließ ich sie machen.

Eine Notaufnahme ist eine völlig andere Welt. Selbst so spät abends eilten alle geschäftig umher, als wäre es helllichter Tag. Pam, die freundliche Krankenschwester, hatte mir einen Krankenhauskittel besorgt und ein Paar Socken mit Gumminoppen an den Sohlen. Dann wurde ich in drei Decken gewickelt, sodass mir angenehm warm war. Meine Hände waren gesäubert worden, und ich hatte tatsächlich ein paar Schnitte, die sie verband.

Die ganze Zeit über redete sie mit mir. Sie fragte mich nach der Schule, nach Gaze und den Sachen, die ich am liebsten machte. Trotz ihrer ruhigen, sanften Art wusste ich, dass ich nichts erzählen durfte. Denn theoretisch war ich zwar alt genug, um allein zu bleiben, aber nicht für eine so lange Zeit, wie Mom immer unterwegs war.

Pam hielt mich auf dem Laufenden, wie es Gaze ging … dass er verarztet wurde und sich dafür am denkbar besten Ort befand … und allmählich schlossen sich meine Augen trotz des hellen Lichts.

Dann zog ein Polizist den Vorhang um meinen kleinen Kokon auf und trat an mein Bett. Auf einmal war ich kein bisschen mehr müde. Der Officer machte viel Lärm, während er sich bewegte, denn er hatte eine ganze Menge Kram an seinem Gürtel hängen.

»Dein Name ist Pixie, richtig?« Er nickte mir zu und zog sich einen Stuhl auf Rollen heran, auf den er sich setzte.

Ich nickte. Schon bald würde ich der ganzen Situation nicht mehr gewachsen sein. Ich hatte bereits viel zu viel erzählt. Gaze wollte nicht, dass irgendjemand wusste, dass sein Vater ihn schlug, und ich sah momentan keine Möglichkeit, wie ich das Thema umschiffen sollte. Mein Gehirn war in höchster Alarmbereitschaft und gleichzeitig wie gelähmt.

»Ich muss dir ein paar Fragen über den heutigen Abend stellen. Du warst in der Wohnung des Opfers, richtig?«

Schwester Pam kam dazu. »Sam, du willst sie doch nicht etwa jetzt verhören, oder?«

»Hey. Nein, ich hab da nur ein paar widersprüchliche Aussagen, und Pixie könnte das für mich aufklären, indem sie mir einfach sagt, was passiert ist.« Er zog sein Handy hervor und tippte auf das Display. Er hielt es etwas geneigt, sodass ich sehen konnte, dass er sich damit Notizen machte.

Pams Augen wurden schmal.

»Ich bin Officer Sam. Bruce war mit auf der Wache und hat ausgesagt, dass du Gaze angegriffen hättest. Ich will das Ganze jetzt einfach nur überprüfen.« Er beugte sich etwas vor und sah mir ins Gesicht.

»Nein. Das hier ist keine einfache Überprüfung, und das weißt du genauso gut wie ich. Das Kind hier muss erst einmal mit seinen Eltern sprechen, ehe du sie in die Mangel nimmst. Sie ist meine Patientin, und jetzt braucht sie erst einmal Ruhe, damit ich sie auf Verletzungen hin untersuchen und feststellen kann, ob sie einen Schock erlitten hat.« Schwester Pam trat zwischen Officer Sam und mich. Ich beobachtete, wie er durch ihr Einschreiten gezwungen war, mit seinem Stuhl zurückzurollen. »Und den kleinen Jungen habe ich auch gesehen. Sie hat ihm das ganz sicher nicht angetan. Also wirklich! Benutz mal deinen gesunden Menschenverstand.« Sie trat immer näher an Officer Sam heran, sodass der noch ein paar Schritte zurückwich.

Er lehnte sich zur Seite, um an Schwester Pam vorbeizuschauen. »Okay. In Ordnung. Dann komme ich morgen zu dir nach Hause, und dann reden wir miteinander, Pixie. Es kennen dich ganz schön viele Leute.«

Er lächelte, doch seine Worte klangen drohend. Schwester Pam legte eine Hand auf seine Brust. »Hey, Großer, sie ist noch nicht einmal ein Teenager. Also mal schön langsam. Es sind nicht alle Täter.«

Ab diesem Moment liebte ich Schwester Pam. Ich sah an den beiden vorbei zum Korridor. Wenn die Bullen herkamen, um mich zu sehen, musste es Gaze sehr schlecht gehen. Wegen kleiner Verletzungen würden die sich nicht die Mühe machen und herkommen, um mit mir zu reden. Das wäre viel zu viel Aufwand.

Als ich mich wieder den beiden zuwandte, war Schwester Pam immer noch dabei, Officer Sam zum Ausgang der Notaufnahme zu bugsieren.

Als sie wieder zurück war, berührte sie meine Stirn auf eine so mütterliche Art und Weise, dass ich mich nach meiner Mom sehnte. Meine Mom, wie sie gewesen war, ehe es Bic in unserem Leben gegeben hatte.

»Kann ich deine Eltern irgendwie erreichen, damit sie dich abholen?« Sie hatte ein Klemmbrett aus Metall in der Hand und machte sich darauf Notizen.

»Nein, ich werde allein nach Hause gehen.« Ich sah auf meine Hände runter. Ich hatte keine normalen Sachen zum Anziehen und kein Geld dabei, um mit der Bahn zu fahren. »Ich hatte gehofft, dass Gaze und ich zusammen nach Hause gehen könnten«, sagte ich und sah die Decke an.

Sie berührte meinen Arm oberhalb des Verbands. »Er ist noch nicht aus dem OP rausgekommen. Und er wird auch noch eine Weile hierbleiben müssen, damit wir sichergehen, dass alles Notwendige unternommen worden ist, damit er wieder ganz gesund wird.«

»Okay. Das ist wohl das Vernünftigste. Ich hatte einfach nur gehofft, dass er heute Nacht wieder bei mir zu Hause ist.« Ich stemmte mich in eine sitzende Position hoch, und Schwester Pam legte ihre Hand an meinen Rücken, um mir dabei zu helfen.

»Was hast du vor, Liebes?«

Sie musterte mich skeptisch, als ich die Beine über die Bettkante schwang.

»Nun, ich muss das Krankenhaus jetzt wohl verlassen, oder? Deshalb wollen Sie doch meine Eltern anrufen, nicht wahr?« Ich rutschte ganz aus dem Bett, bis ich auf dem Boden stand. Die Krankenhauskleidung war ein bisschen zu weit, deshalb raffte ich sie mit der weniger verletzten linken Hand zusammen.

»Hey. Entspann dich doch noch ein wenig. Ich muss mir morgen früh, wenn meine Schicht zu Ende ist, ohnehin ein Taxi nehmen, und bestimmt fahre ich bei dir vorbei. Ich werde dich dann dort absetzen.« Schwester Pam atmete tief ein, während sie darauf wartete, dass ich eine Entscheidung traf.

Ich krabbelte ins Bett zurück. Sie steckte die Decken um mich herum fest, maß noch einmal die Temperatur und überprüfte meinen Puls. »Du tust das Richtige. Ich möchte, dass sich dein ganzer Organismus für ein paar Stunden entspannt. Es ist ein anstrengender Abend gewesen, nicht wahr?«

Sie hatte etwas so Beruhigendes an sich. Sie war so überzeugt, dass es das Beste wäre, in diesem sauberen, sicheren und warmen Bett liegen zu bleiben. Ich nickte und verlor den Kampf gegen die Angst und Unsicherheit. Ich schloss die Augen. »Sagen Sie mir Bescheid, wenn Sie etwas von Gaze hören?«

»Aber klar. Jetzt ruh dich einfach nur aus, Liebes.«

Und dann schlief ich ein.

26. KAPITEL

Pixie Rae

Schwester Pam weckte mich. Mein Nacken war steif von der Position, in der ich geschlafen hatte. Andere Muskeln in meinem Körper schmerzten auch. Über die Rampe zu laufen und gegen Gaze' Dad zu kämpfen, war für mich anstrengender gewesen, als ich gedacht hatte.

»Gaze ist aus dem OP raus und erholt sich jetzt. Er ist noch nicht wieder aufgewacht und wird das auch erst in ein paar Tagen. Die Ärzte wollen, dass er schläft, damit sein Körper heilen kann.«

»Aber er kommt doch wieder in Ordnung?« Ich war auf der Stelle hellwach.

»Er wird zu kämpfen haben, wird es aber schaffen. Du musst jetzt nach Hause, duschen und ein paar Stunden in deinem eigenen Bett schlafen. Du hast alles getan, was du tun konntest. Dein Freund ist hier und in Sicherheit.« Schwester Pam legte eine Jacke um meine Schultern. »Ach, übrigens ... ich darf eigentlich keine Patienten nach Hause bringen, aber der offizielle Weg, damit du heimkommst, ist lang und umständlich und würde zudem Papierkram mit unserem Freund Officer Sam erfordern. Deshalb fahren wir dich einfach nach Hause. Hast du einen Schlüssel, um reinzukommen?«

Sie stellte ein Paar Badelatschen vor mich auf den Boden, und ich schlüpfte hinein. Sie waren zu groß, sodass ich langsam vorwärtsschlurfte. Schwester Pam führte mich zum Angestelltenausgang.

»Sie entführen mich doch nicht, oder?«

»Nein, Schätzchen«, schnaubte Schwester Pam. »Ich hab genug um die Ohren. Ich will dich einfach nur nach Hause bringen und meine Schicht beenden.«

»Es tut mir leid. Ich …«

Sie hob die Hand, damit ich stehen blieb, und legte mir dann den Arm um die Schultern, um zu den Taxis zu zeigen. Die Sonne ging gerade auf, und ein Taxi schien nur auf uns gewartet zu haben.

»Hi Pam!«

»Hi Dolores. Ich möchte heute einen Zwischenhalt einlegen. Ist das okay?« Pam öffnete die hintere Tür und bedeutete mir einzusteigen. Ich rutschte durch und schnallte mich mit meiner unverletzten Hand an. Pam setzte sich neben mich und schloss die Tür.

»Dein Wagen ist wohl immer noch in der Werkstatt, hm?« Dolores fädelte sich in den locker fließenden Verkehr ein.

Das Geplänkel der beiden überzeugte mich davon, dass Schwester Pam tatsächlich nur eine nette Frau war, die mich nach Hause bringen wollte. Ich beobachtete durch das Rückfenster, wie das Krankenhaus in der Ferne verschwand, wobei es von den Ampeln verschluckt zu werden schien. Gaze' Vater war wahrscheinlich festgenommen worden, weshalb er jetzt versuchte, mir die Schuld in die Schuhe zu schieben. Aber das war unmöglich. Später am Tag würde ich mit Officer Sam reden müssen, und der Gedanke brachte mich zum Seufzen. Das war alles zu viel. Ich verpasste die Schule, und jetzt würde ich auch noch über Gaze und seine spezielle Situation sprechen müssen, von der die anderen doch eigentlich nichts erfahren sollten.

Ich beobachtete, wie die Sonne über dem Fluss aufging. Es

sah wunderschön aus. Alle Farben von Zuckerwatte rahmten die Sonne dabei ein.

Schwester Pam unterbrach meine Gedanken. »Hier ist es doch, oder, Pixie?«

Wir waren nur noch ein paar Straßen von zu Hause entfernt. Ich nickte und erklärte den restlichen Weg, ehe ich schließlich auf das Gebäude zeigte, in dem ich wohnte.

»Wie kommst du rein?«, fragte Pam etwas skeptisch.

»Ich werde Mrs Chungus wecken. Sie hasst es zwar, hat aber einen Schlüssel zu unserer Wohnung.« Ich schaute aus dem Heckfenster, um den rechten Moment fürs Aussteigen abzupassen, wenn kein Auto von hinten kam.

Nach der ganzen Aufregung vom gestrigen Abend wirkte die Gegend jetzt verschlafen und schien nur widerwillig aufzuwachen. Der Bagel-Laden hatte es nur geschafft, sein Gitter halb hochzuziehen, sodass die Kunden sich ducken mussten, um ihren morgendlichen Kaffee zu kaufen.

Spontan drückte ich Schwester Pam an mich, und sie erwiderte die Umarmung. »Halt die Ohren steif, Pixie. Wir warten noch ein paar Minuten, um sicherzugehen, dass du auch wirklich ins Haus kommst.«

Ich lief zur Haustür und klingelte bei unserer Nachbarin im zweiten Stock, Mrs Chungus. Fluchend meldete sie sich über die Gegensprechanlage. »Wer zum Teufel hat mich aufgeweckt?«

»Ich bin's, Pixie Rae, Mrs Chungus. Ich hab keinen Schlüssel dabei.« Ich hatte mit dem üblichen Gemurre gerechnet, aber sie und meine Mutter hatten irgendeine Abmachung, und so musste sie mich reinlassen.

»Okay. Ich komme.« Ich wartete, bis das Summen des Türöffners ertönte, und signalisierte dann dem Wagen mit hocherhobenem Daumen, dass alles in Ordnung wäre.

Ich hatte vergessen, mich zu bedanken, und ich hatte vergessen, Schwester Pam ihre Jacke zurückzugeben, doch jetzt war ich drinnen, und ich wollte Mrs Chungus nicht noch wütender machen, als sie vermutlich ohnehin schon war.

Sie erwartete mich mit dem Ersatzschlüssel an ihrer Tür. Ich würde damit in die Wohnung gelangen und ihn später wieder unter Mrs Chungus' Tür durchschieben.

»Alles in Ordnung mit dir? Ich hab dich gestern Abend in den Krankenwagen steigen sehen. Der Junge von nebenan ist wohl schließlich doch von dem Ding runtergefallen, das ihr da oben hingelegt habt, hm?« Sie deutete in Richtung der Rampe.

Ich nahm den Schlüssel und zuckte nur die Achseln. »Ich werde den Schlüssel später zurückbringen. Jetzt muss ich erst einmal duschen und schlafen.« Ich wollte nicht mit ihr über Gaze und meine gefährlichen Angewohnheiten diskutieren. Das war jetzt nicht der richtige Zeitpunkt dafür.

Man mochte es vielleicht für unhöflich halten, dass ich Mrs Chungus einfach stehen ließ und nach oben ging, ohne ihre Frage zu beantworten. Aber während ich die Wohnungstür aufschloss, war es mir einfach völlig egal, was sie von mir dachte.

Als ich die Wohnung betrat, war es dort eiskalt. Ich lief durch die ganze Wohnung, bis ich feststellte, dass mein Fenster sperrangelweit offen stand. Nachdem ich es geschlossen hatte, schaute ich hinaus. Alles, was ich von Gaze' Zimmer sah, war in Unordnung. Sein Fenster stand ebenfalls noch offen.

Ich setzte mich auf den Fußboden meines Zimmers und fing endlich an zu weinen. Ich weinte über alles ... den Anblick von Mr Jones, der so wütend und außer sich gewesen war. Ich weinte, weil ich mitanschauen musste, wie er Gaze wehgetan hatte, und dabei jeden Schlag in meiner Brust, direkt in meinem Herzen gespürt hatte.

Hatte ich zu lange gebraucht, um den Mut zu fassen, über die Rampe zu laufen? Würden von Gaze' Verletzungen Schäden zurückbleiben? Würde er wütend auf mich sein, weil ich nicht den Mund gehalten hatte?

Ich legte mich auf den Boden und weinte, bis ich keine Tränen mehr hatte. Das dauerte eine ganze Weile.

27. KAPITEL

Pixie Rae

Nach dem Duschen schaffte ich es gerade noch ins Bett. Ich hatte keinen Appetit, denn ich machte mir immer noch große Sorgen wegen Gaze. Ich rief im Krankenhaus an, aber sie durften telefonisch keine Informationen über Patienten herausgeben. Schwester Pam war auch nicht da. Man schien argwöhnisch zu sein, dass ich ihren Nachnamen nicht wusste, aber so war es nun einmal.

Ich lag in einem frischen Pyjama im Bett und sah meine verletzten Hände an. An der Schulter hatte ich ebenfalls eine Prellung, die ich zunächst gar nicht bemerkt hatte, die jetzt aber höllisch wehtat. Wahrscheinlich hatte ich sie mir geholt, als ich zu Boden gestürzt war, nachdem ich nach Mr Jones' Kopf getreten und dann das Gleichgewicht verloren hatte.

Ich erstarrte, als ich hörte, wie die Tür aufgeschlossen wurde. Meine Mutter sollte eigentlich erst am Wochenende wiederkommen.

Bic bellte meinen Namen, als er die Wohnung betrat. »Pixie! Bist du da? Mrs Chungus hat deiner Mutter erzählt, dass du in eine Schlägerei oder so was verwickelt warst.«

Meine Tür stand offen, was normalerweise nie der Fall war, und Bic füllte den ganzen Türrahmen. »Da bist du ja. Wie geht's dir denn? Was zum Teufel ist passiert?«

»Wo ist Mom?« Ich versuchte an ihm vorbeizuschauen.

»Das ist der Dank, den ich bekomme? Ich komme früher aus Dallas zurück, und du willst nur deine Ma? Sie muss noch arbeiten, also musst du mit mir vorliebnehmen.«

Ich wollte meine Tür schließen. Noch nie in meinem ganzen Leben hatte ich mich so allein gefühlt. Keine Mom. Kein Gaze. Ich holte tief Luft. Gerade als ich anfangen wollte, ihm zu erzählen, was passiert war – denn mir blieb kaum eine andere Wahl –, klopfte jemand an der Wohnungstür.

»Merk dir, wo wir stehen geblieben sind.« Bic tat so, als hätten wir ein Geheimnis. Ich hasste ihn.

»Ja, Officer. Pixie ist da, aber ehe Sie mit ihr sprechen, möchte ich selbst erst einmal ein paar Erklärungen.« Bics Stimme war sehr laut.

Mir kam der entsetzliche Gedanke, dass Gaze etwas passiert sein könnte. Na ja, das war es ja schon, aber vielleicht etwas noch Schlimmeres. Ich wickelte mich in die Decke, weil ich nur einen Pyjama anhatte.

Als ich in den Flur trat, sah ich Officer Sam im Wohnzimmer stehen. Bic wippte von den Zehen zu den Absätzen und zurück.

»Hi Pixie. Wie ich sehe, bist du wohlbehalten vom Krankenhaus nach Hause gekommen. Mir hat niemand Bescheid gesagt, dass du es verlassen würdest.« Dieses Mal hatte Officer Sam ein Notizbuch und einen Stift in der Hand.

»Wie bitte? Warte mal! Du warst im Krankenhaus? Was zum Teufel hast du gemacht? Du weißt, dass Krankenhäuser teuer sind. Wir können uns das nicht leisten.« Bic sah mich von oben bis unten an, und sein Blick blieb an den Schürfwunden auf meinen Armen hängen.

»Es geht mir gut«, zischte ich.

Ich hasste es, wenn er mich anschaute. Und ich hasste es

noch mehr, da er jetzt einen Vorwand hatte, mich richtiggehend anzustarren.

»Hören Sie, Bic, hätten Sie was dagegen, wenn ich ein paar Worte mit Pixie wechsle?« Er machte einen Schritt in meine Richtung. Nun war keine Schwester Pam mehr da, die mich beschützte.

»Tja, irgendwie scheint es mir keine gute Idee zu sein, dass ich Sie allein mit meiner Stieftochter reden lasse, wenn ich überhaupt nicht weiß, worum es geht«, plusterte Bic sich auf.

»Wissen Sie was …? Ich bin schon ein paarmal hier in die Gegend gerufen worden, und man sagte mir, Sie hätten Verträge geschlossen, bei denen es um irgendwelche Bauprojekte gegangen sei, Sie hätten auch Anzahlungen genommen und wären dann aber nie wieder aufgetaucht. Wissen Sie was darüber, Bic?«

Der Officer zog die Augenbrauen hoch. Bic zuckte die Achseln und machte einen Rückzieher. »Ach, wissen Sie was … Legen Sie los.« Dann schlurfte er in die Küche.

Der Officer drehte sich zu mir um. »Wie geht es dir?«

Seine Frage klang erschreckend aufrichtig.

»Es geht mir gut«, stammelte ich.

»Du siehst aus, als hättest du geweint. Bist du sicher, dass du keine Schmerzen hast?« Er zog die Augenbrauen zusammen.

»Was wollen Sie von mir, Officer Sam?« Ich wollte seine Anteilnahme nicht und war nicht in der Verfassung zu erkennen, ob das nicht vielleicht nur ein kluger Schachzug von ihm war. Seine Uniform machte mich nervös, aber das war wahrscheinlich auch der Grund, warum Polizisten eine trugen.

»Ich möchte, dass du mir erzählst, was gestern passiert ist. In allen Einzelheiten. Auf der Wache.« Er klopfte mit dem Stift auf sein kleines Notizbuch.

Ich fuhr mir mit einer Hand durchs Haar. Es war immer noch feucht. »Ich tue das unter einer Bedingung.«

»Okay.« Er schien amüsiert, dass ich überhaupt eine stellte.

»Ich will Gaze sehen.« Ich musste den Kopf in den Nacken legen, um ihm in die Augen schauen zu können.

»Wenn ich denke, dass du keine Gefahr für ihn darstellst, werde ich das arrangieren können.«

»Er ist mein bester Freund. Ich würde ihn niemals verletzen.« Kaum waren die Worte aus meinem Mund, fühlten sie sich schon verlogen an. Wenn ich anderen Erwachsenen erzählte, was Gaze zu Hause ertragen musste, würde ihm das wehtun.

»Lassen Sie mich erst was Richtiges anziehen.«

Officer Sam nickte.

Mich überkam plötzlich der Drang, durchs Fenster zu flüchten, aber ich unterdrückte ihn. Letzte Nacht hatte es mich wahnsinnige Überwindung gekostet, über die Rampe zu laufen, und ich war nicht erpicht darauf, dass der Officer seinen Elektroschocker einsetzte, wenn ich nicht gehorchte.

Es war an der Zeit, ein paar schwere Entscheidungen zu treffen.

Officer Sam führte mich auf der Wache in einen separaten Raum, ließ die Tür jedoch offen, als wir uns setzten.

»Als Erstes möchte ich dich fragen: Ist bei dir zuhause alles in Ordnung? Bic lebt mit in der Wohnung, und wir kennen ihn hier ein bisschen …«

»Alles gut. Er ist in Ordnung.«

Officer Sams Miene war skeptisch, und er biss sich kurz auf die Unterlippe. »Okay, aber wenn du je was brauchen solltest …«

»Dann werden Sie der Erste sein, zu dem ich hingehe. Zu demjenigen, der mir im Krankenhaus und in meinem Zuhause nachstellt und mir vorwirft, ich hätte meinem besten Freund was angetan.« Ich wusste, dass mein Ton zu frech war. Ich war völlig erschöpft. »Sagen Sie mir, wie es Gaze geht.«

»Gaze hat die OP gut überstanden. Seine Rippe musste gerichtet werden. Es bestand die Gefahr, dass sie die Lunge beschädigt. Er befindet sich jetzt im künstlichen Koma, damit er sich nicht bewegt und alles verheilen kann. Er würde Panik bekommen, wenn er merkt, wie wenig seine Lunge gerade arbeitet. Aber er wird wieder gesund werden. Trotz der ganzen Verletzungen sind die lebenswichtigen Organe nicht in Mitleidenschaft gezogen worden.« Officer Sam räusperte sich. »Lass mich ehrlich zu dir sein. Das ist nur fair. Bruce sagt, er habe dich in Gaze' Zimmer vorgefunden, wo du ihn verprügelt hättest.«

Unbändige Wut kochte in mir hoch. Gaze' Vater war so ein Lügner. Er würde alles sagen, um seinen Hintern zu retten.

»Gaze und ich sind beste Freunde. Wir verbringen jede freie Minute miteinander. Sein Vater ist ein Alkoholiker, der sein Kind verprügelt.« Ich musste uns beschützen ... einstehen für das, was wir hatten.

»Dann war das also nicht das erste Mal, dass du gesehen hast, wie Bruce Gaze schlägt?«

Und da sprudelte alles aus mir heraus ... dass Gaze immer Angst vor seinem Vater hatte, dass er zu mir rüberkam, wenn sein Vater betrunken war, dass trotz der schrecklichen Zustände sein Vater der Einzige aus seiner Familie war, der etwas mit Gaze zu tun haben wollte.

»Das klingt viel plausibler als die Märchen, die er uns auftischt. Aber, Pixie, dir ist klar, dass du diese Geschichte vielen Leuten wirst erzählen müssen. Ich sehe, dass du Gaze beschützen willst, aber so ein Leben kann nicht gut für ihn sein.« Officer Sam legte beide Hände auf sein Notizbuch und tat noch nicht einmal mehr so, als wollte er sich etwas aufschreiben.

Ich brachte kein Wort mehr heraus.

Ich hatte Mr Jones' Gesicht vor Augen, wenn er Gaze schlug. Diese ausdruckslose, eiskalte Miene. Da war nichts in seinem Blick, das väterliche Zuneigung vermuten ließ.

»Er hätte Gaze umgebracht.« Das war die Wahrheit. Das war der Grund, warum ich eingegriffen hatte … warum ich gekämpft hatte. »Meine größte Angst ist, dass ich einmal nicht rechtzeitig da bin, um ihm zu helfen.«

Als Officer Sam mir ein Taschentuch reichte, merkte ich, dass ich angefangen hatte zu weinen.

»Du hast das Richtige getan, Kleine. Du hast das Richtige getan.« Er stand auf und winkte jemanden herbei.

Ein paar Augenblicke später saß eine freundlich aussehende Frau mit noch mehr Taschentüchern neben mir. Sie erklärte mir, dass sie die Interessen von Kindern vertrete. Wir unterhielten uns über allgemeine Dinge, die nichts mit Gaze oder seinem Vater zu tun hatten. Dann sagte sie mir, dass sie nur das Beste für Gaze wolle, und dass wir dies gemeinsam hätten.

»Man wird dich brauchen, um Bruce bei einer Gegenüberstellung zu identifizieren – einfach um wirklich auf Nummer sicher zu gehen.« Wanda. Sie hieß Wanda. Sie versprach mir, dass sie während der Gegenüberstellung bei mir bleiben und Gaze' Dad nicht erfahren würde, dass ich da war.

Nachdem man mich in einen kleinen Raum mit einer großen Glaswand geführt hatte, wurden ein paar Männer und Bruce in Handschellen hereingeführt. Er sah mich direkt an, als wäre die Scheibe durchsichtig, obwohl Wanda mir doch versprochen hatte, er könnte nicht hindurchsehen.

Sie legte eine Hand auf meine Schulter. »Über ihren Köpfen siehst du Zahlen an der Wand. Sollen die Männer sich seitlich hinstellen oder irgendetwas sagen, damit du ganz sicher bist?«

Ich schüttelte den Kopf. »Nein. Ich kenne Mr Jones. Es ist der da. Die Nummer drei.« Ich meinte fast zu hören, wie Gaze mich anbrüllte … dass ich alles kaputtmachen würde. Ich dachte an Bic … den großen, idiotischen, unheimlichen Bic, dem Gaze aus irgendeinem Grund misstraute.

In diesem Moment traf ich eine Wahl zwischen den beiden. In meiner Zukunft konnte es nur einen geben. Aber ich wusste, was ich tat. Wenn ich jetzt Gaze' familiäre Situation offenbarte, würde sich das Jugendamt um ihn kümmern, sollte sein Großvater sich nicht seiner annehmen. Aber selbst dann würde er weit, weit weg sein. Vielleicht würde er in diesem großen, prächtigen Haus leben.

»Bist du dir sicher?«

Entweder würde Gaze eine Zukunft haben oder ich. Ich wählte Gaze.

Officer Sam fuhr mich nach Hause. Es war eine lange Fahrt, auf der wir kaum sprachen. Ich saß vorn auf dem Beifahrersitz, während sein Platz im Wagen von Bildschirmen und lauten Geräuschen umgeben war.

»Weißt du, es ist nicht immer einfach, das Richtige zu tun.« Er drehte das Funkgerät leiser, sodass es nur noch leise rauschte.

Wir fuhren durch die Innenstadt mit ihren schicken Geschäften und den vielen Passanten.

»Es war echt krass, wie du deinem Freund geholfen hast. Gaze hat sehr viel Prügel einstecken müssen. Und unter uns gesagt …? Solche Sachen hören nie auf, wenn nicht jemand einschreitet … und wirklich durchgreift.« Er setzte den Blinker, um nach links in meine Richtung abzubiegen.

Ich atmete tief durch. »Auch wenn es angeblich das Richtige sein soll, fühlt es sich an, als würde ich meinen Freund in die Pfanne hauen.«

»Dachtest du, dass es wieder passieren würde?« Er blieb an einer Ampel stehen und drehte den Kopf zu mir.

Ich hatte *gewusst*, dass es wieder passieren würde. Ich hatte es im Blick von Gaze' Vater gesehen. Er hatte die Kontrolle über sich verloren und wurde jeden Abend einfach nur noch wütender. Ich bejahte Officer Sams Frage mit einem Nicken.

»Dann hattest du keine andere Wahl, wenn du mich fragst. Kinder wissen so was einfach. Es ist eigenartig, wie sie die Menschen durchschauen. Du bist zwar schon fast ein Teenager, und ich weiß nicht, wann sich das ändert, aber dieser Instinkt scheint irgendwann zu verschwinden. Du aber wusstest, dass Bruce sich nicht zum Guten ändern würde ... und Gaze war in Gefahr.«

Ich konnte das Spiegelbild des Polizeiwagens, in dem ich saß, in den Schaufenstern der schicken Läden sehen, als wir vorbeifuhren. »Ja.« Mehr sagte ich nicht dazu. Ich hatte das Gefühl, ohnehin schon viel zu viel gesagt zu haben. Meine Gedanken wurden beherrscht von dem Bild, wie Gaze im Krankenwagen lag. Ich wollte ihn sehen.

Als Officer Sam bei mir ankam, parkte er, stieg aus und stellte sich zu mir auf den Bürgersteig. »Was dagegen, wenn ich dich nach oben bringe? Ich will sichergehen, dass du wohlbehalten ankommst.«

Ich zuckte die Achseln. Er war ein Cop. Er konnte machen, was er wollte. Da ich meinen Schlüssel dabeihatte, konnte ich die Eingangstür aufschließen und dann die Treppe bis in den vierten Stock hochgehen, während Officer Sam hinter mir her stapfte. Als ich bei meiner Wohnungstür ankam, trat er hinter mich. Bic riss die Tür auf, ehe ich den Schlüssel ins Schloss schieben konnte.

»Zurück?« Er musterte Officer Sam.

»Ja?« Das war doch wohl offensichtlich. Ich wollte in mein Zimmer, meine Tür abschließen, mich unter meinen Decken verkriechen und nichts mehr sehen und hören.

Bic legte die Hände an den Türrahmen und lächelte Officer Sam an. Das Lächeln sah allerdings eher aus, als würde er die Zähne fletschen.

Er streckte den Arm aus, und ich wich zurück, doch er fasste mit seiner großen Hand nach meiner verletzten Schulter und drehte mich herum, sodass wir jetzt beide mit dem Rücken zur Wohnungstür standen. Er ließ die Hand auf meiner Schulter liegen. Es tat richtig weh, weil ich dort einen großen blauen Fleck hatte. Seine Hand auf meiner Haut ekelte mich an. Die Alarmglocken in meinem Hinterkopf schrillten.

»Haben Sie mein Kind jetzt ausreichend in die Mangel genommen?« Bic redete wie immer viel zu laut.

Mein Blick blieb auf seine Finger gerichtet, die meinem Gesicht viel zu nah waren. Ich wollte ihn beißen. Ich war nicht sein Kind. Ich wollte nicht, dass er so tat, als wäre er mein Vater.

»Vorerst ja. Sie wird mir weiterhin zur Verfügung stehen müssen, wenn die Sache gegen Bruce Jones in die nächste Phase geht.« Officer Sam und ich sahen uns an. »Alles in Ordnung?«

Ihm war nicht entgangen, wie sehr ich Bic hasste. Ich versuchte, mich ein bisschen zu entspannen. Mir reichte es jetzt. Ich wollte nicht noch mehr Theater.

»Gibt's schon einen ungefähren Zeitrahmen dafür?« Bic fragte, als läge ihm etwas an mir. Aber ich wusste, dass er nur herausfinden wollte, wann ich allein gelassen werden konnte.

Meine Mutter würde in ein paar Wochen nach New Orleans fahren, und da wollte er unbedingt mit. Natürlich stellte er es so dar, als würde er mit meiner Mutter in den Urlaub fahren und alles bezahlen, aber ich wusste, was in Wahrheit dahintersteckte. In ihrem Hotelbett war Platz, und da er ein Schmarotzer war, machte er sich darin breit.

»Nein, das ist noch nicht klar. Kommt auf die Justiz an. Aber ich weiß ja, wo ich Pixie finde, und werde vorbeikommen, wenn ich sie brauche.« Officer Sam machte einen drohenden Schritt auf Bic zu.

»Natürlich. Kein Problem. Wir haben nichts zu verbergen.« Bic löste seine Hand von meiner Schulter und legte sie auf meine Hüfte, während ich die Bewegung beobachtete, als wäre seine Hand eine Tarantel, die über meinen Körper krabbelte.

Bic streckte den Arm aus, um dem Officer die Hand zu schütteln, und zögernd ergriff der Polizist sie.

Dann wandte Officer Sam sich noch einmal mir zu. »Du weißt ja, wo du mich finden kannst, Pixie, wenn du …«

Er wurde von Bic unterbrochen, der mich in die Wohnung zog und die Tür schloss.

Als Bic sprach, tat er das ganz ruhig. »Du weißt, dass wir es nicht brauchen können, dass die Polizei hier jeden Tag auftaucht, Mädchen. Du musst lernen, dich um deinen eigenen Kram zu kümmern. Wenn Bruce sein Kind verprügeln will, kann er das meinetwegen tun.«

Ich wich vor ihm zurück und merkte, wie meine Gesichtszüge entgleisten. Natürlich sah Bic es so. Er wollte nur das, was für ihn am besten war, und daran würde sich auch nichts ändern. Ich beachtete ihn nicht weiter, sondern ging sofort in mein Zimmer und schloss hinter mir ab, sodass ich endlich wieder durchatmen konnte. Bic klopfte wütend an die Tür, sodass ich zusammenzuckte.

»Deine Mutter will, dass du sie anrufst. Überzeug sie bloß davon, dass das hier keine große Sache ist. Ich will nach New Orleans.«

Und das war der Moment, in dem es begann. Bic sagte mir, was ich meiner Mutter erzählen sollte. Außer seiner leibhaftigen Gegenwart kam jetzt noch eine weitere Hürde in meinem Leben dazu. Ich setzte mich aufs Bett und griff nach meinem Teddybären. Ich konnte Gaze' Fenster sehen. Ich verbrachte den Nachmittag damit, alles zu bedauern, was ich getan hatte, wohlwissend, dass ich keine andere Wahl gehabt hatte. Es war einfach Scheiße.

Am nächsten Tag konnte ich wieder zur Schule. Ich hielt den Kopf gesenkt und mied es, mit irgendwem zu reden. Schon das war sehr ungewöhnlich für mich. Aber alle wollten über Gaze und die Festnahme seines Vaters reden. Haufenweise Gerüchte machten die Runde, die ich hörte, wenn ich von einem Kurs in den nächsten ging.

Meine Schulter tat immer noch weh. Ich machte mir Sorgen. Nach der Schule nahm ich drei verschiedene Busse, um zum Krankenhaus zu kommen. Ich wollte Gaze besuchen, weil sonst vermutlich niemand vorbeischauen würde. Ich wollte ihn sehen und mich versichern, dass es ihm gut ging.

Glücklicherweise sah ich Schwester Pam auf dem Parkplatz und rief ihren Namen. Sie drehte sich um, und als sie mich erkannte, winkte sie mich zu sich.

»Was ist los, Kleine?« Sie legte ihre Hand auf meinen Kopf.

»Ich will nur Gaze sehen. Können Sie mir sagen, wie ich zu ihm komme?« Ich musterte die Fenster des Gebäudes und versuchte zu erspüren, wo er sein könnte.

»Nun, er befindet sich jetzt in einem Krankenzimmer, liegt aber im künstlichen Koma. Das heißt, er bekommt Medikamente, die ihn ruhigstellen. Aber das darf ich dir alles gar nicht erzählen. Es ist vertraulich.« Sie deutete mit einem kurzen Nicken zum Gebäude.

Ich folgte ihr trotz ihrer Warnung. Sie ließ es zu und hielt mir sogar die Fahrstuhltür auf, woran ich erkannte, dass sie mir helfen wollte. Nachdem die Tür wieder aufgegangen war, bog sie nach links ab und blieb vor einer Tür stehen.

Ich sah in den Raum und entdeckte eine kleine Gestalt im Bett liegen. Gaze.

Leise betrat ich den Raum, um ihn nicht zu wecken. Sein Gesicht sah entspannt aus, aber er trug eine Sauerstoffmaske, und es waren überall Schläuche und Drähte an ihm festgemacht. Sein Gesicht sah gar nicht so schlimm aus, wie ich eigentlich erwartet hatte, doch seine Brust war um einen großen Verband herum mit blauen Flecken übersät. Ich berührte seine Hand.

Das alles war nur passiert, weil ich zu lange gewartet hatte. Er musste hier im Krankenhaus liegen, um wieder gesund zu werden, und unser schmutziges kleines Geheimnis gab es nicht mehr. Nun, da er hier lag, wussten es alle. Ich hätte viel früher eingreifen sollen. Ich hatte es geahnt. Ich hatte gespürt, dass sein Vater immer schlimmer wurde. Aber meine Selbstsucht hatte mich davon abgehalten. Ich wollte, dass Gaze in meiner Nähe blieb. Ich hatte in meinem Stadtteil schon häufiger gesehen, dass Kinder aus ihren Familien geholt wurden. Manchmal war es für immer, und normalerweise freuten wir uns dann für sie, weil wir wussten, wie schlimm ihre Situation gewesen war.

Manchmal kamen sie aber auch zurück. Und eine Situation, die vorher schon nicht in Ordnung gewesen war, wurde manchmal sogar noch schlimmer. Das war reine Glückssache. Aber als ich jetzt Gaze anschaute, wusste ich, dass der

Ausgang dieser Sache hier nie als Glück betrachtet werden würde.

»Es tut mir leid«, flüsterte ich, während er nur dalag. Ich fing wieder an zu weinen. Hätte ich gewusst, dass es das letzte Mal wäre, dass ich ihn sah, hätte ich vielleicht mehr zu ihm gesagt. Ich hätte ihn umarmt, trotz der ganzen Maschinen, die im Weg waren.

Aber ich wusste es nicht. Ich dachte, es gäbe einen nächsten Tag, an dem ich mich wieder hineinschleichen könnte.

Eine andere Schwester – nicht Schwester Pam – kam ins Zimmer geeilt und schob einen Wagen mit medizinischem Kram vor sich her.

»Hey, wer bist du denn?«

Auf die Frage hatte ich mehrere Antworten.

Ich war diejenige, die die Verantwortung dafür trug, dass das hier passiert war. Ich war diejenige, die etwas hätte sagen sollen. Vielleicht hatte ich etwas in Gang gesetzt, das ich nicht mehr aufhalten konnte.

Stattdessen wischte ich mit der Hand über meine Wange und antwortete: »Niemand.« Dann verließ ich schnell Gaze' Zimmer.

Ich hatte noch eine Sache zu erledigen. Ich wollte Gaze' Großvater dazu zwingen, ein paar Dinge zu tun. Bic war es scheißegal, wohin ich ging, und da ich etwas Bargeld in meiner Sockenschublade hatte und ihm keine Rechenschaft schuldig war, bis Mom von der Arbeit zurückkehrte, machte ich mich auf den Weg, ohne vorher mit ihm zu sprechen.

Ich erinnerte mich noch, wie man nach Poughkeepsie kam, und packte mich warm ein. Ohne Gaze schien die Fahrt hundert Jahre länger zu dauern, und ich bog zudem zweimal falsch ab, ehe ich endlich das Haus seines Großvaters erreichte. Das ganze Gebäude war weihnachtlich geschmückt, und der Anblick ließ mich verächtlich schnauben. Sie taten so, als wäre ihnen Familie wichtig, doch sie hatten Gaze dem Wolf – seinem Vater – zum Fraß vorgeworfen.

Ich ging die Auffahrt hoch und kochte innerlich bereits. Als ich auf die Klingel drückte, ertönte wieder die melodiöse Glocke. Dieselbe Hausangestellte, die schon das letzte Mal die Tür aufgemacht hatte, war überrascht, als sie mich auf der Türschwelle stehen sah.

Der Großvater hatte Jeans, ein weißes Hemd und eine Strickjacke an. Er führte mich schnell in sein Arbeitszimmer und warf noch einen Blick über die Schulter, ehe er die Tür schloss.

Statt mich auf den Stuhl zu setzen, auf den er deutete, blieb ich mit vor der Brust verschränkten Armen stehen. Er nahm die gleiche Haltung ein. Es würde kein freundliches Zusammentreffen werden.

»Ich hab keine Ahnung, warum du hier bist. Ich habe alles bezahlt, was ich sollte, und kann das belegen.« Er sah zur Schublade seines Schreibtisches, machte aber keine Anstalten, sie zu öffnen.

»Hat sich die Polizei mit Ihnen in Verbindung gesetzt? Haben die die Möglichkeit, Sie zu finden?« Ich wusste nicht, wie offiziell die verwandtschaftliche Beziehung zwischen Gaze und diesem Mann verbrieft war, und ob man ihm leicht nachweisen konnte, dass er aufgrund der Blutsverwandtschaft die Verantwortung für seinen Enkel trug.

»Was ist passiert?«

Er wurde blass und sank in seinen Schreibtischsessel.

»Ich habe das Gefühl, dass Sie das wahrscheinlich bereits wissen.« Das gleiche Gefühl, dass mich dazu gebracht hatte, über die Rampe zu laufen, um Gaze zu helfen, flammte wieder in mir auf. Ich hätte wetten können, dass dieser Mann wusste, dass Mr Jones gewalttätig war ... und andere misshandelte.

»Meine Familie hat schon genug durchgemacht. Meine Frau hat den Tod unserer Tochter nur schwer überwunden. Es war zu schrecklich.«

Ich schüttelte langsam den Kopf. Er hatte ein riesiges Haus, eine Haushälterin und Gott weiß, was sonst noch alles.

»Menschen haben Probleme. So ist das nun mal. Gaze ist im Krankenhaus. Sein Vater hat ihn bewusstlos geprügelt.« Ich hatte cool bleiben und ihn unter Druck setzen wollen, aber dann brach ich in Tränen aus.

Gaze' Großvater holte ein Taschentuch aus der obersten Schublade heraus und reichte es mir. Ich wischte meine Wangen trocken.

»Er hat jetzt niemanden mehr. Sie müssen zum Krankenhaus fahren und denen sagen, dass Sie die Verantwortung für Gaze übernehmen möchten, sonst wird man ihn in einer Pflegefamilie unterbringen ... vorausgesetzt, Mr Jones bleibt im Gefängnis. Ich glaube nicht, dass er auf Kaution rauskommt.« Ich kannte mich mit diesen Sachen aus. Sie gehörten zu meinem Alltag.

»Ich kann das nicht. Ich kann nicht ...«

Ehe er seinen Satz zu Ende bringen konnte, schlug ich mit der flachen Hand auf seinen Tisch. »Nein. Sie werden nicht kneifen und ihn im Stich lassen. Sie müssen das hinbekommen. Seien Sie ein Mann. Helfen Sie Gaze. *Sie* sind alles, was er jetzt noch hat.« Das war gelogen. Gaze hatte mich. Er würde mich immer haben.

Der Adamsapfel des alten Mannes hüpfte auf und ab. »Ich muss dich bitten zu gehen.«

Ich starrte ihn völlig fassungslos an. »Sie können doch nicht tatsächlich so ein Feigling sein.«

Er stand auf und beugte sich vor. »Pass auf, was du sagst. Ich weiß noch nicht einmal, wer du bist. Was willst du mit diesem Auftreten bei mir erreichen?«

Er erteilte dem Ganzen eine Abfuhr, er erteilte Gaze eine Abfuhr. »Ich durchschaue Sie. Ich sehe, was für ein Mensch Sie hinter dieser Fassade sind.«

Ich wich einen Schritt zurück. Es war ein Wunder, dass Gaze so großartig war, aber vielleicht war seine Mutter ja eine Zauberin gewesen, weil sie Gaze aus all dieser furchtbaren DNA erschaffen hatte.

»Sie werden für Gaze eintreten, wie auch immer Sie das schaffen. Und Sie werden weiter für die Wohnung bezahlen, damit sie noch da ist, wenn er sie braucht. Benutzen Sie Ihr Geld, um ihm zu helfen, wenn Sie schon nicht den Mumm haben, der zu sein, der Sie sein sollten. Denn sonst – und das schwöre ich bei Gott – werde ich jedes Wochenende wiederkommen. Ich werde Ihrer Frau erzählen, was Sie getan haben, und dann werden wir sehen, was passiert.« Ich stellte mich kerzengerade hin. Es fühlte sich gut an zu kämpfen … um etwas für Gaze zu erreichen, obwohl ich mich so hilflos fühlte.

Sein Großvater legte beide Hände an die Stirn. Er fing an, mit sich selbst zu reden, und warf mir während seiner Überlegungen immer wieder böse Blicke zu. »Gut. Na schön. Du bekommst deinen Willen. Ich werde dafür sorgen, dass Gaze bekommt, was ich ihm bieten kann. Es wird nicht genau das sein, was du forderst, aber es ist alles, was ich tun kann.«

Er drückte einen Knopf auf seinem Schreibtischtelefon, und die Haushälterin kam herein. »Bitte, bringen Sie sie durch den Hintereingang nach draußen und besorgen Sie ihr einen Wagen für die Heimfahrt.«

Wir verabschiedeten uns nicht voneinander, aber ich hatte ein Taschentuch mit seinen Initialen. Der Wagen, in den ich gesetzt wurde, war ein schwarzer SUV, und der Fahrer fragte mich nur kurz nach meiner Adresse, ehe er schweigend losfuhr.

Bic wartete vor dem Haus, als ich aus dem Wagen stieg, als hätte ihn der Duft des Geldes vor die Tür gelockt.

Ich schloss die Tür und schaute zum Himmel auf. Er war bereits fast schwarz. Es war ein langer Tag gewesen. Morgen würde ich wieder versuchen, Gaze zu sehen, um ihm zu sagen, dass ich auf ihn aufpassen würde … dass ich dafür sorgen würde, dass sein Großvater sich um ihn kümmerte. Morgen. Bis morgen konnte ich durchhalten.

28. KAPITEL

Gaze

Meine Träume waren seltsam. Ich sprang zwischen den unterschiedlichsten Orten umher, an denen ich in meinem Leben schon mal gewesen war. Pixie war da, und wir machten ganz normale Sachen. Bruce kam auch vor und schlug mich in meinen Träumen. Es fühlte sich eher nach Stichen an und war ein anhaltender Schmerz in meiner Brust, doch es war sein Gesicht, das ich mit dem Schmerz verband.

Vielleicht war er dieses Mal zu weit gegangen. Aber die Träume kamen immer wieder. Die Kirmes, zu der ich mit fünf gegangen war. Mein wütender Großvater. Bilder von Mom. Pixie. Pixie flitzte immer rein und raus und machte alles besser, wenn ich Angst bekam.

Und dann waren da noch Momentaufnahmen. Kurze Bilder, in denen ich mich in einem weißen Raum befand. Geräusche, die seltsam vertraut klangen und sich dann mit meinem Traum verwoben, als wäre ich in einem Raum aus einem Computerspiel mit sich immer wiederholenden Klangmustern. Manchmal waren meine Atemzüge angestrengter, als würde meine Lunge aufgeblasen werden, bis sie fast platzte. Was hatte Bruce dieses Mal getan? Sogar für seine Verhältnisse war er dieses Mal zu weit gegangen. Meine Lunge schmerzte.

Und dann war ich plötzlich wach und schaute eine Frau an. Sie war ruhig und freundlich. Sie gab mir ein Medikament, als ich gerade anfing darüber nachzudenken, dass meine Atmung irgendwie seltsam war. Mein Mund fühlte sich auch komisch an. Voll. Zu groß.

Dann war ich wieder weg und tauchte erneut in meine Träume ein. Als ich das nächste Mal zu mir kam, war da eine andere Frau, und sie war offensichtlich verantwortlich für meine Lungenschmerzen, denn als ich die Augen aufschlug, sagte sie: »Okay, das war wohl ein bisschen zu viel.«

Dann ging der Schmerz weg. Er kam jetzt in kleinen Wellen. Ich war froh, als sie ging. Ihr Besuch war sehr schmerzhaft.

Irgendwann wurde der Schmerz erneut zu stark, und ich öffnete die Augen. »Heute ist der große Tag, Gaze. Wir werden mit dir arbeiten und schauen, ob wir dich vom Beatmungsgerät nehmen können und du ganz allein frische Luft einatmest, okay?«

Ich hatte keine große Wahl, sondern musste auf sie hören. Sie war ganz ruhig und hielt sanft meine Hände fest, als ich mir ins Gesicht fassen wollte. »Dazu kommen wir noch, aber das ist ein großer Moment, und ich will, dass du ihn genießen kannst. Lass uns also als Erstes ein bisschen üben.« Sie reduzierte die Sauerstoffzufuhr immer mehr und zwang mich dadurch, langsam wieder selbst zu atmen.

Als sie schließlich den Schlauch aus meinem Hals nahm, gab ich schreckliche Geräusche von mir und fing an zu würgen. Einen kurzen Moment lang sah ich sogar Sternchen. Die Atem-Dame stützte mich im Nacken. »Das ist das Schlimmste an der ganzen Sache, Gaze. Und jetzt langsam und gleichmäßig atmen. Ich halte den Schlauch hier ganz dicht an deine Nase, damit du auch wirklich die beste Luft bekommst, die es hier im Krankenhaus gibt, okay? Einatmen und ausatmen, einatmen und ausatmen. Schön langsam. Keine Eile.«

Sie arbeitete eine gefühlte Ewigkeit mit mir, ehe ich wieder einigermaßen normal atmete und mich zurücklegen durfte.

»Schön, jetzt atmest du wieder ganz allein. Das machst du prima. Aber das überrascht mich nicht, Gaze. Du bist ein Kämpfer!«

Ich lächelte, so gut ich konnte. Ich betrachtete meine Arme und sah alte Prellungen, die ehemals tiefschwarz gewesen sein mussten, jetzt aber in allen Regenbogenfarben leuchteten.

Dad.

Mein Vater musste für das hier verantwortlich gewesen sein. Oh verdammt. Ich zermarterte mir das Gehirn, was passiert sein konnte, um mir eine glaubwürdige Lüge zurechtzulegen. Aber als ich sie präsentieren wollte, hob die Atem-Dame eine Hand hoch. »Alles zu seiner Zeit. Jetzt konzentrieren wir uns erst einmal aufs Atmen. Es gibt nichts, worüber du dir gerade Gedanken machen müsstest, Kumpel. Nur atmen. Das ist im Moment die wichtigste Arbeit, die dein Körper zu erledigen hat.«

Sie machte sich Notizen und musterte die verschiedenen Monitore, die um mich herum aufgebaut waren. Ich versuchte zu begreifen, in was für einem Raum ich mich befand. Es handelte sich offensichtlich um ein Krankenhaus, und ich erholte mich von einer ziemlich üblen Sache. Einatmen, ausatmen. Einatmen, ausatmen.

Wo war Pixie? Einatmen, ausatmen. Wo war Bruce? Einatmen, ausatmen. Ging es Pixie gut? Einatmen, ausatmen. Sie könnte durchs Fenster gesehen haben, was mir passiert war. Sie würde sich Sorgen machen. Einatmen, ausatmen.

Die Zeit verging langsam und dann auf einmal wie im Flug. Als ich schließlich wieder in der Lage war, mich richtig zu unterhalten, erklärte mir eine Schwester, dass ich Besuch bekommen würde. Ich hoffte, dass es Pixie wäre. Himmel, ich hätte mich sogar über meinen Mathelehrer gefreut, aber der Erste, der dann in mein Zimmer kam, um mich zu besuchen, war ein Polizist.

Er klemmte sich die Mütze unter den Arm und schenkte mir ein herzliches Grinsen. »Du siehst viel besser aus, als ich erwartet hatte. Du lässt dich wirklich nicht unterkriegen.«

»Wo ist Pixie?« Meine Stimme hörte sich für mich immer noch krächzend an. Ich nahm einen Schluck Wasser aus dem Glas, das neben meinem Bett stand.

»Sie ist zu Hause.« Durch all die Sachen, die an seinem Gürtel hingen, klapperte er, als er näher trat.

»Geht's ihr gut?« Es schien so, als würde der Cop nicht gern mit mir darüber reden.

»Mmmmh. Hey, darf ich dir ein paar Fragen stellen?« Der Cop musterte meine Arme und meinen Hals.

»Sie sind extra hergekommen, deshalb habe ich wohl nichts dagegen.« Ich stellte das Wasserglas wieder ab. Ich wurde allmählich ärgerlich, weil ich nichts über Pixie in Erfahrung bringen konnte. Und warum war ich überhaupt hier? Ich dachte mir zwar, dass es mit meinem Vater zusammenhängen musste, denn jedes Mal, wenn ich verletzt war, hatte es normalerweise mit ihm zu tun. Aber ich verstand nicht recht, warum ich mich nicht an mehr erinnerte.

»Also … an dem Abend, als du verletzt wurdest … kannst du mir sagen, was da passiert ist?« Er holte sein Handy hervor und sah mich abwartend an.

Ich wusste es nicht. Ich wusste nicht, was mit mir passiert war. Panik stieg in mir auf. Ich schaute aus dem Fenster. Wahrscheinlich war ich einen Tag oder so hier. Irgendwann war ich mal wach geworden, aber die Lichter waren hier immer an. Ich erinnerte mich nicht daran, dass es je dunkel gewesen war.

»Wie lange bin ich schon hier?«

Der Cop scrollte durch sein Handy. »Morgen sind's zwei Wochen ... dreizehn Tage.«

»Ich ... ich weiß nicht. Das ist ... Ich hatte doch Schule.« Ich hörte auf zu reden und richtete den Blick auf eine Fliese am Boden. Meine Erinnerungen waren wie Puzzleteile, und das Bild dazu hatte ein anderer in der Hand, sodass ich nicht wusste, wo sie hinpassten.

In Gegenwart eines Cops im Dunkeln zu tappen, gefiel mir nicht. Es gab Geheimnisse, die ich bewahren musste ... dass Pixies Mom und Bic oft unterwegs waren, dass Bruce ständig Wutanfälle hatte, dass die Rechnungen von meinem Großvater bezahlt wurden.

»Ich erinnere mich nicht, wie ich hergekommen bin.« Das war die Wahrheit. Eigentlich war es mir in Fleisch und Blut übergegangen, irgendwelche Erklärungen aufzutischen, wenn ein Lehrer oder jemand anders mich nach Sachen fragte, die dazu führen könnten, dass man in meiner Wohnung herumschnüffelte.

Aber jetzt hatte ich keine Antworten. Ich wusste nicht, was mit mir passiert war. Dreizehn Tage.

»Okay. Das war nicht anders zu erwarten. Du hast viel durchgemacht. Ich kann dir sagen, dass Pixie uns viel erzählt hat ... über das, was in deiner Wohnung passiert ist.«

Bei dieser Information blieb mir vor Schreck das Herz stehen. Mein ganzer Körper schrie nur ein Wort: WAS?!

»Sie hat uns erzählt, dass es schwer ist, deinen Vater zur Vernunft zu bringen, wenn er wütend ist. Du weißt doch, dass das nicht deine Schuld ist, oder? Pixie hat uns gesagt, du hättest nie zurückgeschlagen oder sonst etwas getan und dass dein Vater es mit dem, was er für Disziplin hält, übertrieben hätte. Wir wissen, dass er zu viel trinkt. Ich habe die Nachbarn befragt, deshalb brauche ich jetzt nur die Bestätigung dieser Information von dir, und dann sind wir auch schon fertig für heute.«

Er wippte auf den Absätzen und wirkte, als wollte er nur schnell ein Häkchen an diese Informationen machen, die er mir gerade gesagt hatte. Dabei hatte ich all diese Dinge immer so verzweifelt zu verbergen versucht, und nun hatte meine beste Freundin sie einfach so in die Welt hinausposaunt.

Ich wusste, was passierte, wenn Bruce ausrastete. Ich wusste auch noch, dass man mich ihm einmal weggenommen hatte, als ich acht gewesen war. Er hatte ein paar Elternkurse besucht, und als er mich dann zurückbekommen hatte, hatte er mir sonst was angedroht, wenn ich irgendetwas sagte. Allerdings hatte ich damals keine Ahnung gehabt, was es war, dass ich gesagt hatte und nicht wieder sagen durfte.

Wenn Bruce ins Gefängnis kam, würde ich Pixie verlieren. Und das wusste sie auch. Trotzdem hatte sie mich verpfiffen. Ich bekam einen Kloß im Hals, und meine Augen füllten sich mit Tränen.

»Hey, Junge. Es ist nicht deine Schuld. Dein Vater durfte dir nicht wehtun.« Ein mitfühlender Ausdruck trat auf sein Gesicht.

Ich schüttelte den Kopf. Ich wollte, dass der Cop wegging. Ich wollte Pixie hier haben. Ich wollte mein normales Leben zurück. Dicke Tränen liefen mir nun über die Wangen.

»Hey. Wenn das nicht Officer Sam ist bei meinem Patienten, der ganz viel Ruhe braucht, um wieder gesund zu werden.« Schwester Pam trat zwischen den Cop und mich.

»Pam. Schön, dich wiederzusehen. Schon seltsam, dass Pixie vor zwei Wochen auf so mysteriöse Art und Weise verschwunden war, als ich zurückkam, um mit ihr zu reden. Weißt du zufälligerweise, wie sie so schnell von hier nach Hause gekommen ist?«

Das Gesicht des Polizisten konnte ich nicht sehen, aber die Schwester nahm die Schultern zurück und stand noch gerader da. »Nein, das war wohl sehr mysteriös.«

»Weißt du, ich mache mir auch bei ihr Gedanken um ihre familiäre Situation. Ich war ihretwegen wirklich in Sorge, bis ich sie dann am nächsten Tag endlich gesehen habe. Wie wäre es, wenn wir beide uns in Zukunft besser abstimmen würden?«

Die Schwester verschränkte die Arme vor der Brust und verlagerte ihr Gewicht auf das eine Bein, sodass ich den Officer wieder sehen konnte. Er sah an ihr vorbei und sagte: »Gaze, innerhalb der nächsten paar Stunden wird eine Sozialarbeiterin herkommen, um dir ein paar Fragen zu stellen. Dein Vater ist im Moment im Gefängnis, und wir haben Schwierigkeiten, einen Verwandten von dir ausfindig zu machen, der sich um deine Vormundschaft kümmert. Hast du irgendwelche Verwandten, die das übernehmen könnten?«

Ich dachte an meinen Großvater, an sein schickes Haus und wie unerwünscht ich dort war … dass er erst bereit gewesen war, für mich zu bezahlen, nachdem Pixie ihm gedroht hatte.

Der Gedanke an Pixie war wie ein Dolchstoß mitten in mein Herz. Pixie. Ich dachte, sie würde mich nie verraten, und doch hatte sie es getan. Sie hatte dem Cop alles erzählt, was keiner je hatte erfahren sollen.

Die Sozialarbeiterin war eine nette Frau, die sehr beschäftigt zu sein schien. Nachdem sie sich als Mrs Josephine vorgestellt hatte, musste sie zwei Telefonanrufe machen und drei E-Mails während unseres Gesprächs beantworten. Ich erzählte nichts von meinem Großvater, weil ich ihn nicht wiedersehen wollte. Er hatte die Wahl gehabt und sich dafür entschieden, mich nur aus der Ferne zu unterstützen. Als sie sich endlich ganz mir widmete, war es schon fast wieder an der Zeit für eine Therapiesitzung mit der Atemspezialistin.

»Okay, Gaze. Deinem Vater ist eine Kaution verweigert worden, und angesichts der Schwere deiner Verletzungen halten wir ihn auch nicht für die passende Wahl für dich, um wieder gesund zu werden.« Sie öffnete eine Akte und blätterte kurz darin. »Darüber hinaus gibt es eine etwas ungewöhnliche Entwicklung. Gestern hat mich ein Richter angerufen und mir eine Pflegefamilie für dich in dieser schwierigen Zeit empfohlen. Die Familie hat zwei Söhne und eine Tochter, und zumindest auf dem Papier hört sich alles sehr gut an. Sie möchten offensichtlich speziell dich haben. Kennst du die Leute?«

Sie reichte mir das Foto einer Familie, das so aussah wie die Bilder, die in neu gekauften Rahmen steckten. Sie standen vor einem hübschen Haus, und neben den Jungen saß sogar ein Cockerspaniel. »Die hab ich noch nie im Leben gesehen.« Ich wollte die Achseln zucken, aber jede Bewegung mit den Schultern schmerzte.

»Tja, wir werden natürlich erst einmal einige Gespräche führen und sie auf Herz und Nieren überprüfen, aber vorausgesetzt, alles läuft gut, könntest du bei ihnen wohnen, während wir abwarten, wie es mit deinem Vater weitergeht.« Sie legte den Kopf auf die Seite, sodass ihr Haar links länger wirkte.

»Wo wohnen sie?« Ich dachte an die Metallrampe und die endlose Zeit, die ich mit Pixie verbracht hatte.

»Etwas außerhalb von Poughkeepsie. Du müsstest die Schule wechseln, aber dort gibt es ein außergewöhnlich gutes Basketballteam. Der Trainer hat auch ein gutes Wort für die Pflegefamilie eingelegt und scheint sich sehr darauf zu freuen, dich spielen zu sehen … aber natürlich erst, wenn du wieder ganz gesund bist.« Wieder glitt ihr Blick über das Schriftstück, als versuchte sie herauszufinden, wie all das zusammenhing.

»Ich will nach Hause.« Das war die Wahrheit. Ich musste herausfinden, was zum Teufel Pixie dazu veranlasst hatte, alles zu erzählen.

»Es tut mir leid, mein Schatz. Aber ich muss dir ganz ehrlich sagen, dass du nicht in das Zuhause zurückkehren wirst, das du kennst. Denn außer es passiert etwas ganz Ungewöhnliches, wird dein Vater jetzt erst einmal an sich arbeiten müssen.«

»Und wenn ich jetzt sage, dass er es nicht getan hat? Dass nicht er es war?« Ich klammerte mich an einen Strohhalm.

»Die einzige andere Person am Tatort war ein zwölfjähriges Mädchen. Willst du damit sagen, dass sie dir das angetan hat? Denn das behauptet dein Vater auch.« Sie biss sich auf die Unterlippe.

Dad hatte also versucht, es Pixie anzuhängen, dass ich verprügelt worden war. Ich erinnerte mich zwar an nichts, aber ich kannte seine Handschrift. Er hatte es getan. Natürlich. Pixie würde mir nie wehtun ... nun ja, außer, dass sie mich verraten hatte.

»Sie ist es nicht gewesen. Sie ist meine Freundin und nicht gewalttätig.« Ich erinnerte mich an sie und den Baseballschläger, als man mich aufgemischt hatte. Sie war nicht gewalttätig, außer sie half jemandem.

Mrs Josephine stand auf. »So, ich komme morgen wieder, wenn ich mehr Informationen habe. Ich muss jetzt zu Gericht, aber hier ist meine Karte. Ich bin fürs Erste dein Vormund. Melde dich einfach, wenn du irgendetwas brauchst.«

Ich wollte, dass sie Pixie sagte, sie solle mich besuchen. Sie sollte dafür sorgen, dass sie bei mir blieb und mir dabei half zu überlegen, was zu tun wäre. Zusammen hatten wir immer die besten Ideen.

Ich wollte die Augen schließen, aber als die Sozialarbeiterin den Raum verließ, kam die Therapeutin herein.

29. KAPITEL

Gaze

Mike, Ronna, Austin, Hamilton und Teddi Burathon waren sehr darauf bedacht, dass ich das Tempo bestimmte, mit dem ich mich in das Leben in meiner neuen Familie einfand.

Mir war klar, dass es normalerweise nicht so lief bei mir. Ich konnte nicht in die Wohnung zurück, denn ich war so lange im Krankenhaus und in Physiotherapie gewesen, dass die Wohnung wahrscheinlich längst geräumt und wieder vermietet war – zumindest erklärte es mir die Sozialarbeiterin so. Sie sagte, sie würde dort mal vorbeischauen, aber das war ein Versprechen, dass sie mir am Telefon gegeben hatte, und ich war mir ziemlich sicher, dass sie es vergessen würde.

Als Mike und Ronna mich im Krankenhaus abholten, hätte man meinen können, sie holen ein Neugeborenes zu sich nach Hause statt eines Jungen im Teenageralter. Ich trug Krankenhauskleidung, aber Ronna hatte einen ganzen Koffer voller Kleidung für mich zum Anprobieren dabei.

Ein paar der Sachen waren gebraucht, aber die meisten hatten noch das Preisschild dran. Es war eine Jeans dabei, die passte und nur ein bisschen zu lang war, und ein T-Shirt, das mir gefiel. Die Turnschuhe hatten die richtige Größe, waren nagelneu und offensichtlich teuer.

»Wir freuen uns sehr, dass du zu uns kommst. Wir haben ein Zimmer für dich vorbereitet, und die Kinder sind schon ganz aufgeregt … und warte nur, bis du Rocket kennenlernst. Sie wird sich so freuen … Oh, halt. Magst du Hunde? Hast du eine Hundeallergie? Ich hab ganz vergessen zu fragen, ob du eine hast.«

»Ich finde Hunde toll. Na ja, in meiner Gegend gibt es einige, die nicht so freundlich sind, aber die meisten sind's, und ich mag sie. Ich hab aber noch nie einen gehabt.« Ich reichte Mike die Hand. »Schön, Sie kennenzulernen, Sir.« Und dann machte ich das Gleiche bei Ronna. »Ma'm, das ist wirklich sehr nett von Ihnen.«

Ich fragte mich, was ihre Beweggründe sein mochten, denn schließlich war ich ein völlig Fremder für sie, und sie hätten nicht freundlicher sein können. Mike erwiderte den Händedruck und legte seine Hand dann auf meine Schulter. »Wir haben uns sehr auf dich gefreut. Wir sind wirklich froh, dass du zu uns kommst.«

Er hatte etwas von einem Sporttrainer an sich und erinnerte mich an sympathische Leute, die man aus dem Fernsehen kannte.

»Gibt es irgendetwas, das wir hinsichtlich der Medikamente oder Ähnlichem wissen müssen?«, fragte Ronna die Schwester, die mich betreute und jetzt auch meine Entlassung regelte.

Ich kratzte mich am Kopf. Keine Pixie. Allerdings konnte sie wahrscheinlich auch nicht wissen, dass ich heute das Krankenhaus verlassen würde. Ich hatte mehrfach versucht, sie vom Krankenhaustelefon aus anzurufen. Manchmal war ich wütend. Doch meistens vermisste ich sie einfach nur. Mir war gar nicht klar gewesen, wie gut ich geschlafen hatte, wenn sie neben mir lag. Aber das hätte ich den Leuten hier im Raum kaum erklären können.

Ihr Festnetzanschluss war ständig besetzt, und unter ihrer Handynummer war sie nicht erreichbar. So etwas passierte gelegentlich. Telefone wurden manchmal abgeschaltet, weil die Rechnungen nicht bezahlt worden waren. Nun ja, bei mir eigentlich nicht mehr, denn für mein Handy wurde ja regelmäßig gezahlt.

Während die Schwester mit Ronna sprach, nutzte Mike den Moment, um sich mit mir zu unterhalten. »Es tut uns wirklich leid, wie du in diese Situation geraten bist.«

Ich nickte, wollte aber nicht näher darauf eingehen. Ich hatte erfahren, dass mein Vater sich schuldig bekannt hatte. Man hatte ihn zu vier Jahren Gefängnis verurteilt. Er hatte seine Schuld eingestanden und einen Deal bekommen, weil es eine Augenzeugin gegeben hatte, die bereit gewesen wäre auszusagen. *Pixie.*

Ich zog den Reißverschluss des Koffers zu.

»Ich habe gehört, du magst Basketball.« Mike schaute mich erwartungsvoll an.

»Ja. Aber ich bin mir sicher, dass ich ziemlich eingerostet bin. Ich habe noch nicht wieder einen Ball in der Hand gehabt.« Ich wackelte mit den Fingern und sehnte mich plötzlich danach, es wieder auszuprobieren.

Ronna schloss sich unserer Unterhaltung an. »Mike, redest du mit ihm etwa schon über Basketball?«

Kleinlaut und etwas verlegen zog er eine Grimasse.

»Das ist völlig in Ordnung. Ich liebe Basketball.« Ich nickte Mike kurz zu, um ihm zu zeigen, dass ich auf seiner Seite war.

»Okay. Aber Gaze bestimmt das Tempo.« Sie warf ihm einen warnenden Blick zu.

Ronna schien eine typische Mutter zu sein. Sie fragte die Schwester, wie ihr die Arbeit gefiele, und glättete die Bettdecke von meinem nun leeren Bett, als wäre es eine selbstverständliche Gewohnheit.

Nachdem wir alle Papiere und Rezepte hatten, sorgte Ronna noch dafür, dass das Krankenhaus meine Unterlagen an einen bestimmten Arzt schickte.

»Dr. Burken ist schon seit Jahren unser Kinderarzt. Er ist wundervoll. Wir möchten sichergehen, dass er Einsicht in Gaze' Krankenakte erhält.« Ronna machte einen Schritt auf mich zu, um mir den Koffer abzunehmen, aber Mike kam ihr zuvor.

Die Sozialarbeiterin, Mrs Josephine, eilte im letzten Moment herein und umarmte mich kurz. »Das wird gut für dich laufen, mein Kleiner. Ich werde einmal im Monat oder so nach dir sehen. Du wirst von einem anderen Sozialarbeiter betreut werden, der für Poughkeepsie und Umgebung zuständig ist. Aber du kannst mich jederzeit anrufen.«

Ich wusste, dass sie es ernst meinte, aber ich hatte es noch nie mit jemandem zu tun gehabt, der so verplant war wie sie. Ich bezweifelte, dass ich sie anrufen würde.

Sie sagte Ronna, dass ich einen vom Gericht bestellten Therapeuten aufsuchen und eine Physiotherapie machen müsse, und dass der Staat die Kosten dafür übernehmen würde. Sie müssten allerdings Fachleute auswählen, die von der Krankenkasse anerkannt wären.

Ronna lächelte nur höflich. »Wir werden dafür sorgen, dass er alle Termine wahrnimmt, die er braucht.«

Mich überkam eine leichte Beklommenheit. Ich würde zumindest eine Weile mit diesen Leuten zusammenleben. Als würde Mike meine Unsicherheit bemerken, fing er an zu plaudern, um mich auf andere Gedanken zu bringen. »Die Kinder stehen total auf Computerspiele und so ein Zeug. Außer Austin. Der interessiert sich für Mode und so was.«

Er holte sein Handy heraus und zeigte mir ein Foto von seinen Kindern. Im Gegensatz zu dem gestellten Foto vor dem Haus hockten die drei Kinder bei diesem auf einem Sofa. Das

Mädchen hatte lange blonde Haare und ein strahlendes Lächeln. Sie hatte die Arme um den Hals von beiden Jungen geschlungen. Der eine trug ein T-Shirt mit einem Zeichen darauf, das ich von einem Computerspiel kannte, und hatte einen Wuschelkopf. Der andere Junge hatte perfekt aufgetragenen Eyeliner unter den Augen und schwarz lackierte Fingernägel. Er war komplett schwarz angezogen, doch sein Grinsen war noch breiter als das des Mädchens.

»Es sind tolle Kinder. Na ja, natürlich ist niemand vollkommen, aber wir haben viel Spaß miteinander.« Mike lächelte, während er das Bild anschaute.

Als Ronna schließlich den Papierkram erledigt hatte, legte sie den Arm um meine Schulter, als würde sie das schon immer so machen.

»Wollen wir nach Hause fahren?«

Ronna sah dabei mich an und nicht ihren Ehemann.

Ich warf noch einen Blick auf das Krankenhaustelefon und verabschiedete mich im Stillen von Pixie. Der Gedanke an sie machte mich gleichzeitig wütend und traurig. »Okay.«

Es war mein Start in eine neue Zukunft ... zumindest für eine Weile.

Pixie Rae

Officer Sam kam vorbei, während ich gerade ein Buch las. Mom ließ ihn herein, und ich war froh, dass Bic nicht da war und sich einmischen konnte.

»Hi Pix.«

Officer Sam war kein schlechter Mensch. Er müsste ganz sicher nicht bei mir vorbeikommen, um mich über Gaze auf dem Laufenden zu halten, aber er tat es trotzdem.

Vor allem dann, wenn Bic nicht da war.

»Hallo. Was gibt's?«

Officer Sam kam in mein Zimmer und setzte sich auf meinen Schreibtischstuhl. »Wollte nur mal nach dir sehen.«

»Hat Gaze das Krankenhaus verlassen?«

»Hat er. Und er sah sehr gut aus. Zumindest hat Pam mir das erzählt.« Er legte den Kopf auf die Seite, sodass ich das Gefühl hatte, er bemitleidete mich. Ich wartete darauf, was er mir mitzuteilen hatte. »Er hat das Krankenhaus mit seiner Pflegefamilie verlassen.«

»Oh.« Das war wie ein Schlag in die Magengrube für mich. »Kommen sie hier aus der Gegend?«

»Nein, Pix. Sie sind aus Poughkeepsie. Da gibt's eine erstklassige Schule und all das.« Er räusperte sich.

Ich bezweifelte, dass es ein Zufall war, dass Gaze' Großvater und Gaze' Pflegefamilie im selben Ort lebten. Es machte mich glücklich und traurig zugleich.

Ich schob ein Lesezeichen in mein Buch, schloss es und legte es neben mich. »Sie müssen mir einen Gefallen tun.« Ich musste dieses Kapitel meines Lebens abschließen.

»Ich bin gerade dabei, dir den letzten Gefallen zu tun, um den du mich gebeten hattest.« Fragend hob er beide Hände.

Ich deutete auf das Fenster auf der anderen Seite. »Ich will dieses Fenster da schließen und die Wohnung drüben aufräumen.«

Officer Sam stand auf und sah mit zusammengekniffenen Augen hinüber. »Ist das Gaze' Wohnung?«

Er formulierte es als Frage, aber wir wussten beide, dass er jede Einzelheit des Vorfalls kannte, bei dem ich über die Rampe gelaufen war. Der Vermieter hatte sicherlich vor, die Rampe zu entfernen, aber in unserer Dusche waren der Kalt- und der Warmwasserhahn seit zehn Jahren vertauscht, ohne dass er das auf die Reihe bekommen hätte. Deshalb machte ich mir eigentlich keine Sorgen, dass er sie tatsächlich demontieren würde.

Officer Sam musterte mich einen Moment lang eingehend und nickte dann. »Du bist echt ein Quälgeist, Pixie Rae.« Er verzog den Mund zu einem schiefen Grinsen, sodass ein Grübchen auf seiner Wange erschien.

»Normalerweise nicht.« Ich rutschte vom Bett.

»Okay, ich schau mal, ob mich der Hausmeister drüben reinlässt. Du schaust von deinem Fenster aus zu und kommst rüber, wenn du mich siehst.« Er wollte schon mein Zimmer verlassen, als er noch einmal abrupt stehen blieb. »Wenn du rüberkommst, dann über die Treppe und durch die Tür, nicht durchs Fenster.«

Ich nickte. Er wusste nicht, dass ich in fast jedem meiner Alpträume über die Rampe lief. Ich bekam mit, wie Officer Sam meiner Mutter sagte, er würde mich in ein paar Minuten noch einmal brauchen, woraufhin sie etwas verwirrt klang.

Ich hielt durchs Fenster Ausschau nach ihm. Während ich wartete, zog ich die alte Kaffeekanne mit dem Flaschenzug rüber, die Gaze und ich benutzt hatten, um uns Nachrichten zu schicken. Sie war leer. Ich griff nach meinem Notizbuch, schrieb das Datum und die Worte *Ich vermisse dich* auf ein Stück Papier, das ich sauber faltete und dann in die Kanne legte. Danach ließ ich die Kanne mithilfe unseres Flaschenzugs zurückgehen. Das waren meine wahren Gefühle. Ich vermisste Gaze so sehr.

Gaze war mein Trost in der Dunkelheit gewesen. Es fühlte sich so seltsam an, dass ich mich im Bett nicht mehr an ihn anlehnen konnte.

Officer Sam öffnete die Tür zu Gaze' Zimmer und blickte auf den Boden. Ich hörte, wie er »Oh, verdammt«, sagte, ehe sein suchender Blick zu meinem Fenster ging. »Du kannst nicht rüberkommen, Pixie.«

Ich ignorierte seine Worte und rannte los. Ich wollte in Gaze' Zimmer. Ich wollte, dass in seinem Zimmer alles in Ordnung war, wenn er zurückkam.

Officer Sam hatte damit gerechnet, dass ich trotzdem rüberkommen würde, und erwartete mich bereits unten im Hauseingang. Er legte seine Hände auf meine Schultern, um mich daran zu hindern, dass ich um ihn herum lief. »Ich habe das Fenster geschlossen. Da ist zu viel Blut. Ich werde mit der Hausverwaltung sprechen und sehen, ob die jemanden schicken können, der dort saubermacht. Und nein ... du kannst da nicht hineingehen. Es tut mir leid.«

Es gab kein Zurück mehr für mich. Die Verbindung zu Gaze war unwiderruflich gerissen. Mit einem leisen Dankeschön ließ ich Officer Sam stehen.

Ich brauchte nicht gegen Gaze' Vater auszusagen, da er sich schuldig bekannt hatte. Officer Sam kam gelegentlich vorbei, um mich über alles zu informieren. Es hatte sich herausgestellt, dass er bei mir um die Ecke wohnte, und so fuhr er auf dem Nachhauseweg immer bei mir vorbei. Er mochte Bic nicht. Das konnte ich an seiner Körpersprache erkennen und wie sich sein Kiefer anspannte, wenn Bic sich aufspielte.

Meine Mom und ich versuchten ein paarmal, uns ausführlicher zu unterhalten, doch ihr Blick huschte immer wieder zu Bic. Er war immer so laut, und gleichzeitig hatte ich das Gefühl, dass er uns belauschte. Unsere finanzielle Lage wurde allmählich brenzlig, obwohl er nach wie vor behauptete, ein Genie zu sein. Der Strom wurde uns zweimal abgestellt und die Beträge, mit denen Moms Kreditkarte belastet waren, wurden mittlerweile von einem Inkassobüro eingetrieben.

Reinigungskräfte hatten sich Gaze' Wohnung vorgenommen, und danach tauchten gegenüber nur gelegentlich Leute von der Hausverwaltung auf, um nach dem Rechten zu sehen. Sie ließen Gaze' Fenster einen Spaltbreit offen, was mich glücklich und traurig zugleich machte.

Ich fragte mich, wo er war. Sam konnte mir nur erzählen, dass er jetzt bei einer Pflegefamilie wohnte und dass es ihm gut ginge. Ich hoffte, dass das stimmte, und war gleichzeitig neidisch, dass ich nicht Teil seines neuen Lebens war. Ich musste mir in Erinnerung rufen, dass es keine andere Möglichkeit gegeben hatte. In meinen Alpträumen sah ich nicht mehr Mr Jones' Gesicht, sondern nur noch seine Augen ... diesen mörderischen Blick, wenn er alle Vorsicht und Fürsorge in den Wind schoss, während das betrunkene Monster die Entscheidungen für ihn traf. Jeden Tag schickte ich in der Kaffeekanne Nachrichten rüber – meine Gedanken, Entschuldigungen, Ängste. Die Kaffeekanne war auf Gaze' Seite des Flaschenzuges nicht zu sehen. Deshalb fühlte ich mich sicher. Und der Deckel der Warmhaltekanne ließ sich fest zudrehen, sodass der Inhalt nicht nass wurde.

Die Schule wirkte größer und anonymer ohne Gaze. Ich las nun mehr und verbrachte weniger Zeit mit meinen Freunden. Sie fragten zwar, was mit Gaze passiert sei, aber ich erzählte ihnen nichts. Es war schon verrückt, wie schnell Schüler meines Jahrgangs einen Menschen vergaßen. Sie waren wie Fliegen, die sich auf alles setzten, was neu war.

Nachdem sechs Monate vergangen waren, seitdem Gaze fort war, veränderte sich mein Leben ein weiteres Mal. Mom war auf dem Rückweg von einem Kurztrip, bei dem Bic sie nicht begleitet hatte, als das Taxi in einen Unfall verwickelt wurde. Der Taxifahrer überlebte. Meine Mutter nicht.

30. KAPITEL

Gaze

Die Zeit dazwischen ...

Als wir auf die Auffahrt von Mikes und Ronnas Haus einbogen, fühlte ich mich wie in einer Sitcom. Es war eine hübsche Gegend mit vielen Basketballkörben in den Auffahrten. Bei ihnen konnte ich allerdings keinen entdecken, als wir dort ankamen.

Die Kinder kamen mit ganz vielen Luftballons und dem Cockerspaniel, der bellend um sie herumlief, nach draußen. Ich kannte sie schon vom Foto, aber jetzt sah ich sie live und in Farbe vor mir. Ich fühlte mich fehl am Platze, aber ich hatte keine andere Wahl, als aus dem Wagen zu steigen.

Mike und Ronna ließen den Koffer stehen und gingen mit mir zusammen zu den Kindern. Rocket, der Hund, sprang die ganze Zeit herum, bis das Mädchen ihn hochnahm. Auf ihrem Arm wedelte der Hund wild mit dem Schwanz und ließ die Zunge heraushängen.

Der Junge mit dem Wuschelkopf reichte mir als Erstes die Hand. »Hi, schön, dich kennenzulernen. Ich bin Milt.« Ich schüttelte seine Hand. Er klang leicht förmlich, was ich bei seinem etwas unordentlichen Aussehen nicht erwartet hätte.

»Ich bin Austin.« Er hob grüßend die Hand und zwinkerte mir zu. Bei ihm hatte man gleich das Gefühl, als würde man sich schon ewig kennen. Teddi, das Mädchen, hatte immer noch mit dem Hund zu kämpfen. Sie war jünger als ich, was ich erst jetzt erkannte. Statt mir die Hand zu schütteln, hielt sie mir Rocket zum Streicheln hin.

Es war ein blonder Spaniel, der erst an meiner Hand schnüffelte, ehe er sich von mir kraulen ließ.

»Uff, sie ist so ein Klops. Kannst du sie nehmen?« Teddi drehte den Hund auf den Rücken und reichte ihn mir wie ein Baby.

Der Spaniel leckte mein Kinn ab, und ich musste lachen, weil sie sich widerspruchslos in ihre Lage fügte. Ihre Beine hingen schlaff herunter, und sie wirkte völlig zufrieden und entspannt.

»Ich bin Gaze, und ich habe noch nie in meinem ganzen Leben einen Hund gesehen, der das mit sich machen lässt.«

Austin pikste seine Schwester in die Seite. »Das liegt nur daran, dass die hier Rocket schon als kleinen Welpen die ganze Zeit so herumgetragen hat. Es ist lächerlich.«

Mike und Ronna wirkten ein bisschen nervös, aber auch froh und aufgeregt. Mike holte den Koffer für mich. »Ist es okay für dich, Rocket zu tragen? Ich will nicht, dass du dir irgendetwas zerrst oder so.«

Ich folgte den Kindern und kam nur bis zur Eingangsstufe, als Milt sich umdrehte und anbot, mir Rocket abzunehmen. Er legte sich den Hund über die Schulter, sodass sein Gesicht mit meinem auf einer Höhe war, als wir die Treppe hochgingen. Wieder leckte Rocket mir die Nase.

Im Haus führten Teddi und Austin mich ein paar Stufen nach unten in einen offenen Wohnbereich mit einer kleinen Küche und einem Badezimmer in einer angenehmen Größe. Mike ging mit meinem Koffer an uns vorbei, und wir folgten.

Teddi breitete die Arme aus. »Und das ist dein Zimmer!«

Ich schaute mich um. Als Erstes fielen mir das große Bett mit Kopf- und Fußteil sowie eine doppelflügelige Terrassentür auf, durch die man zum Pool gelangte, der jetzt im Winter natürlich nicht benutzt wurde. Ein Stück dahinter stand ein etwas älteres Spielgerüst.

Auf den Spiegel, der über der Kommode hing, hatte jemand *Willkommen Gaze!* geschrieben.

Ronna lachte und ging zum Spiegel, um mit dem Finger darüber zu streichen. »Teddi, hast du etwa einen Permanentmarker benutzt?«

Teddi verzog entsetzt das Gesicht. »Oh nein! Ich dachte, es wäre ein abwaschbarer Stift.«

Austin schnalzte einmal kurz. »Na, zumindest hat sie sich diesmal nicht das Gesicht damit angemalt.«

Alle lachten, und Milt holte sein Handy hervor, um mir ein Foto einer jüngeren Teddi mit Vollbart und einem aufgedrehten Schnurrbart zu zeigen. »Sie hatte sich als Pirat verkleidet und wollte noch ein bisschen echter aussehen.«

»Es dauerte zwei Wochen, bis alles wieder weg war.« Austin legte einen Arm um die Schultern seiner Schwester. »Manchmal habe ich das Gefühl, als könnte ich den Schnurrbart immer noch sehen.« Er berührte ihre Oberlippe, und sie fing sofort an, mit ihm zu rangeln.

Ronna und Mike schüttelten den Kopf.

»Tja«, meinte Ronna, »sie haben sich fast eine Viertelstunde lang gut benommen. Das ist ein neuer Rekord.«

Mike schob die immer noch rangelnden Kinder aus meinem Zimmer.

Ronna lächelte. »Möchtest du erst einmal ankommen und etwas Zeit für dich haben? Wir können dir alles andere auch nach dem Abendessen zeigen.«

»Oh ja, danke.« Ich sah zu Rocket, die versuchte, auf mein

Bett zu springen. Milt nahm sie hoch und hielt sie wieder wie ein Baby im Arm.

»Ich würde gern unter die Dusche gehen.«

»Völlig verständlich«, sagte Ronna. »Nachdem ich die Kinder bekommen habe, war das nach meiner Rückkehr aus dem Krankenhaus auch das Erste, was ich machen wollte. Handtücher und alles andere, was du brauchst, sind in deinem Badezimmer.«

Sie öffnete eine Tür, die ich für einen Einbauschrank gehalten hatte. Ich besaß tatsächlich ein eigenes Badezimmer.

»Danke. Das weiß ich sehr zu schätzen.«

Ich beobachtete Ronna und Mike dabei, wie sie einen Blick tauschten und lächelten. Puh, diese Leute wirkten wirklich aufrichtig und freundlich.

Als alle meinen Raum verlassen hatten, kam Austin noch mal kurz zurück.

»Ich mach die Tür mal zu. Komm raus, wann immer du willst. Und wenn du heute Abend einfach nur für dich bleiben willst, kann ich dir bestimmt auch ein Stück Pizza unter der Tür durchschieben.« Dann schloss er die Tür.

Ich blieb noch einen Moment stehen, musste mich dann aber hinsetzen und wählte den Schreibtischstuhl. Es war alles ein bisschen viel gewesen: viel Lauferei, viele neue Leute, vieles, das ich erst einmal verarbeiten musste.

Bei den Burathons handelte es sich offensichtlich um nette Leute. Ich hätte sie gern gefragt, warum sie überhaupt ein Pflegekind in meinem Alter wollten. Das Zimmer war weder besonders weiblich noch besonders männlich eingerichtet und wirkte dadurch eher wie ein Gästezimmer.

Nachdem ich einmal tief durchgeatmet hatte, öffnete ich den Laptop, der auf dem Schreibtisch stand. Er war brandneu. Insgeheim hatte ich wohl gedacht, dass ich nach dem Krankenhaus einfach nach Hause gehen und Pixie wiedersehen würde, obwohl ich wütend auf sie war.

Dagegen war dieser Ort hier eine völlig andere Welt.

Nach dem Duschen zog ich eine Jogginghose und ein T-Shirt aus dem Koffer an. Flauschige Socken und ein Kapuzenpullover sorgten dafür, dass ich mich wieder normal fühlte. Ich legte die Sachen aus dem Koffer in den leeren Schrank. Es brauchte ein paar Anläufe, bis ich mich traute, durch die Tür hinaus in mein neues Zuhause zu gehen. Es klingelte an der Tür, als ich in den Flur trat. Die meinem Zimmer gegenüberliegende Tür stand offen, und Austin kam im gleichen Moment heraus wie ich.

»Die Pizza ist da. Perfektes Timing.« Er hatte eine schwarze Jogginghose und ein rosafarbenes T-Shirt an. Um den Hals hatte er sich einen Schal geschlungen, und an fast jedem seiner Finger steckte ein Ring. Er hatte ganz eindeutig seinen eigenen Stil. »Ich zeig dir, wo's langgeht.«

Er führte mich die Treppe rauf, als Mike gerade mit der einen Hand die Haustür schloss und auf der anderen mehrere Pizzakartons balancierte.

Rocket tänzelte um ihn herum und ließ die Pizzaschachteln nicht aus den Augen.

»Hey, könnt ihr beide den anderen sagen, dass die Pizza da ist?« Mike ging die restlichen Stufen hinauf, und wir folgten ihm. Ich wollte Rocket streicheln, aber die hatte es viel zu eilig, Mike zu folgen.

Austin wurde langsamer, als genug Platz war, um nebeneinander zu gehen. »Okay, sollen wir jetzt gleich die Hausführung machen, während wir die anderen holen?«

Ich zuckte die Achseln, was mich sofort daran erinnerte, dass das ja wehtat, und verzog das Gesicht. »Ja, klar.«

»Alles in Ordnung mit dir?« Sein Blick war voller Sorge.

»Ich hatte nur vergessen, dass manches noch wehtut. Wird schon.«

Oben angekommen, schaute ich mich um. Hier gab es ein Wohnzimmer, ein Esszimmer und eine durch eine halbhohe Wand abgetrennte Küche. Hier war viel mehr Platz, als ich es gewohnt war. Himmel, dieses Haus hatte mehr Platz als acht Geschäfte in meinem alten Viertel in der Stadt zusammen.

Überall an den Wänden hingen gerahmte Bilder. Schulbilder. Schnappschüsse. Ein ganzes Leben bedeckte die Wände. Austin zeigte mir noch das große und das kleine Badezimmer, ehe wir eine weitere Treppe hochstiegen und ins oberste Stockwerk gelangten. Er klopfte an eine Tür, die mit ganz vielen Klebebildern verziert war und an der in silbernen Buchstaben der Name *Teddi* stand. Außerdem war sie mit selbst gemalten Mustern übersät.

»Auch ein nicht abwaschbarer Permanentmarker?«

Austin grinste breit. »Sie liebt permanente Entscheidungen, über die sie keine Sekunde zu lang nachdenkt. Mir tun meine Eltern jetzt schon leid. Wenn sie achtzehn wird, lässt sie sich vermutlich ihren ganzen Körper mit Disneymotiven tätowieren.«

Teddi riss ihre Tür auf und laute, fröhliche Popmusik drang heraus. Sie wirkte leicht erhitzt.

»Na, tanzt du zu Selena Gomez' neuem TikTok-Video?«, fragte Austin sie.

Sie grinste. »Ich bin am Verhungern!« Sie sauste an uns vorbei. »Ich bekomm die Blasen!«

»Hm?« Ich hatte keine Ahnung, wovon sie redete.

Milt öffnete seine Tür, ehe Austin anklopfte. »Die Blasen gehören mir!« Er nahm sein riesiges Paar Kopfhörer ab.

»Teddi hat's zuerst gesagt. Du musst heute mit den Stücken ohne Blasen vorliebnehmen.« Austin tippte mit dem Zeigefinger an Milts Nasenspitze.

Milt wirkte unbeeindruckt. »Ich bekomm das zweite Stück mit Blasen!«

Ich warf einen kurzen Blick in Milts Zimmer. Es war ein wahrer Traum von einer Spielerhöhle. Er hatte Regale mit unterschiedlichen Spielekonsolen und drei Monitore an der Wand. Die Wände waren schwarz gestrichen und die Vorhänge zugezogen. Auf dem Hauptbildschirm war ein Ego-Shooter im Pause-Modus zu sehen.

»Ich hoffe, du bist nicht auch scharf auf Blasen im Pizzateig, denn die beiden Idioten werden bis aufs Blut um diese Stücke kämpfen.« Statt die Treppe wieder runterzugehen, setzte Austin den Rundgang fort. Er kam zu einer Doppeltür und riss sie auf. »Das ist das Zimmer von Mom und Dad, wo wir alle gezeugt wurden, aber lieber nicht darüber nachdenken mögen, wie es passiert ist.« Er präsentierte den Raum mit einer schwungvollen Geste seines Armes.

Ich lachte laut auf. »Es ist ... hübsch.«

Es war ein großes Zimmer mit zwei Schränken und einem Sitzbereich. Das Haus war sauber und gepflegt, hatte aber ein paar unaufgeräumte Ecken.

»Wenn es bloß schalldicht wäre.« Austin schloss die Türen hinter uns. »Tja, so sieht's bei uns aus. Wir müssen unsere Türen geschlossen halten, weil Rocket sonst auf den Teppich pinkelt. Sie hat sich in der Hinsicht nicht unter Kontrolle. Der Pool kann erst wieder benutzt werden, wenn es wärmer ist. Aber wir haben einen Whirlpool und hintern Haus ein Spielfeld.«

Schnell ging er die Treppe wieder runter, und ich folgte ihm ein bisschen langsamer. Als wir zum Esstisch kamen, sah ich, dass genug Stühle und Platz für alle da waren – sie mussten mich nicht reinquetschen.

Ich fügte mich ohne Probleme in ihren Ablauf beim Abendessen ein. Die Familie erzählte von sich, während ich mich in der Hinsicht zurückhielt. Es schien, als hätten wir nur sehr wenig gemeinsam. Also ... da ich bei ihnen bleiben würde, schaute ich mir alles ganz genau an, aber wie die Kinder mit ihren Eltern scherzten, zeigte mir, dass sie nicht einen einzigen Tag in ihrem Leben Angst vor ihnen gehabt hatten.

Ich trank zwei Gläser Limonade und aß drei Stücke Pizza. Während des Essens erfuhr ich, dass Mike als Ingenieur arbeitete, aber abends liebend gern Basketball auf dem Platz hinterm Haus spielte. Ronna bastelte leidenschaftlich, und Teddi ebenfalls, sodass sie viel zu viel Geld für Bastelmaterial ausgaben. Milt hatte tatsächlich einen Teilzeitjob beim Spieleladen im Ort, dem er mit Freude nachging. So wusste er immer genau, wann all die tollen Spiele erschienen, und wenn ein neues auf den Markt kam, stellten er und Austin sich gemeinsam schon um Mitternacht in der Schlange vor dem Laden an. Austin war eindeutig schlagfertig und besaß eine scharfe Zunge. Er war einfach anders, und ich fand es superspannend, zu beobachten, wie die anderen das schlichtweg akzeptierten. Alle schienen Austin in seiner ganzen Art zu kennen und mochten ihn so, wie er war.

Rocket lag auf dem Boden, und ich spürte ihre warme Nase durch die Jogginghose hindurch, als sie an mir schnüffelte. Ich beobachtete Teddi dabei, wie sie dem Hund etwas Käse zusteckte. Sie liebte die Blasen im Teig, schien den Käse jedoch nicht zu mögen. Jedes Stück war sauber gekratzt, und sie aß nur die Soße und den Boden. Beide Brüder bedienten sich, ohne zu fragen, von ihrem Teller und nahmen sich den Käse. Aber für Rocket behielt sie immer noch ein bisschen zurück.

Ich lehnte mich zurück und sah zu Mike rüber, der das Ganze ebenfalls beobachtete. »Du weißt schon, dass sie davon immer Blähungen bekommt, oder, Ted?«

Teddi verdrehte die Augen und erinnerte mich dabei an Austin. »Sie schläft doch in eurem Zimmer …«

Als alle fertig waren, stand ich auf und trug wie die anderen Kinder meinen Teller und das Glas in die Küche. Sie nahmen Ronna die Küchenarbeit ab, während sie mit Mike einen Spaziergang mit dem Hund machte. Ich stand ziemlich nutzlos herum, bis Milt sich auf einen der Küchenstühle setzte.

»Hast du irgendwelche Lieblingsspiele?« Er drehte seine Haare, die ihm fast bis zu den Augen reichten, um seine Finger.

»Nicht wirklich. Ich besaß keine Spielekonsole oder so.« Ich schob die Hände in die Hosentaschen. »Ich hatte nur einen alten Gameboy.«

»Bist du je in einer Spielehalle oder was Ähnlichem gewesen?« Milts Hände waren die ganze Zeit in Bewegung, als würde er einen imaginären Controller bedienen.

»Ein paarmal, als ich jünger war. Aber ich erinnere mich nicht mehr so genau, was es dort gab.« Ich kratzte mich im Nacken. Jetzt würde es gleich herauskommen … dass kaum genug Geld da gewesen war, um überhaupt die Rechnungen zu bezahlen, dass mein Vater versucht hatte, mich umzubringen. Mein Anderssein würde offenbar werden. Ich wollte nicht, dass mein Leben genau unter die Lupe genommen wurde. Zwar war ich im gleichen Alter wie die Kinder, aber sie waren ein ganz anderes Leben gewöhnt – ein Leben ohne Einschränkungen und Gefahren. Zumindest spürte ich hier keine.

»Okay. Willst du herausfinden, welche Art von Spielen du magst?« Milt stand auf, als Austin und Teddi mit dem Abwasch fertig waren.

»Klar.« Ich folgte Milt nach oben in sein Zimmer. Er hatte vier Gamingstühle, und so ließ ich mich in einen fallen, der wie ein Basketballkorb aussah.

Milt war so nett und fing mit einem Basketballspiel an. Er meinte dazu, dass er ja wüsste, dass ich den Sport mochte.

Nachdem ich gelernt hatte, wie die Steuerung funktionierte, hatten Milt und ich viel Spaß beim Spielen. Irgendwann klopften dann Mike und Ronna an den Türpfosten.

»Na, Jungs ... Schön, dass du dich langsam eingewöhnst, Gaze.« Mike sah mich mit einem strahlenden Lächeln an.

»Dürften wir dich für ein paar Minuten entführen? Wir müssten ein bisschen Papierkram mit dir erledigen. Gerichtskram.« Ronna hielt eine Akte hoch.

Ich gab Milt den Controller zurück. »Danke dir.«

»Jederzeit gern wieder.« Er verabschiedete sich von mir, indem er kurz das Kinn anhob, und wandte sich wieder dem Spiel zu.

Ronna und Mike führten mich zu ihrem Schlafzimmer. Ich machte mir langsam Sorgen, dass es meinetwegen vielleicht Probleme gab, aber sie baten mich nur, in der Sitzecke Platz zu nehmen, sodass wir einander schließlich im Dreieck gegenübersaßen.

»Wie läuft's bis jetzt?« Ronna schien tatsächlich besorgt auf meine Antwort zu warten.

»Bis jetzt ist alles ganz toll. Ich bin wohl ein bisschen vorsichtig, weil ich alles richtig machen will. Und ich habe Sorge, dass bald irgendetwas Schlimmes passiert ... dass sich irgendetwas nicht richtig anfühlt.« Ich presse die Lippen aufeinander.

»Ich glaube, das ist nur allzu verständlich in deiner Situation. Und für uns ist auch alles neu. Du bist unser erstes Pflegekind. Wir werden bestimmt Fehler machen.« Mike streckte die Hand nach Ronna aus, die diese mit einem dankbaren Blick ergriff.

»Ich glaube, es ist nur fair, dir zu erzählen, warum wir beschlossen haben, ein Pflegekind aufzunehmen.« Ronna hielt das Foto eines kleinen Jungen hoch, der wie eine Mischung aus Austin, Milt und Teddi aussah. »Das war Abel – unser Erstgeborener. Wir vermissen ihn immer noch. Er starb, als ich mit Austin schwanger war, und ich hatte immer das Gefühl, als gäbe es hier noch Platz für ein weiteres Familienmitglied.«

Ronna sah das Foto an und berührte das Papier mit den Fingerspitzen.

»Wir wissen, dass du wohl nur vorübergehend bei uns wohnen wirst, aber wir haben dieses Zimmer über und wollten, dass es jemand nutzt, der es wirklich braucht. Deshalb hoffe ich, dass alles klappt, während du bei uns bist. Es wurde uns gesagt, dass du bis ins neue Jahr bei uns bleibst, und dann wird Mrs Josephine überprüfen, wie alles läuft. Sie will sehen, ob wir gut zusammenpassen und all das.«

Ich war froh, dass sie mir ehrlich ihren Beweggrund nannten, ein Pflegekind bei sich aufzunehmen, auch wenn die Geschichte von ihrem ersten Kind traurig war.

»Wir haben hier ein paar Informationen zusammengetragen, sodass du eine Art Bedienungsanleitung hast: wo alles ist, wie man rein- und rauskommt. So was halt. Wir haben einfach aufgeschrieben, was uns eingefallen ist.« Sie reichte mir die Mappe. Ich nahm sie und bedankte mich bei ihnen, als es so aussah, als wäre alles gesagt worden, was sie mir hatten sagen wollen.

Ich ging wieder nach unten in mein Zimmer und legte mich zum ersten Mal auf mein Bett. Während ich durch die Seiten blätterte, die fast wie ein Einklebebuch aussahen, vermisste ich Pixie. Ich würde sie jeden Tag vermissen. Ich hatte das Gefühl, sehr weit von ihr entfernt zu sein.

31. KAPITEL

Gaze

Ich war ungefähr anderthalb Stunden von unserer alten Wohnung entfernt, doch es fühlte sich unendlich weit entfernt an. Es machte mich wütend, in einem neuen Schlafzimmer in einem neuen Haus aufzuwachen. Denn obwohl Bruce ein Versager war, fühlte sich dieses Leben so an, als würde ich es von jemand anders ausleihen. Ich wurde von Gefühlen beherrscht, mit denen ich nicht umgehen konnte.

Ich wollte mich diesen Leuten gegenüber nicht wie ein Arschloch verhalten, aber irgendwie war ich doch eins. Ich wollte ihnen beweisen, dass ich anders war … dass man mir zwar Kleidung und alles Mögliche geben konnte, aber dass ich trotzdem nicht unbedingt hineinpassen würde.

Das ergab überhaupt keinen Sinn. Bei jedem Atemzug spürte ich Pixies Verrat, was auch immer wieder ein Thema während meines Heilungsprozesses war. Die Termine beim Therapeuten und beim Psychologen gaben mir das Gefühl, Bestandteil einer wissenschaftlichen Studie zu sein.

Die Burathons brachten mir viel Verständnis entgegen und gaben mir Freiraum, aber sogar *das* ärgerte mich. An einem späten Mittwochabend packte ich eine Tasche und verließ das Haus durch meine Terrassentür. Ich wollte nach Hause laufen … um klarer zu sehen, um herauszufinden, wo ich hingehörte.

Ich roch Zigarettenrauch und hätte mir vor Schreck beinahe in die Hose gemacht, als ich Austins leise Stimme hörte. »Hey.«

»Ey, Mann. Was zum Teufel hast du vor?« Ich wich vor ihm zurück und löste dadurch den Bewegungsmelder aus, sodass das Licht anging. Plötzlich standen wir wie Gefängnisausbrecher im gleißenden Scheinwerferlicht.

Er packte mich am Oberarm und zog mich in den Schatten. Nur der kleine rote Punkt in seiner Hand verriet uns. Aber dann fiel er auch schon zu Boden und wurde ausgetreten.

»Ich rauche«, erklärte er, als ob das nicht offensichtlich wäre.

»Warum willst du abhauen?«

Meine Augen gewöhnten sich an die Dunkelheit, als der Scheinwerfer wieder ausging, weil sich nichts mehr bewegte.

»Ich muss einfach … etwas herausfinden.« Ich sah über die Schulter zur Auffahrt hin.

»In Ordnung. Soll ich dich fahren?« Er ließ meinen Arm los.

Ich starrte ihn einen Augenblick lang an. Ich war dabei wegzulaufen. Eigentlich sollte er mir nicht helfen. Andererseits verhielt sich ein Typ, der sich die Nägel lackierte, in vielerlei Hinsicht anders, als man es erwarten würde. »Wirst du mich denn nicht bei deinen Eltern verpfeifen?«

Ich sah ihn aus zusammengekniffenen Augen an, während ich versuchte, seine Motive zu ergründen.

»Nein. Ich kann häufig nicht schlafen, und manchmal müssen sie halt nicht alles wissen.« Er steckte die Zigarettenschachtel in die Tasche seiner Jogginghose. Klimpernd zog er gleich darauf ein kleines Schlüsselbund hervor. »Jetzt mal ernsthaft … wo willst du hin?«

Es wäre ein höllisch langer Fußweg von Poughkeepsie zu meiner Wohnung in der Stadt. Na ja, zu der Wohnung von irgendjemandem in der Stadt. Meine Kondition war schon wieder viel besser, aber ich würde wahrscheinlich zwischendurch irgendwo auf der Straße schlafen müssen. Und es war kalt. »Na gut. Aber komm bloß nicht auf die Idee, mich zu kidnappen und wieder herzubringen oder so was.«

Austins schiefes Grinsen war beruhigend. »Schätzchen. Ich klau keine Leute.«

Er deutete mit dem Kinn zur Bordsteinkante, wo sein Wagen stand. Ich folgte ihm, und wir gingen beide am Rand der Auffahrt, damit der Bewegungsmelder nicht wieder anging.

Als wir die Autotüren öffneten, flüsterte er: »Schlag sie noch nicht zu. Dad hat ein übernatürlich feines Gehör. Ich vermute, dass ihm als Kind irgendwas implantiert worden ist, wodurch sein Hörsinn Superkräfte bekommen hat.«

»Das ist wohl nicht das erste Mal, dass du dich davonschleichst.« Keiner konnte so gut ohne Scheinwerfer fahren, wenn er das nicht regelmäßig machte.

»Wie ich schon sagte ... ich schlafe wenig.« Als wir die erste Querstraße erreichten, schloss Austin seine Tür, und ich tat es ihm nach. »Wohin?«

»Ich will nach Hause, also fahr Richtung Stadt.« Ich drehte den Kopf in seine Richtung, um zu sehen, wie er reagierte, aber seine Miene war ausdruckslos. »Bitte.«

Ungefähr auf halber Strecke fuhr Austin von der Straße runter, um zu tanken. Während des ersten Teils der Fahrt hatte ich die meiste Zeit geschwiegen. Jetzt stieg ich aus und stellte mich neben ihn, während er den Sprit in den Tank strömen ließ.

»Warum heute Nacht? Was war der Auslöser?« Austins Blick hing an der digitalen Anzeige der Zapfsäule.

»Eigentlich nichts. Also, deine Familie scheint wirklich nett zu sein, aber ich hatte einen Ort, an den ich gehörte ... ein anderes Leben. Verstehst du, was ich meine?«

Ich schaute mich um. Wir befanden uns an einem ziemlich verlassenen Flecken. Man konnte den Kassierer hinter dem Tresen stehen sehen.

»Klar. Ich könnte mir nicht vorstellen, bei jemand völlig Fremden untergebracht zu werden ... und das auch noch direkt nach einem Krankenhausaufenthalt.« Die Zapfpistole klickte, als der Tank voll war. »Hast du Hunger? An der nächsten Ausfahrt ist ein Diner, das rund um die Uhr geöffnet ist. Ich bin am Verhungern.«

»Nö, bei mir ist alles gut.« Mein Magen knurrte laut.

»Sicher? Ich glaube nämlich, dass dein Körper dich gerade verraten hat.« Er zog eine Augenbraue hoch.

»Ich hab kein Geld.«

»Ich übernehme das. Geht auf meine Rechnung.« Wir stiegen wieder in den Wagen.

»Ich bin kein Schmarotzer.« Vielleicht nannte ich ihm damit den unterschwelligen Grund, warum ich weglief. Sogar ich konnte das hören. Das war der eine Grund und Pixie natürlich der andere. Sie brauchte mich. Und dann erinnerte ich mich wieder daran, was man mir von dem Vorfall erzählt hatte. Aufs Neue spürte ich einen bohrenden Schmerz in der Brust. Ich wusste nicht, wie ich ohne sie auskommen sollte.

»Das nächste Mal lädst du dann ein.« Er legte den Gang ein und fuhr los.

Das schien mir ein schlechter Deal für ihn zu sein, da ich ja dabei war wegzulaufen, aber mein Magen knurrte wieder, und deshalb sagte ich nichts mehr.

Das Diner war hell erleuchtet und voller, als ich es erwartet hatte. Brechend voll konnte man es zwar nicht nennen, aber da waren wohl an die zehn Personen, die um halb vier Uhr in der Nacht eine Mahlzeit zu sich nahmen.

Austin bestellte für uns beide und dann vielleicht noch für zwei weitere Personen. French Toast, Eier, Pancakes, Muffins und Saft.

Als wir anfingen zu essen, gab Austin mir die Gelegenheit, mehr zu erzählen. »Wohin willst du?«

So eine einfache Frage. Dieser Typ hatte etwas Herzliches an sich … etwas Vertrauenswürdiges.

»Zu jemandem.« Ich wollte nicht in einem Diner sofort mit allem herausplatzen.

»Erzähl mir von ihr.« Er steckte sich einen großen Bissen French Toast in den Mund.

Ich seufzte … wog das Für und Wider ab, ihm alles zu erzählen. Vielleicht würde es sich ja gut anfühlen, darüber zu reden.

»Es gibt da ein Mädchen.«

»Das hatte ich mir schon gedacht.« Er lächelte mich an.

»Wir wohnen gegenüber voneinander und sind einfach … ich weiß nicht … beste Freunde. Aber mehr als das. Familie. Nein, noch mehr als Familie. Sie gehört einfach zu mir. Aber dann ist da diese Erinnerungslücke. Ich weiß nicht, was sich bei ihr geändert hat. Sie wusste ein paar Dinge, von denen ich nicht wollte, dass irgendwer sie erfährt, aber dann hat sie's allen erzählt. Das hat alles verändert. Das wissen wir beide. Sie hat Verrat begangen, aber ich will sie trotzdem immer noch sehen.«

»Fühlt sie in Bezug auf dich genauso?« Er schnitt einen der Muffins mit einem Messer durch.

»Das dachte ich. Aber weißt du … wenn jemand allen dein größtes Geheimnis erzählt, weiß man nicht mehr, was man von dieser Person halten soll.« Ich nahm die andere Hälfte vom Muffin, steckte sie mir aber nicht in den Mund. Mein Magen rebellierte.

»Und wenn du mit ihr geredet hast ... was dann?« Er trank einen Schluck Orangensaft.

So weit war ich noch nicht gekommen. Ich konnte nicht über die Unterhaltung hinausdenken, die ich mit Pixie führen wollte. »Ich weiß es nicht ...«

Ein Gefühl der Hilflosigkeit erfasste mich. Ich legte den Kopf gegen die Rückenlehne der Bank aus Kunstleder und starrte an die Decke.

»Weißt du ihre Nummer? Hast du versucht, sie anzurufen?«

»Ja. Ihr Telefon ist abgestellt. Sie können wahrscheinlich ihre Rechnung nicht immer bezahlen.« Das schien mir eine Information zu viel, die ich da preisgab. Ich fühlte mich sofort schlecht, weil ich über Pixies finanzielle Verhältnisse geredet hatte.

»Weißt du, ob sie noch im selben Haus wohnt?« Er war gut darin, genau die richtigen Fragen zu stellen.

»Sie könnte umgezogen sein. Ich weiß es nicht.« Ich rieb meine Schläfen.

»Weißt du ihre Adresse?« Er holte sein Handy hervor.

»Ja. Wir wohnten in derselben Straße.«

»Das wäre jetzt noch eine Fahrt von ungefähr einer Dreiviertelstunde. Und es macht mir nichts aus – ich würde das machen, aber ich habe das Gefühl, wir könnten das Ganze ein bisschen besser planen. Vielleicht schickst du ihr einen Brief?« Er zuckte die Achseln und steckte sein Handy wieder ein. »Weißt du, du musst nicht alles auf eine Karte setzen. Und wenn du die Erwachsenen dabei raushalten möchtest, ist das okay. Ich werde dir helfen, zu ihr zu kommen.«

Ich spürte die Enttäuschung darüber, dass ich aufgab. Es war verrückt von mir, aber ich wollte immer noch ihr Gesicht sehen.

»Liebst du sie?« Direkt auf den Punkt. Dieser Typ war etwas Besonderes. Ich hatte noch nie mit irgendjemandem über diesen Teil von Pixies und meiner Freundschaft gesprochen.

»Oh ja.« Ach, es war ihm eh schon klar.

Die Kellnerin kam mit unserer Rechnung und flirtete ein bisschen mit Austin, der ihr eine freche Antwort gab und sie kurz musterte. Sie wurde rot, woran man merkte, dass es ihr gefiel.

Er bezahlte das Frühstück und nahm die Telefonnummer, die sie ihm nicht sonderlich diskret zusteckte.

»Lass uns fahren.« Er und ich stiegen wieder in seinen Wagen. Er begann, ziellos durch eine Wohngegend zu fahren.

»So, jetzt erzähl mal ein bisschen. Erzähl mir, was passiert ist, damit du die ganze Geschichte nicht allein mit dir rumschleppst.«

Mit seiner Direktheit erinnerte er mich an Pixie, und deshalb vertraute ich mich ihm an. Ich erzählte Austin von meinem Leben, vom Tod meiner Mutter, von der Alkoholsucht meines Vaters und dass Pixie mein Geheimnis ausgeplaudert hatte, obwohl wir einander versprochen hatten, das niemals zu tun. Ich sagte nichts von meiner Sorge hinsichtlich Bic, denn ich hatte das Gefühl, dass es mir nicht zustünde, diese Geschichte zu erzählen.

Nachdem ich mir alles von der Seele geredet hatte, was ich bereit war preiszugeben, ließ Austin mir erst einmal Zeit, mich wieder zu fassen. Als wir an einem Stoppschild hielten, warf ich ihm einen Blick zu und sah, dass er sich eine Träne wegwischte und dabei seinen Eyeliner etwas verschmierte.

»Du hast echt schon eine Menge durchgemacht, mein Freund.« Er legte mir eine Hand auf die Schulter. »Es tut mir leid.«

Ich sah zu Boden und war nicht in der Lage auszudrücken, wie viel mir diese schlichten, mitfühlenden Worte bedeuteten.

»Komm mit mir nach Hause.« Er legte wieder beide Hände aufs Lenkrad. »Lass uns einen Plan machen ... du und ich. Wir durchdenken das ganz genau und sorgen dafür, dass du bekommst, was du brauchst. Aber bleib zu Hause, wo du es warm hast und Essen und Kleidung bekommst. Man muss nichts überstürzen.«

An der nächsten leeren Kreuzung blieb er wieder stehen. Er hatte recht. Völlig unvorbereitet einfach draufloszustürmen, würde zu nichts führen. »In Ordnung. Okay. Lass uns zurückfahren.«

Und so wurde Austin zu meinem Vertrauten.

32. KAPITEL

Gaze

Man erwartete uns schon an der Tür, als wir nach Hause kamen. Ronna hatte einen Morgenmantel an, und Mike trug Pyjamahosen und ein Sweatshirt. Ihre Haare standen in alle Richtungen ab. Mein ganzer Körper verkrampfte sich, und ich blieb stocksteif stehen. Wenn Erwachsene derangiert aussahen, rechnete ich mit unkontrollierten Reaktionen. Brüllen. Schlagen.

Austin blieb ebenfalls abrupt stehen und drehte sich zu mir um. »Alles in Ordnung, Gaze?«

Mit zweien würde ich es nicht aufnehmen können, wenn sie mich verprügeln wollten, und ich war mir ziemlich sicher, dass Mike stärker war als Bruce.

Austin wandte sich wieder seinen Eltern zu. »Hey, gebt ihr uns ein paar Minuten?«

»Natürlich«, sagte Mike sofort, obwohl beide besorgt wirkten. Dann zogen sie sich ins Haus zurück.

»Werden sie uns bestrafen? Sie haben uns erwischt.« Ich bekam das Gefühl, weglaufen zu müssen. Früher hatte ich die Rampe gehabt, über die ich mich zu Pixie hatte flüchten können. Aber hier gab es so etwas nicht. Ich konnte zwar weglaufen, aber was dann?

»Ich hab ihnen eine SMS geschickt, als wir losgefahren sind, und ich bin mir ziemlich sicher, dass Mom heiße Schokolade und Kekse für uns bereithält. Es wird ihr sogar egal sein, dass wir ein komplettes Frühstück gegessen haben.«

»Wird Mike uns vor den Keksen schlagen?«

In der Stille, die meiner Frage folgte, hörte man nur noch das Zirpen der Grillen in der Nacht.

»Nein, Kumpel. Die werden uns nicht schlagen. Die sind einfach nur froh, dass wir wieder da sind.« Er sah mich forschend an, und vielleicht versuchte er zu erkennen, ob ich ihn verstand, nachdem meine Bemerkung enthüllt hatte, wie unterschiedlich unsere Lebensumstände bisher waren.

»Okay.« Das erste Mal ging ich bereitwillig einer Bestrafung entgegen.

Aber es gab keine scharfen Worte, ja, noch nicht einmal eine Rüge. Man bedankte sich leise bei Austin, während sie ihn voller Liebe und Stolz anschauten. Ronna setzte sich neben mich.

»Hey, das soll kein Vorwurf sein ... Sag uns einfach, was wir besser machen können. Wie können wir dafür sorgen, dass du dich gut genug fühlst, um hierzubleiben.«

Kein Wutanfall, keine Beschimpfungen.

»Ich glaube, ich hatte Heimweh. Und ich weiß, dass sich das verrückt anhört, wenn man bedenkt, wo ich herkomme.« Schließlich hatte man mich aus dem Krankenhaus weggeholt. Sie wussten, dass bei mir einiges im Argen lag.

Ronna legte ihre Hand neben meine, ohne mich jedoch zu berühren. »Das hört sich völlig normal an. Du darfst solche Gefühle haben. Wenn du deine alte Gegend besuchen möchtest, bringen wir dich hin.«

»Eigentlich geht's mir wieder gut. Ich hab einen Plan. Ich werde einer Freundin einen Brief schreiben und dann weiterschauen.« Das reichte Ronna offensichtlich als Information, denn sie nickte.

»Ich gebe dir Briefpapier und Briefmarken, aber das Angebot steht. Wenn du deine alte Gegend besuchen möchtest, bringen wir dich hin.«

Sie schob einen Teller mit Keksen vor mich. Diese kleine Geste brachte mich den Tränen näher als alles andere, was heute Nacht passiert war. Es war ein kleiner Blick auf eine andere Art von Leben – wie es eigentlich sein sollte. Ich sehnte mich nach Pixie, denn so ein Verhalten hätte ich nie von Bruce erwartet, doch sie war derart fürsorglich gewesen, ehe Bic aufgetaucht war und ihr Leben aus dem Gleichgewicht gebracht hatte.

Austin brachte mir Schreibpapier, Umschläge und Briefmarken. »Na, dann lass mal deine Gefühle raus. Und schick einen frankierten Umschlag mit der Adresse von hier mit.«

Ich sagte ihm nicht, dass Schreiben mein schlechtestes Fach in der Schule war. Meine Handschrift sah aus, als hätte man den Stift am Hintern einer kopflosen Henne befestigt, aber ich schaffte es irgendwie. Ich fragte Pixie nach dem Grund für ihren Verrat. Ich sagte ihr, dass ich wütend sei, dass ich sie aber auch vermissen würde. Ich fragte nach meiner Wohnung und wer jetzt in ihr wohnte. Ich fragte nach unserer Rampe. Und dann steckte ich den Brief in den Briefkasten.

Am nächsten Tag schrieb ich einen weiteren Brief. Ich erzählte ihr von den Burathons und dass mein Dad im Gefängnis säße. Ich schrieb ihr, dass es mir körperlich immer besser gehe, und wie schön das Haus sei, in dem ich jetzt wohnte … und dass ich sie vermisste.

Und den darauffolgenden Tag schrieb ich ihr wieder – von all den ängstlichen Eichhörnchen in Poughkeepsie und dass ich mich im hinteren Teil des Gartens mit einer Maus angefreundet hätte, die jetzt immer darauf wartete, dass ich ihr Essensreste brachte, an denen sie knabbern konnte. Ich hatte sogar ein altes Wollknäuel mit Stricknadeln aufgetan, damit sie in der Nacht etwas zum Hineinkuscheln hatte.

Und dann schrieb ich ihr noch, dass ich sie vermisste … sie und den Duft ihrer roten Haare.

Ich erzählte ihr, dass ich wuchs, ich erzählte ihr von Austin, der zwar anders sei, aber richtig cool. Ich erwähnte Teddis Freundinnen, die in meiner Gegenwart ständig kicherten, und Milt, der immer dafür sorgte, dass ein Controller in seinem Zimmer aufgeladen war, falls ich mit ihm spielen wollte.

Ich schrieb ihr von den ersten Kursen an der Poughkeepsie High und wie viel stärker ich seit dem Krankenhaus geworden sei. Ich schrieb ihr, dass Mike und ich auf dem Platz hinterm Haus Basketball spielten. Ich fragte nach Tocks und den anderen und wie ihre Kurse liefen. Außerdem wollte ich wissen, wie es ihrer Mom ginge und ob Bic noch da wäre.

Und ich sagte ihr, dass ich sie vermisste.

Ich bekam nie eine Antwort. Und nach einem Jahr schrieb ich Pixie nur noch in Gedanken.

33. KAPITEL

Gaze

Ich will nicht sagen, dass es perfekt gewesen wäre. Denn das war es nicht. Teddi wurde auch älter, sodass sie irgendwann ihre Tage bekam. Sie hatte wirklich heftige Stimmungsschwankungen, und wir Jungs verkrochen uns dann immer für ein paar Stunden.

Ich sprach mit einer Psychiaterin, die ganz okay war, aber keine Wunder bewirkte oder Ähnliches. Austin erzählte mir während einer seiner mitternächtlichen Zigarettenpausen, dass er auch bei ihr gewesen sei, als man ihn in der siebten Klasse in der Schule ständig gemobbt habe. Da ich erst fünfzehn war, musste ich noch zu einem Kinderpsychologen und nicht zu dem guten, bei dem er jetzt war. Aber sobald ich achtzehn wäre, könnte ich auch zu seinem gehen.

Austin ging bereits in die zwölfte Klasse, Milt in die elfte. Ich besuchte die zehnte Klasse, und Teddi ging in die achte. Der Schulweg mit den beiden Jungs erinnerte mich an damals, als ich immer mit Pixie zur Schule gegangen war. Milts Freunde waren ruhiger, sie waren eine kleine Gruppe, die aus ziemlich schlauen Jungs bestand. Austin aber kannte jeden – die Schulkrankenschwester, den Hausmeister, jüngere Schüler und sogar die Handwerker, die das Gebäude in Schuss hielten. Mit allen tauschte er einen Scherz oder eine Begrüßung.

Wegen der Verbindung zwischen uns wurde ich akzeptiert. Austin führte mich an meinem ersten Schultag zu einem Tisch in der Cafeteria und setzte sich mit mir hin. »Trisha, Mackenzy, Bailey, Drew und Mark … das ist euer neuer Freund, Gaze. Ich habe gerade euch ausgewählt, weil ihr freundlich, lustig und keine Arschlöcher seid. Herzlichen Glückwunsch. Ich schenke euch meinen neuen kleinen Bruder. Drew und Mark sind übrigens in der Basketballmannschaft. Meine Damen und Herren, wenn irgendjemand ihm das Leben schwermacht, schickt mir eine Nachricht. Gaze hat die Erlaubnis, euch meine Nummer zu geben.«

Austin stand wieder auf, massierte kurz meine Schulter, küsste mich auf den Scheitel, als wäre ich ein Welpe, nahm seinen Schal ab, um ihn mir um den Hals zu legen, und ging.

Es war perfekt, wie er mich vorgestellt hatte, denn Austin war eine Legende, und sie waren begeistert, über mich an seine Telefonnummer zu kommen.

Ich erzählte, dass ich ein Pflegekind sei, aber keiner schien überrascht, sodass ich annahm, dass das schon die Runde gemacht hatte. Ich fragte jeden Einzelnen aus und war gerade bei Bailey, die mir erzählte, dass sie bei den Cheerleadern mitmachte, als die Klingel das Ende der Pause verkündete. Ich holte meinen Stundenplan raus, und Mark und Trisha kamen mit mir mit, weil sie in dieselbe Richtung zu ihrem Kurs mussten. Sie erklärten mir den Weg zu meinem Raum. Mit Mackenzy und Drew hatte ich die nächsten beiden Kurse, und damit war ich versorgt.

So war mein erster Tag an der Schule, und danach spielte ich noch Basketball mit Drew und Mark. Sie waren ganz begeistert und wollten ihrem Trainer von mir erzählen. Austin lehnte an einer Ziegelsteinmauer und wartete auf mich. Gelegentlich stieß er einen bewundernden Pfiff aus, wenn ich einen Korb machte oder mir ein Pass gelang. Als wir das Spiel beendeten, verabschiedete ich mich von meinen neuen Freunden und ging zu Austin rüber, der seine heimliche Zigarette ausdrückte. Zum Abschied küsste er seine Freunde auf beide Wangen.

»Wie ist es gelaufen?« Wir gingen zu seinem Wagen. Milt und Teddi waren mit dem Bus nach Hause gefahren, weil sie nicht hatten warten wollen.

»Toll. Die Schule selbst ist blöd, aber die Leute scheinen nett zu sein. Und Drew und Mark denken, dass ich ohne Probleme in die Mannschaft aufgenommen werde.« Ich öffnete die Beifahrertür seines alten Mustangs.

»Oh, das wirst du. Ich wette, sie nehmen dich mit Kusshand, wenn sie sehen, was du draufhast.« Er ließ den Wagen an und hupte zweimal beim Ausparken.

»Mensch, du erinnerst mich echt so sehr an Pixie. Sie konnte einen Raum betreten und war sofort mit allen befreundet.« Ich tippte mit den Fingerspitzen aufs Armaturenbrett.

»Ich bin nicht immer so gewesen, mein Freund. Ich musste darum kämpfen. Und ich wette, deine Freundin musste das auch. Als ich jünger war, hat man oft versucht, mich fertigzumachen.«

Ich sah, wie der Geist vergangener Zeiten seinen Blick verdunkelte. Dieses selbst auferlegte Verlies kannte ich, weil ich dort meine Erinnerungen an Bruce wegsperrte. Ich mochte alle in meinem neuen Zuhause, doch mit Austin fühlte ich mich auf einer anderen Ebene verbunden. Bei ihm hatte ich das Gefühl, als könnte ich ihm alles erzählen. Er hatte eine so offene Art an sich, dass ich mich sicher fühlte und mich ihm gegenüber ebenfalls öffnete.

Ich hatte Angst, ohne ihn aufgeschmissen zu sein, wenn er eines Tages auszog. An Bruce dachte ich natürlich immer weniger, aber Pixie vergaß ich nie, obwohl sich mit jedem Tag, der verging, ein wenig mehr veränderte. Die ganze Familie kam zu meinen Basketballspielen, und Teddis Cheerleader-Freundinnen bezeichneten sich als meine Groupies, um dann manchmal nur für mich zu jubeln. Die Mannschaft machte mir deshalb die Hölle heiß, und bestimmt wurde ich auch rot, aber es war alles nur scherzhaft gemeint. Ich sah, dass Teddi immer noch ein Kind war, das mit ihrem Teddybären kuschelte, und deshalb nahm ich an, dass ihre Freundinnen genauso waren. Am liebsten spielte ich Basketball, und Mike war ein toller Privattrainer. Er gab mir Tipps und zeigte mir Techniken, an denen ich erkannte, wie gut er in dieser Sportart war. Der Stolz in seinem Blick, wenn mir nacheinander mehrere Dreipunktwürfe gelangen, machte mich süchtig.

Austins Abschlussfeier war eine große Sache. Am Haus hing die Jahreszahl und vorn auf dem Rasen prangte ein riesiges Bild von ihm. Wir verloren den Überblick, wie viele Leute zu seiner Party kamen, aber man hatte das Gefühl, es wäre die ganze verdammte Schule. In dem Sommer suchten wir uns alle ein Urlaubsziel aus. Urlaub! Einige wollten nach Disneyland, andere wollten an den Strand. Es war toll, all diese Reiseprospekte anzusehen.

Aber schon am nächsten Tag packte Ronna sie gleich wieder weg. Sie und Mike unterhielten sich viel mit verhaltener Stimme. Ich wusste, dass es um mich ging. Irgendetwas würde passieren.

34. KAPITEL

Gaze

Zwei Jahre später ...

Ich streckte mich erst einmal, als ich aufwachte. Jeder einzelne Muskel schmerzte. Mike und ich hatten gestern den ganzen langen Tag auf dem Spielfeld trainiert. Samstags taten wir das oft. Zu sagen, dass wir uns nahestanden, wäre eine Untertreibung. Er war der beste Trainer, den ich mir je hätte wünschen können. Sobald er seine Kniestütze trug, hatte er praktisch unbegrenzt Energie. Er spornte mich an, er lobte, und wir lachten. Ronna arbeitete draußen an einem Möbelstück, dessen Restaurierung sie übernommen hatte. Einen früheren Schuppen hatten sie in eine Werkstatt umgebaut, in der Ronna ihr Werkzeug aufbewahrte und Auftragsarbeiten erledigte. Doch an schönen Tagen genoss sie dabei gern die Sonne. Sie trug eine Maske, während sie ein ganzes Stück von uns entfernt die alte Farbe abschliff, um das Möbelstück hinterher neu zu streichen.

Meine Pflegegeschwister und deren Freunde, von denen einige auch zu meinem Freundeskreis gehörten, tauchten ebenfalls immer wieder draußen auf. Teddis Freundinnen waren am schlimmsten, da sie ständig kicherten und nur hinauskamen, um mich beim Basketballspielen zu beobachten. Dann planschten sie in ihren Badeanzügen im Pool und hörten laute Popmusik.

Manchmal sah ich es als völlige Selbstverständlichkeit an, dass diese neue Normalität wirklich normal für mich war.

Während Mike und ich Übungen machten, beobachteten wir, wie ein Wagen voll mit Milts Gamer-Freunden die Auffahrt hochkam. Ein neues Spiel war herausgekommen, nach dem sie alle ganz verrückt waren. Als sie ausstiegen, sahen wir, dass sie Kostüme trugen und Spielzeugwaffen bei sich hatten. Es war lustig und super unterhaltsam, sie dabei zu beobachten, wenn sie Turniere bei Milt spielten.

Austin war mittlerweile im zweiten Jahr auf dem Community College, um sich auf ein Studium an einer Modeschule vorzubereiten. Ich hatte nichts dagegen, dass er immer noch zu Hause wohnte – er war mein Lieblingsbruder geworden. Mein bester Freund würde er jedoch niemals sein, denn das war nur Pixie für mich ... bis zu ihrem Verrat.

Ich war jetzt größer als Mike, und Austin und ich hatten zwei Jahre lang in der Garage Gewichte gestemmt. Wir hatten durch Ausprobieren gelernt, unsere Körper zu formen, und konnten uns immer noch köstlich über unsere »Nur Arme«-Phase amüsieren, in der wir beide schwabbelige Bäuche und riesige Bizepse gehabt hatten.

Jetzt hatten wir beide schlanke, durchtrainierte Körper und liebten einander sehr. Als wir am ersten Tag zur Princeville Highschool gegangen waren, hatte ich mit Mobbing gerechnet, weil Austin einen Rock trug und die Augen mit Eyeliner umrandet hatte. Ich hätte mich nicht mehr irren können. Zusammen mit ihm als sein neuer Bruder in die Schule zu gehen, war einem Ritterschlag gleichgekommen oder als würde ich eine Krone tragen.

Apropos Krone ... Beim Abschlussball hatte man Austin eine riesige Krone verliehen, weil er so großartig war. Es hatte einen König und eine Königin und Austin gegeben. Später erzählte er mir, er hätte mit dem ganzen Königshof was gehabt.

So war Austin. Es war ätzend, ohne ihn zur Schule zu gehen, aber dann wuchs ich zwei Sommer hindurch, als wäre das meine einzige Aufgabe im Leben, bis ich schließlich eine Größe von einem Meter fünfundneunzig erreicht hatte.

Ronna liebte es, sich darüber zu »beklagen«, dass ich so schnell wuchs und sie mir ständig neue Hosen kaufen müsste, aber gleichzeitig vermerkte sie auch meine Größe an der Familienwand, wo sie dann jedes Mal meinen Namen und das Datum hinschrieb, wenn sie das Gefühl hatte, ich sei wieder gewachsen.

Zu den gerahmten Fotografien, die ich am Tag meiner Ankunft bewundert hatte, waren Bilder von mir dazugekommen. Diese Familie sorgte ohne Unterlass dafür, dass ich mich bei ihnen zu Hause fühlte.

Ein Teil von mir hatte ein schlechtes Gewissen, dass ich es so sehr genoss ... dass ich ihrer Entschlossenheit nachgab und glücklich war.

Ich wusste, dass mir dieses Leben nicht vorherbestimmt gewesen war, aber die Familie war so überzeugend, dass es sich für mich trotzdem wie Schicksal anfühlte.

Es war mein letztes Jahr an der Highschool, und ich war Mannschaftskapitän des Schulauswahlteams. Das Training war lang, hart und fand frühmorgens statt, aber Mike war immer freiwillig dabei und wurde als inoffizieller Co-Trainer betrachtet. Man sprach von Talentsuchern und Stipendien. Es war eine aufregende Zeit.

Austin kam angefahren und parkte hinter dem Auto von Milts Freunden. Er verdrehte die Augen, als er ausstieg. »Ich gebe auf. Ich kapituliere.«

Ich lächelte ihn an, und Mike warf ihm den Ball zu. Austin

fing ihn auf, warf und versenkte ihn elegant, doch als er versuchte zu dribbeln, kam ihm sein Rock in die Quere, sodass er ihn mir wieder zuspielte. Als ich ihn auffing und sofort versenkte, hörte man vom Pool verzückte Seufzer.

Austin schaute zu den Mädchen, die um den Pool herumlungerten. »Ah, wir haben die Paparazzi im Haus. Ich werde mal 'ne Runde tratschen.«

Austin ging zum Pool und setzte sich im Schneidersitz an den Rand. Sofort kamen die Mädchen angeschwommen und waren ganz begeistert, dass er sich mit ihnen unterhielt.

Mike und ich beendeten unser Training und gingen hinein, um zu duschen. »Ähm, könntest du wohl nach oben kommen, wenn du fertig bist?«

Ich nickte. Ich kannte diesen Ton. Es ging um Bruce.

Nachdem ich geduscht, frische Shorts und ein T-Shirt mit dem Logo des Basketballteams angezogen hatte, ging ich mit meinem Handy in der Hand nach oben.

Ronna war aus ihrer Werkstatt nach oben gekommen, und Mikes Haare waren genauso nass wie meine. Sie füllte drei Gläser mit Limonade.

»Ist es dir recht hier? Ich meine, ist es dir ungestört genug?« Sie stellte den Krug zurück in den Kühlschrank und schien viel zu aufgeregt, um sich hinzusetzen.

»Ist okay«, erwiderte ich, obwohl ich gar nicht wusste, ob das stimmte.

Sie holte tief Luft und setzte sich zu uns an den Küchentisch.

Mike ergriff das Wort. »Gaze, wir wollen dich etwas fragen, über das wir gerade nachdenken, und es ist völlig in Ordnung, wenn du irgendwelche Vorbehalte hast. Hier wird sich nichts ändern. Das versprechen wir dir.«

Ich merkte, dass mir das Herz in die Kniekehlen rutschte.

Wir hatten hin und wieder Berichte aus dem Gefängnis erhalten. Außerdem hatte mein Vater mir zweimal geschrieben, doch ich hatte die Briefe zerrissen, ohne sie zu lesen. Ich erinnerte mich an nichts mehr von jener Nacht, aber das brauchte ich auch nicht. Es hatte so viele andere Vorfälle gegeben, bei denen er mich verprügelt hatte, dass mir klar war, wie es gelaufen sein musste. Nur dass natürlich Pixie auch irgendeine Rolle dabei gespielt hatte. Ich schob die Gedanken beiseite.

»Wir würden dich gern bitten, ein Mitglied der Familie zu werden. Wir würden gern …« Ronna sah Mike an, damit der ihren Satz beendete.

»Wir möchten einen Adoptionsantrag stellen. Dafür ist die schriftliche und beglaubigte Einwilligung deines Vaters erforderlich, und das dauert ein bisschen. Außerdem wissen wir nicht, was er dazu sagen wird, aber …«

Stille senkte sich über den Raum, während sie warteten. Ich musste gedanklich komplett umschalten. Da ich fast achtzehn war, gab es für sie eigentlich keine Notwendigkeit, mich zu adoptieren, außer …

»Du weißt, dass wir ganz verrückt nach dir sind. Wir lieben dich und betrachten dich als unseren Jungen.« Ronna stiegen Tränen in die Augen, und sie streckte ihre Hand aus.

Sie hatte mir damals schon nach vier Monaten gesagt, dass sie mich liebte, und mich mit ihren Kindern immer in einen Topf geworfen. Deshalb hatte ich es stets gewusst. Aber jetzt wusste ich es wirklich.

Ich setzte zum Sprechen an und dann noch einmal, aber es kam nur ein Kiekser heraus und dann ein Brummen. Ich wollte Ja sagen … spürte das Ja bereits. Plötzlich dachte ich wieder an Pixie und hatte das Gefühl, als würde ich sie verraten und im Stich lassen. Es war jetzt Jahre her, seit ich sie das letzte Mal gesehen hatte, aber in meinem Kopf war sie immer noch meine Familie. Ich wünschte, sie wäre hier, und ich wünschte mir, dass sie zu mir gehörte.

Ronna atmete tief durch, und Mike massierte ihre Schulter.

Diese Leute waren so ehrenwert. Sie hatten einen Teenager zu den eigenen drei Kindern bei sich aufgenommen, und das hätte auch schiefgehen können. Ich war es ihnen schuldig, ihnen diesen Wunsch zu erfüllen, und ich wollte es auch. Sogar, wenn es egoistisch war.

»Das wäre toll.« Ich drückte Ronnas Hand. Sie keuchte und zog mich in ihre Arme. Mike drückte uns beide an sich, er war noch feucht vom Duschen.

Sie redeten, sagten bedeutsame Dinge, aber ich war von so einem hellen Strahlen erfüllt, dass ich sie gar nicht hörte. Sie liebten mich. Sie liebten mich wirklich.

Teddi begann bereits eine halbe Stunde später, nachdem Ronna und Mike es ihnen bei einer Familienzusammenkunft gesagt hatten, die Party zu planen. Jeder Einzelne umarmte mich. Meine Schwester und meine Brüder. An diesem Abend fiel ich mit einem breiten Grinsen ins Bett. Meine Tür ließ ich in dieser Nacht offen, um einfach noch mehr Teil dieses Hauses zu sein. Sie wollten mich sechs Monate vor meiner Volljährigkeit adoptieren. Ich sollte Weihnachten, Thanksgiving, Hochzeiten und Beerdigungen mit der Familie verbringen. Als Austin aus seinem Zimmer geschlichen kam, um seine mitternächtliche Zigarette zu rauchen, sah er mich lächeln und klopfte an den Türrahmen.

»Na, Kleiner ... oder eher kleiner Bruder. Und? Wie fühlst du dich?« Er setzte sich auf meine Bettkante.

»Großartig. Einfach nur großartig.« Mein Blick fiel auf seine Hände. Es war keine Zigarette zu sehen. »Was ist los? Hast du keine mehr?«

»Oh Gott, nein. Verdammt. Ich höre auf. Ich will einfach nicht mehr die Lungenkapazität eines asthmatischen Hamsters haben. Das nervt. Aber für eine Kippe würd ich jetzt gerade sogar 'nen Kaktus schlucken.« Er streckte die Finger und ballte gleich darauf die Hände zu Fäusten.

»Tja, da ich jetzt schon fast offiziell dein Bruder bin, werde ich dir mit Freuden jedes Mal eine runterhauen, wenn du wieder Schmacht hast.« Ich setzte mich auf.

»Echt? Du mit deinen Muskelpaketen und den Schlachterhänden? Da bleibt von meiner Schönheit ja nichts mehr übrig.«

»So stark ist keiner«, frotzelte ich.

»Siehst du ... das ist der Grund, warum du mein Lieblingsgeschwister bist.« Er verlagerte sein Gewicht und lehnte sich mit dem Rücken gegen das Fußteil des Bettes.

»Ach, er ist also dein Liebling? Das werde ich Mom erzählen.« Teddi kam in mein Zimmer gehüpft und stieg an Austin hoch, als wäre er ein Klettergerüst.

Milt kam hereingeschlendert und setzte sich auf meinen Schreibtischstuhl. »Warum zum Teufel sind wir alle auf?«

Teddi tippte Austin auf die Nase. »Er wollte mal wieder klammheimlich eine rauchen.«

Austin drückte sie von sich weg und sah sie scharf an. »Woher weißt du das denn?«

»Pfff. Mein Zimmer ist oben. Dein Rauch zieht durch mein Fenster rein und weckt mich auf. Ich werde irgendwann mal an den Folgen des Passivrauchens sterben.« Sie legte beide Hände an ihren Hals, röchelte und ließ die Zunge raushängen.

Austin kitzelte sie in den Kniekehlen, woraufhin sie anfing, wild um sich zu schlagen.

Milt suchte meinen Blick über unseren rangelnden Geschwistern. »Zumindest haben wir beide uns, wenn die so eine Show abziehen.«

Wir hoben jeder die Hand und deuteten ein Abklatschen an. Es gab nichts Schöneres als das Gefühl, dazuzugehören und in Sicherheit zu sein. Es war großartig.

35. KAPITEL

Gaze

Auf der Rückfahrt vom Gericht war uns im Auto nicht nach Feiern zumute. Mike hatte leise in sein Handy gesprochen und seine Kinder angewiesen, die Deko abzunehmen. Ronna weinte leise vor sich hin, und auf der restlichen Fahrt nach Hause war Mike ganz still. Ich saß auf der Rückbank des Wagens und schaute aus dem Fenster.

Ich fühlte mich, als hätte Bruce mich wieder geschlagen. Doch statt nur mich zu treffen, hatte es diesmal alle Burathons mit erwischt. Er war nicht bereit, in die Adoption einzuwilligen, und weil Bruce es nie bei nur einem Schlag beließ, hatten wir darüber hinaus erfahren, dass er wegen guter Führung und der Teilnahme an Elternkursen vorzeitig entlassen werden würde. Er leitete sogar eine Arbeitsgruppe hinter Gittern, wie man es bewerkstelligte, ein guter Vater zu sein.

Statt also zu feiern, würde ich meine Sachen packen müssen. Statt einer Familie bekam ich mitten in meinem Abschlussjahr meine Vergangenheit zurück. Alles, was ich während der Basketballsaison erreicht hatte, hing jetzt in der Luft. Ich konnte noch nicht einmal in Worte fassen, was sich gerade in mir abspielte ... wie viele Sorgen und Gedanken ich mir machte. Die Anspannung war fast schon greifbar.

Ronnas Hand lag mit der Handfläche nach oben auf der Kopfstütze des Beifahrersitzes. Ich ergriff sie und legte meine

Finger um ihre. So verharrten wir über zwanzig Minuten, bis sie ihre Hand zurückzog, weil sie wieder anfing zu weinen.

Ich würde in die Stadt zurückkehren. Bruce konnte belegen, dass er in der Lage wäre, für mich zu sorgen, weil all die Jahre die Miete bezahlt worden war.

Ich ließ mich von Ronna umarmen, als wir bei ihrem Zuhause ankamen. Es war nicht mehr *unser* Zuhause, sondern ihres.

Draußen war es schon dunkel, und ich lag in meinem Bett, während ich die Stimmen der Familienmitglieder durch die Wände hörte. Ronna wollte auf und davon. Sie wollte nur das Notwendigste zusammenpacken und mit der ganzen Familie abhauen. Mike sagte ihr, dass man das nicht machen könne, dass sie sich nicht wie Verbrecher verhalten dürften. Mike bot ihr an, eine Krankenversicherung für mich abzuschließen. Ich wischte mir die Tränen von den Wangen, als ich hörte, wie sie zusammenbrach. »Ich verliere noch einen Sohn. Er ist *mein Sohn*. Ich liebe ihn. Sie dürfen ihn uns nicht wegnehmen.«

Es tat mir in der Seele weh, sie so leiden zu hören. Ich wollte es für sie in Ordnung bringen. Hey, natürlich konnte ich wieder weglaufen und zu ihnen zurückkehren. Aber dann würden sie Schwierigkeiten bekommen. Ich wusste, warum Bruce das tat. Er war im Gefängnis kein besserer Mensch geworden. Er war wütend, dass Pixie ihn verraten hatte … wütend, dass ich, sein Eigentum, ihm Ärger machte.

Bestimmt hatte er das kleine magere Kind vor Augen, das ihm keine Schwierigkeiten gemacht hatte und das er ohne Bedenken misshandeln konnte. Doch davon war ich jetzt weit entfernt. In meiner Erinnerung hatte er mich immer weit überragt, doch in seiner Gefängnisakte stand, dass er nur einen Meter achtzig groß war. Ich war größer als er, durchtrainiert und stark.

Er hatte es jetzt nicht mehr mit einem Welpen mit eingekniffenem Schwanz zu tun. Wenn Bruce mich schlagen wollte, würde das der Beginn eines Kampfes sein, den ich beendete.

Austin machte das Licht nicht an, als er hereinkam, deshalb sah ich nur seinen Schatten, als er den Raum durchquerte.

»Weißt du was? Du hättest uns ruhig den Gefallen tun können, von Anfang an ein Vollidiot zu sein.« Seine Stimme klang ganz belegt.

In dieser Familie herrschte pure Liebe. Sie liebten einander über alles und hatten mich in ihren Kreis aufgenommen. Keine miesen Spielchen, keine Hintergedanken.

»Ach, Mann, es ist so friedlich gewesen, so verlässlich. Ich habe das Gefühl, als hätte ich einfach lange Zeit Urlaub vom echten Leben gemacht.«

Er saß mir gegenüber. Ich sah die Schatten auf seinem Gesicht, als unterschiedliche Emotionen sich darin spiegelten. »Du hast es verdient. Das hier *ist* dein echtes Leben.« Er klopfte dabei auf das Kissen, auf dem ich lag.

»Oh nein. Es war eine Flucht. Jetzt muss ich ihm wieder gegenübertreten. Ich muss sehen, ob ...« Ich hatte daran gedacht, aber als ich Ronna wieder weinen hörte, hatte ich deswegen ein schlechtes Gewissen.

»Du musst Pixie sehen und herausfinden, was damals zwischen euch vorgefallen ist«, führte er meinen Gedanken fort.

»Ja. Irgendwie habe ich das Gefühl, sie im Stich gelassen zu haben.« Ich schob meine Finger ineinander.

»Okay. Das verstehe ich. Aber verdammt, niemand wird mir vorschreiben, ich dürfte nicht mehr dein Bruder sein. Bei uns hat's Klick gemacht. Ob wir nun blutsverwandt sind oder nicht. Ich gehöre zu deinem Leben ... und ich werde mir von keinem sagen lassen, wer ich sein soll.« Er hielt mir seine Faust hin, und ich stieß mit meiner dagegen. Ich liebte die ganze Familie, aber Austin ... ihn würde ich am meisten vermissen.

Ronna wollte mich fahren. Sie wollte, dass die ganze Familie dabei war, aber Bruce hatte Nein gesagt. Er wollte keinen weiteren Kontakt zwischen den Burathons und mir.

Also umarmte ich sie zum Abschied alle in ihrem Haus und machte mich dann mit Mrs Josephine, der Sozialarbeiterin, die mich schon im Krankenhaus besucht hatte, auf den Weg. Sie sah müde aus, als hätten ihr die vergangenen Jahre zugesetzt. Ich sah, dass sie zweimal den Kopf schüttelte. Sie wusste es. Sie wusste, dass ich es hier gut hatte. Anfangs hatte sie zweimal nach mir gesehen, und sie war mit meinem Therapeuten in Verbindung geblieben. Sie tat mir leid, doch ich selbst tat mir noch viel mehr leid.

Ich spürte, wie ich mich innerlich wappnete, als wir in meine alte Gegend zurückfuhren. Hinten im Wagen lagen drei Koffer von mir und Fotos von mir und den Burathons. Mike hatte sich mit dem Basketballtrainer meiner neuen Highschool in Verbindung gesetzt und hoffte, dass ich in der Saisonpause mit der Mannschaft trainieren könnte.

Mrs Josephine half mir, den dritten Koffer hochzutragen. Der Fahrstuhl funktionierte mal wieder nicht.

Verdammt, so etwas kannte ich gar nicht mehr. Wie schnell hatte ich mich an meinen neuen Lebensstil gewöhnt. Veränderungen nach oben waren leicht. Der Abstieg fiel da schon deutlich schwerer.

Mrs Josephine hatte einen Ablaufplan dabei und ein Formular, das Bruce und ich ausfüllen mussten, aber ich wusste, dass wir diesen Akt des Theaterstücks unter den Tisch fallen lassen würden, wenn es sein musste. Bruce und ich würden uns arrangieren, nachdem sie weg war. Es waren noch sechs Monate bis zu meiner Volljährigkeit, aber meine rechte Faust war schon eine ganze Weile bereit, in meinen ganz persönlichen Krieg zu ziehen.

Als Bruce die Tür aufmachte, war sein Kopf leicht nach unten geneigt. Er hatte mit einem Kind gerechnet. Doch dann glitt sein Blick hoch zu meinem Gesicht, und er musste den Kopf in den Nacken legen, um mich anzuschauen.

»Scheiße.«

Ich bedachte ihn mit dem Blick, den ich so viele Jahre zu spüren bekommen hatte. Dieser Blick, der ihm sagte, dass ich stärker war. Beim Schubsen und Stoßen, beim Kräftemessen des Lebens – wenn er und ich uns gegenüberstanden, würde es keinen Wettkampf geben. Nicht mehr.

»Entschuldigung. Wir sind hier doch richtig, oder? Bruce Jones? Tut mir leid. Ich habe einfach mit zu vielen Familien zu tun.« Sie fing wieder an, in ihren Unterlagen zu blättern.

»Alles richtig. Das ist er«, erklärte ich mit meiner tiefen Stimme.

»Oh, okay. Schön, Sie zu sehen …«

Mrs Josephine hatte in ihrem Leben bestimmt schon viele unangenehme Situationen erlebt, aber ich war mir ziemlich sicher, dass der finstere Blick, mit dem ich meinen Vater musterte, der verängstigt und zwanzig Jahre älter wirkte, als er laut Akte sein sollte, zu ihren peinlichsten Momenten zählte. Sie führte hier nicht ein Kind und ein Elternteil zusammen. Sie führte eine Vendetta mit einem Fluch zusammen.

Die Gute versuchte, schon mal das Formular auszufüllen, während ich die Koffer in mein altes Zimmer trug. Es sah noch genauso aus wie früher: dasselbe Bett, dieselbe Bettdecke. Während Mrs Josephine Bruce fragte, welchen Hobbys er mit mir nachgehen wollte, lehnte ich mich über meinen Tisch und schaute zu Pixies Fenster rüber. Es war fest verschlossen und mit schwarzen Vorhängen versehen, während mein Fenster offen stand, zwar nur ein paar Zentimeter, aber immerhin. Die

Metallrampe – alt und rostig wie alles in der Umgebung – klemmte immer noch zwischen unseren Fenstern.

Pixie.

Mein Gefühl sagte mir, dass sie immer noch da war, aber vielleicht stimmte das gar nicht. Ich hörte, dass Bruce irgendwelchen Quatsch erzählte wie zum Beispiel, dass er und ich Ball spielen würden. Er hatte mich aus dem Kreis der Burathons herausgerissen und einen riesigen, muskulösen, wütenden Teenager mit Gewalt zurück in dieses Leben gezwungen. Ich würde dafür sorgen, dass er es bereute.

Ich ging ins Wohnzimmer. »Hey, Mrs Josephine, das ist wirklich alles ganz großartig, aber wir wissen doch beide, dass dieses Formular ein Haufen Müll ist.«

Bruce schlug einen belehrenden Ton an, den er wohl bei den Elternkursen gelernt hatte. »Aber mein Sohn, so redet man doch nicht mit einer Dame.« Empört … als wäre er eine vornehme alte Frau aus den Südstaaten.

»Diese Dame hier? Die ist zehnmal tougher, als du jemals sein wirst. Und nenn mich nicht Sohn. Ich musste meinen richtigen Vater vor drei Stunden verlassen.«

Ich sah, wie sein Gesicht und sein Körper bei meinen Worten in sich zusammenfielen. Ein Gefühl des Triumphes durchfuhr mich. Diese für mich neue Angst in seinen Augen wurde zu etwas, auf das ich mich freute. Ich sah Mrs Josephine an.

»Es sei denn natürlich, dass dieses Formular dafür sorgt, dass ich wieder nach Hause zu meinen richtigen Eltern darf. Ansonsten sollten Sie jetzt vielleicht besser gehen. Es wird dunkel, und diese Gegend ist nicht sicher.« Ich ging zur Tür und hielt sie auf.

Sie war eine Seele, diese Frau. Und wahrscheinlich war es nicht fair, so mit ihr umzugehen. Sie wusste, wo ich gelebt hatte. Sie hatte das schöne Haus gesehen, die liebevolle Familie. Und jetzt hatte sie mich hierher zurückbringen müssen. Vielleicht würde der Gedanke ihr zu schaffen machen, wenn sie am Abend versuchte einzuschlafen, aber mir reichte es einfach. Mir standen heute noch einige Auseinandersetzungen bevor, und sie war die letzte Tür, die ich schließen musste, ehe ich alle Hoffnung aufgab, doch noch wieder zu meiner Pflegefamilie zurückkehren zu können, ehe ich achtzehn war und das Recht dazu hatte.

Ich würde nicht weglaufen. Ich würde mich nicht in Schwierigkeiten bringen. Es war eine sechsmonatige Strafe, die ich absitzen musste. Das war vermutlich der Preis, wenn man Bruce' Fleisch und Blut war.

Sie reichte mir die Hand und versicherte mir, dass sie sich wieder melden würde.

»Das brauchen Sie nicht. Ich werde zurechtkommen.« Als sie zur Tür hinausging, versuchte Bruce sein Glück und klopfte mir auf die Schulter.

»Was für ein Junge. Wir bekommen das hin.« Ich beugte meinen Ellbogen und packte sein Handgelenk. Ich schloss die Tür, bevor ich mich zu ihm umdrehte.

»Was passiert, wenn du ein Kind sein ganzes Leben lang schlägst? Wenn du dann darauf bestehst, dass es zu dir zurückkommt, es aber mittlerweile fast zwei Köpfe größer ist und dich jede einzelne Nacht verprügeln könnte?« Ich stieß ihn weg, um ihn nicht mehr berühren zu müssen.

»Gaze, ich bin dein Vater.« Er sah mich völlig fassungslos an. Das Kräfteverhältnis in dieser Beziehung hatte sich komplett umgekehrt.

»Zumindest eine Sache, die für dich spricht. Aber der Rest ist ein Haufen Scheiße. Wo ist Pixie?« Ich ging wieder in mein Zimmer, und er folgte mir.

»Das haben dir diese reichen Arschlöcher also beigebracht? Mir gegenüber respektlos zu sein? Frauen zu beleidigen? Schau sich einer diesen ganzen Kram an. Haben sie dich gekauft, Junge?« Bruce steigerte sich in einen Wutanfall hinein.

Ich wirbelte zu ihm herum und musterte ihn – nahm die Einzelheiten in mich auf, die ich schon als Kind immer im Auge behalten hatte. Seine Augen waren klar. Seine Hände zitterten nicht. Er stank nicht.

»Bist du trocken? Vielleicht seit einem Jahr? Bist du schon mal wieder an der Kneipe vorbeigekommen? Wenn du traurig warst oder glücklich oder an einem Freitag? Wenn du wegen der Steuern wütend auf die Regierung warst oder auf Frauen, weil sie dich alle abblitzen lassen? Denn wenn eins davon passiert und noch etwas anderes dazukommt, wirst du wieder anfangen zu trinken. Du wirst immer ein Alkoholiker bleiben. Aber jetzt kommt was Neues: Wenn du meinst, dass es gegen deine Wut helfen würde, mich zu verprügeln, dann wirst du die größte Überraschung deines verkackten Lebens erfahren. Ich könnte dir ähnlicher sein, als du gedacht hast.« Ich versetzte ihm einen Stoß gegen die Brust, und er taumelte nach hinten. Dann schlug ich ihm die Tür vor der Nase zu.

Danach spürte ich alles und nichts. Es fühlte sich so an, als hätte ich die letzten Jahre einen Helm getragen, der mich in eine virtuelle Realität versetzt hatte. Doch nun war er mir abgenommen und an jemand anders weitergereicht worden. Ich wollte meine Sachen nicht auspacken. Ich wollte nicht mit Bruce reden. Und trotz meiner boshaften Worte wollte ich auch keinen schlagen.

Ich warf einen Blick auf die andere Seite der Gasse und sah eine Bewegung hinter dem schwarzen Vorhang. Zu erkennen war aber nichts. Ich wartete stundenlang, ob der Vorhang wohl zur Seite geschoben werden würde, aber nichts geschah.

36. KAPITEL

Gaze

Es waren die Geräusche der Stadt, die mich weckten. Schon komisch, dass mich die Stille im Haus der Burathons anfangs nervös gemacht hatte, aber mittlerweile hatte mein Körper sich an die Ruhe in der Nacht gewöhnt, sodass das Hupen und all die Nebengeräusche des geschäftigen Stadtlebens, in dessen Zentrum ich mich jetzt befand, einfach viel zu laut für mich waren.

Mein Bett war zu klein. Verdammt. Meine Füße und Unterschenkel hingen über die Bettkante. Ich war jetzt ein völlig anderer Mensch als die Person, die vor drei Jahren in diesem Bett gelegen hatte. Mein erster Gedanke war Pixie. Ich stemmte mich hoch, sodass ich aus meinem Fenster schauen konnte. Die Geräusche von draußen waren immer mit meiner Freude auf sie verbunden gewesen. Mit Glück. Ich ging zum Fenster und schob es ganz nach oben. Als ich mich auf meine Unterarme stützte und den Kopf hinaussteckte, sah ich, dass sich nur wenig verändert hatte. Wie hatte ich nur so häufig über die Rampe zu Pixie rübergehen können? Mit vier Stockwerken war eigentlich nicht zu spaßen.

Es kam mir in den Sinn, wie Ronna reagiert hätte, wäre sie für uns verantwortlich gewesen. Sie hätte so einen Drahtseilakt niemals geduldet. Mir wurde das Herz schwer, als ich an Ronna dachte, deshalb griff ich nach meinem Handy, um zu sehen, ob ich Nachrichten erhalten hätte. Zweiunddreißig. Dreißig davon waren von den Burathons. Liebevolle Nachrichten von Ronna und Mike, lustige von Austin. Teddi hatte Bilder von Rocket geschickt, auf denen er verschiedene Kleidungsstücke trug, und Milt hatte ein paar Downloads an mich gesendet.

Ich fuhr mir mit den Fingern durchs Haar, sodass es in alle Richtungen abstand, wie ich in der Fensterscheibe erkennen konnte, in der ich mich spiegelte.

Wie konnten sich die Dinge so schnell verändern? Die Zeit war so flüchtig und unzuverlässig wie mein Spiegelbild. Ich atmete tief durch, ehe ich meine Zimmertür öffnete. Bruce wartete mit einem Kaffeebecher in der Hand in der Küche. Ich beachtete ihn nicht, sondern ging zum Schrank mit den Tassen und nahm mir einen Becher mit Werbeaufdruck heraus, um mir dann aus der Kanne Kaffee einzugießen, die in der Kaffeemaschine stand.

Ich hob den Blick und sah Bruce an, als ich den ersten Schluck nahm. Es war gar nicht so schlimm.

»Du trinkst ihn schwarz? Ist deine neue Familie zu geizig, um sich Kaffeeweißer zu kaufen?«

Ich hatte unterschätzt, wie viel Wut auf ihn sich in mir angestaut hatte. Als ich nun hören musste, wie er verächtlich über die Burathons sprach, war das für mich ein Frevel. Ich goss den Rest des Kaffees in den Ausguss und ließ den Becher in der Spüle stehen.

»Ach, oder waren sie so reich, dass sie ständig alles weggeschmissen haben?«, brummte Bruce böse von seinem Stuhl aus.

Die Erinnerung an den Moment der Erkenntnis gestern Abend, der mir gezeigt hatte, dass ich ihn einfach herumstoßen konnte, ließ mich kribbelig werden. Ich trat zu seinem Stuhl, packte ihn vorn am Hemd und zog ihn zwei Handbreit von der Sitzfläche hoch.

»Halt die Klappe. Du wirst nicht über sie reden. Nie wieder. Du hast mich hierher zurückgeholt, und jetzt wirst du nach meinen Regeln leben. Ansonsten werde diesmal *ich dich* windelweich prügeln.«

Ich ließ ihn auf seinen Stuhl zurückfallen, während er kreidebleich im Gesicht wurde. Mein finsterer Blick durchbohrte ihn auf die gleiche Weise, wie er es bei mir als Kind so viele Male getan hatte. Mein Verhalten erinnerte mich so sehr an ihn, dass ich mich angewidert abwandte. Ich musste hier raus. Ich verließ die Wohnung und schloss noch nicht einmal die Tür hinter mir.

Es gab jetzt nur noch einen Ort, zu dem es mich hinzog. Zu Pixies Wohnung. Offensichtlich war es an der Zeit, mich allem auf einmal zu stellen.

37. KAPITEL

Gaze

Ich kannte jede Stufe zu ihrer Wohnung. Auch bei ihr hatte sich genau wie in meinem Gebäude wenig verändert. Doch jetzt fiel es mir leicht, drei Stufen auf einmal zu nehmen. Binnen Kurzem stand ich vor ihrer Tür. Es war dieselbe Tür, aber ich ragte jetzt viel höher vor ihr auf. Ich klopfte zu laut – so laut wie ein Vermieter, der sein Geld eintreiben wollte. Ich hatte vergessen, wie das war … Man jagte anderen, die womöglich unbezahlte Rechnungen hatten, keine Angst ein. Ich hielt den Atem an und wartete … und wartete. Um herauszufinden, ob ich sie spüren könnte, legte ich meine Hand auf die Tür. Damals waren wir immer auf einer Wellenlänge gewesen. Früher hatte ich nur ganz selten geklopft, weil sie immer gewusst hatte, wann ich rüberkommen würde.

Ich wartete, ehe ich noch einmal – freundlicher – anklopfte. Meine Wut auf Bruce war größer als mein Zorn wegen Pixies Verrat.

Ich klopfte wieder. Keine Reaktion. Ich versuchte, von meiner Seite durch den Spion zu schauen, konnte aber natürlich nichts erkennen.

Während mein Herz wie ein kaputter Fahrstuhl nach unten raste, wurde mir klar, wie dringend ich sie sehen wollte. Aber daraus würde nichts werden. Heute nicht. Vielleicht war sie umgezogen. Ich ließ den Blick durch den Hausflur schweifen und war versucht, irgendwo anzuklopfen und zu fragen. Doch auf einmal wollte ich noch keine Antwort darauf. Denn wenn sie umgezogen war und ich nicht in der Lage wäre, sie zu finden? Was dann? Ich wusste nicht, wie ich damit zurechtkommen sollte.

Langsam ging ich die Treppe wieder runter und achtete darauf, meine Füße auf jede einzelne Stufe zu setzen, als wäre es eine Zeitmaschine, die mich zurückbringen würde, wenn ich es nur richtig machte.

Die Rückkehr in dieses Leben würde hart werden, und erst jetzt erkannte ich, dass ich nur für die Burathons eine tapfere Miene aufgesetzt hatte. Diese Umgebung hier versetzte mich in vielerlei Hinsicht in Angst und Schrecken.

38. KAPITEL

Pixie Rae

Ich wusste nicht, wer da vor der Tür stand, aber es hörte sich nach Ärger an, und deshalb rührte ich mich nicht. Unter Umständen war es jemand von der Schulbehörde, der in Erfahrung bringen wollte, warum ich seit zehn Tagen nicht mehr in der Schule gewesen war, aber ich würde die Tür auf keinen Fall aufmachen.

Ich schrieb weiter in mein Heft. Es war eine finstere Geschichte um Mord und Vergeltung. Die weibliche Hauptperson war eine Superheldin, doch innerlich zerrissen, wie sie war, traf sie nicht immer die richtigen Entscheidungen. Ich liebte sie.

Im Moment war ich allein in der Wohnung. Ich genoss es, Zeit für mich zu haben ... ohne ihn.

Er war mit Dreama, seiner neuen Flamme, auf Verlobungsreise gegangen. Es war natürlich alles nur Show, was er da abzog, denn ich wusste, dass er sie – wenn überhaupt – erst heiraten würde, wenn ich über achtzehn war. Er liebte die Zahlungen der Sozialhilfe und Versicherung viel zu sehr, die er mir jeden Monat stahl.

Ich schaute zu der Öffnung hin, wo früher meine Zimmertür gewesen war. Am Tag der Beerdigung meiner Mutter hatte er sie ausgehängt.

Die Tür vermisste ich fast noch mehr als Gaze. Ich dachte an die Kaffeekanne, in der all die kurzen Nachrichten an ihn waren. Sie hing jetzt an dem Band, das ich durchgeschnitten hatte, an seiner Hauswand. Bic hatte mich dabei beobachtet, wie ich die Kanne auf Gaze' Seite geschickt hatte, und gedroht, sie sich zu holen. Glücklicherweise hatte ich wie immer mein Taschenmesser dabeigehabt und das Seil schnell durchgeschnitten, an dem die Kanne zwischen den Gebäuden hing. Doch statt zu Boden zu fallen, war sie zweimal von der Hauswand abgeprallt und hatte sich dabei um die Unterseite der Feuerleiter gewickelt. Sie hing fest. Ich war froh, dass Bic nicht mehr an sie herankonnte, aber selbst wenn ich an einem mutigen Tag über die Rampe gehen würde, käme ich nie an sie ran. Außerdem würde ich eh nicht über die Rampe laufen, denn sie war völlig verrostet.

Meine Nachrichten an Gaze waren also für alle Zeiten unerreichbar, aber zumindest würde Bic sie niemals zu Gesicht bekommen.

Ich wandte mich wieder meiner Geschichte zu. Ich wollte an nichts anderes mehr denken. Ich ließ meine Superheldin einen weiteren Bösewicht verprügeln.

Verdräng die Gefühle. Schieb sie ganz weit weg. Schreib stattdessen.

39. KAPITEL

Gaze

Nachdem ich Pixies Gebäude verlassen hatte, ging ich zum Spielplatz, und auch dort fühlte ich mich wie ein Riese. Leider hatte ich meinen Basketball vergessen, sonst hätte ich vielleicht ein paar Würfe üben können. Ich hatte Mike versprochen, so viel wie möglich zu trainieren. Er hatte mir gesagt, wie wichtig es sei, weiterhin gute Noten zu haben und mich von Ärger fernzuhalten. Die Talentsucher hatten meine Art zu spielen geliebt, und es hatte Gespräche mit ein paar Universitäten gegeben, bei denen es um ein größeres Stipendium gegangen war.

Ich hörte, dass gespielt wurde, ehe der Platz in Sicht kam. Eine kleine Gruppe von Jungs war da und ein paar Mädchen im Teenageralter, die enge Shirts trugen. Die gab es überall, nahm ich an. Groupies. Manche standen einfach auf Sport. Der Ball flog ins Aus, und ich fing ihn auf. Die Jungs auf dem Spielfeld musterten mich von oben bis unten, ehe einer von ihnen sagte: »Setz dich, Durk. Er ist drin.«

Und einfach so spielte ich dann in ihrem Team mit, während ein jüngerer, kleinerer Typ grummelnd ausschied. Da war ein großer Riss im Spielfeld. Das hatte ich ganz vergessen. Der einzige Korb war immer noch etwas verbogen und hatte kein Netz, aber das hatte er noch nie gehabt.

Das war das Spiel, das mich geformt hatte. Auf diesem Platz hier, ohne Schiedsrichter, ohne Erwachsene, die zuschauten.

Die einzigen Regeln, die beachtet werden mussten, waren die, mit denen man davonkam, und Talent war das Wichtigste. Nachdem ich zwölf Punkte im Spiel gemacht hatte, war ich der inoffizielle Captain, obwohl sie noch nicht einmal meinen Namen kannten.

Ich spielte ununterbrochen über mehrere Stunden. Es stellte sich heraus, dass der Ball Durk gehörte, und so nervte es ihn natürlich noch viel mehr, dass er meinetwegen auf die Ersatzbank verbannt worden war. Während einer kurzen Pause ging ich zu ihm, um mich für den Ball zu bedanken, und bestand darauf, dass er in meinem Team mitspielte. Es war egal, dass er grottenschlecht war, denn ich konnte diese Typen trotzdem schlagen. Und mit der richtigen Mischung von Talenten in meinem Team konnte ich sie sogar abschlachten, aber gewinnen würde ich immer.

Als es irgendwann zu dunkel zum Spielen war, knurrte mein Magen. Ich hatte es den ganzen Tag ignoriert und nur ab und zu Wasser aus dem alten Trinkbrunnen getrunken. Am Ende des Tages hatte ich einen ganzen Tross von Fans – Jungs und Mädchen. Ich nannte keinem meinen Namen, denn mir gefiel die Anonymität. Immer wieder mal ging ich zum Zaun und schaute zu Pixies Fenster hoch. Die Vorhänge blieben geschlossen, aber das Licht war an.

Ich hätte jeden, der an dem Tag auf dem Spielplatz war, nach ihr fragen können, aber ich tat es nicht. Ich hatte Angst, dass sie weggezogen sein könnte, und damit wollte ich mich nicht auseinandersetzen. Nicht heute Abend.

Ich warf Durk seinen Ball zu, ehe ich mich auf den Weg zu Bruce machte. Ich war gespannt, ob er in meinen Sachen rumgeschnüffelt hatte. Die böse, gemeine Seite in mir wollte ihn wieder in Angst versetzen.

40. KAPITEL

Gaze

An diesem Abend sah ich, dass in meinem Zimmer nichts angerührt worden war, und Bruce machte einen großen Bogen um mich. Sein Biss war weg. Er hatte Angst. Und das machte mich gleichzeitig wütend und traurig. Die ganze Situation tat mir emotional nicht gut. Bei den Burathons hatte ich immer gewusst, wer ich war. Ich hatte Pixie in meinem Herzen getragen, auch wenn ich wütend auf sie war. Aber jetzt, da ich hier war und nicht wusste, wo sie war, fühlte ich mich völlig orientierungslos.

Ich schrieb meinen Geschwistern und meinen Freunden zu Hause Nachrichten. Alle vermissten mich. Die Nachrichten, die Austin mir schickte, klangen so, als befände ich mich immer noch im Zimmer nebenan, und dieses Gefühl ließ mich dann irgendwann einschlafen.

Am nächsten Morgen erhielt ich einen Anruf von Mike. Ich ging ran und unterhielt mich mit ihm, während ich zu Pixies Fenster rübersah.

»Na, Kumpel. Wie läuft's?« Er klang mitgenommen.

Als Nächstes hörte ich Ronnas Stimme. »Hallo, mein Liebling. Geht es dir gut? Ist alles in Ordnung?«

Jetzt war es an mir, für sie da zu sein. »Ja, alles gut. Er weiß, dass er mich in Ruhe lassen soll. Und in sechs Monaten kann ich wieder bei euch sein.«

»Dein Zimmer in unserem Haus gehört dir, solange wir leben.« Ihre Stimme klang belegt.

Dann redete Mike wieder. »Hör mal … der Trainer von der Midville ist an dir interessiert. Wir müssen deinen Trainingsplan aufrechterhalten, und die von der Midville spielen nach der Schule. Die haben eine gemeinsame Mannschaft mit dem County. Die Colleges, die Interesse an dir haben, belagern mich deinetwegen und …«

Diesmal unterbrach Ronna. »Er muss sich für die Schule fertig machen. Hast du ein Mittagessen? Hast du Geld fürs Mittagessen? Gibt es Orangensaft bei dir? Ich hätte dir Orangensaft mitgeben sollen.«

Am ersten Tag in ihrem Haus hatte ich ein Glas Orangensaft getrunken. Und nachdem ich gesagt hatte, wie gut er mir schmeckte, hatte immer ein Orangensaftkarton im Kühlschrank gestanden. Der Gedanke daran, dass jetzt bei ihnen einer stand, war wie eine Umarmung, aber gleichzeitig auch ein Nackenschlag. »Ich hab alles. Mach dir keine Sorgen. Ich mach mich jetzt fertig. Ich werde nicht zu spät sein. Ich hab euch lieb und danke für alles, was ihr für mich tut.«

Ich beendete das Gespräch, hörte aber noch, dass Ronna anfing zu schluchzen.

Bruce war schon weg, als ich fertig angezogen für die Schule ins Wohnzimmer kam. Ich hatte meinen Rucksack, mein Handy und meine Hefte, die mit Unterrichtsstoff gefüllt waren, der in anderthalb Stunden Entfernung durchgenommen wurde. Das war das erste Mal seit langer Zeit, dass ich alleine zur Schule ging. Ich hoffte, Pixie dort zu sehen, aber obwohl ich mich länger im Eingangsbereich aufhielt, begegnete ich ihr nicht.

Zu meinem ersten Kurs kam ich ein bisschen zu spät, aber die Englischlehrerin war verständnisvoll. Nachdem sie die

Aufgaben für die Stunde verteilt hatte, unterhielt sie sich leise mit mir an ihrem Pult. In meiner alten Schule war das Thema, das hier durchgenommen wurde, schon behandelt worden. Deshalb prüfte sie kurz meinen Wissensstand und fragte, ob ich mit den Hausaufgaben zurechtkommen würde. Ich sagte ihr, dass ich damit keine Probleme haben würde.

Noch einmal ließ ich meinen Blick durch den Klassenraum schweifen, erkannte aber niemanden wieder. Diese Highschool hatte einen großen Einzugsbereich, und es landeten Kinder aus drei unterschiedlichen Middleschools hier. Ich hatte meine ehemaligen Mitschüler seit der achten nicht gesehen, wenn die Hormone anfingen, einen unkenntlich zu machen. Vielleicht hatte ich ein paar Gesichter aber auch einfach vergessen.

Als ich mich auf den Weg zu meinem nächsten Kurs machte, hatte ich zwei von den Groupies aus dem Park an meiner Seite, die die ganze Zeit kicherten und meine Arme berührten.

»Ich bin Megan und das ist …«, die Blonde deutete auf das andere blonde Mädchen, »Ashlin.«

Megan klammerte sich an meinem Oberarm fest und bestand darauf, sich immer wieder auf die Zehenspitzen zu stellen, um mir Sachen über die Leute ins Ohr zu flüstern, die gerade vorbeigingen.

Ashlin lachte sie aus. »Dir ist doch klar, dass das alles an ihm vorbeirauscht, oder?«

Ich zuckte die Achseln. Ashlin hatte recht. Ich war schon froh, dass ich mir die Namen von den *beiden* merken konnte.

Sie sorgten dafür, dass ich den Raum von meinem nächsten Kurs fand, und versprachen, wieder zur Stelle zu sein, um mich zu meinem dritten Kurs zu bringen. Meine Größe half, in den überfüllten Gängen den Überblick zu behalten. Beim Mittagessen führte man mich zu einem Tisch, an dem nur Basketballspieler saßen und von denen ich einige schon aus dem Park kannte. Ich setzte mich mit an den Tisch und gehörte dazu. So einfach war das. Ich war in der Schule und wurde nicht gemobbt ... musste nicht um einen Platz in der Gruppe kämpfen. Es schien mir fast zu leicht zu sein. Aber Zwölftklässler zu sein und Basketball zu spielen, waren wichtige Pluspunkte. Das war das eine, und das andere waren die Mädchen, die ständig um mich herumschwirrten.

Schließlich begann ich, mich nach Pixie zu erkundigen, aber die Mädchen, die mir folgten, wechselten kichernd das Thema. Das gefiel mir nicht. Ich hatte gemischte Gefühle.

Nach der Schule bat Trainer Matthew mich, in die Turnhalle zu kommen. Ein paar von den anderen aus der Mannschaft kabbelten sich miteinander und umkreisten mich, als hätten sie mich bei einer Schatzsuche oder so entdeckt. Während der Saisonpause waren Trainingsspiele nach der Schule hier eine ganz große Sache.

»Hey, Gaze, ich würde dich ja gern bei diesem Trainingsspiel einsetzen, aber ich muss die Regeln befolgen und sichergehen, dass alle Genehmigungen vorliegen. Ist dein Vater da, um alles zu unterschreiben?« Er warf mir den Basketball zu, und ich dribbelte lässig, während ich mir eine gute Lüge zurechtlegte.

»Klar. Muss er dafür herkommen, oder kann er einfach nur unterschreiben?« Ich machte eine halbe Drehung und warf. Der Ball rauschte glatt durchs Netz, obwohl ich fast in der Mitte des Spielfeldes stand.

Das Gesicht des Trainers verzog sich zu einem breiten Grinsen. »Er braucht nur zu unterschreiben, und du machst ein Foto davon. Das kannst du mir dann auf deinem Handy zeigen. Morgen früh gleich als Erstes, und dann schau ich mal, ob wir eine Spielerlaubnis bekommen, damit du gleich nach der Schule bleiben darfst.«

Er fuhr mich sogar nach Hause, nachdem ich den anderen Jungs beim Spielen zugeschaut hatte. Auf der Fahrt erzählte er mir, dass er mit Mike gesprochen hatte. »Dein Pflegevater ist überzeugt, dass dir eine ganz große Zukunft in diesem Sport bevorsteht.«

Ich nickte, während ich mir meine frühere Gegend anschaute. Die Reklameschilder hatten sich geändert, und einige der Geschäfte trugen jetzt andere Namen. Außerdem schienen an jeder Ecke lilafarbene Fahrräder herumzustehen. Nachdem ich jemanden dabei beobachtet hatte, wie er seine Kreditkarte in einen danebenstehenden Automaten schob, kam ich darauf, dass es sich wohl um Leihräder handeln musste. Keiner trug einen Helm, und ganz sicher schienen sie mir auch nicht zu sein.

»Es findet bald ein Turnier statt, für das wir trainieren könnten – so eine Art Freundschaftsspiel. Er sagte, dass die Talentsucher, die dich im Auge haben, noch ein bisschen mehr von dir sehen wollen. Bestimmt könnte ich die Jungs aus der Mannschaft dazu kriegen mitzumachen. Ich habe allerdings ein paar, die unterschiedliche Sportarten betreiben. Dein Pflegevater muss ein paar wichtige Leute kennen.«

Ich klopfte mit den Fingern auf mein Knie. »Ja, er hat sich sehr viel informiert und engagiert. Ich bin ihm sehr wichtig.«

Mike ließ offensichtlich die Puppen tanzen und sorgte dafür, dass durch meinen Schulwechsel das Interesse an mir während der spielfreien Zeit nicht weniger wurde.

Matthew, der Coach, drängte mich, nach oben zu gehen und die Formulare ausfüllen zu lassen, aber ich entzog mich dem. Ich hatte vor, Bruce' Unterschrift zu fälschen, und das wollte ich natürlich nicht an die große Glocke hängen.

»Keine Sorge, Coach. Ich werde Ihnen gleich morgen früh alles ordentlich ausgefüllt bringen.« Er sah aus, als hätte er Angst, sein Glückslos zu verlieren.

Bruce war nicht zu Hause, als ich ankam, und ich fragte mich, ob er wohl wieder einen Job hatte.

An diesem Abend wurde mir das Essen geliefert: Pizza, Nachtisch und ein ganzer Kanister Milch. Es war keine Nachricht dabei, aber dann klingelte auch schon mein Handy.

»Ist alles richtig geliefert worden? Ich war mir nicht sicher, wie solche Lieferungen bei Wohnungen funktionieren.«

Ich schickte ein Foto zurück, das mich dabei zeigte, wie ich gerade in ein Pizzastück mit extra Käse biss. Ein paar Augenblicke später waren wir alle in einem Videokonferenzanruf, und es schauten mich fünf Gesichter auf meinem Bildschirm an, nachdem ich mir einen Hintergrund ausgesucht hatte, bei dem man den schäbigen Zustand der Wohnung nicht so genau erkennen konnte.

»Bist du allein?« Ronna spürte so etwas.

»Ja. Was habt ihr denn heute gegessen?« Ich sah, wie Ronna sich ein bisschen wegdrehte. Mike beugte sich vor und legte eine Hand auf ihre Schulter. Sie hasste es, dass ich allein war.

Teddi meldete sich zu Wort. »Wir haben auch Pizza! Willst du mit uns zusammen essen?«

»Klar. Das wäre toll.«

Milt stellte das Handy ungefähr an die Stelle, wo immer mein Platz am Esstisch gewesen war. Ich war erst seit zwei Tagen weg, aber es fühlte sich wie eine Ewigkeit an. Ich genoss die Neckereien und Gespräche, bis ich hörte, wie der Schlüssel im Schloss umgedreht wurde. Schnell verabschiedete ich mich und schloss die App. Ich wollte nicht, dass sie Bruce sahen. Ich wünschte mir so sehr, wieder bei ihnen zu sein. Mein Magen zog sich zusammen, während ich darauf wartete, in welchem Zustand Bruce sein würde. Er trug eine blaue Uniform mit einem Namensschild, auf dem *Kenneth* stand. Er war nicht betrunken, aber er war müde.

Er stellte eine Tüte auf die Küchenarbeitsplatte. »Ich hab uns ein paar Tiefkühlgerichte mitgebracht, wenn du …« Als er den Pizzakarton neben mir auf dem Tisch stehen sah, verstummte er.

»Du brauchst nicht so zu tun, als würde es dich interessieren, ob ich was zu essen habe oder nicht. Das hast du noch nie getan.« Ich schloss den Karton mit den übriggebliebenen Pizzastücken und stellte ihn in den Kühlschrank.

Bruce stieß einen unterdrückten Fluch aus und ballte seine Hand zur Faust. Der kleine Junge in mir zitterte, doch die Bestie, die nun ebenfalls in mir steckte, knurrte ihn an. Wir würden keine Angst haben. Heute nicht und nie wieder.

Nachdem ich mir noch einmal Milch nachgeschenkt und die Packung mit dem Kuchen gegriffen hatte, wollte ich die Küche verlassen, da ich mich hier nun nicht mehr wohlfühlte.

»Ich arbeite in einem Handwerksbetrieb hier in der Nähe. Die machen bei einem Programm für ehemalige Strafgefangene mit und sind ganz begeistert von mir. Wenn du willst, kann ich sie fragen, ob sie dich auch nehmen. Schließlich leben wir jetzt beide hier und deshalb …«

Er redete weiter, aber ich beachtete ihn gar nicht und schloss meine Tür mit dem Fuß hinter mir. Ich hatte kein Interesse daran, ihn bei Laune zu halten. Ich trat an mein Fenster. Draußen war es immer noch laut, und bei dem Fenster gegenüber waren nach wie vor die Vorhänge zugezogen. Ich steckte den Kopf zum Fenster raus. Der fette Drecksack war da, aber vielleicht war es auch sein Nachkomme. Ich ließ den Blick schweifen und hielt Ausschau nach irgendwelchen

Nachbarn. Himmel, nach irgendetwas ... Da entdeckte ich die Schnur, mit deren Hilfe Pixie und ich die Kaffeekanne hin- und hergezogen hatten. Sie hing immer noch an dem Nagel neben meinem Fenster und war straff gespannt. Schnell erkannte ich den Grund dafür. Die Kanne hing immer noch dran, hatte sich aber um die Feuertreppe gewickelt. Mein Abend hatte plötzlich einen Sinn, denn nun wollte ich unbedingt diese Kanne haben. Zuerst versuchte ich es mit roher Kraft, dann bastelte ich eine Konstruktion aus Drahtkleiderbügeln, aber das klappte auch nicht. Ich kam einfach nicht an die Kanne ran. Und auch wenn ich die Schnur auf meiner Seite durchschneiden würde, war die Wahrscheinlichkeit groß, dass die Kanne trotzdem weiter festhing. Am Ende gelang es mir, mit einer Mischung aus Ziehen und Einhaken die Kanne zum Schwingen zu bringen, sodass sie sich von der Feuerleiter löste.

Daraufhin knallte sie erst einmal gegen die Hauswand und machte einen Höllenlärm. Ich zuckte zusammen, als die Kanne an der Backsteinfassade entlangschrappte, und wartete einen Herzschlag lang, ehe ich sie wie eine Angelschnur, an deren Haken etwas hing, einholte.

Langsam, ganz langsam gelang es mir, die Kanne reinzuziehen. Vorsichtig nahm ich den Plastikdeckel ab. Eigentlich hatte ich damit gerechnet, ein paar Nachrichten von damals vorzufinden, als Pixie und ich noch Kinder gewesen waren. Doch stattdessen schaute ich auf einen ganzen Haufen sorgfältig gefalteter Zettel aus liniertem Papier oder Post-its.

Ich fing mit dem obersten Zettel an, der zufälligerweise – wie das Datum zeigte – der älteste war. Das Datum stand jeweils auf der Außenseite ... ganz Pixie Rae. Ich griff nach dem Zettel mit dem neusten Datum und faltete ihn auf.

*Gaze,
es ist wieder passiert.*

Ihre Handschrift versetzte mir einen leichten nostalgischen Stich. Ich war ganz begeistert, dass keiner der Zettel feucht war. Die Kaffeekanne musste absolut wasserdicht sein.

Was immer passiert sein mochte, mehr hatte sie nicht dazu geschrieben. Es war die letzte Nachricht, sie war fast acht Monate alt.

Vielleicht war Pixie gar nicht mehr da. Vielleicht waren sie umgezogen. Wieder schaute ich rüber zum Fenster. Ich musste am Anfang beginnen.

Den ersten Zettel hatte sie geschrieben, während ich im Krankenhaus lag:

*Gaze,
du musst weiterleben. Das musst du unbedingt. Ich habe Alpträume, in denen ich das Gesicht deines Vaters sehe. Wie schrecklich verzerrt es war, ehe ich auf die Rampe gestiegen bin. Ach, ich hatte gewusst, dass es schlimm werden würde. Er hatte jeden Halt verloren. Du weißt schon ... wie wenn wir früher gesehen haben, dass er stolpern würde, und du immer noch versucht hast, ihn zu stützen? Genau so war es, aber voller Hass. Er war voller Wut, und ich konnte von meiner Seite aus nichts tun, um ihn aufzuhalten. Jedes Mal, wenn ich die Augen schließe, sehe ich deine blauen Lippen und die weit aufgerissenen Augen.
Ich hoffe, du verzeihst mir, wie ich handeln musste. Ich musste es sagen. Sie mussten es wissen. Leb einfach weiter, ja? Wir können das klären. Leb einfach. Okay?
Deine PR*

Ich strich mit den Fingerspitzen über die Worte. Das war sie. Pixie war schließlich doch über die Rampe gelaufen. Und gleich in der ersten Nacht hatte sie es bedauert, mein Geheimnis verraten zu haben.

Der nächste Zettel, den ich herausgriff, war einen Monat später geschrieben worden.

Zu einer Pflegefamilie kann ich keinen Kontakt aufnehmen. Ich habe es versucht. Weil du ein Kind bist, dürfen sie mich von dir fernhalten. Ich habe Officer Sam gebeten, mir zu helfen, aber er sagt, dass ich schon zu viel von ihm verlangt hätte. Dein Vater hat keine Kaution beantragt, und das ist gut. Ich werde gegen ihn aussagen müssen, und das macht mir Angst. Ich hasse Bic. Immer noch, falls du dich das fragst. Er meinte, es wäre alles meine Schuld ... dass ich mich nicht in anderer Leute Angelegenheiten einmischen soll. Ich hasse ihn, und ich weiß, dass es anders ablaufen würde, aber vielleicht hätte ich die Polizei anlügen sollen über das, was vorgefallen ist? Ich weiß es nicht. Wenn du wieder zu Bruce zurückgekehrt wärst ... ich hatte das Gefühl, das würde deinen Tod bedeuten. Er würde wieder wütend werden. Bist du wütend? Ich mache dir keinen Vorwurf daraus, aber ich vermisse dich. Mir war gar nicht klar, wie allein ich war. Das habe ich erst erkannt, seitdem ich wieder allein bin. Ich will, dass du zurückkommst. Aber wenn du zurückkommst, soll es sicher für dich sein. Bisher ist mir noch nichts eingefallen, wie man das bewerkstelligen könnte. Gäbe es nicht diesen blöden Bic, könntest du zu mir ziehen. Es tut mir leid. Es tut mir so leid. Du bist der einzige Mensch, mit dem ich reden will. Rede mit mir, ja? Sorge dafür, dass ich mich besser fühle, wie du es immer getan hast. Es tut mir leid. Bitte, bring ihn dazu, dass er aufhört. Es ekelt mich an, wie er mich anschaut, sobald er im gleichen Zimmer ist wie ich.

Heute bin ich beim Anwalt gewesen. Mom war da, sodass ich zumindest sie hatte. Ich musste erzählen, was passiert ist. Wie es passiert ist. Wie viele Male es passiert ist. Es tut mir so leid, Gaze. Und meine Strafe dafür ist, dass du nicht mehr da bist, und das bringt mich um. Kann man jemanden so sehr vermissen, dass man daran stirbt? Ich glaube schon.

Dann war eine zeitliche Lücke zwischen den Nachrichten, und obwohl ich noch einmal genau nachschaute, hatte sie die nächste Nachricht offensichtlich erst einen Monat später geschrieben. Und obwohl ich alle vor mir liegen hatte, spürte ich, wie mir das Herz bis zum Hals schlug.

Sei hier. Bitte, sei hier.

Eine weitere Nachricht:

Ich kann nicht mehr.

Und die nächste:

*Gaze,
sie ist tot. Meine Mom ist tot. Gaze, bitte.*

Mir war eiskalt. Ich hörte auf zu lesen und drehte den Kopf mit einem Ruck zu Pixies Fenster. Ihre Mutter war gestorben? Wie? Wann? Oh mein Gott. Bic. Oh Gott.
    Panisch öffnete ich jetzt die restlichen Zettel. Bei manchen fehlte das Datum. Unterschwellig wurde mir alles klar.

Er hat die Tür von meinem Zimmer ausgehängt. Bitte, sei da. Hilfe.

Nein.
Ich bin nicht mehr ich selbst.
Ich hasse ihn.
Ich hasse mich.
Keiner außer dir weiß es.
Bitte.
Aufhören.
Keiner außer dir weiß es? Oh Gott. Pixie, nein. Nein.

Ihr Schmerz riss mich mit. Ich war mittendrin in ihrer Vergangenheit, und währenddessen war ich wie ein geliebtes Familienmitglied behandelt worden.

Lange saß ich in meinem Zimmer und dachte darüber nach, dass unsere Leben völlig unterschiedliche Richtungen eingeschlagen hatten. Nun, ich hatte eine Richtung einschlagen können – sie war am Rand stecken geblieben.

Die Schuldgefühle, die mich erfassten, waren gewaltig. Ich hatte gewusst, dass das mit ihr passieren würde. Ich hatte es gewusst. Tief im Innern hatte ich Bic nicht getraut, es aber ignoriert, während ich bei den Burathons gelebt hatte. Ich hatte getan, was mich glücklich machte, während sie …

Ich wollte wieder zu ihrer Wohnung rübergehen, aber meine Scham hielt mich zurück. Stattdessen sah ich die ganze Nacht zu ihrem Fenster rüber, während mich tausend Fragen quälten. War sie immer noch da? War sie in Sicherheit?

Morgen würde ich anders an die Sache herangehen. Das war gewiss.

41. KAPITEL

Gaze

Man hatte mir gesagt, dass ich heute in der Sporthalle trainieren könnte, und das war gut. Mir juckte es in den Fingern, wieder einen Basketball in der Hand zu haben. Ich liebte die Schlichtheit des Spiels. Es war etwas, über das ich nicht nachdenken musste. Es fiel mir einfach zu.

Mittags saß ich mit den Mädchen, die mir geholfen hatten, meine Klassenräume zu finden, und den Jungs von der Mannschaft an einem Tisch. In der Cafeteria saßen viele einzelne Grüppchen. Hier gab es keinen Austin, der es irgendwie schaffte, dass alle Gruppen zueinander Kontakt hatten.

Ich wandte mich an Ashlin, die sofort ein strahlendes Lächeln aufsetzte. »Kennst du Pixie Rae Stone?«

Das Lächeln verschwand und machte besorgniserregend schnell einer überraschten Miene Platz. Sie runzelte die Stirn. »Argh. Warum interessiert dich das?«

Ich ignorierte sie und drehte mich zu Megan um, die verwirrt schien. »Pixie Rae? Du kennst sie?«

Nachdem ich kurz zur Seite geschaut hatte, um ihnen meine Ungeduld zu zeigen, antwortete ich: »Offensichtlich.«

Die Jungs wandten sich unserer Unterhaltung zu. Sie hatten sicher gemerkt, dass mein Tonfall sich verändert hatte. Er war jetzt leicht aggressiv.

»Wir kennen sie.« Ashlin schnalzte mit der Zunge. »Keine Sorge, sie kommt nicht zu dir, wenn wir in der Nähe sind.«

Ich ließ den Blick durch die Cafeteria schweifen und fragte mich, ob das wohl der Grund war, warum ich Pixie noch nicht gesehen hatte. »Sie ist keine Freundin von dir?«

Megan brach in Gelächter aus, ehe sie antwortete: »Äh, ja, nein. Wir sind nicht mit dem Mädchen befreundet, das mit ihrem Stiefvater in die Kiste steigt.«

Die anderen, die mit am Tisch saßen, lachten. Der Inhalt von Pixies Briefen raste mir durch den Kopf. Ich ignorierte die schreckliche Anschuldigung. »Geht sie noch auf diese Schule hier?«

Irgendwann hatte sie keine weiteren Briefe mehr in die Kaffeekanne gesteckt. Ich fragte mich, was wohl passiert war.

Ashlin schob die Lippen vor und nickte. »Ja. Sie hat den Spind neben meinem. Ich bleib aber immer auf Abstand zu ihr ... will mir doch keine Seuche holen. Sie war wochenlang nicht in der Schule, aber heute Morgen ist sie aufgetaucht. Ich hab gehört, sie sei traurig, dass ihr Stiefvater jetzt 'ne Neue hat.«

Ich stand auf, schnappte meine Sachen und ging, ohne noch ein Wort zu sagen. Ich hörte, dass die Jungen und Mädchen hinter mir anfingen zu tuscheln, aber das konnten sie meinetwegen tun. Zur Hölle mit ihnen.

Für ein paar Minuten ging ich zum Waschraum. Ich wollte mich auf die Suche nach Pixie machen.

Bei meiner Körpergröße konnte ich mich jetzt nicht mehr verstecken. Während des nächsten Kurses kam Ashlin zu mir. »Hey, willst du Pixie sehen? Du wirst schon bald ganz viel von ihr zu sehen bekommen.«

Auch wenn sie Superman gewesen wäre, hätte sie es nicht besser timen können, denn in dem Moment ging der Feueralarm los. Ich schloss mich den anderen an, als alle zur Tür rausströmten. Die Lehrer schlossen die Türen und schalteten das Licht aus. Es gefiel mir nicht, wie Megan und Ashlin hinter vorgehaltener Hand miteinander kicherten.

Sie stellten sich zu einer Gruppe von Mädchen, die alle ihr Handy in der Hand hielten. Ihr Blick war auf eine Tür gerichtet, als wären sie Katzen, die darauf warteten, dass die Maus herausgeflitzt käme.

Es war kalt draußen. Ich stand in der Nähe der Schüler aus meinem letzten Kurs, aber es war eher eine lockere Ansammlung. Als die Tür schließlich aufsprang, bekam ich vom Lärm der Sirene Kopfschmerzen.

Plötzlich hörte ich von mehreren Seiten gehässiges Lachen und knirschte mit den Zähnen. Ich war häufig genug gemobbt worden, um zu wissen, dass dieser bestimmte Klang immer mit dem Schmerz eines anderen einherging.

Ihr Haar war jetzt kürzer als damals, als wir noch Kinder gewesen waren, aber ihr Gesicht war sofort Balsam für meine wunde Seele. Pixie.

Die innere Ruhe, die mich überkam, schlug aber sogleich in Verwirrung um. Meine normalerweise mutige Pixie sah aus, als wäre sie in ihrem schlimmsten Alptraum gefangen. Einen Moment lang ließ sie den Kopf hängen, während die Sirene weiterheulte. Die Mädchenhorde begann aufgeregt, Fotos zu machen.

Pixie hatte die Arme vor der Brust verschränkt, und ich schnappte nach Luft, als ich erkannte warum. Sie hatte nur eine Unterhose an. Ihr Oberkörper war nackt, und sie versuchte, sich mit den Armen zu bedecken.

Ich schob die vor mir stehenden Schüler an den Schultern beiseite und drängte mich an ihnen vorbei. Ich rannte förmlich, um zu Pixie zu gelangen, und noch während ich lief, zog ich die Basketballjacke meiner alten Schule aus. Ich bedeckte sie von vorn und schlang die Ärmel hinter ihr zusammen.

Sie schaute zu mir auf. Verwirrung und Erleichterung zeichneten sich auf ihrem Gesicht ab.

Ich schlüpfte aus meiner Jogginghose und hielt sie ihr vor die Füße. Sie stieg mit einem Fuß nach dem anderen hinein, um dann einen kleinen Satz zu machen, sodass ich die Hose ganz nach oben ziehen konnte.

Die Welt um uns herum verschwamm, und wir nahmen sie gar nicht mehr wahr. Ich nutzte den Moment, um sie in eine Umarmung zu ziehen und die Jacke geschlossen zu halten, während sie die Arme in die Ärmel schob. Dann beugte ich mich über sie und machte sie im Rücken zu. Jetzt war sie von oben bis unten bedeckt.

»Gaze?« Sie hob die Hand. Na ja, es war schon ihre Hand, aber sie wurde vom langen Ärmel meiner Jacke verschluckt. Sie war kurz davor, mein Gesicht zu berühren, als sie blinzelte. »Das kannst nicht *du* sein.«

Ich sah, dass ihre Seele es bereits wusste, obwohl ihr Verstand Schwierigkeiten hatte, es zu begreifen.

»Doch, ich bin's, und ich bin zurück.«

Einige Lehrer traten zu uns und stellten Fragen. Die höhnischen Gaffer kamen auch näher und filmten und machten weiter Fotos. Das bekam ich aus den Augenwinkeln mit. Meine Boxershorts waren bestimmt total aufregend.

Pixie legte ihre Hände auf meine Brust. »Ist dir kalt?«

»Nein.« Sie war's. Ich roch immer noch den Duft ihres Erdbeershampoos, und die Sommersprossen auf ihrer Nase bildeten die Konstellation, nach der ich immer meine Wünsche ausgerichtet hatte.

Eine schneidende Stimme drang an mein Ohr. »So schnell lässt du die Hosen runter, Gaze? Du musst aber wissen, dass sie's mit dir nur treibt, wenn ihr verwandt seid.« Es war Ashlin.

Ich würde nie erfahren, was Pixie fühlte, wenn sie missbraucht wurde, aber mit einem Mal hasste ich die ganze Menschheit und Ashlin im Besonderen, als ich sah, wie sich nach diesem verbalen Schlag der Ausdruck in Pixies Augen veränderte. Ich drehte mich um, und meine Nasenflügel weiteten sich. Ich fuhr mir mit der Zunge über die Lippen. Ein Mädchen konnte ich nicht schlagen, obwohl ich es mir sehnlichst wünschte. Also tat ich das Nächstbeste. Der Junge, der neben ihr stand, lachte über ihren »Witz«.

Ich fuhr herum, holte aus und schlug ihn k. o.

»Nein.« Pixie hielt meinen Unterarm fest. »Nein. Ich habe dich gerade erst zurückbekommen. Nein.«

Und dann wurden wir getrennt. In dem ganzen Durcheinander aus Feuerwehr und Polizei, die wegen des falschen Alarms angerückt waren, legte man mir Handschellen an, noch ehe ich den Schlag bereuen konnte.

Ich sah Pixies nackte Füße. Sie waren blau von der Kälte. Ich wünschte, ich hätte auch daran gedacht, ihr meine Schuhe zu geben.

42. KAPITEL

Pixie Rae

Ich hatte wieder diesen Alptraum, nackt in der Schule zu sein. Das musste auch der Grund sein, warum ich in viel zu weiten Klamotten dastand und zu einem riesigen Typen hochschaute, der mich an meinen alten besten Freund erinnerte. Der Polizist, der Gaze zum Polizeiwagen führte, blieb nicht stehen, als ich rief, dass er warten solle. Der Schotter auf dem Asphalt war eiskalt, und wegen der spitzen Steine hüpfte ich herum. Ich versuchte zu laufen, konnte es aber nicht.

Ashlin war in der Nähe und kümmerte sich um Roe, der nach dem Schlag auf dem Boden lag. Er war ein Idiot, aber Ashlin war noch viel schlimmer. Zum Glück bewegte er sich, was bedeutete, dass er noch lebte.

Meine Sportlehrerin kam mit einem Paar Badelatschen, die ein paar Nummern zu groß waren, auf mich zu. »Hier, Pixie. Geht's dir gut? Wir könnten auf die andere Straßenseite gehen und schauen, ob du dich in dem Teppichladen aufwärmen kannst.«

Miss Freck streichelte meine Schulter, während sie Ashlin wütend ansah.

»Es tut mir leid, dass ich erst so spät rausgekommen bin, aber ich …«

»Du konntest deine Sachen nicht finden? Ja. Das passiert nicht zum ersten Mal und wird wohl auch nicht das letzte Mal sein. Aber ich kann dafür sorgen, dass es dir auf keinen Fall noch mal passiert.« Miss Freck gab jemandem ein Zeichen und sagte dann: »Wir gehen gleich wieder rein. Die Schwester wird nach ihm schauen«, fügte sie dann noch hinzu, und ich war froh, dass sich jemand um Roe kümmerte und dafür sorgte, dass er nicht starb. Wegen Gaze war ich froh darüber.

Gaze!

Das war doch Gaze, oder? Wow! Was für ein Tag. Ich wollte ihn sehen, mit ihm reden, mich bei ihm entschuldigen. Ich stand in seinen Sachen da und drückte sie an meinen Körper. Gaze. Mein Gaze.

Und dann dachte ich daran, wie viel sich verändert hatte. Wie viel passiert war, und ich stürzte in ein tiefes Loch. Ich seufzte, als die Schulglocke läutete und uns wieder zum Unterricht rief. Miss Freck musste der Schwester helfen, Roe vor der Schülermenge zu schützen, die nun wieder nach drinnen stapfte. Ich war eine Attraktion gewesen, doch jetzt war es Roe, den alle angafften, um zu schauen, ob er blutete oder tot war, und den sie mit ihren Handys filmten.

Ich wäre am liebsten tot umgefallen bei dem Gedanken, wie viele Handys mich aufgenommen hatten, als ich nur in Unterhosen aus dem Schulgebäude gekommen war. Ein paar Jungs pfiffen, als sie an mir vorbeiliefen. Offensichtlich würden sie den Vorfall nicht so schnell vergessen, wie ich mir das erhofft hatte.

Statt in die Schule zurückzukehren, drehte ich mich um und ging. Es war das absolute Chaos. Ashlin und ihre widerwärtigen Freundinnen hatten meine Klamotten versteckt. Ihr grausames Verhalten überraschte mich nicht weiter. Es war ihr liebster Zeitvertreib.

Als ich von der Schule aus nicht mehr zu sehen war, blieb ich stehen und krempelte die Beine von Gaze' Hose hoch. Gaze!

Ich wusste nicht recht, was ich als Nächstes tun sollte. Würde sein Großvater vielleicht helfen, wenn man ihn verhaftete? Würde er ihm einen Anwalt besorgen?

Es war wirklich Gaze. Er war zurück und in der Schule. Das hatte etwas zu bedeuten. Ich hatte Gerüchte gehört, dass sein Vater aus dem Gefängnis entlassen worden wäre, hatte Bruce aber noch nicht gesehen, obwohl ich nach ihm Ausschau gehalten hatte.

Gaze!

Allein schon sein Name erfüllte mich mit Hoffnung und Sorge zugleich. Er hatte sich so sehr verändert. Zwar waren seine Augen immer noch dieselben, und er hatte mich mit sanftem Blick angesehen, aber ich wusste, dass er wütend sein musste. Schließlich hatte ich ihn verraten.

Mit eisigen Füßen lief ich nach Hause. Als ich das Gebäude betrat, war ich dankbar, dass ich meine Schlüssel jetzt immer um den Hals bei mir trug. Wenn man zu häufig von Bic ausgesperrt worden war, machte einen das nervös.

Heute hatte ich auch den Schlüssel zu Mrs Jonas' Wohnung dabei. Sie hatte mich gebeten, ihre Blumen zu gießen, während sie bei ihrer Tochter und ihrer Enkelin zu Besuch war. Ich benutzte ihre Wohnung jetzt schon seit über einem Monat. Es war ein wundervolles Versteck. Mein eigenes Zimmer hatte keine Tür mehr und das Badezimmer keinen Riegel. Bei Mrs Jonas waren alle Schlösser intakt, und ich hatte meine Ruhe. Manchmal saß ich sogar im Dunkeln in der Wohnung. Ich achtete sorgfältig darauf, möglichst nichts in der Wohnung zu verrücken. Bic wusste, wo ich war, aber solange er die monatlichen Schecks von der Fürsorge und der Versicherung meiner Mutter in die Finger bekam, kam er nicht zu mir. Nicht mehr. Zurzeit nicht.

Ich war in Mrs Jonas' Wohnung, und nachdem das Kribbeln

in meinen Füßen in fiese Schmerzen übergegangen war, öffnete ich das Fenster einen Spalt und sah zu Gaze rüber.

Die alte Pixie wäre zur Polizeiwache gestürmt. Aber mein jetziges Ich wartete. Zaghaft. Ich wollte keine Aufmerksamkeit auf mich ziehen oder für Unruhe sorgen. Ich fragte mich, ob Mr Jones wohl zu Hause war. Würde er eine Kaution für Gaze stellen?

Irgendwie war das Ganze meine Schuld. Aus irgendeinem Grund hatten Ashlin und ihre Clique es auf mich abgesehen. Sie erklärten es damit, dass ich früher zu viel geredet hätte, aber im Grunde versuchten sie sich nur dafür zu rechtfertigen, dass sie Arschlöcher waren.

In der neunten Klasse hatten mich vier von ihnen im Waschraum festgehalten und mir die Haare abgeschnitten. Mit einer Haarschneidemaschine. Ich hatte mich zwar wie der Teufel gewehrt, aber diese Mädchen waren stark, wenn sie berauscht davon waren, jemand anderem Schmerzen zuzufügen.

Aber wie auch immer – Gaze steckte meinetwegen wieder in Schwierigkeiten. Ich beobachtete und lauschte ... erstaunt, dass ich wieder – jetzt ein Stockwerk höher – nach ihm Ausschau hielt.

Ich war unsicher, was ich tun ... was ich fühlen sollte. Ängstlich. Hoffnungsvoll.

Gaze

Ich erzählte den Cops, was passiert war. Sie glaubten mir, weil Miss Freck anrief und ihnen sagte, was vorgefallen war. Außerdem hatte ich keine Hose an. Bei dieser Kälte klang es also schlüssig, dass ich meine Kleidung jemandem gegeben hatte, der sie brauchte.

Die Cops hatten mir die Handschellen abgenommen, ehe ich mich in den Wagen gesetzt hatte, und ich war froh darüber. Ich bemühte mich, einen ruhigen Eindruck zu machen, und sie hörten mir tatsächlich zu. Man erlaubte mir, mit meinem Vater zu reden, und so rief ich Mike an. Er besorgte mir einen Anwalt, ehe ich überhaupt einen brauchte. Die Cops warteten bereits ab, was der lachende Junge – Roe – tun würde … ob er Anzeige erstatten würde oder nicht. Doch es stellte sich heraus, dass er schon ein paarmal mit der Polizei aneinandergeraten war und deshalb kein Interesse hatte, auf die Wache zu kommen. Es ging ihm gut, und er hatte erstaunlicherweise keine Gehirnerschütterung. Ich war mir sicher gewesen, dass der Schlag übel war, aber er hatte nichts, obwohl ich ihn glatt k. o. geschlagen hatte.

Als Mike eintraf, ordnete der Anwalt bereits seine Papiere. Es war keine Anzeige erstattet worden, und die Polizisten sagten mir nur, ich solle so etwas nicht wieder tun. Allerdings hörte ich, wie einer brummte: »Außer so was passiert meiner Tochter, dann braucht er sich nicht zurückhalten.«

Ich steckte also längst nicht in so großen Schwierigkeiten, wie ich angenommen hatte. Aber in der Schule würde das Ganze noch ein Nachspiel haben. Mike und ich fielen uns in die Arme, als wir uns sahen. Dann trat er zur Seite, und Austin umarmte mich ebenfalls.

»Hey, Kumpel, was ist passiert? Du bist doch erst seit zwei Tagen weg.«

»Es tut mir leid. Ich hab nur … Ein paar Leute haben einem Mädchen einen Streich gespielt, und ich hab ihr meine Sachen gegeben, damit sie was zum Anziehen hatte. Dann hab ich einem Typen einen Kinnhaken verpasst, weil er gelacht hat. Schließlich konnte ich nicht das Mädchen schlagen, das das Ganze ausgeheckt hatte.« Ich fuhr mir mit den Händen durchs

Haar und bemerkte erst dann, dass Austin mir seine Faust hinhielt. Ich stieß mit meiner dagegen.

Mike drückte meine Schulter und umarmte mich erneut. Ich schlang die Arme um seine Taille. »Ich bin stolz auf dich, Gaze. Wie immer. Lass mich mal mit ein paar Leuten reden und schauen, ob ich hier irgendjemand kenne.«

Austin trat näher. Er hatte einen Pullover mit einem geometrischen Muster an, und seine schwarze Hose war mit unzähligen Reißverschlüssen versehen.

»Wie geht es Ronna? Und wie geht es Teddi, Milt und Rocket?« Es fühlte sich wie eine Ewigkeit an, seit ich sie das letzte Mal gesehen hatte.

»Wir sind alle völlig durch den Wind. Wenn du ein bisschen was von einem Arschloch gehabt hättest, dann würden wir dich jetzt nicht so sehr vermissen.«

»Daran arbeite ich jetzt wohl hier.«

»Also echt. In weniger als drei Tagen im Knast. Das muss ein neuer Rekord sein. Wir haben Mom nicht gesagt, dass du im Gefängnis warst. Wir haben nur gesagt, dass du ein paar Sachen brauchst, denn ganz ehrlich … sie würde ausrasten.« Er deutete auf meine Boxershorts. »Dein neuer Look?«

»Ja. Pixie brauchte meine Hose dringender als ich. Die haben den klassischen Scheiß abgezogen und ihr die Klamotten geklaut, während sie Sport hatte.« Ich rieb mir den Nasenrücken.

»Okay. Ja. Lass mich mal was nachsehen.« Er rief seinen Social-Media-Account auf, und nach ein paar Klicks sagte er: »Aha. Da ist es. Armes kleines Ding. Oh, und da bist du … wie du aus der Menge springst. Hey, Kumpel, schau mal. Da gibst du ihr deine Klamotten. Oh Scheiße! Das geht gerade viral.«

Er reichte mir sein Handy, und ich sah, wie ich Pixie in meine Hose half. »Scheiße.«

Ich scrollte schnell nach unten und überflog die Kommentare. Die Jungs gaben Bemerkungen über ihre Figur ab, was nicht anders zu erwarten war, mich aber trotzdem wütend machte. Die Mädchen schmolzen in ihren Kommentaren dahin und fanden mich toll.

Ich gab ihm sein Handy zurück.

»Ich geh mal kurz zum Wagen und schau nach, ob ich da eine Hose für dich hab.« Austin strubbelte mir durchs Haar, während ich überlegte, was ich tun sollte.

Ich war traurig wegen Pixie. Ihr Körper wurde der ganzen verdammten Welt zur Schau gestellt. Der Vollidiot, den ich geschlagen hatte, hatte massenhaft Beweise, dass ich es tatsächlich gewesen war. Die Audiospur war angesichts der Worte, die gefallen waren, nahezu völlig unkenntlich gemacht.

Austin kam mit einer Jeans zurück. »Ich glaube, die gehört Dad, oder? Aber die Hose ist sauber und müsste passen.«

Ich nahm sie, zog die Schuhe aus und die Hose an. Die Cops verhielten sich mir gegenüber sehr tolerant. Ich durfte auf einer Bank in der Wache sitzen. Bald nachdem ich die Hose angezogen hatte, kam Mike zurück.

»Man wird dich gleich zu deiner Wohnung bringen, Gaze.«

Austin stand auf. »Können wir ihn denn nicht hinfahren?«

Mike schüttelte offensichtlich enttäuscht den Kopf. »Heute nicht, mein Sohn. Bruce hat deiner Mutter und mir ein Kontaktverbot erteilt, deshalb müssen wir uns jetzt verabschieden und fahren.«

Ich umarmte beide. »Bruce stellt meine Geduld wirklich auf eine harte Probe.«

»Bleib dir einfach treu und beschütze dieses Mädchen. Sie braucht dich.« Austin gab mir einen Luftkuss auf die Wange.

Ein Beamter kam und klingelte mit seinen Schlüsseln in meine Richtung. »Zeit, nach Hause zu gehen und den Tatsachen ins Auge zu blicken.«

Ich hatte nicht das Gefühl, dass er mich runtermachen wollte, sondern dass er eher versuchte, in einer unangenehmen Situation freundlich zu sein.

»Rede mit keinem über den Vorfall ohne einen Anwalt«, gab Mike mir noch zum Abschied mit. »Er wird morgen zu dir kommen, um alles zu bereinigen.«

»Wird das Einfluss auf meine Chancen auf ein Stipendium haben?« Ich würde es wieder tun, wenn es nötig wäre ... egal welche Folgen das hätte.

»Darüber machen wir uns später Gedanken. Ich hab dich lieb.« Mike vergrub die Hände in seinen Jeanstaschen.

»Ich dich auch.«

Wir mussten getrennte Wege gehen, und für mich fühlte es sich so an, als wäre der Verband gerade wieder von der Wunde gerissen worden.

Der Polizist öffnete die Tür zum Beifahrersitz, und ich stieg ein. Es war nett von ihm, mich nicht hinten sitzen zu lassen. Er fuhr mich nach Hause, ohne unterwegs viel zu sagen, was für mich in Ordnung ging.

Er hielt vor dem Haus an, in dem ich jetzt wohnte, und sagte: »Hey, halt dich von Ärger fern.«

Es war eine etwas halbherzige Bemerkung, aber ich wusste sie trotzdem zu schätzen. »Ja. Danke.«

Die Kids aus der Nachbarschaft lungerten auf der Straße herum und versuchten herauszufinden, was da vor sich ging. Ich ließ mein Haus links liegen und ging geradewegs zu Pixies Gebäude rüber. Ich musste noch etwas anderes erledigen, ehe ich mich mit Bruce befassen konnte.

43. KAPITEL

Pixie Rae

Nur die Rücklichter des Polizeiwagens waren noch zu sehen, während ich beobachtete, wie Gaze zielstrebig auf das Gebäude zukam, in dem ich wohnte.

Er wollte mich sehen. Wie erstarrt stand ich am Fenster. Gaze würde an meine Tür kommen und klopfen … und Bic war zu Hause.

Mein Hass auf Bic war grenzenlos. Ich sorgte so oft wie möglich für einen persönlichen Sicherheitsabstand und hielt mich fern von ihm, aber ich würde nicht zulassen, dass er Gaze etwas tat.

Ich rannte die Treppe runter und kam gerade rechtzeitig, um zu sehen, dass die Tür zu meiner Wohnung geöffnet wurde.

»Gaze!«

Er drehte den Kopf leicht in meine Richtung, was zur Folge hatte, dass sein Fausthieb Bic nicht genau traf und auf der Stelle k.o. schlug, sondern nur nach hinten taumeln ließ.

Ich kam schlitternd vor ihm zum Stehen, sodass er nicht in meine Wohnung stürmen konnte.

»Du bist gerade aus dem Gefängnis raus. Du willst da nicht wieder hin zurück.« Meine Hände lagen an seiner Brust.

Gaze' wilder Blick richtete sich schließlich auf mich, als würde meine Stimme erst jetzt zu ihm durchdringen.

In seinen Augen standen Tränen der Wut. Sein Gesicht erinnerte mich an sein so viel jüngeres Selbst. Ich griff nach seiner Hand und hielt sie fest. »Alles gut.«

Er zog mich mit der Hand, die ich umklammerte, hinter sich. Kaum war ich aus der Schusslinie, holte Bic zum Schlag aus. Gaze bewegte sich rasch zur Seite, und dann ließ er mich los, um zu kontern.

»Du kranker Wichser. Du.« *Schlag.* »Wirst.« *Schlag.* »Sie.« *Schlag.* »Nie.« *Schlag.* »Wieder.« *Schlag.* »Anfassen.«

Ich packte Gaze hinten am T-Shirt und zog. Genauso gut hätte ich versuchen können, ein Auto aufzuhalten. Eiseskälte breitete sich in mir aus, als ich hörte, wie Gaze meine größte Schande aussprach.

Ich griff nach seinem Oberarm und zog daran, so fest ich konnte. »Aufhören! Hör auf!«

Wütend wirbelte er zu mir herum. »Du beschützt ihn?«

Bic würde nirgends mehr hingehen. Ich warf einen Blick auf den wimmernden Haufen Mensch, von dem Gaze nur die Hülle übriggelassen hatte.

»Nein. Nein. Natürlich nicht. Ich will …«

Ich ließ ihn los und gab mir den Raum nachzudenken … zu sprechen. »Ich will dich beschützen.«

Er schaute auf meine Füße und dann zur Decke, während die Tränen der Wut Spuren auf seinen Wangen hinterließen.

»Ich habe dich immer nur beschützen wollen.« Ich wich ein kleines Stück zurück, als Bics Stöhnen lauter wurde. Dreama kam mit ihren klackernden Stilettos an die Tür.

»Bic? Was zum Teufel hat er dir angetan?«

Ich streckte die Hand nach Gaze aus. Wir mussten hier weg und zwar sofort. Ich wartete auf seine Reaktion und fühlte mich irgendwie mehr entblößt als in der Schule, wo ich nur meine Unterhose angehabt hatte.

44. KAPITEL

Gaze

Ich war unerfahren. Ich traf unüberlegte Entscheidungen. Doch nichts hatte sich je so wichtig und richtig angefühlt, wie Bic windelweich zu prügeln. Pixie stand neben mir im Flur und wartete. Sie erinnerte mich an die jüngere Version ihrer selbst, die immer gewusst hatte, was für uns beide das Beste war und es einfach getan hatte. Sie hatte immer noch meine Sachen an, aber die Hose war jetzt hochgekrempelt und die Jacke hatte sie richtig herum an und den Reißverschluss zugezogen.

Ich streckte die Hand nach ihr aus, und unsere Fingerspitzen berührten sich. Ich nickte. Ich würde überall mit ihr hingehen. Ich hätte hier bei ihr bleiben sollen. Bic hätte nie die Gelegenheit dazu bekommen, sie zu missbrauchen, wäre ich da gewesen.

Sie führte mich die Treppe rauf und drehte gelegentlich den Kopf, um mich anzusehen. Wir gingen zu einer Wohnung, die nicht abgeschlossen war. Pixie machte die Tür hinter uns zu.

»Ich gieße Mrs Jonas' Blumen, wenn sie ihre Familie besucht, und im Moment ist sie verreist«, sagte Pixie und erklärte damit ihren Zugang zu einer anderen Wohnung.

»Es tut mir leid, dass ich dich aufgeregt habe.« Ich wollte weiter ihre Hand halten, aber sie ließ ihre sinken.

»Ich hoffe, Bic schmort in der Hölle. Ich will nur nicht, dass du wieder ins Gefängnis gehst.« Sie setzte sich an den Küchentisch. In der Wohnung hing ein leicht modriger Geruch mit einem Hauch von Lavendel, wie man ihn von älteren Leuten kannte.

Ich wischte mir übers Gesicht. »Ich habe die Zettel in der Kaffeekanne gelesen.«

Ihre Miene wurde noch entsetzter. »Ich wollte sie zurückholen, aber ich habe es nicht geschafft.«

»Wolltest du nicht, dass ich sie lese? Mein Name stand drauf.« Ich kratzte mich am Kopf.

»Ich wusste nicht, dass du zurückkommen würdest, aber ich musste es irgendwie rauslassen.« Sie ließ den Kopf hängen und vergrub das Gesicht in beiden Händen.

»Ich will jetzt einfach nur das Richtige tun. Ich bin so lange wütend gewesen.« Der Straßenlärm drang durch die dünnen Scheiben der Fenster.

Pixie war hier, direkt vor mir und so besonders und kostbar, wie sie es immer gewesen war. Ich hatte mich gefragt, ob ich wirklich Liebe für sie empfand, und mit der Zeit angefangen zu zweifeln. Doch jetzt wusste ich, dass meine Liebe zu ihr so echt war wie das Blut an meinen Händen.

Sie wurde aufmerksam, als sie merkte, dass ich meine Hände anschaute.

»Hast du dich verletzt? Ich helfe dir saubermachen.« Sie stand auf, nahm ein Küchenhandtuch und feuchtete es mit warmem Wasser aus dem Hahn an der Spüle an. Ihre Hände zitterten, als sie meine Haut abwischte.

»Ich glaube, es ist alles von ihm. Mir tut eigentlich nichts weh.« Ich nahm ihr das Tuch ab, weil ich es kaum ertragen konnte, ihr Zittern zu sehen.

»Es tut mir leid. Ich bin ... weißt du, es ist verrückt. All diese Zeit ... Ich konnte es niemandem erzählen.« Sie legte die Hände auf den Rücken, zog sie dann aber gleich wieder nach vorn und legte sie ineinander.

»Ich weiß nicht, was ich sagen soll. Ich will ihn einfach nur umbringen.« Ich sah zur Tür und überlegte, genau das zu tun.

»Du bist du, nur viel größer. Ich kann es gar nicht fassen, dass du's bist. Als du auf mich zukamst …«

»Wie geht es dir jetzt? Himmel, diese Kids sind echt bösartig.«

»Ich bin daran gewöhnt. Die nerven einfach nur. Aber heute war's anders. Ich glaube, sie wollten dich beeindrucken.« Sie zupfte an der Hose, die sie anhatte.

»Ich bin so wütend auf sie, auf Bic, auf …« Ich schluckte das nächste Wort herunter, denn sie hatte heute schon zu viel durchgemacht.

»Schon gut. Du bist wütend auf mich.« Sie strich sich das Haar hinters Ohr. »Ich wusste, dass du das sein würdest.« Sie sah mit ihren türkisfarbenen Augen zu mir auf.

»Warum hast du es dann getan? Warum hast du das Jugendamt ins Spiel gebracht?« Die Frage hatte ich mir jeden Tag gestellt, wenn ich in den Spiegel schaute. Warum hatte Pixie das, was wir hatten, nicht geschützt?

»Er war dabei, dich umzubringen. Er hatte völlig die Kontrolle verloren. Ich hatte ihn noch nie so schlimm, so grausam gesehen. Er war dabei, dich zu zerquetschen.« Ihr Atem hatte sich beschleunigt, und ihre Pupillen waren ganz groß.

Weil ich mich nicht erinnerte, konnte ich nicht nachvollziehen, welchen Stress die Erinnerung an den Vorfall nun wieder bei ihr auslöste.

»Ich wäre lieber gestorben statt von dir wegzugehen.« Ich sah sie mit finsterer Miene an.

Echte Pixie-Wut erschien auf ihrem Gesicht. Ich hatte es vermisst.

»Und dann wärst du für immer weg gewesen, und ich hätte dich *nie* wiedergesehen. Kannst du dir überhaupt vorstellen, was für eine innere Ruhe es für mich bedeutete, dass du bei einer Pflegefamilie sicher untergebracht warst? Dass wir nicht abwägen mussten, ab wie viel Prügel es wohl doch zu schlimm werden würde. Denn es war schlimm. Er war dabei, dich umzubringen.«

»Du hast für uns beide entschieden.« Ich stand jetzt auch.

»Du hättest das Gleiche für mich getan.« Sie stampfte mit dem Fuß auf, und ich hatte das Gefühl, endlich wieder zu Hause zu sein.

»Aber ich kam gar nicht dazu. Du musstest ganz allein mit Bic klarkommen.« Ich verschränkte die Arme vor der Brust.

»Ich musste mich zwischen dir oder mir entscheiden. Ich habe dich gewählt.« Pixie Rae sah mich so finster an, als würde sie mit einem Baseballschläger einer Gruppe Raufbolde gegenüberstehen. Das war mein Mädchen. Die knallharte Pixie, die sich nichts gefallen ließ und die Welt lehrte, besser zu sein.

Die Wahrheit dieser Bemerkung traf mich hart, und ich musste mich auf einen Stuhl fallen lassen.

So sah sie es also. Es war gar nicht darum gegangen, mein Geheimnis zu enthüllen, sondern sie hatte sichergehen wollen, dass zumindest einer von uns lebend davonkam.

Wäre es nicht so still im Raum gewesen, hätte ich ihre nächsten Worte nicht gehört, so leise sprach sie. »Und ich würde es wieder tun, wenn ich müsste.«

»Okay. Das ist mir jetzt klar.« Ich wusste, woher sie kam, und das bedeutete, ich würde akzeptieren müssen, dass sie das Richtige tat, und respektieren, was sie deshalb durchgemacht hatte. »Was machen wir jetzt?«

Sie verlagerte ihr Gewicht von einem Fuß auf den anderen. »Ich weiß nicht. Das ist eine schwierige Frage. Ich fürchte, dass ich erst mal herausfinden muss, was unten los ist.«

»Nun, ich werde die ganze Zeit bei dir sein … wenn du das willst.« Ich wollte helfen, wusste aber, dass sie die Entscheidung fällen musste.

»Ja, ich will dich an meiner Seite haben.« Sie versuchte zu lächeln, doch es misslang ihr. »Aber ich bin mir nicht sicher, wie alles ablaufen wird.«

Sie war verunsichert, und meine Fäuste hatten sie jetzt in eine Situation gebracht, die sie so nicht wollte. Meine Wut war immer noch da und brodelte in meinem Inneren, aber das Richtige zu tun und Pixie ein Freund zu sein, waren eigentlich immer ein und dasselbe gewesen. Jetzt war das nicht mehr so klar. Wie konnte ich sie überhaupt um irgendetwas bitten? Ich wollte einfach nur für sie da sein, auch wenn das bedeutete, dass ich mich von ihr fernhalten musste. Es war so widersprüchlich. Und dazu kam noch dieser surreale Moment, nach so vielen Jahren der Trennung wieder in einem Raum mit ihr zu sein. Ich war völlig durcheinander.

»Hey. Es ist toll, dich wiederzusehen.« Wir befanden uns in einer völlig chaotischen, absurden Situation, aber ich war überwältigt, sie zu sehen. Nun endlich schenkte sie mir ein Lächeln, das von Herzen kam.

»Du hast ja keine Ahnung, wie sehr ich dich vermisst habe.« Ich stand wieder auf. Sie kam auf mich zu, und ich schlang die Arme fest um sie.

»Hi Pixie«, murmelte ich in ihr Haar.

»Hi Gaze«, erwiderte sie, wobei sie das Gesicht an meine Brust drückte.

Minutenlang standen wir so da und genossen es, zusammen zu sein. Eine tiefe innere Ruhe überkam mich. Sie war einfach perfekt. Immer noch. Nach all den Jahren.

»Du bist gewachsen. Und zwar ziemlich.« Sie schaute zu mir auf, und ihre Tränen rührten mich.

»Ja, ich bin superschnell gewachsen. Meine Pflegemutter sagt immer, es sei ein Fulltime-Job gewesen, dafür zu sorgen, dass ich immer passende Klamotten hatte.« Ich nutzte den Moment, um ihr Gesicht ausgiebig zu betrachten. Ihre Haut sah so weich aus, und sie hatte immer noch dicke, etwas wilde Haare. »Aber du siehst aus, als wärest du geschrumpft.«

Sie trat zurück und schlug spielerisch gegen meinen Arm. »Ich bin über zehn Zentimeter gewachsen, seit du weg warst. Ich konnte ja nicht ahnen, dass du einen auf Hulk machst. Wie war es bei deiner Pflegefamilie?«

»Es war gut. Ich habe dir lange Zeit geschrieben, aber da ich nie eine Antwort bekam, wusste ich nicht, was ich davon halten sollte.«

»Wie bitte? Du hast mir geschrieben? Verdammt!« Sie trat noch einen Schritt zurück und fing an, auf und ab zu gehen. »Bic ist so ein Arschloch. Er hat den Schlüssel zum Briefkasten, und ich wette, er ...« Voller Wut trat sie nach dem Tischbein, um dann auf einem Bein hüpfend ihren Fuß zu halten.

»Es tut mir leid.«

»Ich hätte dir geantwortet. Ach was, ich hätte dich besucht, wenn ich gewusst hätte, wo du wohnst. Keiner wollte mir etwas sagen.« Sie versuchte, wieder aufzutreten, und stellte fest, dass es ging. »Ich frage mich, ob er sie aufbewahrt hat.«

»Das spielt jetzt keine Rolle mehr. Ich kann dir sagen, was ich geschrieben habe, in allen Briefen. Ich habe dich vermisst. Ich habe mir Sorgen um dich gemacht.« Ich war immer mit Pixie Rae verbunden gewesen. Ich hatte jede Nacht an sie gedacht und wortlos dafür gebetet, dass es ihr gut gehen möge.

»Nun ja, du hast meine Nachrichten gelesen. Das tut mir leid. Ich weiß, dass sie ... schonungslos waren. Das war meine Therapie.« Sie verhakte die Finger ineinander. »Was musst du jetzt von mir denken ...«

»Ich denke, dass du eine unglaublich tapfere Überlebende bist. Und ich bin tieftraurig, weil ich mir wünsche, ich wäre hier gewesen.« Das war alles, was ich sagen konnte, und es kam aus tiefstem Herzen.

»Ich danke dir.« Sie löste die Hände und steckte sie in die Taschen meiner Jacke. Ich zuckte zusammen, als ich daran dachte, was darin sein könnte. Sie zog einen Zettel hervor und hielt ihn mir hin. »Ashlins Telefonnummer?«

Ich nahm den Zettel und warf einen Blick darauf. Ashlin musste ihn mir im Laufe der letzten zwei Tage in die Tasche gesteckt haben. Sie hatte sogar ein kleines Herzchen draufgemalt.

Ich zerknüllte den Zettel. »Sie ist ein Arschloch.«

»Ja. Ja, das ist sie.« Pixie holte tief Luft. »Mrs Jonas wird bald wieder zurück sein. Wir sollten jetzt lieber weg von hier.«

»Ja. Lass uns deine Sachen holen, und vielleicht kannst du ja bei mir wohnen.« Ich zuckte die Achseln, während die Worte aus meinem Mund strömten, ohne dass ich darüber nachgedacht hatte.

»Und dein Vater?« Sie schien erstaunt.

»Der hat mir nichts mehr zu sagen. Er wird uns nichts tun.« Ich lächelte, wusste aber, dass meine Augen vor Wut funkelten.

»Okay, gut, lass uns schauen, wie das läuft. Ich möchte so gern weg von Bic. Es sind sowieso nur noch ein paar Monate. Er hat gesagt, er würde mich rausschmeißen, sobald ich achtzehn bin.« Sie schob erst ihren Stuhl und dann meinen unter den Tisch, ehe sie zur Haustür ging.

»Ich hasse ihn.« Ich bemerkte das leise Knurren, das in meiner Kehle aufstieg.

»Stell dich hinten an, denn ich will ihn tot sehen.«

Pixie schloss die Tür mit dem Schlüssel ab, den sie um den Hals trug, und zusammen gingen wir die Treppe runter. Wir kamen nicht weit, denn an der Tür stand ein Polizist.

45. KAPITEL

Pixie Rae

Officer Sam stand vor meiner Wohnungstür. Na ja, er war jetzt Detective, und deshalb hatte er einen Anzug an, aber seine Marke konnte man sehr wohl sehen. Dreama unterhielt ihn mit einer Geschichte, bei der sie viel gestikulierte und fluchte. Sie schwankte auf ihren hohen Absätzen. Es kam mir so vor, als wäre sie betrunken. Als Gaze und ich in den Flur traten, hielt Sam einen Finger hoch, damit ich stehen blieb, und winkte mich dann zu sich heran.

»Lass uns abhauen«, flüsterte Gaze mir ins Ohr.

Ich wusste, dass wir viel zu bereden hatten, aber ihn an meiner Seite zu haben, machte mich glücklich und weckte nostalgische Gefühle in mir.

»Alles gut. Ich kenne ihn.« Als ich Gaze die Hand hinhielt, griff er danach und drückte sie leicht.

Als wir näher kamen, hörten wir noch das Ende von Dreamas Geschichte. Ihre ganze Aufmerksamkeit war auf Sam gerichtet. »Und dann dieses Mädchen! Ich schwöre, die ist abgrundtief böse. Sie ist mit dem Mann, der uns überfallen hat, geflüchtet, und ich glaube, der hat zwei Riesen aus Bics Brieftasche mitgenommen. Das ist alles so schrecklich und beängstigend. Er wollte Bic umbringen und er wird bestimmt wiederkommen, um mit mir das Gleiche zu machen.« Ihre riesigen blauen Augen richteten sich plötzlich auf Gaze und mich. »Oh,

Scheiße. Er ist zurück und will jetzt zu mir. Halten Sie ihn fest!«

Ich ließ Gaze' Hand los, sodass ich Sam umarmen konnte. Er erwiderte die Umarmung.

»Hey, kleine Kämpferin. Was ist hier los?« Er sah Gaze mit einem Lächeln an, das leicht erstaunt wirkte.

»Das ist Gaze. Er ist schwer wiederzuerkennen, weil er jetzt so ein Riese ist.«

»Wow. Hat man dir in deiner Pflegefamilie etwa Dünger zu essen gegeben?«

Sam reichte Gaze die Hand. Der schien zwar argwöhnisch, erwiderte aber die Geste.

Dreama war wütend, dass wir sie nicht weiter beachteten. Ich warf einen Blick in die Wohnung und sah, dass Bic mit Tampons in beiden Nasenlöchern auf der Couch saß. Er drückte sich eine Packung Tiefkühlerbsen an die Wange.

Ich hasste ihn.

Detective Sam schlug schließlich wieder einen sachlichen Tonfall an. »Ich habe hier eine Beschwerde, dass es einen heftigen Streit gegeben hätte?«

»Ich habe einen Anwalt.« Gaze' Miene verschloss sich.

»Das hört sich gut an. Ich bin froh, dass du einen Rechtsbeistand hast. Pixie, willst du mir erzählen, was hier vorgefallen ist?« Sam deutete mit dem kleinen Finger auf Bic und mit dem Daumen auf Gaze.

Ich schaute von Gaze zu Sam und dann wieder zurück. »Gaze hat etwas herausgefunden, was ihn bezüglich der Situation hier misstrauisch gemacht hat.«

Sam sah auf sein Notizbuch runter und nickte. »Das klingt nachvollziehbar.« Er wandte sich an Dreama. »Wollen Sie immer noch Anzeige erstatten, Miss?«

»Aber natürlich. Sehen Sie ihn sich doch an!« Sie deutete mit einem langen, falschen Fingernagel in Bics Richtung.

»Wissen Sie, was ich mit Bestimmtheit sagen kann? Ein paar Unternehmer aus der Gegend haben bezüglich einiger heikler Verträge, die Bic vor Kurzem ausgearbeitet hat, Beschwerden gesammelt. Er zieht wohl immer noch die gleiche alte Masche ab, was? Aber lassen Sie sich dadurch nicht von Ihrer Anzeige abbringen. Ich will Sie nur darauf vorbereiten, dass es eine lange Nacht werden könnte, wenn Bic mit auf die Wache kommt. Zwei Fliegen mit einer Klappe, falls Sie wissen, was ich meine.« Sam lächelte, doch keinem entging die Drohung, die in seinen Worten mitschwang. Na ja, bis auf Dreama.

»Schön. Das erledigen wir alles. Kein Problem. Komm, Bic? Oder willst du erst in die Notaufnahme? Damit man deine Verletzungen dokumentiert?« Sie ging langsam zu ihm hin und machte kleine Schritte, wobei sie betont die Hüften schwang.

»Es geht mir gut. Ich fühle mich tatsächlich schon viel besser.« Bic zog einen der Tampons aus der Nase, und sofort lief ihm das Blut wieder über die Lippe.

Dreama kreischte auf, nahm ihm den Tampon ab und schob ihn zurück in seine Nase.

»Das hatte ich mir schon gedacht. Keine Sorge, Bic. Das heilt wieder.« Sam beugte sich vor, um die Wohnungstür zuzuziehen.

Ich hob die Hand, um ihn aufzuhalten. »Kann ich ein paar Sachen mitnehmen? Ich werde jetzt woanders wohnen.«

Sam nickte und verschränkte die Arme vor der Brust. »Lass dir Zeit.«

Ich zog Gaze mit in die Wohnung, und zusammen gingen wir in mein Zimmer.

»Äh? Hast du den Cop irgendwie bestochen oder was?« Er schaute aus meinem Fenster.

»Nein. Das ist Sam. Seit der Verhaftung deines Vaters hat er, so gut es ging, auf mich aufgepasst.« Ich holte zwei große Reisetaschen hervor und deutete auf meine Kleidung im Schrank. »Kannst du bitte die Sachen da für mich einpacken? Ich habe das Gefühl, dass Bic mich hier nie wieder reinlassen wird, wenn kein Cop dabei ist.«

Ich ging in die Küche, um ein paar Müllsäcke zu holen.

Dreama wollte nicht klein beigeben und rief mit ihrer schrillen Stimme: »Das ist doch lächerlich. Dieser Junge hätte dich umbringen können. Und das hätte er wahrscheinlich auch, wenn ich dir nicht zu Hilfe geeilt wäre. Ich verstehe nicht, was hier vor sich geht.«

Bic fing an, immer wieder das Gleiche von sich zu geben. »Sie darf nicht gehen. Wir brauchen sie hier. Sie hilft bei der Wohnung mit.« Seine Stimmlage kletterte immer höher.

Ich beachtete Bics Gerede nicht, sondern nahm mir drei Müllsäcke und ging dann zurück in mein Zimmer. Gaze zog gerade den Reißverschluss der einen Reisetasche zu.

»Was geht da drinnen ab?« Er zog eine Augenbraue hoch und deutete mit dem Kinn aufs Wohnzimmer.

»Sie versucht immer noch, ihn dazu zu bringen, Anzeige zu erstatten, aber er will nicht. Er ist ein verschlagener Scheißkerl, und Sam weiß das.« Ich trat an meine Kommode – bei der sich nur zwei Schubladen öffnen ließen – und räumte alles aus.

Gaze ging zu meinem Bett und packte meine Stofftiere in einen Müllbeutel, einen zweiten füllte er mit meinen Schulsachen. In die zweite Reisetasche tat ich alle Bilder, auf denen meine Mutter und ich gemeinsam zu sehen waren. Das war meine Art, mich von ihr zu verabschieden. Ich packte mit meinem wiedergefundenen besten Freund alles in weniger als zehn Minuten zusammen. Auf dem Weg nach draußen griff ich noch nach meinem Kissen. Gaze nahm ein paar Bilder von der Wand ab, die mich und meine Mutter zeigten. Ich war ihm dankbar. Sie hingen schon so lange da, dass ich vergessen hatte, dass man sie ja abnehmen konnte. Dann schnappte ich mir noch mehrere Paar Schuhe, und das war's.

Dreama stampfte mit dem Fuß auf und schnaubte fast. Mir war nicht klar, was sie davon hatte, wenn gegen Gaze Anzeige erstattet wurde, aber irgendein Eigeninteresse spielte bei ihr immer mit rein. Normalerweise war es leichter zu durchschauen.

Sam trat zur Seite, um Gaze und mich herauszulassen. Er nahm sogar eine der Taschen, um uns beim Runtertragen zu helfen. Bic und Dreama folgten uns nicht.

»Okay, du ziehst jetzt also aus? Wo wolltest du noch mal hin?«

Sam war ein guter Fragensteller. Als ich noch allein gewesen war, hatte er häufig versucht, mich dazu zu bringen, von meinen Lebensumständen zu erzählen, doch die Scham hatte mich leise werden lassen, und nach einigen Drohungen von Bic war ich völlig verstummt. Außerdem hatte ich Angst. Ich hatte Angst davor, dass die Leute erfuhren, was los war … Angst vor all den Fragen, die auf mich zukommen würden, wenn ich auch nur ein Wort sagte. Und andererseits glaubte ich jedes Mal, dass das letzte Mal auch das letzte Mal sein würde. Sam hatte mir mehr als einmal gesagt, dass er Bic nicht mochte … dass er eine schmierige Art hätte.

»Sie wird bei mir wohnen«, erklärte Gaze. »Und sie wird sich nie wieder mit diesem Mistkerl Bic befassen müssen.«

Sam sah von Gaze zu mir und wieder zurück.

Er seufzte. »Das finde ich gut, aber Bruce ist gerade erst aus dem Gefängnis entlassen worden, weil er dich fast zu Tode geprügelt hätte, deshalb habe ich Bedenken.«

Gaze ballte die Hände zu Fäusten und richtete sich noch gerader auf. »Der Alte wird weder sie noch mich anfassen, sonst handelt er sich Schmerzen ein … und er ist ein Waschlappen.«

»Da will ich dir nicht widersprechen, und in meinen Augen ist Bic ebenfalls ein Waschlappen. Aber ich muss damit klarkommen, dass zwei Siebzehnjährige zusammenziehen. Ich meine ja nur, dass Bic – juristisch betrachtet – die bessere Wahl zu sein scheint.«

Fast hätte ich laut nach Luft geschnappt. Sowohl Gaze als auch Sam sahen mich an.

»Wartet. Ich habe eine Idee. Es muss ein Erwachsener da sein, nicht wahr? Der auf uns aufpasst?« Gaze holte sein Handy hervor.

»Hör mal, Junge, du weißt, dass das mit deinem Pflegevater problematisch ist. Er scheint ein großartiger Mensch zu sein, aber wir müssen uns nun mal an die Regeln halten.« Sam verlagerte sein Gewicht.

Ich hatte seit über sechs Monaten nicht mehr mit Sam gesprochen, doch heute Abend schien er alles über mich zu wissen. Vielleicht hatte er mich genauer im Auge behalten, als ich dachte.

»Nicht Mike, sondern sein Sohn … Austin. Er ist einundzwanzig und ein großartiger Typ. Was wäre, wenn er bei uns bleiben würde?« Gaze redete und tippte gleichzeitig. »Nur für ein paar Monate, bis Pixie und ich achtzehn sind.«

»Das scheint mir ein bisschen bedenklich.« Sam kratzte sich am Kinn.

Gaze legte den Kopf auf die Seite. »Wissen Sie, was ich bedenklich finde? Dass man mich aus einem liebevollen Zuhause herausreißt und dieser Familie wegnimmt, die mich adoptieren wollte. Aber mein beschissener Vater will die zehn Minuten, die er nüchtern ist, einen verdammten Wettstreit, und schon tut man so, als wäre das die bessere Wahl für mich.«

Ich hob eine Hand an den Mund. Adoptieren? Liebevolle Familie? Es schmerzte mich, was Gaze jetzt durchmachen musste, und gleichzeitig war ich eifersüchtig. Man merkte ihm an, dass die Familie ihm ans Herz gewachsen war. Er hatte ein Zuhause gefunden.

»Es tut mir so leid«, sagte ich.

»Nein. Vorher ist es mir nicht klar gewesen, aber jetzt erkenne ich es. Ich muss hier bei dir sein, Pixie. Ich muss nicht adoptiert werden. Der einzige Mensch, den ich brauche, bist du, und ich muss dich vor dieser miesen Bestie beschützen.« Er zeigte mit dem Finger in Richtung meiner Wohnung.

Es herrschte ein angespanntes Schweigen, während alles, was bekannt war, aber nicht ausgesprochen wurde, an die Oberfläche drängte.

Schmerz. So viel Schmerz. Ich schloss die Augen und wünschte mir, er würde vergehen.

Ich spürte, dass mir jemand leicht auf die Schulter tippte. Sams Augen waren feucht. »Was möchtest *du*, Pixie?«

»Ich will bei ihm bleiben.« Ich deutete auf Gaze. »Er war so lange weg, aber es fühlt sich richtig an, jetzt mit ihm zusammen zu sein.«

»Dann werde ich Himmel und Erde in Bewegung setzen, damit es klappt.« Dann wandte er sich Gaze zu und sagte: »Ruf Austin an. Schau, ob er bereit ist, bei euch einzuziehen …«

Gaze hielt sein erleuchtetes Handy hoch. »Er ist bereits unterwegs.« Dann reichte Gaze mir seine Hand. Ich nahm sie und trat an seine Seite. Mein Gaze.

»Wie viele Zimmer hat die Wohnung?« Sam sah zu der Wohnung hin, die meiner gegenüberlag.

»Zwei Schlafzimmer. Ein Wohnzimmer.« Gaze zuckte leicht zusammen, und ich spürte die Anspannung in seinen Muskeln. Das wären dann vier Personen in einer kleinen Wohnung.

»Wie soll das funktionieren?« Sam sah auf seine Uhr.

»Pixie bekommt ein Zimmer für sich. Austin und ich teilen uns eins.« Er zuckte die Achseln, als wäre das selbstverständlich.

»Und Bruce?« Sam sah uns aus zusammengekniffenen Augen an.

»Bruce kann meinetwegen im Müllcontainer schlafen. Er hat seit Jahren keine einzige Rechnung bezahlt. Aber wenn er bei uns bleiben muss, gibt's ja noch die Couch. Allerdings nur, wenn er nicht trinkt. Diese Regel werde ich durchsetzen.« Gaze drückte die linke Faust an den Oberschenkel, sodass die Gelenke knackten, als würde er sich auf den nächsten Fausthieb vorbereiten.

Sam sah mich an und blies die Backen auf, ehe er lange ausatmete. »Okay. Okay. Das ist eine sonderbare Situation, aber ihr seid ja auch immer sonderbare Kinder gewesen. Ich werde bei euch bleiben, bis Austin da ist. Morgen komme ich dann wieder vorbei, um die nächsten Hürden in Angriff zu nehmen.«

Gaze nickte.

»Hey, Pixie? Könntest du schon mal vorgehen? Ich möchte mich noch ganz kurz mit Gaze unterhalten.«

Ich wusste nicht, ob das eine gute Idee war, aber Sam verhielt sich sehr cool in der ganzen Situation. Gaze gab mir mit einem Nicken zu verstehen, dass es für ihn in Ordnung wäre, und so setzte ich mich in Bewegung.

Als wir schließlich vor seiner Wohnung standen, griff Gaze in seine Tasche und holte einen Schlüssel heraus.

Die Tür ging auf, und drinnen war es dunkel und still.

Gaze schaltete überall das Licht an. »Er ist nicht da. Natürlich nicht. Er hat mir erzählt, dass er sich regelmäßig mit einer Frau trifft, deshalb wette ich, dass er jetzt bei ihr ist.«

Sam sagte, dass er ein paar Anrufe erledigen müsste, und trat dafür in den Hausflur, wobei er die Tür hinter sich zuzog. Gaze und ich schleppten meinen Kram in sein Zimmer. Es war reine Gewohnheit, in das Zimmer zu gehen – sozusagen ins motorische Gedächtnis eingebrannt.

»Was hat Sam zu dir gesagt?« Ich drehte mich zu Gaze um, und er wurde rot. »Hm?«

»Eigentlich nichts. Du solltest aber wissen, dass dieser Cop dich wirklich ziemlich gernhat.« Er fing an, seine Sachen, die in der Kommode lagen, zur Seite zu schieben.

Ich drehte mich währenddessen zu meiner alten Wohnung um und sah Bic an meinem Fenster stehen. Er hatte immer noch die Tampons in der Nase. Dann lächelte er zwischen den beiden Fäden und fuhr sich mit dem Daumen über den Hals. Mir drehte sich der Magen um, und ich wollte schreien, doch stattdessen griff ich nach dem Vorhang und zog ihn vors Fenster. Ich wollte ihn nicht mehr sehen – nie wieder – und auch seinen Drohungen nicht glauben.

Ich war erschöpft. Der heutige Tag war ein langer, emotionaler Alptraum gewesen. Ich krabbelte mit meinem Kissen in Gaze' Bett.

»Ich kann nicht auspacken. Ich bin total erledigt.« Meine Lider wurden schwer.

Gaze kniete sich neben dem Bett hin und hielt mir seine Hand hin. Es war tröstlich und beruhigend, sein Gesicht zu sehen.

»Dann schlaf. Ich muss auf Austin warten, aber du brauchst heute nichts mehr zu machen.« Er schenkte mir ein winziges Lächeln, und ich nahm seine Hand.

Zum ersten Mal seit langer Zeit fühlte ich mich sicher. Jedes Mal, wenn ich die Lider senkte, blieben meine Augen länger geschlossen. Mit dem Bild von Gaze vor Augen, der mich ansah und meine Hand hielt, schlief ich ein.

46. KAPITEL

Gaze

Sie war meine Pixie. Versteckt in der Erwachsenen, zu der sie allmählich wurde, war das Mädchen, welches unter dem Regenbogen vom Strahl des Hydranten gestanden hatte … das Mädchen, in das ich mich verliebt hatte. Meine Schuldgefühle wurden immer größer, weil ich mich nicht stärker bemüht hatte, sie zu finden, weil ich ihr Verrat unterstellt hatte, während sie Bic ganz allein ausgeliefert gewesen war.

Die Wohnungstür ging auf, und Sam kam wieder herein. Er sah genauso erschöpft wie Pixie aus, ehe sie eingeschlafen war. Ich legte den Zeigefinger an die Lippen. Er nickte kurz und forderte mich dann mit einer Geste auf, ihm hinaus zu folgen.

Als Pixies Hand schlaff wurde und sie ruhig und tief atmete, deckte ich sie mit meiner Decke zu und schlich aus dem Raum, um mit Sam zu reden.

»Geht's ihr gut?« Er sah sich in der Wohnung um, während er mit mir redete.

»Ja. Alles gut. Austin sagte, er würde in einer halben Stunde hier sein. Mike fährt ihn.« Ich sah wieder auf mein Handy.

»Ich meine das ernst, was ich vorhin gesagt habe.« Sam bedachte mich mit einem strengen, unnachgiebigen Blick.

»Ach, kommen Sie! Sie wissen, dass Bic ein Arschloch ist. Er hat …« Nein, das war Pixies Geschichte. Es war nicht an mir, sie zu erzählen. Ich biss mir auf die Zunge.

»Ich weiß. Vom Bauchgefühl her habe ich ihn vom ersten Tag an gehasst. Aber du und dein Bruder haltet euch von ihr fern. Ihr dürft sie beschützen, aber ihr behandelt sie wie eine unschuldige Prinzessin.« Er sah auf sein Handy.

Ich ignorierte seine Warnung. Von diesem Augenblick an gehörte mein Leben Pixie. Man müsste mich schon umbringen, um an sie ranzukommen.

Ich wartete, während Sam eine weitere Textnachricht abschickte.

»Alles in Ordnung?« Er machte einen besorgten Eindruck auf mich.

»Ich muss los. Ich wollte eigentlich bleiben, um deinen Bruder kennenzulernen, aber es ist etwas dazwischengekommen.« Sein Blick ging zwischen der Wohnung und mir hin und her. »Meine Frau liegt in den Wehen, und ich muss jetzt zu ihr. Ich vertraue darauf, dass du heute Abend alles im Griff hast. Morgen früh werde ich jemanden herschicken, der nach dem Rechten sieht, aber sorge unbedingt dafür, dass alles friedlich bleibt, wenn Bruce nach Hause kommen sollte. Sie darf nicht in irgendetwas reingezogen werden. Heb dir deinen Groll für später auf. Verstanden?« Er sah wieder auf sein Handy und runzelte die Stirn. »Ich muss los.«

»Hey, meinen Glückwunsch. Ich glaube, Sie werden ein toller Vater sein.« Ich meinte es ernst. Sam war ein guter Kerl, soweit ich das beurteilen konnte. Er hatte mir gedroht wie ein besorgter Vater, als ich mit ihm hinter Pixie her zu meiner Wohnung gegangen war.

Sams Mundwinkel ging nach oben. »Ja. Danke. Es ist beängstigend, wenn man darüber nachdenkt.«

Ich schüttelte Sam zum Abschied die Hand, damit er sich keine Sorgen machte, weil er Pixie bei mir ließ. Dann setzte ich mich in Bruce' Sessel und schloss die Augen, bis mein Handy summte. Ich ging nach unten, um Austin die Tür aufzumachen. Wir umarmten und klopften uns gegenseitig auf den Rücken. »Na, Kleiner.«

»Vielen Dank, dass du gleich gekommen bist, Kumpel.« Ich streckte die Hand nach seiner Reisetasche aus.

Austin sah aus, als wäre er aus einem fremden Land angereist. Das Haar hatte er zu einem Knoten hochgebunden. Er trug ein weißes T-Shirt, das gerade so weit zerrissen war, dass es nicht absichtlich aussah – ich wusste natürlich, dass es doch so war –, Jeans und rosafarbene Basketballschuhe, dazu einen farblich passenden flatternden Schal.

»Ganz im Ernst ... Mom und Dad könnten nicht glücklicher sein. Sie haben sich solche Sorgen gemacht.«

Wir gingen die Treppen hoch, als mich plötzlich Verlegenheit überkam. Ich hatte die ganze Zeit nur an Pixie gedacht, aber nun wurde mir klar, was ich eigentlich von Austin verlangte.

Als wir meine Wohnungstür erreicht hatten, zögerte ich. »Mir ist gerade klargeworden, dass ich meinen ziemlich wohlhabenden Pflegebruder gebeten habe, für eine längere Zeit mit meinem Alkoholikervater und der Liebe meines Lebens, die ich auf gewisse Art fast entführt habe, auf der falschen Seite der Stadt zu wohnen.«

In seinen Augenwinkeln bildeten sich kleine Fältchen, als er mich anlächelte. »Wir sind Brüder ... nicht Pflegebrüder. Und die Burathons lassen nie einen der Ihren im Stich.«

Er drückte meine Schulter, während ich die Tür öffnete. »Und die Wohnung ist okay. Mit ein bisschen Kreativität kriegen wir das schon hin.«

Austin ging ins Wohnzimmer.

»Bitte, versprüh nicht zu viel Kreativität.« Ich stellte seine Reisetasche ab.

»Zeig mir alles, Kleiner. Ich muss wissen, wo ich anfangen soll.« Er leckte seinen Finger und hielt ihn in die Luft, als würde er prüfen, aus welcher Richtung der Wind kam.

Nach einem kurzen Rundgang, bei dem wir mein Zimmer vorerst aussparten, holte Austin seinen Schlafsack raus und zeigte auf die Couch. »Soll ich die nehmen?«

»Vorerst. Bruce und ich werden uns darauf einigen, dass du, ich und Pixie das Sagen haben werden. Und du bekommst ein Zimmer, das du vielleicht mit mir teilen musst. Wir werden sehen, was Pixie möchte.« Ich sah zu meiner Zimmertür.

»Ich kann es gar nicht erwarten, sie kennenzulernen. Für mich ist sie fast wie ein Promi. Ich habe so viel über sie gehört.« Austin streifte sich die Schuhe ab und schlüpfte aus seiner Jeans, dann stieg er in Shorts in seinen Schlafsack und legte sich auf die Couch.

Ich holte einen Stuhl aus der Küche und stellte ihn unter die Klinke der Haustür. »Ich höre, wenn er versucht reinzukommen, und werde mich dann mit ihm befassen.«

»Ich halte dir den Rücken frei. Keine Sorge.« Austin holte sein Handy raus, schrieb eine Nachricht und sagte: »Grüße von Mom und Dad.«

»Grüß sie zurück. Und vielen Dank, dass du den Erwachsenen-Part übernimmst.« Ich streckte meine Hand aus, und Austin und ich führten unseren persönlichen Handschlag aus, zu dem mehrere Abklatscher und eine alberne Fingerpistole gehörten.

»Gute Nacht. Ich werde in der Nähe von Pixie schlafen, denn sie wirkte ein bisschen verängstigt, ehe sie eingeschlafen ist.« Ich machte das Licht aus, und Austins Gesicht wurde vom Licht seines Handydisplays beleuchtet.

»Nacht, Kleiner.«

47. KAPITEL

Pixie Rae

Ich erwachte mit einem Ruck, denn ich hielt eine Hand, die sich geisterhaft tot anfühlte. Keuchend setzte ich mich auf und ließ sie los.

Gaze erhob sich ebenfalls und schaute erst zum Fenster und dann zur Tür. »Geht's dir gut? Oh, Scheiße. Mein Arm. Mein verdammter Arm ist abgestorben.« Gaze' Arm baumelte wie ein leerer Hemdsärmel herunter.

Ich fing an zu lachen, als er seinen Arm rieb. »Der ist eingeschlafen!«

Jemand klopfte leise an die Tür, und ein Typ steckte den Kopf ins Zimmer. »Bei euch alles in Ordnung?«

»Ja, alles gut. Mein Arm ist einfach nur komplett eingeschlafen. Austin, das ist Pixie. Pixie, das ist Austin, mein Pflegebruder.«

Niemand sah so elegant aus, wenn er gerade aus dem Bett kam, wie Austin. Er hatte ein Tuch um den Kopf gewickelt und stieß die Tür jetzt ganz auf. »Enchanté, mein Lämmchen.« Er griff nach meiner Hand und zog sie zu einem Kuss an seine Lippen. »Ah, sie errötet ganz reizend.«

»Nett, dich kennenzulernen, Gaze' Pflegebruder.« Ich zog Gaze' Decke bis zur Brust hoch und stopfte mir das Kissen in den Rücken, sodass ich mich im Sitzen unterhalten konnte. Als ich neben mich auf die Matratze klopfte, stemmte Gaze sich mit seinem guten Arm vom Boden hoch und kam an meine Seite.

Austin drehte den Schreibtischstuhl um, sodass er sich rittlings daraufsetzen konnte. Ich warf Gaze einen Seitenblick zu. »Ist er immer so cool?«

»Cooler.« Gaze grinste Austin an, hatte dabei aber einen liebevollen Ausdruck in den Augen.

»Okay, ihr Häschen. Lasst uns einen Schlachtplan entwerfen. Sagt mir, wie ich euch unterstützen kann.«

Austin legte die Unterarme auf die Rückenlehne des Stuhls und legte den Kopf auf die Seite. Ich sah Überreste von Eyeliner um seine Augen, und seine Fingernägel waren schwarz lackiert.

Gaze atmete einmal tief durch und berührte meine Finger. »Das überlasse ich dir, Pix. Du erzählst, was du erzählen magst.«

Ich sah auf meine Füße, die man unter der Bettdecke erahnen konnte. Mein Schutzpanzer hatte auf einmal tiefe Risse, und ich merkte, dass ich mir nur eingebildet hatte, gegen alles gewappnet zu sein.

Austins offene, vorurteilsfreie Miene sorgte schließlich dafür, dass ich es wagte. »Mein Stiefvater ist ein böser Mensch, und meine Mutter ist gestorben, sodass ich irgendwie nirgendwo hingehöre.«

Mehr konnte ich nicht hervorbringen, ehe mein Hals wie zugeschnürt war.

»Okay. Kein Stiefvater. Das klingt logisch.« Er sah Gaze an. »Und wie schlimm steht's hier?«, fragte Austin und zeigte auf den Boden.

»Bruce trinkt nicht, soweit ich weiß, oder er hat zumindest noch nicht wieder richtig angefangen. Aber er wird. Es könnte sein, dass er ein bisschen Theater macht, weil wir alle hier sind, aber er hat seit Jahren keine Rechnung mehr bezahlt. Er kann sich gern selbst rauswerfen.« Gaze fuhr sich mit der Hand durchs Haar und zerraufte es dadurch noch mehr.

»Okay. Alles klar. Müsst ihr jetzt in die Schule?« Er schaute auf sein Handy und drehte es, um uns zu zeigen, wie spät es war.

»Wir sind schon spät dran«, stellte ich fest.

»Nun, ihr werdet da hingehen, außer ihr seid schwer verletzt. Ich will niemandem einen Grund liefern, dass man uns sagt, das hier würde nicht funktionieren.« Austin stand auf und drehte den Stuhl in seine ursprüngliche Position zurück.

Ich hob die Hand.

»Ja, Zuckerschnütchen, du hast das Wort.« Er deutete eine Verbeugung an. Ich mochte ihn mit jeder Sekunde mehr.

»Was ist mit dir? Musst du irgendwo sein?« Er sah genauso alt aus wie wir. Er wirkte zwar ein bisschen weltmännischer und gewandter, aber trotzdem.

»Oh Baby. Bei mir gibt es wechselnde Verpflichtungen. Im Moment möchte ich dafür sorgen, dass Gaze und du bekommt, was euch zusteht«, sagte er und verließ den Raum.

»Ich schätze mal, wir gehen zur Schule?« Fragend sah ich Gaze an.

»Wenn du es möchtest. Die Regel besagt, dass wir nichts tun, was du nicht möchtest«, erklärte er und sah mich mit entschlossenem Blick an.

»Ja. Wir werden uns den Leuten stellen müssen.« Ich streckte meine Hand aus, und er ergriff sie mit der Hand, die nicht eingeschlafen war.

»*Wir* ... das ist hier das Stichwort. Zum Teufel mit allen anderen. Wir werden füreinander da sein, wie wir es immer gewesen sind.« Er drückte meine Hand und kam vom Bett hoch.

»Ich besorg uns was zu essen, während du dich fertig machst. Willst du duschen?«

Duschen ... ich hatte völlig vergessen, meine Sachen aus dem Badezimmer mitzunehmen. Aber ich brauchte es nicht laut auszusprechen. Gaze nickte bereits. »Okay, ich habe Seife und Shampoo. Was brauchst du sonst noch?«

»Eine Haarspülung? Einen Rasierer? Ich weiß nicht. Ich habe noch nicht einmal Geld, das ich dir geben könnte.« Frustriert warf ich die Hände in die Luft.

»Kein Problem. Es ist alles ein bisschen anders jetzt. Wir können uns alles besorgen, was wir brauchen.«

Ich stand auf und legte seine Decke um meine Schultern. Dann ging ich zu seinem Schreibtisch und nahm mir Papier und einen Stift. Doch plötzlich hatte ich für einen kurzen Moment wieder den Abend vor Augen, als sein Vater ihn verprügelt hatte, und ich hielt inne.

»Du erinnerst dich immer noch daran?« Er stand neben mir. »An jenen Abend?«

»Manchmal.« Ich zuckte die Achseln. Zumindest wusste er, dass es schrecklich gewesen war – und unvermeidlich.

Ich schrieb alles auf, was ich brauchte und mir gerade einfiel. »Danke. Ich werde dir das Geld dafür zurückgeben.«

»Nein, das wirst du nicht. Das ziehen wir gemeinsam durch. Außerdem haben wir Austin, der tatsächlich ein bisschen zaubern kann.« Er steckte meinen Zettel in die Tasche seiner Fahrradshorts. »Ich bin in ungefähr zehn Minuten zurück.«

»Ich werde versuchen, meine Sachen zu ordnen, und zumindest etwas heraussuchen, das ich heute anziehen kann.«

Während Gaze weg war, hatte ich Schwierigkeiten, mich auf meine Aufgabe zu konzentrieren. Da klopfte Austin leise an den Türrahmen. »Hey, Kleines. Hast du 'ne Minute für mich?«

Mir fiel auf, dass er im Flur blieb, sich aber an den Türrahmen lehnte, sodass ich an ihm vorbeikonnte, wenn ich wollte. Es war sehr respektvoll, und dafür war ich ihm dankbar.

Ich strich mir das Haar aus dem Gesicht. »Ja, klar.«

»Gaze ist verrückt nach dir. Nur damit du's weißt. Er hat wirklich viel über dich gesprochen, während er bei uns lebte.« Austin steckte die Hände in die Hosentaschen.

»Danke. Wir standen uns lange Zeit sehr nahe. Ich bin froh, dass er wieder da ist.« Ich fragte mich, ob Austin mir noch etwas anderes sagen wollte.

»Ich bin nur hier, um zu helfen. Wenn du etwas brauchst oder ab und zu einfach mal willst, dass ich verschwinde, sag mir Bescheid. Wir haben uns gerade erst kennengelernt, aber ich möchte diesen Prozess beschleunigen, damit du dich hier wohl und gut aufgehoben fühlst … in dieser Wohnung, in der wir wohl beide eigentlich nicht sein dürften«, sagte er und deutete mit einer Geste an, dass das brenzlig werden könnte.

»Da hast du nicht unrecht. Ich bin nur froh, dass ich gestern Abend nicht nach Hause musste. Und es wäre schön, wenn das so lange wie möglich so bleibt.« Das war alles, was ich im Moment dazu sagen konnte. Alles hatte sich so schnell verändert. Das Leben plätscherte so dahin, bis es sich plötzlich von einer Sekunde zur anderen in etwas völlig Neues verwandelte.

»Okay, ich werde jetzt unter die Dusche gehen, solange Gaze noch unterwegs ist. Aber ich beeile mich.« Er drehte sich um und ging ins Wohnzimmer zurück.

Ich sortierte meine Kleidung und ein paar andere Sachen. Es gelang mir, etwas zum Anziehen für die Schule auszusuchen, und ich fand eine einzelne Haarspange in einem Seitenfach meiner Reisetasche. Gaze war wieder zurück, als Austin gerade das Wasser in der Dusche abstellte, woraufhin ein schreckliches Quietschen durch die ganze Wohnung ging.

»Das heiße Wasser gibt alptraumhafte Geräusche von sich, aber zumindest bleibt es jetzt die ganze Zeit heiß.« Gaze legte die Einkaufstüten aufs Bett. »Ich glaube, ich habe alles bekommen. Willst du mal schauen?«

Ich warf einen Blick in die Tüten. »Perfekt. Das ist alles prima. Danke dir.«

»Gern geschehen. Austin, war da ein Handtuch in der Dusche?« Austin hatte eine frische Jeans an, als er mit nacktem Oberkörper und einem Handtuch um seinen Kopf aus dem Badezimmer kam.

»Ich hab's gerade um.« Er deutete auf seinen Kopf. Vom Eyeliner war jetzt nichts mehr zu sehen. Er hatte zwei Tattoos auf der Brust: einen großen Schmetterling und ein Herz mit Pfeil, in dem das Wort *Mom* stand.

»Okay.« Gaze öffnete einen Schrank und holte ein frisches Handtuch heraus, das aussah, als wäre es von einem Schlafwandler zusammengelegt worden. »Hier, für dich. Lass dir Zeit. Wir sind eh schon zu spät. Wahrscheinlich trudeln wir erst zum Mittagessen ein.«

Ich nahm meine Klamotten und die Tüte mit den Sachen, die Gaze besorgt hatte, mit ins Badezimmer. Nachdem ich geduscht hatte, ließ ich die Dinge, die ich täglich brauchen würde, im Badezimmer, legte meine dreckigen Sachen zusammen und packte sie in eine der Tüten.

Als ich ins Wohnzimmer trat, saßen die beiden Jungs auf dem Sofa. Ich rubbelte mir die Haare mit dem Handtuch trocken.

»Püppchen, wir haben beide die gleichen schwierigen Haare. Was machst du damit?« Austin stand auf und trat zu mir. »Darf ich sie anfassen?«

Ich warf ihm einen überraschten Blick zu, nickte aber kurz. Er nahm eine Locke und rieb sie zwischen den Fingern.

»Äh, ich lass sie einfach trocknen? Na ja, heute werde ich mir einen Pferdeschwanz machen.« Ich hob mein Handgelenk mit dem Haargummi daran in die Höhe.

»Darf ich kurz was ausprobieren mit deinen Haaren?« Er legte den Kopf auf die Seite und sah mir in die Augen.

»Klar.« Austin wirkte so ungezwungen, was einfach nur bewundernswert war.

Er ging ins Badezimmer und kam sofort wieder mit einer Tube Haargel zurück. »Wirf die Haare nach vorn und schüttel sie aus.«

Ich tat, worum er mich gebeten hatte.

Als Austin Gel aus der Tube drückte, gab diese einen Ton von sich, der nach einem feuchten Pupser klang, und Gaze prustete vor Lachen los.

»Hör auf damit. Wir sind keine zehn mehr, Gaze Patrick.« Ich fing auch an zu lachen, während ich weiter mit hängendem Kopf dastand.

»Oh Mann, jetzt nicht du auch noch.« Austin gab weiter unanständige Geräusche von sich, während er das Gel vom Haaransatz bis in die Spitzen einarbeitete. »Ja. Wunderbar. Warte, bis du die Locken siehst, wenn alles getrocknet ist. Okay, jetzt wirf sie nach hinten und lockere sie mit den Händen auf.«

Ich schob die Finger in mein Haar und fuhr durch die Strähnen. »Das riecht toll.«

»Oh ja. Wir müssen uns doch mit einem schönen Duft umgeben. Außer Gaze natürlich.« Austin drehte sich um und grinste ihn an.

Gaze zeigte ihm den Mittelfinger und lachte.

»So, ihr Lieben. Ihr seid fertig und könnt jetzt was lernen. Auf geht's.« Austin hängte sich eine große Kuriertasche über sein tiefblaues Hemd.

»Du musst nicht mitkommen«, sagte Gaze, der ebenfalls aufgestanden war und nach seinem Rucksack griff.

»Ich komme mit, um sicherzugehen, dass alles in Ordnung ist. Außerdem könnt ihr mir unterwegs ein bisschen was von der Gegend zeigen. Bis wann geht die Schule?«

»Tja, wir müssen sehen, ob Gaze für den Schlag gestern ein Spielverbot oder Strafstunden aufgebrummt bekommt«, überlegte ich laut. »Hast du eine E-Mail oder einen Anruf von der Schule bekommen?«

»Noch nicht, aber der Coach wollte mich heute vor dem Training sehen, deshalb werde ich wohl herausfinden müssen, was mich dort erwartet.« Gaze öffnete die Tür.

Ich holte meine Schultasche aus Gaze' Zimmer und folgte Austin in den Hausflur.

»Was ist mit dir, mein Püppchen? Wirst du bleiben und beim Training zuschauen, oder hast du irgendetwas anderes vor?«, fragte Austin, der vor uns die Treppe runterging.

»Nein. Nichts. Ich bin eigentlich lieber draußen, als dass ich nach dem Unterricht noch in der Schule abhänge.« Ich trat durch die Tür, die Austin mir aufhielt. »Ich werde so um Viertel vor drei fertig sein.«

»Okay. Ich bin dann da und gehe mit dir zusammen nach Hause.«

Gaze reichte Austin den Haustürschlüssel. »Hier, falls du in die Wohnung reinwillst.«

»Du brauchst mich nicht nach Hause zu bringen. Ich kenne den Weg.«

Austin nahm den Schlüssel und schüttelte den Kopf. »Ich werde euch beide begleiten, um im Hinblick auf Sam auf der sicheren Seite zu sein. Außerdem werde ich für uns Ersatzschlüssel anfertigen lassen«, sagte er und zeigte die Treppe hoch Richtung Wohnung.

Er ging neben mir und reichte mir seinen Arm. »Und, mein Püppchen, denk mal an diese Miststücke in der Schule. Ich will nicht, dass das weiter eskaliert. Deshalb werde ich da sein, wenn Gaze Training hat.«

»Okay. Das klingt gut.« Und das tat es wirklich. Austin war einfach nur richtig freundlich, und ich freute mich darauf, Zeit mit ihm zu verbringen.

Der Weg zur Schule verlief ruhig, und wir trafen auch niemanden, der reden wollte. Als wir an der Schule ankamen, hielt Gaze Austin und mir die Tür auf.

»Es könnte sein, dass ich gleich wieder draußen bin. Ich weiß nicht, was die mit mir vorhaben.«

Weil wir zu spät waren, mussten wir klingeln, um am Wärterbereich vorbeizukommen, und dann trug Austin uns in eine Liste ein. Aber das war im Grunde nur Show von ihm, denn eigentlich musste man sich nie eintragen, wenn man durch wollte.

Er nahm uns beide kurz in den Schwitzkasten und gab uns einen Kuss auf den Kopf. Selbst Gaze ließ es zu, verpasste Austin dabei aber einen Schlag in die Magengrube. »So, meine Küken. Seid brav. Macht's gut. Ich hab euch lieb.«

Die Sekretärin hielt uns auf, ehe wir weitergehen konnten. »Ihr beide sollt sofort ins Büro der Beratungslehrerin kommen. Die stellvertretende Schulleiterin wird ebenfalls gleich da sein, sobald sie einen Moment Zeit hat, aber zu Mrs Wales könnt ihr gleich.«

Sie gab uns einen Passierschein. Als wir im Flur vor den Büros standen, streckte Gaze seine Hand aus. Ich ergriff sie.

»Wir schaffen das.« Er sah mich mit einem Lächeln an, das mich an frühere Zeiten erinnerte.

»Das glaube ich allmählich auch.«

Im Büro der Beratungslehrerin wurden wir getrennt. Sie

wollte zuerst mit mir sprechen, aber weil die Büroräume zum Flur hin alle verglast waren, konnte ich Gaze' Kopf im Raum auf der anderen Seite des Flurs sehen.

Mrs Point, die stellvertretende Schulleiterin, erschien und sprach in ein Walkie-Talkie, als sie die Tür öffnete.

Die Beratungslehrerin Mrs Wales räusperte sich, damit ich mich ihr zuwandte.

»Hallo Pixie. Ich will mit dir über das reden, was gestern vorgefallen ist ... während des Feueralarms.«

»Ich würde lieber alles vergessen, was gestern war.« Ich legte die Hände in den Schoß und schob die Finger ineinander.

»Aber ist das gesund? Das war schließlich ein ziemlich traumatisierendes Erlebnis, denke ich mal.« Mrs Wales schob die Lippen vor. Bestimmt dachte sie, dass sie damit wie eine richtige Therapeutin aussah.

»Das weiß ich nicht«, erwiderte ich ehrlich. Gab es eine Strategie, wie man sich am besten verhielt, wenn man praktisch nackt vor der ganzen Schule stand?

»Nun, ich habe mich ein bisschen umgehört, und es gibt ein paar Gerüchte, wer dir das angetan haben könnte. Natürlich gibt es keine Kameras in den Umkleidekabinen, aber ein paar Mädchen waren in der Nähe, als der Feueralarm losging. Wir überprüfen das und werden noch mit einigen Schülern sprechen.«

Ich sah meine kurzen Nägel an. Seit Gaze weggegangen war, hatte ich mit dem Nägelkauen angefangen. Ich versuchte zu verstehen, was Mrs Point zu Gaze sagte, aber Mrs Wales redete weiter auf mich ein.

»Hast du Probleme mit irgendwelchen Leuten hier an der Schule?« Sie gab etwas in den Computer ein.

»Nein.« Ich würde Ashlin und ihre Dreckschleudern ganz

sicher nicht anprangern. Sie würden mir danach das Leben noch viel mehr zur Hölle machen.

»Es ist nichts zwischen dir und Ashlin vorgefallen wegen dieses neuen Jungen an der Schule? Der, mit dem du gerade reingekommen bist?« Sie nahm ihre Lesebrille ab und begann, an einem der Bügel zu kauen.

»Ich weiß nicht, wovon Sie reden. Und Gaze ist nicht neu. Er hat vor ein paar Jahren schon mal hier gewohnt. Ich war lange vor Ashlin mit ihm befreundet.« Ich presste die Lippen zusammen.

»Es besteht also keine Feindseligkeit zwischen euch beiden?« Sie setzte ein etwas gezwungenes Lächeln auf, und es sah nicht so aus, als meinte sie es ehrlich – sie schien eher stolz zu sein, weil sie glaubte, mich zu durchschauen.

»Stecke ich in Schwierigkeiten?« Ich wollte hier raus. Gaze ging lächelnd vorbei, und Mrs Point lachte, deshalb nahm ich an, dass sein Gespräch gut verlaufen war. Sobald er außer Sicht war, vibrierte mein Handy.

»Nein, solange du nichts mit dem Feueralarm zu tun hast.« Sie setzte ihre Lesebrille wieder auf und gab noch etwas in den Computer ein.

»Es war einfach ein unglückliches Timing und Vergesslichkeit von meiner Seite. Hätte jedem passieren können.« Ich fing allmählich an zu schwitzen. Glücklicherweise hatte ich Gaze' Deo benutzt, denn das hatte ich ebenfalls zu Hause vergessen.

»Okay. Wenn das deine Version der Geschichte ist und du dabei bleibst, werde ich dir einen Passierschein geben, damit du zur nächsten Stunde in den Unterricht gehen kannst. Es wird in ungefähr zehn Minuten zur Pause klingeln.« Sie reichte mir den rosafarbenen Zettel mit ihrer makellosen Unterschrift darauf. Ich stand auf und bedankte mich aus reiner Gewohnheit bei ihr, obwohl ich nicht das Gefühl hatte, dass sie mir einen Gefallen getan hatte.

Als ich aus dem Büro der Beratungslehrerin trat, sah ich Mrs Point auf einem Stuhl im Wartebereich sitzen und sich Notizen auf ihrem Klemmbrett machen. Schnell huschte ich vorbei, denn ich wollte ihre Aufmerksamkeit nicht auf mich ziehen. Das Verhör bei Mrs Wales hatte mir gereicht, und Gaze und ich hatten uns ja noch gar nicht abgesprochen hinsichtlich der Geschichte, die wir erzählten. Es war so viel in so kurzer Zeit passiert, dass wir unvorbereitet waren. Plötzlich fiel mir die Textnachricht wieder ein, und ich holte mein Handy heraus, während ich über die glänzenden Fliesen durch den Flur lief.

Hab Strafstunden aufgebrummt bekommen. Kein Spiel heute. Sehe dich nach Schulschluss. Darf nicht in die Cafeteria.

Ich atmete tief durch und sah zur Decke hoch. Die Vorstellung, ohne Gaze in die Cafeteria zu gehen, war ätzend. Also beschloss ich, mir einen Snack aus dem Automaten zu holen und dann auf direktem Wege in die Bibliothek zu gehen, um zu lesen. In der Cafeteria würde ich mich eh auf jedem Handydisplay sehen, und das brauchte ich nun wirklich nicht. Das Ganze war schon alptraumhaft genug.

Ich beschloss, mich für ein paar Minuten in den Waschraum zurückzuziehen, um nach ein paar Minuten Ruhe wieder einen klaren Kopf zu haben. Solche Gespräche wie eben mit Mrs Wales waren mir ein Gräuel, und ich war nicht gut darin, Lügen aus dem Ärmel zu schütteln. Außerdem war ich mir nicht sicher, ob es richtig gewesen war, Ashlin und ihre bescheuerten Freundinnen zu schützen.

Die Tür zum Waschraum quietschte, als ich sie öffnete, und die Stimme, die ich am wenigsten hören wollte, hallte mir entgegen. »Und dann hab ich ihr gesagt, wenn sie mir mit dem Scheiß kommen will …«

Ashlin, Megan und Beccy erstarrten, als sie mich sahen.

»Ach, du heilige Scheiße. Schau mal an, wer die Eier hat, nach der gestrigen Stripshow wieder in die Schule zu kommen!« Megan kam mit federnden Schritten auf mich zu.

Ashlin holte ihr Handy heraus und hielt es mir hin. Schnell warf ich einen Blick darauf, und natürlich zeigte es ein Foto von mir, auf dem ich vergeblich versuchte, meine Brüste zu bedecken.

»Ich bin wirklich überrascht, wie groß deine Titten sind. Bindest du sie sonst etwa ab, oder was machst du mit denen? Alles in allem hast du einen hübschen Körper. Gaze hatte letzte Nacht bestimmt Riesenspaß mit dir. Hast du viel von deinem Stiefvater gelernt? Für diese alten Knacker ist es ja schwer, einen hochzubekommen. Deshalb bist du es bestimmt gewöhnt, die ganze Arbeit zu machen.«

Da sah ich rot. Die gestrige Scham vermischte sich mit der Demütigung durch ihre Worte, und bei mir legte sich ein Schalter um. Ich trat auf sie zu und streckte die Hand nach ihrem Handy aus. Doch sie versteckte es kreischend hinter ihrem Rücken und lachte.

»Ach, leck mich.« Ich holte aus und schlug ihr mit aller Kraft ins Gesicht.

Es waren drei gegen eine, aber ich hatte die Nase voll davon, mir anzuhören, was aus Ashlins Mund kam. Ich wollte einfach nur, dass sie still war. Sie drehte sich wieder in meine Richtung, eine Hand lag an ihrem Gesicht. »Wie kannst du es wag…?«

Dieses Mal zielte ich genau auf ihre Nase. Es hörte sich so an, als würde jemand auf eine Dose mit Zahnstochern treten, als ich sie traf. Ashlin verdrehte die Augen, sodass man nur noch das Weiße sah.

»Oh mein Gott. Du hast sie umgebracht!« Megan drängte sich an mir vorbei.

Ashlin hielt sich die Hand vors Gesicht, und das Blut quoll zwischen ihren Fingern hervor.

Ich wartete noch einen Moment, ob eines der anderen Mädchen den Kampf aufnehmen würde, aber das taten sie nicht.

Ich schulterte meinen Rucksack und ging auf direktem Wege zum Büro der Beratungslehrerin zurück. Mrs Point schaute von dem Stuhl im Wartebereich auf, den sie in einen mobilen Arbeitsplatz verwandelt hatte, und lächelte mich an. Sie hatte keine Ahnung.

»Tja. Vielleicht sollten Sie die Krankenschwester zum Waschraum schicken. Und ich bin mir ziemlich sicher, dass man mich verhaften wird oder dass ich Strafstunden aufgebrummt bekomme.« Ich setzte mich zwei Stühle entfernt von Mrs Point hin, während sie über ihr Walkie-Talkie jemanden wegen eines Notfalls zum Waschraum beorderte.

»Dann muss ich also nicht nach dem Schuldigen suchen?«, fragte sie und kam von ihrem Stuhl hoch.

»Es war das letzte Mal, dass sie was zu mir gesagt hat. Ich bin nicht auf einen Kampf aus, aber Ashlin kann sich auf den nächsten gefasst machen, wenn ich mir je wieder irgendwelchen Dreck von ihr anhören muss.«

Mrs Wales trat auf den Flur. »Habe ich gerade richtig gehört, dass eine Schülerin im Waschraum verletzt worden ist?«

Mrs Point verschwand durch die Tür und eilte trotz ihrer hohen Absätze erstaunlich schnell in Ashlins Richtung.

Ich drehte mich zu Mrs Wales um. »Ja. Erinnern Sie sich, dass ich sagte, ich hätte mit niemandem ein Problem? Da lag ich wohl falsch. Ich habe das bösartige Miststück gerade vor zwei Minuten niedergeschlagen.« Ich deutete mit dem Daumen in Richtung Waschraum.

Mrs Wales' Augen wurden groß, und sie stürmte ebenfalls davon. Ich blieb im Wartebereich sitzen, denn man würde mich heute noch brauchen. Ich konnte mir nicht vorstellen, dass es anders laufen würde.

48. KAPITEL

Gaze

Ich hatte nicht damit gerechnet, Pixie mit einem Kühlkissen auf der rechten Hand im Strafstundenraum zu sehen.

»Was ist passiert?« Ich stand auf und ging trotz der Ermahnung des Lehrers zu ihr.

»Sie hat ein paar Sachen gesagt.« Sie zuckte die Schultern und ging zu dem Stuhl, der neben meinem stand.

»Ashlin?« Ich vermutete richtig.

»Ja. Ich hab ihr ins Gesicht geschlagen. Es tut mir noch nicht mal leid. Vielleicht kommen die Schuldgefühle ja später.«

»Es hat nicht die Falsche getroffen. Ehrlich. Ist deine Hand in Ordnung?« Ich hob ihre Hand hoch, um sie mir besser anschauen zu können. Sie lief bereits blau an. »Ja, das muss gekühlt werden. Hast du sie k.o. geschlagen? Ich hoffe doch, dass ihr Gesicht zehnmal schlimmer aussieht als deine Hand.«

»Ich weiß es nicht. Hab nicht viel gesehen, weil ich mich so schnell wie möglich verdrückt hab. Ich schwör's dir ... diese Schule ist mittlerweile verflucht.«

»Ihr habt alle was zu erledigen.« Die Stundenaufsicht schlug mit ihrem Lineal auf den Schreibtisch.

Pixie war gerade erst in den Strafraum verdonnert worden und hatte deshalb noch keine Aufgaben von ihrem Lehrer bekommen. Außerdem musste sie ihre Hand kühlen. Sie war froh, einfach nur dasitzen und aus dem Fenster schauen zu können. Ab und zu atmete sie tief durch, legte den Kopf in den Nacken und schaute zur Decke hoch.

Ich sah jetzt immer häufiger meine Pixie von früher durchschimmern. Die Pixie Rae, die ich gekannt hatte, würde einem Mädchen, das andere mobbte, auf jeden Fall ins Gesicht schlagen. Ich war froh, denn offensichtlich war sie zu dem Schluss gekommen, dass sie den gleichen Schutz verdiente wie all jene, um die sie sich früher immer gekümmert hatte ... und zu denen auch ich gehört hatte.

Irgendwann durften wir aufstehen, uns ein bisschen bewegen und essen – aber ohne uns zu unterhalten. Bis zum Nachmittag hatten Pixies Lehrer ihre Mitschüler mit Aufgaben für sie geschickt. Die schauten sich im Raum um, als wären wir gefährliche Verbrecher, und suchten alle ganz schnell wieder das Weite. Sie nahm sich erst einmal die Texte vor, die sie lesen musste, denn offensichtlich brauchte ihre Hand noch Schonung.

Als endlich Schulschluss war, konnten wir gar nicht schnell genug aus dem kleinen Klassenraum verschwinden.

Pixie nahm ihre Bücher und packte sie in ihren Rucksack, den sie über ihre Schulter hängte, während sie auf mich wartete. Allein ihr Anblick gab mir ein gutes Gefühl.

Als ich die Hand ausstreckte, sah sie mich verwirrt an. Ich senkte das Kinn und zog eine Augenbraue hoch, bis sie den Rucksack abnahm. Diesen hängte ich mir zusammen mit meinem über die Schulter. Dann streckte ich die Hand wieder aus. Sie schob ihre in meine, und wir verließen zusammen das Gebäude. Es würde Gerede geben. Man würde es Ashlin erzählen, dass Pixie und ich Händchen hielten ... zumindest hoffte ich das.

Im Gedränge des Flurs zog ich Pixie enger an mich und sorgte dafür, dass sie durch die Tür kam, ohne gequetscht zu werden. Es hatte schon Vorteile, von großer, kräftiger Statur zu sein.

Ich hörte, wie die Umstehenden meinen und ihren Namen sagten, aber vielleicht bildete ich mir das auch nur ein. Als wir aus dem Schulgebäude raus und bereits ein kurzes Stück gegangen waren, kam Austin auf uns zugelaufen.

»Na, ihr Hübschen. Wie war die Schule? Kein Training, Gaze?« Er löste unsere Hände und hakte sich bei uns beiden ein, sodass wir zu dritt nebeneinander weitergingen. »Oh, meine Schöne, was ist denn mit deiner Hand passiert?«

»Pixie hat das Miststück geschlagen, das sie gemobbt hat. Heute hat man mir nicht erlaubt, am Training teilzunehmen, aber morgen darf ich hingehen.« Ich zog an Austins Arm, sodass eine große Gruppe von Erwachsenen, die alle Anzüge trugen, an uns vorbeigehen konnte.

»Wow. Ihr seid echt knallhart.« Austin sah Pixie an. »Wie hat es sich angefühlt?«

Ihre Augen leuchteten auf, als sie zu ihm hochschaute. Ich wusste, was für ein besonderes Gefühl es in einem auslöste, wenn Austin einem seine Aufmerksamkeit schenkte.

»Widerlich. Ich habe immer noch das knackende Geräusch von ihrer Nase im Ohr. Außerdem fühle ich mich ein bisschen schlecht deshalb. Weißt du … natürlich ist sie ein Arschloch, aber wir hoffen doch alle, die Highschool ohne echten Schaden zu überstehen. Ich glaube, ihre Nase könnte komisch zusammenwachsen.« Dann zuckte sie die Achseln.

»Du bist ein guter Mensch, Pixie Rae. Bleib, wie du bist. Jemand musste ihr eine Lektion erteilen, weil sie sich grundlos grausam verhalten hat, und dazu ist kaum einer bereit. Möge ihre schiefe Nase sie daran erinnern, ein besserer Mensch zu sein.« Austin warf die Haare nach hinten, ohne dafür die Hände zu benutzen.

»Danke.« Pixie wirkte beruhigt. Austin trat einen Schritt zurück, löste seine Arme von unseren und legte unsere Hände wieder ineinander.

»Ich bin am Verhungern. Wo gibt's hier das beste Essen? Warum zeigt ihr beide mir nicht ein bisschen was von der Gegend?«

Ich drückte kurz Pixies gesunde Hand. »Das hört sich toll an. Ich würde gern ein bisschen herumlaufen, wie wir das früher immer getan haben.«

»Okay. Ich auch.«

49. KAPITEL

Pixie Rae

Es fühlte sich wie ein Traum an, aus dem ich Angst hatte zu erwachen. Ich war aus meiner Wohnung raus. Ich war mit Gaze zusammen. Und Austin hätte noch nicht einmal toller sein können, wenn er es versuchte. Ich hatte es nicht darauf abgesehen gehabt, Ashlin zu schlagen, aber die plötzlichen Veränderungen in meinem Leben hatten mir den Mut dazu gegeben.

Und es war zwar ein überwältigendes Gefühl, dass Gaze in der Schule mit mir Hand in Hand ging, doch ich gab mich nicht dem Irrglauben hin, dass Ashlin mich in Zukunft in Ruhe lassen würde. Aber darüber würde ich mir später Gedanken machen. Heute gingen wir erst einmal zu *Pete's Pizza*, und Gaze bestellte eine Familienpizza mit Käse und Cola für uns. Wir saßen zu dritt am Tisch und tauschten Geschichten aus, während wir uns über das Essen hermachten.

Gaze und ich erzählten vom fetten Drecksack, der Taube, die der Grund gewesen war, dass Gaze das erste Mal die Planke überquert hatte. Als Gaze zu dem Teil der Geschichte kam, wo wir uns zufällig geküsst hatten, ließ er die Stelle aus, zwinkerte mir aber zu.

Eine wundervolle Verwirrung erfasste mich, denn auch wenn ich Gaze schon vor so langer Zeit in mein Herz geschlossen hatte, errötete ich jetzt, da er ein ausgewachsener, gutaussehender junger Mann war.

»Erinnerst du dich noch an die Essensschlacht im vergangenen Sommer?«, fragte Austin Gaze offensichtlich provokant.

»Das war keine Essensschlacht. Das war ein hinterhältiger Angriff.«

Austin hielt den knusprigen Rand seiner Pizza hoch und meinte: »Du hast die Torte so komisch angeguckt. Sie hat mich dazu aufgefordert.« Austin griff in seine Tasche und holte sein Handy hervor. Während er durch seine Galerie scrollte, bemerkte ich, dass sein Nagellack leicht abblätterte ... und dass er gut bei ihm aussah.

»Ah, da haben wir's ja.« Austin reichte mir sein Handy.

Gaze war darauf zu sehen, wie er sich gerade über einen Maiskolben hermachte. Direkt hinter ihm war ein Pool und etwas weiter im Hintergrund ein Basketballfeld zu sehen.

Gaze beugte sich zu mir rüber, als ich auf das Dreieck tippte, um das Video zu starten. Fröhliches Gelächter schallte aus dem Handy.

Gaze deutete auf das Display, als handelte es sich um irgendeinen skandalösen Beweis. »Das war alles geplant? Und du hast es sogar gefilmt?«

»Tut mir leid. Ich dachte, ich hätte es dir bereits geschickt. Es ist so schwierig, alle in den großen Gruppenchat hinzuzufügen.«

Im Video konnte man nun sehen, wie eine Torte mitten in Gaze' Gesicht landete – eine Szene, wie man sie aus uralten Slapstickkomödien kannte. Als Nächstes zeigte das Video, wie Gaze hochkam und über den Tisch sprang.

Austin erzählte, dass Teddi dann schnell das Handy gegriffen und draufgehalten hätte, als Austin und Gaze miteinander rangen, ehe Austin schließlich im Pool landete.

Ein anderer Junge kam von hinten und schubste Gaze ebenfalls rein, um dann mit einem Hechtsprung hinterherzuspringen. »Das ist Milt. Ich hatte da noch gar nicht gewusst, dass er überhaupt schwimmen konnte, sonst hätte ich ihn im Auge behalten.«

Ich gab Austin sein Handy zurück und lächelte über ihre Späße. »Nach der Torte hattest du ein Bad bitter nötig«, sagte ich zu Gaze. »Du warst so glücklich.« Das war eine Tatsache. Die kleine Momentaufnahme zeigte einen wahr gewordenen Traum. Das perfekte Leben. »Es muss hart für dich gewesen sein, hierher zurückzukehren.«

»Nein. Na ja, schon, aber ich hoffte, dass du immer noch da sein würdest, und somit war der Teil natürlich ein Gewinn für mich. Aber wenn ich dich *und* sie haben könnte, wäre das natürlich perfekt.« Gaze begann unsere roten Plastikteller zusammenzustellen.

»Wollt ihr jetzt zum Park und dann noch kurz zum Fluss? Um die Tour abzuschließen?«, fragte ich, während wir Geschirr, Besteck und Gläser zum Tresen zurücktrugen.

»Ja, aber ich fände es in umgekehrter Reihenfolge besser, damit die Pizza ein bisschen sacken kann.« Austin rieb sich den Magen.

»Aber nicht zu weit nach unten, Kumpel«, meinte Gaze grinsend.

»Kümmere dich um deinen eigenen Hintern, Bruder.« Austin griff nach meiner Hand, wie es Gaze gemacht hatte, als wir die Schule verließen. »Brauchst du Eis zum Kühlen?« Verneinend schüttelte ich den Kopf. »Hier bist du also aufgewachsen. Erzähl mir, was dir an der Gegend besonders gut gefällt.«

Somit hatten wir ein Thema für unseren Spaziergang.

»Tja, hier kann man sehr gut einkaufen, finde ich. Man hat viel Auswahl. Allerdings mussten wir uns wegen des Geldes oft einschränken. Außerdem leben hier sehr viele Menschen, meist mehrere Generationen von Familien. Das finde ich schön. Mir gefällt, wie die Kinder im Sommer und in ihrer Freizeit miteinander spielen. Aber das Beste an allem war Gaze.«

Ich deutete mit dem kleinen Finger auf ihn.

Gaze sprang in die Luft, als wir unter einer Ampel durchgingen, und tippte sie an. Für die meisten war sie viel zu hoch, um an sie ranzukommen.

»Ja. Es war bestimmt hart für dich, als er wegging.« Austin zog an meiner Hand und führte uns um ein Gitter herum, das in den Bürgersteig eingelassen war. »Ich hasse diese Dinger. Bestimmt werde ich eines Tages in so einem Loch landen, wenn der Clown aus *Es* Hunger hat und mich nach unten zieht.«

»Die sind gar nicht mal so schlimm, denn sie sind ja geschlossen. Bei denen da musst du aufpassen«, sagte ich und zeigte auf die in den Boden eingelassenen Kellertüren aus Metall, die mit einem Riegel gesichert waren. »Manchmal lassen die Ladenbesitzer sie offen stehen, und man läuft direkt hinein. Man kann sich alles Mögliche brechen, wenn man da reinfällt. Vor ein paar Wochen hat sich eine Frau die Hüfte und den Knöchel gebrochen, als das Möbelgeschäft gerade eine Lieferung bekam.«

»Na toll. Jetzt habe ich noch einen Alptraum, der mich verfolgen wird.« Austin warf einen argwöhnischen Blick über die Schulter.

Wir überquerten zwei weitere Kreuzungen, bis wir am Fluss ankamen. Für mich sah er wie immer aus. Wasser hatte meist eine beruhigende Wirkung auf mich, und ich liebte das Rauschen und Plätschern. Aber jetzt mit Austin, der ihn das erste Mal sah, und Gaze, der ihn ja schon kannte, fielen mir die weniger schönen Seiten des Flusses auf.

Das Wasser war braun, und am Ufer lag überall Müll. Wenn der Wind aus der richtigen Richtung kam, hing ein ganz spezieller Geruch in der Luft, den niemand als frische Brise bezeichnen würde.

»Pixie und ich haben hier unten so oft Eis gegessen, dass es fast schon ein Nebenjob war.«

Gaze hüpfte auf die Fahrbahnabtrennung aus Beton, die verhindern sollte, dass von der Straße abkommende Autos in den Fluss fuhren.

Er balancierte darauf, wie er das schon in unserer Kindheit gemacht hatte. Mit einem Satz war auch Austin auf dem schmalen Grat und tat es ihm nach. Ich setzte mich auf eine Bank und schaute ihnen zu. Meine Hand hatte wieder angefangen zu pochen, wobei die Knöchel in meinen Fingern am meisten wehtaten. Vielleicht hätte ich meine Hand doch kühlen sollen.

Ich hörte, wie neben mir der Kies knirschte, und dann war Gaze auch schon da und berührte vorsichtig die Knöchel, die ich ansah. »Brauchst du doch ein neues Kühlkissen? Vielleicht sogar eine Schmerztablette?«

»Geht schon. Sollen wir ihm jetzt den Park zeigen, ehe wir zurückgehen?« Ich vermied es, die Wohnung als unser Zuhause zu bezeichnen, denn so nannten die beiden das Haus der Pflegefamilie. Ich wollte nicht andeuten, dass sich das geändert hätte.

»Klar.« Gaze wirbelte auf den Absätzen herum. »Spielen wir ein bisschen Eins-gegen-eins?«

»Pff. Das muss ich wohl.« Austin verdrehte die Augen und sprang von der Begrenzung. »Also Leute, dieser Fluss sieht wie eine verstopfte Kloake aus.«

Wir brachen alle in Gelächter aus, denn im Grunde hatte er recht. Für uns als Kinder hatte es wenig schönere Orte gegeben, aber es war eindeutig, dass die Stadt sich mal darum kümmern müsste.

Wir gingen zum Park, und ich suchte mir eine Schaukel zum Sitzen. Ich hatte keine Lust, Basketball zu spielen, und hätte es mit meiner Hand auch gar nicht gekonnt. Und statt gegeneinander zu spielen, fanden Austin und Gaze sich zu einem Team zusammen, das gegen zwei andere, etwas ältere Jungs antrat.

Das Zuschauen machte richtig Spaß. Austin und Gaze spielten wirklich gut zusammen.

Als sie fertig waren, kamen sie zu den Schaukeln. Es war mittlerweile ziemlich kalt, und meine Hand wurde langsam taub, wodurch sie weniger wehtat. Ich dachte an Ashlin und wie sehr ihr Gesicht wohl wehtun würde. Bestimmt hatte ich ihr die Nase gebrochen. Ich hatte nie verstanden, warum sie es ausgerechnet auf mich abgesehen hatte, aber da sie jetzt ein Auge auf Gaze geworfen hatte, würde das wohl auch nicht so bald aufhören.

Nachdem sie ein paarmal geschaukelt hatten, sprangen Austin und Gaze herunter. Gaze hielt meine Schaukel an und griff nach meiner guten Hand, als ich wieder stand.

»Wie wär's, wenn wir uns zum Abendessen was liefern lassen? Habt ihr Hausaufgaben auf?«, fragte Austin.

»Nein, ich hab alles fertig«, sagte Gaze. Er wandte sich mir zu.

»Ich hab ein paar Sachen, die ich ...« Ich vergaß, was ich hatte sagen wollen, als ich Bic sah, der auf dem Bürgersteig auf uns zukam.

Mir blieb das Herz stehen, und mein Instinkt wog zwischen Kampf und Flucht ab. Doch ich konnte nirgendwohin.

50. KAPITEL

Gaze

Ich merkte, dass Pixie plötzlich innehielt und blass wurde. Zuerst konnte ich den Grund dafür nicht erkennen – tat ihre Hand jetzt mehr weh? –, doch dann sah ich Bic.

Er sah ziemlich mitgenommen aus. Meine Fäuste hatten deutlich sichtbare Spuren in seinem Gesicht hinterlassen. Der Hass, der mich dazu getrieben hatte, ihn zu schlagen, war sofort wieder da, und so würde es vermutlich bis in alle Ewigkeit sein. Er war buchstäblich greifbar.

Ich ließ Pixies Hand los. Ein Wort – »Bruder« –, und Austin war sofort an meiner Seite, um sich zwischen Bic und Pixie zu schieben.

Ich beobachtete, wie Bic seine Möglichkeiten abwog. Klar ... Austin trug einen Rock, aber er war offensichtlich fit und wütend. Aber das spielte eh keine Rolle, denn in mir loderte ein Feuer, das für uns beide reichte ... für uns alle drei.

»Gaze, nicht«, drang Pixies Stimme zu mir durch. Sie wollte nicht, dass ich Bic sofort wieder verprügelte, gleich hier, in aller Öffentlichkeit.

Also tat ich das Nächstbeste. Als wir aneinander vorbeigingen, beugte ich mich ein bisschen vor und rammte ihn mit meiner Schulter.

Er hielt dagegen und zwar fest. Hätte er den Rempler wie ein Schlappschwanz aufgenommen, der er ja schließlich war, hätte ich es vielleicht dabei belassen können. Vielleicht. Doch stattdessen packte ich ihn am Unterarm und drückte zu, sodass er stehen bleiben musste und ich ihm ins Ohr zischen konnte: »Wenn du sie kommen siehst, wechselst du die Straßenseite. Und es ist mir scheißegal, wenn du dabei vor einen Bus läufst.«

Bic riss sich von mir los. Er brummelte irgendetwas vor sich hin, hatte aber nicht den Mumm, mir klar und deutlich Kontra zu geben.

Während er endgültig an uns vorbeiging, stand ich stocksteif da und flehte förmlich darum, dass er mir einen Grund gab, mich nicht zurückhalten zu müssen, aber er hob noch nicht einmal den Blick.

Ich drehte mich zu Pixie um und breitete die Arme aus. Sie trat zu mir und schmiegte sich an meine Brust, während ich ihr einen Kuss auf den Scheitel gab. »Nie wieder, Pix. Das verspreche ich.«

Sie sagte nichts, aber ich konnte sehen, dass sie Bics Gestalt argwöhnisch hinterherschaute, während er sich entfernte.

Austin und ich nahmen sie in die Mitte, als wir uns unserem Gebäude näherten. Nachdem ich die Wohnungstür geöffnet hatte, sagte Austin: »Wisst ihr was, ich würde gerne mit ein paar Freunden per Videochat reden. Aber das werde ich draußen machen und euch mal eine Weile allein lassen.«

Das riss Pixie aus ihrem Trancezustand. »Du brauchst nicht zu gehen. Du bist doch schon den ganzen Tag unterwegs gewesen.«

Er zwinkerte ihr zu. »Ich hab manchmal ganz gern etwas Zeit nur für mich. Mach dir keine Gedanken.«

Und damit ging Austin hinaus. Er konnte zwar auf sich selbst aufpassen, aber es wurde langsam dunkel, und deshalb folgte ich ihm.

»Wo willst du hin?«

Austin drehte sich um. »Ich habe meinen Wagen die Straße runter auf einem Parkplatz abgestellt. Da werde ich ein bisschen abhängen. Schreib mir eine Nachricht, wenn ihr das Abendessen bestellen wollt. Dann komme ich zurück.«

Er hielt seine Faust hoch, und ich stieß mit meiner dagegen. »Sei für sie da. In ihrem Kopf geht's drunter und drüber.«

Ich nickte und kehrte in die Wohnung zurück. Bruce war immer noch nicht zurück, was mir nur recht war. Ich dachte an Austins Bemerkung und fragte mich, was gerade in Pixies Kopf vorging. Wir hatten hier zwar alles ziemlich schnell im Griff gehabt und auch viel geredet – aber nicht genug.

Als ich wieder bei ihr war, trat ich innerlich einen Schritt zurück, um sie genau anzusehen. Sie war immer noch wunderschön, aber es lagen Schatten unter ihren Augen, und ich meinte, einen besorgten Ausdruck in ihrem Gesicht zu erkennen.

Ich sah, dass ihre linke Hand zitterte. »Pix, was ist los?«

Sie wirbelte so schnell herum, als hätte ich eine Tür zugeschlagen oder ein Glas fallen gelassen. »Was?«

Ich ging zur Couch und setzte mich hin. Als wir jünger gewesen waren, hatten wir reden können, bis einer von uns einschlief. Manchmal war es mitten im Satz passiert. Während dieser Nächte hatte ich gelernt, geduldig mit Pixie zu sein. Wenn man ihr genug Raum gab, füllte sie die Stille mit ihren Gedanken.

Ich hoffte, dass es immer noch funktionierte, damit sie erzählte, was ihr durch den Kopf ging.

Es herrschte zehn Minuten Schweigen, ehe sie sich zu mir setzte. »Ihn zu sehen, ist wirklich schrecklich.«

Ich hatte meine Finger ineinander verschränkt, damit ich nicht nach ihren Händen griff.

»Denn mir ist gar nicht klar gewesen, mit wie viel Schmerz es verbunden war, mit ihm zusammenleben zu müssen. Das habe ich erst erkannt, als ich mit zu dir gekommen bin. Die Vorstellung, was er möglicherweise dachte oder plante, hat mir immer die Luft abgeschnürt.« Sie pulte an ihren Fingernägeln herum. Die negativen Gedanken brauchten ein Ventil.

Ich zwang mich, nur zuzuhören und nicht sofort Lösungen vorzuschlagen oder ihre Sätze zu beenden.

»In mir ist so viel Wut. Und ganz viel Scham.« Sie sah zur Decke hoch, weinte aber nicht, obwohl ich dachte, dass sie es tun würde. Vor unserer getrennten Zeit war es immer ein untrügliches Zeichen gewesen, wenn sie zur Decke schaute. Dann wusste ich, dass sie traurig war und ihr die Tränen kamen. Sie hatte mir einmal gesagt, dass sie hoffte, auf diese Weise würden die Tränen wieder von den Augen aufgenommen werden.

Ich wollte mich nicht von meinen Gefühlen beherrschen lassen, aber in diesem Moment wäre es mir ein Leichtes gewesen, Bic umzubringen. Zumal ich an die Briefe in der Kaffeekanne denken musste.

»Ich bin wütend auf Mom, dass sie mich bei ihm zurückgelassen hat, sodass ich in Bezug auf Geld und Unterkunft von ihm abhängig bin. Das macht mich natürlich zu einem Arschloch, denn schließlich war sie das Opfer des Autounfalls und nicht ich.« Grimmig wischte sie sich über die Augen. Sie war frustriert.

»Ich glaube, es ist nur fair, dass du so empfindest, und ich glaube, deine Mutter würde es verstehen.« Ich sah auf meine Finger und hoffte, dass ich das Richtige sagte … etwas Hilfreiches.

»Ja, schon, aber ich habe sie in meinen Gebeten angefleht, und trotzdem hat sie nicht dafür gesorgt, dass es aufhört. Bedeutet das, dass sie nicht über mich wacht? Bedeutet es, dass ich es verdient habe? Ich weiß es nicht.« Ihre Hände begannen wieder zu zittern, und sie strich sich das Haar aus dem Gesicht.

»Deine Mutter hat Fehler gemacht. Bic war ein Fehler. Aber sie hat dich geliebt. Das weißt du, und ich weiß es auch. Ich will Bic nicht verteidigen, und ich bin auch absolut davon überzeugt, dass er schrecklich ist … Er ist Abschaum. Aber ich kann mir um nichts in der Welt vorstellen, dass es für sie okay wäre, wie sich alles für dich entwickelt hat. Also, ich meine, wie verkorkst ist diese ganze Situation? Wir leben mit dem Mann unter einem Dach, der versucht hat, mich umzubringen. Es ist nicht unsere Schuld. Wir sind nicht so. Wir haben einfach schlechte Karten gezogen.« Ich wandte mich ihr zu.

»Der Tag, an dem sie starb … Es war, als hätte er nur auf diesen Moment gewartet.« Sie zupfte immer noch an ihren Nägeln herum. Ich hielt ihr meine Hand hin, mit der Handfläche nach oben.

Ein paar Sekunden lang schaute sie sie nur an, ehe sie ihre Faust hineinlegte. Sanft umschloss ich ihre Hand. Ich wollte ihr sagen, dass es mir leidtat, dass ich dem Ganzen entkommen war … dass es mich fast umgebracht hätte, aber ich war entkommen. Aber an ihrem Blick erkannte ich, dass sie das bereits wusste.

»Es ist okay. In jener Nacht hieß es du oder ich.« Sie drehte ihre Faust und bewegte die Finger, sodass sie meine Hand halten konnte. »Und ich habe mich für dich entschieden. Sag mir, dass es das wert war. Ich brauche das.«

Der Kloß in meinem Hals war so groß, dass man ihn eigentlich hätte sehen müssen. »Nichts wäre es je wert, was du durchgemacht hast …« Ich sah den panischen Ausdruck, der in ihre Augen trat. »Aber es war großartig. Meine Pflegefamilie war … sie *ist* toll. Sie wollen mich adoptieren, auch nach meinem achtzehnten Geburtstag noch. Sie sind wie ein Wunder für mich. Und das habe ich allein dir zu verdanken.«

Der Anflug eines Lächelns erschien auf ihrem Gesicht. »Gut. Sehr gut. Das ist mehr, als ich mir je erhofft hatte. Ein Traum.«

»Aber jetzt? Jetzt entscheide ich mich für dich. Du kommst an erster Stelle. Von jetzt an und bis ans Ende der Zeit ... oder bis du mich nicht mehr willst. Ich gehöre dir.«

Sie wischte sich die Nase und nickte dann. »Das könnte ich brauchen. Ich habe so lange Zeit wachsam sein müssen.« Ihre Stimme brach.

Ich öffnete die Arme. Ab jetzt sollte es immer so für sie sein ... Sie würde alles bekommen, was sie brauchte. Sie zögerte, doch dann rutschte sie zu mir und barg ihren Kopf an meiner Brust. Ich schlang die Arme um sie.

»Ich gehöre dir.« Ich küsste sie auf die Stirn. »Ich hoffe, ich bin genug.« Dann legte ich meine Wange an ihr weiches Haar. Indem ich gedacht hatte, sie hätte mich verraten, hatte ich ihr genau das Gleiche angetan.

Womöglich hatte sie meine Gedanken gehört oder sogar das Gleiche gedacht, denn sie sagte: »Vergebung. Vielleicht können wir einfach nur gut zueinander sein und uns vergeben, was wir falsch gemacht haben. Weitermachen. Nach vorn sehen.«

»Das klingt gut, Pixie Rae. Das klingt sehr gut.«

Vielleicht würde es tatsächlich so einfach sein, denn der Himmel wusste, dass alles andere in unserem Leben kompliziert war.

51. KAPITEL

Pixie Rae

Irgendwann legten Gaze und ich uns ins Bett und nahmen wieder die Position wie früher ein, als wir noch Kinder gewesen waren. Ich lag auf der linken Seite und er auf der rechten. Wir hielten uns an den Händen. Jedes Mal, wenn ich die Augen öffnete, sah ich sein Gesicht und war beruhigt. Der ständige Kampf-oder-Flucht-Modus war auf Pause gestellt. Ich war in Sicherheit. Als jüngeres Mädchen hatte ich mir immer etwas auf meine Kraft und Stärke eingebildet, doch Bic hatte mir mein Selbstbewusstsein genommen. Ich musste von Bic weg. Von Bics Händen. Von seinem Geruch. Der Art, wie er mich anschaute. Dem Klang seiner Schritte. Ich war nicht mehr ich selbst gewesen und hatte alles hinter mir lassen wollen.

Auf einmal war ich wieder wach.

Gaze öffnete die Augen und wartete, während er mir ins Gesicht sah.

Ich war in Sicherheit.

Heute Nacht war ich sicher. Er war wieder da.

Als ich aufwachte, setzte ich mich mit einem Ruck auf. Ich war desorientiert, und das Brüllen eines Mannes ließ die Alarmglocken meiner Psyche losschrillen.

Austin hob die Hände. »Alles okay, Gaze kümmert sich gerade um Bruce. Er möchte, dass wir im Zimmer bleiben.«

Ich strich mir die Haare aus den Augen. Gaze. Mr Jones. *Scheiße. Und wenn er Gaze wehtut?*

Ich schob die Decke weg, schwang die Beine aus dem Bett und packte den Baseballschläger, der in der Ecke lehnte.

Austin stand auf und hielt die Hände hoch. »Püppchen, was ist denn jetzt los?«

»Er wird Gaze schlagen. Das macht er immer.« Ich umschloss den Schläger fester und versuchte, um Austin herumzukommen.

Austin trat vor und legte beide Hände um den Schläger. »Ach, Schätzchen. Gaze kann den alten Säufer mit Leichtigkeit plattmachen. Dafür braucht er noch nicht einmal aufzustehen. Du brauchst dir keine Sorgen zu machen.«

In mir entflammte ein Feuer. »Ich traue Bruce nicht.«

Austin würde handgreiflich werden müssen, wenn er mich aufhalten wollte. Aber stattdessen ging er zur Tür und öffnete sie. »Ich halte dir den Rücken frei, Baby.«

Ich stürmte ins Wohnzimmer. Gaze war eindeutig nicht in Gefahr. Bruce wirkte so viel kleiner. Er war auch in meinen Alpträumen aufgetaucht, doch das war jetzt schon eine Weile her. Bruce war völlig unterlegen, und Gaze stand selbstbewusst und ohne Angst vor ihm. Austin trat hinter mich und legte eine Hand auf meine Schulter.

Bruce' Augen wurden ganz groß, als er mich sah. »Pixie Rae? Du bist groß geworden.«

In meinen Augen war das eine typische Floskel, die Erwachsene zu Jugendlichen meines Alters sagten, doch Gaze verpasste Bruce eine Ohrfeige. Bruce taumelte nach hinten und hielt sich die Wange.

»Sieh sie ja nicht an.« Gaze machte einen Schritt auf Bruce zu, und dieser wich zurück – die klassische Choreografie der Angst.

»Okay. Okay.« Bruce hob beide Hände. Ich ließ den Baseballschläger durch meine Hände gleiten, bis er auf den Boden knallte.

»Du kannst ihn schlagen, wenn du dich dann besser fühlst«, bot Gaze an.

Langsam und betroffen schüttelte ich den Kopf. »Das bin ich nicht.«

»Ja. Ich eigentlich auch nicht.« Gaze verschränkte die Arme vor der Brust, blieb aber zwischen Bruce und mir stehen.

»Schön zu hören, Sohn. Schön zu hören.« Bruce plusterte sich auf und war auf irgendetwas aus.

»Du ziehst aus, Bruce. Austin ist jetzt hier. Er ist ein Erwachsener, und wir brauchen die Wohnung.« Gaze machte den Eindruck, als würde er mit einem Telefonverkäufer reden … so leidenschaftslos klang seine Stimme. »Pixie wird auch hier wohnen, und ich traue dir nicht, dass du all die richtigen Dinge tust oder sagst, die erforderlich sind.«

»Und wo soll ich hin?«

Allein die Frage zeigte, dass Bruce längst akzeptiert hatte, nicht mehr die Kontrolle zu haben.

»Wo immer du die letzten paar Nächte gewesen bist, wäre okay für mich. Sag mir, wo das ist, und ich werde gelegentlich mit etwas Geld auf einen Sprung vorbeikommen, damit du mich in Ruhe lässt. Die andere Möglichkeit wäre, einfach zu gehen. Auch damit kann ich leben.« Gaze rieb die Fingerspitzen aneinander und wartete auf die Entscheidung zwischen den beiden sehr ähnlich klingenden Optionen.

Ich legte meine Hand auf Austins. Das würde klappen. Dank Detective Sam, der Sozialarbeiterin Mrs Josephine und jetzt Gaze, der Bruce rausschmiss, würde alles irgendwie funktionieren.

Ab diesem Moment wollte ich es mir nicht mehr mitanschauen. Ich wollte Gaze in diesem Moment, da er sich von Bruce verabschiedete, nicht stören. Es war kein emotionaler Augenblick für ihn, aber ein wichtiger. Er war dabei, die Bestie zu besiegen … er tötete den Drachen.

Austin hob den Schläger auf. Dann gingen wir zusammen in Gaze' Zimmer und schlossen die Tür hinter uns.

»Er hat's wirklich drauf. Wir haben ständig spielerisch miteinander gekämpft und er hat mehr Griffe und Kniffe drauf, als der Alte sich je erträumen könnte.« Austin stellte den Schläger in die Ecke zurück.

»Ja. Ich vergesse immer wieder, dass Gaze jetzt riesengroß und muskulös ist. Früher war ich größer als er.« Ich hielt meine Hand so hoch, wie ich meinte Gaze' Größe von damals zu erinnern.

Austin lächelte mit einem Mundwinkel. »Oh, oh. Er war wirklich klein. Das waren viele Vitamine und jede Menge Essen, bis aus ihm so ein Koloss geworden ist. Ich hatte ganz vergessen, wie winzig er war.«

Austin setzte sich im Schneidersitz auf den Boden und holte sein Handy heraus. Ich setzte mich neben ihn, und er begann, in seinen Fotoalben zu suchen. »Ah ja, hier haben wir's. Sieh selbst.«

Er reichte mir sein Handy und zeigte mir seine Version von Gaze' Ankunft in seinem Leben. Es war wunderschön. Und das machte mich glücklich. Ich hörte, wie Gaze seinem Vater sagte, er solle seine Sachen packen und gehen. Das war ein wichtiger Moment. Ein stolzer Moment. Während ich mir seine Vergangenheit ansah, ebnete er den Weg für seine Zukunft.

52. KAPITEL

Gaze

Die Wohnungstür schloss sich hinter meinem Vater, der einen Koffer und zwei Müllbeutel voller Zeug mitnahm. Ich stand ein paar Minuten einfach nur da, bis sich Pixies Arme um meine Taille schlangen und Austin meine Schultern umarmte. Ich erwiderte die Umarmungen, so gut ich konnte.

»Schon gut, Leute. Alles in Ordnung. Ich habe jegliche Illusionen hinsichtlich meines Vaters schon vor Jahren aufgegeben.« Ich nahm Pixies Hand und zog sie eng an mich, während Austin uns beide losließ. »Aber trotzdem danke. Geht's dir gut?« Ich sah sie an.

»Ja. Klar. Also ... na ja, ich war bereit, ihn umzubringen, aber so ist es auch gut«, erwiderte sie mit funkelnden Augen.

»Ich erinnere mich gut an das letzte Mal, als du mit einem Baseballschläger zu meiner Verteidigung herbeigeeilt bist.« Ich biss mir auf die Unterlippe, während sie errötete.

»Okay, ich glaube, die Geschichte muss ich jetzt unbedingt hören«, meinte Austin und lehnte sich lässig an den Küchentresen.

»Ein anderes Mal. Pixie und ich haben morgen Schule. Aber jetzt zeige ich dir erst einmal dein neues Zimmer. Tut mir leid, dass es da drin nach altem Penner stinkt.« Ich ging zu Bruce' Zimmer und öffnete die Tür.

Austin betrat es voller Elan und verzog dann das Gesicht.

»Es braucht ein bisschen Liebe, aber das ist okay. Jetzt habe ich ein Projekt, um das ich mich kümmern kann. Morgen …« Er hob beide Hände mit weit gespreizten Fingern und wedelte damit. »Shopping!«

»Das hört sich gut an. Ich hab morgen Training. Wie sieht's bei dir aus, Pixie? Hast du noch Strafstunden?« Sie zuckte die Schultern, als ich sie ansah.

»Ich weiß es noch nicht. Ich hab ziemlich fest zugeschlagen. Es hängt wahrscheinlich davon ab, ob Ashlin ein Drama daraus macht. Eigentlich ist es mein erstes Vergehen, und die Schulleiterin war ziemlich verständnisvoll nach der ganzen Feueralarmgeschichte.« Sie hielt mit beiden Händen meine Hand.

»Oh, oh, Pixie, du bist ja eine regelrechte Bandenanführerin. Es ist wohl besser, wenn ich mich gut mit dir stelle«, meinte Austin. Er riss die Augen auf und ließ die Augenbrauen tanzen.

»Ich glaube, du brauchst dir keine Sorgen zu machen.«

»So, dann lasst uns jetzt was zu essen bestellen.« Ich holte mein Handy hervor und rief die Seite vom Chinesen um die Ecke auf. Dann gab ich mein Handy an die beiden weiter, damit sie ihre Wahl treffen konnten.

Pixie bestellte ihr übliches süß-saures Hühnchen, und Austin mochte gerne Schweinefleisch. Der Laden war schnell, und so hatten wir schon bald unser Essen vor uns stehen.

Es war erstaunlich, wie ein Ort sich veränderte, wenn andere Leute anwesend waren. Dass diese Wohnung, in der immer so viel Wut und Angst geherrscht hatte, sich plötzlich so anders anfühlte, war wirklich verblüffend.

Lachen und Essen. Meine schöne Pixie und ein ausgelassener Austin. Kein Bruce. Der Weg, den ich eingeschlagen hatte, ging in eine gute Richtung. Ich hatte das Gefühl, dass ich mein Glück bei den Burathons hierher zu Pixie mitgebracht hatte. Das hatte sie verdient – und noch viel mehr.

53. KAPITEL

Gaze

Wir blieben viel zu lange auf. Weder Pixie noch ich hatten Hausaufgaben auf, weil wir gestern die ganze Zeit im Strafraum verbracht hatten. Unser Abend endete dann wie schon zuvor: Ich schaute in Pixies Augen und schlief dabei ein.

Um halb sieben morgens klopfte es an der Tür. Ich sprang aus dem Bett, und Austin stand bereits am Spion, als Pixie begriff, was vor sich ging.

»Zwei Erwachsene. Ein Mann und eine Frau«, sagte Austin und ließ mich auch einen kurzen Blick durch den Spion werfen.

»Und die können euch laut und deutlich hören.« Detective Sams Stimme drang glasklar durch die Tür.

Austin deutete auf Pixie, dann auf Bruce' altes Schlafzimmer und flüsterte ihr zu. »Das ist dein Zimmer, wenn sie fragen.«

»Warten Sie eine Sekunde!«, rief ich.

Austin rannte in Bruce' Zimmer und warf seinen Schlafsack über Pixies Kopf. Ich schnappte ihn mir und lief damit in mein Zimmer.

Pixie nickte, als Austin die Tür öffnete, denn sie sollte ja in Bruce' Zimmer schlafen und nicht bei mir. Zumindest hatten wir alle irgendetwas an – vor allem deshalb, weil wir spätabends einfach so ins Bett gefallen waren. Austin und ich schliefen am liebsten mit nacktem Oberkörper.

»Guten Morgen«, sagte Austin, der sich die Augen rieb und mit einer Hand durch sein Haar fuhr, ehe er sie Sam zur Begrüßung reichte.

»Sie sind Austin, nehme ich an?« Sam war weitaus wacher als wir. Mrs Josephine war auch da. Sie schaute von ihrem Handy auf, um uns alle mit einem Nicken zu begrüßen. Sie ging auf Pixie zu.

»Können wir uns hier irgendwo ein paar Minuten unter vier Augen unterhalten?« Sie zeigte mit dem Kinn auf meine Schlafzimmertür.

»Eigentlich ist das hier mein Zimmer«, sagte Pixie und deutete auf die andere Tür. »Also lassen Sie uns da reingehen.« Ich zwinkerte Pixie zu, als keiner uns beobachtete, und war stolz auf sie, dass sie sofort an den Zimmerwechsel gedacht hatte.

Nachdem sich die Tür hinter den beiden geschlossen hatte, setzte Austin sich an den Küchentisch, und wir folgten seinem Beispiel.

»Und? Wie geht es Mutter und Kind?« Ich erinnerte mich daran, dass er sich an einem wichtigen Tag in seinem Leben Zeit für uns genommen hatte.

»Oh, sehr gut. Aber es ist noch ein bisschen beängstigend. Neugeborene sind ja so winzig. Aber meine Frau hat es ganz toll gemacht.« Sam holte sein Handy hervor und zeigte Austin und mir ein Foto von einem wütenden kleinen Baby, das ein rosafarbenes Mützchen trug.

»Wie heißt es?« Austin lächelte, und ich hoffte, Sam würde es Austin nicht übelnehmen, dass dieser das Geschlecht des Babys nicht nannte.

»Sie heißt Pixie Ann. Und mir wird jetzt erst klar, dass ich Pixie gar nicht um Erlaubnis gebeten habe. Sie ist ein wirklich toller Mensch, und wir dachten, es wäre ein starker Name.« Sam musterte nachdenklich die geschlossene Tür.

»Ich bin froh, dass es allen gut geht.« Aufmunternd nickte ich ihm zu, damit er zur Sache kam. »Ich muss bald zur Schule, und Training habe ich heute auch.«

»Ja, klar. Ich will nicht, dass du zu spät kommst. Wie läuft's hier?«, fragte Sam und machte eine Kreisbewegung mit dem Zeigefinger.

Ich beugte mich auf meinem Stuhl vor. »Ich habe Bruce gestern Abend rausgeschmissen. Ich ertrage ihn nicht. Er tut uns nicht gut. Er ist wütend und unberechenbar, und ich will ihn nicht in Pixies Nähe haben. Ich habe ja Austin.«

»Wird Bruce sich rächen? Wird er auf Pixie wütend sein, da sie im Grunde sein ganzes Leben auf den Kopf stellt?« Sam rieb über seine Oberlippe, während er sprach.

»Nein. Er weiß, dass ich größer und gemeiner bin, als er es je sein wird. Außerdem ist er einfach nur alt.« Ich legte die Fingerspitzen auf den Tisch. »Über was reden die da drinnen?«

»Mrs Josephine und Pixie? Sie befragt sie, ob alles in Ordnung ist, und sorgt dafür, dass sie begreift, dass sie nicht hierbleiben muss … Sie will sicher sein, dass keiner ihr wehtut.«

Ich war wütend, riss mich aber zusammen. Pixie hätte die ganze Zeit solche Gespräche und Schutz gebraucht, aber es war keiner für sie da gewesen. Hier würde ihr keiner mehr wehtun.

»Alles in Ordnung?« Sam musterte mich eingehend.

»Ja. Es ist nur so, dass ich gerade alles erfahre, was sie hat durchmachen müssen, nachdem ich plötzlich weg war. Und ich fühle mich deshalb schuldig.« Ich lehnte mich auf meinem Stuhl zurück.

»Und was hat sie durchmachen müssen?« Sam klopfte sanft auf den Tisch, um die Informationen zu erhalten.

Ich presste die Lippen aufeinander und schüttelte den Kopf.

»Das klingt nach einer Frage, die Sie Pixie stellen sollten … nicht Gaze.« Austin richtete sich gerader auf.

Ich kannte diesen Tonfall von ihm. Er nahm Pixie unter seine Fittiche, genau wie er es mit mir vor so langer Zeit getan hatte. Pixie wusste nicht, wie besonders das war, aber ich hoffte, sie würde es eines Tages erkennen. Sobald einer der Burathons einen liebte, taten es alle.

Drückendes Schweigen herrschte am Tisch, während ich Sam mit einem scharfen Blick durchbohrte. Er wusste es. Ich hätte wetten können, dass er es wusste, und das hatte ihn an Pixies Situation die ganze Zeit gestört, während ich fort war. Aus diesem Grund hatte er auch sofort vor Bics Tür gestanden, nachdem er von mir niedergeschlagen worden war.

In dem Moment öffnete Pixie die Tür von Bruce'/Austins Zimmer und kam vor Mrs Josephine heraus.

»So, ich habe alles, was ich brauche, und ich muss noch drei weitere Familien vor neun Uhr aufsuchen. Sind Sie auch so weit? Aber Sie müssen mich nicht begleiten, wenn Sie noch bleiben wollen.« Sie war schon halb zur Tür raus, als sie sich noch einmal an Pixie wandte. »Ich hab dir doch meine Karte gegeben, oder?« Pixie nickte und hielt die Karte hoch. »Okay. Wenn irgendwas ist, rufst du mich an.« Sie war bereits aus der Wohnung raus, als sie noch einmal den Kopf drehte und sich von uns allen verabschiedete.

Pixie lehnte am Türrahmen und sah Sam an. »Gibt's sonst noch was?«

Ich konnte ihr Verhalten in diesem Moment nicht deuten.

»Ja, tatsächlich … Könnte ich auch kurz unter vier Augen mit dir sprechen? Ist dir das recht?«

Pixie verschränkte die Arme vor der Brust und nickte, ehe sie wieder in Bruce' Zimmer verschwand.

»Und du machst dich vielleicht schon für die Schule fertig?«, schlug Sam vor.

Die Tür schloss sich hinter den beiden, und ich drehte mich zu Austin um. »Was will er wohl von ihr? Was meinst du?«

»Wahrscheinlich will er ihr beichten, dass er ihren Vornamen geklaut hat«, vermutete er.

Ich hätte mich für die Schule fertig machen sollen, aber ich blieb wie festgeklebt auf meinem Stuhl sitzen und starrte die Tür an.

Nachdem mein Blick auf mein Handy fiel, kam mir ein Gedanke. »Ich muss unsere Eltern fragen, ob sie Pixies Telefonnummer in unseren Handytarif aufnehmen können.«

Austin begann sofort eine Textnachricht zu schreiben. »Alles klar. Das dürfte kein Problem sein. Der Tarif deckt bis zu zehn Nummern ab.« Kurz darauf erhielt er eine Antwort. »Sie ist mit drin.«

54. KAPITEL

Pixie Rae

Ich saß auf Bruce' Bett und wartete darauf, dass Sam mir sagte, was er auf dem Herzen hatte. Unter diesen Umständen würden wir zu spät zur Schule kommen, doch ich würde ihn darum bitten, dass er uns eine Entschuldigung für die Schulleitung mitgab.

»Wie ist es gelaufen?«, fragte er und deutete mit dem Daumen über die Schulter.

»Gut? Sie hat mir die Fragen gestellt, die ich erwartet habe. Sie wollte sichergehen, dass ich in Sicherheit bin und gut versorgt werde. Aber wenn man bedenkt, dass ich in den meisten US-Staaten schon heiraten könnte …« Ich sah, dass Sam von einem Fuß auf den anderen trat. »Gaze hat mir erzählt, Ihre Frau hätte ein Baby bekommen? Wie ist es gelaufen?«

»Eigentlich hatte ich dich um etwas bitten wollen, aber jetzt kann ich es dir einfach nur erzählen, weil es bereits passiert ist, aber egal …«

Er wirkte so nervös, dass ich schmunzeln musste.

»Wir haben ein Mädchen bekommen und sie Pixie genannt … und ich hoffe, das ist okay für dich.«

Einen Moment lang sagte ich nichts. Ich war mir nicht sicher, ob ich mich geehrt fühlen oder es einfach nur zur Kenntnis nehmen sollte. »Ich mag meinen Namen, und sie wird das bestimmt auch tun. Herzlichen Glückwunsch.«

»Ich mag den Namen wirklich sehr gern, aber zum Teil habe ich mich auch dafür entschieden, weil du mich immer beeindruckt hast. Ich hoffe, dass sie auch etwas von deiner Lebhaftigkeit und Streitlust bekommt. Also danke schön … dass du so bist, wie du bist. Das hier ist mir noch unangenehmer, als ich befürchtet hatte. Natürlich hatte ich es dich schon viel früher fragen wollen, aber dann waren die neun Monate plötzlich vorbei.« Er schob die Hände in die Hosentaschen.

»Ich finde es toll. Vielen Dank. Und Sie werden mit ihr bestimmt alle Hände voll zu tun haben. Keine Sorge.« Ich stand auf und umarmte ihn. Er seufzte vor Erleichterung und klopfte mir kurz auf den Rücken, ehe er zurücktrat.

»Das bringt mir bestimmt eine Menge Vorteile auf der Wache, oder?«, versuchte ich mein Glück.

»Siehst du? Ich wusste, dass ich dadurch in Schwierigkeiten gerate.« Er öffnete die Tür von Bruce' Zimmer. »Lass mich raten … ihr braucht eine Entschuldigung für die Schule?«

»Sie sind wirklich nicht auf den Kopf gefallen.« Ich ging hinter ihm zur Tür raus und holte Papier und Kugelschreiber aus der Küche.

55. KAPITEL

Gaze

Es war verrückt, dass ich im Grunde »neu« an der Schule war, obwohl ich einige der Kinder schon zuvor ein paar Jahre gekannt hatte. In den umliegenden Bezirken gab es bestimmt auch Kinder, die eher wie die Burathons waren, also gab es auch solche Cliquen. Durch meine Fähigkeiten im Basketball war ich überall beliebt, sodass die Jungs aus der Mannschaft nach den Strafstunden, die ich absitzen musste, so taten, als wäre nichts vorgefallen. Das stimmte ja auch. Ashlin war weiterhin überfreundlich zu mir, auch wenn Pixie fast ständig an meiner Seite war. Ich lernte auch Pixies Freundinnen kennen. Sie traf sich manchmal mit einem sonderbaren, aber süßen Mädchen mit lila Haaren, das Cam hieß, und mit Lonnie, einem sehr stillen Mädchen, das dem Leichtathletikteam angehörte.

Obwohl sie eigentlich nicht zum engeren Kreis der Basketballclique gehörten, konnten sie mit an unseren Tischen sitzen und sich mit Pixie unterhalten, ohne befürchten zu müssen, dass man sie mobbte. Ich merkte schnell, dass ich eine Führungsrolle in der Mannschaft eingenommen hatte, obwohl ich als Letzter dazugestoßen war.

Austin tobte sich im Möbelhaus aus und kaufte sogar Sachen für Pixie. Er richtete für sie ein kleines Malstudio neben der Küche ein. Die Arbeit an seinem Instagram-Account, der sehr erfolgreich war, erledigte er von zu Hause aus. Er hatte so viele Follower, dass Restaurants und Läden ihm anboten, umsonst bei ihnen zu essen oder einzukaufen, wenn er dafür ein paar Fotos auf seinem Account postete. Bruce kam mit einem wöchentlichen Taschengeld über die Runden, das ich ihm immer am Donnerstagabend brachte. Ich konnte nicht erkennen, ob er wieder mit dem Trinken angefangen hatte oder nicht. Seine neue Freundin Mabel schien ihm gutzutun. Sie stand auf Yoga und Tee, und jedes Mal, wenn ich vorbeikam, bot sie mir beides an. Ihre Wohnung lag auf dem Weg zur Schule, und Bruce lebte jetzt dort.

Pixie schien glücklich zu sein. Wir schliefen jede Nacht in meinem Bett, hielten Händchen und kuschelten auch manchmal miteinander. Ich achtete aber darauf, mir nicht anmerken zu lassen, dass ich deutlich mehr wollte.

Sie schien das zu schätzen.

Austin und Pixie waren bei all meinen Spielen dabei. Sie saßen auf der linken Seite in der dritten Reihe, und so wusste ich immer, wohin ich meinen Blick richten musste, um sie zu sehen. Austin hatte sogar ein paar eigene Groupies, die ihm auf seinem Instagram-Account folgten und die Anmerkungen zu seinen Bildern nutzten, um zu sehen, wo er sich gerade aufhielt.

Pixie und ich machten unsere Hausaufgaben jeden Tag gemeinsam, nachdem ich mit dem Training oder einem Spiel fertig war. Das hatte etwas angenehm Vertrautes und gab uns Stabilität.

An einem Abend, nachdem ich gerade mit Mike und Ronna gesprochen hatte, fragte ich Pixie etwas, das mir schon seit Längerem durch den Kopf ging. »Das Datum für den Abschlussball steht fest, und es werden bereits Eintrittskarten verkauft. Möchtest du hingehen?«

Pixie wich meinem Blick aus und kaute an ihrem Stift. »Bälle sind teuer.«

»Ich habe Geld. Wir brauchen nur zu entscheiden, ob wir hinwollen oder nicht.«

»Ich hab noch nicht darüber nachgedacht.«

Austin, der die ganze Zeit mit seinem Handy beschäftigt gewesen war, schaute auf. »Püppchen, alle denken über den Abschlussball nach. Das ist eine wichtige, lebensverändernde Erfahrung. Es ist wie eine Hochzeit für Unverheiratete.«

»Ich habe nichts anzuziehen. Und du auch nicht, Gaze.«

»Also wirklich! Ich bitte euch! Als ob das ein Problem wäre. Siehst du mich? Jeden Tag? Ich sehe immer toll aus. Ich bin bereit, euch beide einzukleiden und in meinen Stil einzuweihen. Traust du mir das nicht zu?« Austin stemmte die Hände in die Hüften.

»Sein Instagram-Account ist tatsächlich unglaublich«, meinte Pixie. »Ich bin mir zwar nicht sicher, wie gut uns sein Stil steht, aber es ist so nett von ihm, hier bei uns zu wohnen, damit wir die Schule beenden können, dass wir es einfach tun sollten, wenn es ihm Freude macht.«

»Das stimmt. Und ich kenne keinen Menschen, der mehr Schals im Schrank hat als er.« Ich stand auf und streckte mich. »Ich werde alles tun, worum er mich bittet, und das weiß er auch.«

Austin setzte sich neben Pixie und legte den Arm lässig auf die Rückenlehne des Sofas. »Dann werden wir beide mal ein bisschen online stöbern, um herauszufinden, was dir gefällt.«

Ich wünschte mir, ich könnte mich Pixie auch so locker nähern, aber ich gab ihr all den Abstand, den sie brauchte. Es war egal, was für körperliche Auswirkungen das auf mich hatte … in meiner Hose.

»Ich hätte nichts dagegen, in ein paar Secondhandläden zu gehen. Dort besorge ich mir eh immer meine Klamotten. Ich finde das umweltbewusster.« Pixie zog die Beine aufs Sofa hoch.

»Ich liebe diese Einstellung. Lass uns das machen. Gaze, du kannst dich heute Nachmittag auf dem Basketballfeld austoben, während Pixie Rae und ich ihre Träume wahr werden lassen.«

Und damit hatten wir einen Plan. Austin würde für mich etwas aussuchen, das er für passend hielt, und Pixie würde mitgehen, um für sich etwas zu finden. Wir hatten nicht viel Zeit, und ich musste mich darauf konzentrieren, meine beste Leistung bei dem bevorstehenden Basketballturnier zu zeigen.

In letzter Zeit hatte ich ziemlich viel um die Ohren. Ich war der natürliche Anführer der Mannschaft. Das machte Mark, den Captain, eifersüchtig und verleitete ihn manchmal zu spitzen Bemerkungen. Aber das Gute war, dass ich den Ball häufig genug im Korb versenkte, um ihn dumm dastehen zu lassen. Wie sich herausstellte, ging Ashlin neuerdings mit Mark aus. Sie tauchte an diesem Nachmittag mit ihren Freundinnen beim Training auf und sah von der Tribüne aus zu.

Jedes Mal, wenn mein Blick zufällig in ihre Richtung ging, sah ich, dass sie mich anstarrte. Der Trainer war nicht nur wegen meines unkonzentrierten Spiels verärgert, sondern weil alle Jungs nur noch zur Tribüne hinschauten. Ashlin und ihre Freundinnen ließen nach Schulschluss eindeutig alle geltenden Kleidervorschriften völlig außer Acht. Ich war mir ziemlich sicher, dass Ashlins rothaarige Freundin nur ein Bustier trug.

»Raus! Verschwindet! Das ist kein öffentliches Training. Ihr Damen müsst jetzt gehen. Es reicht.« Evens, der Trainer, verscheuchte sie wie nervige Ziegen, die seinen Blumengarten verwüsteten.

»Stell dir vor ... Du hättest sie vom ersten Tag an haben können, seit du an dieser blöden Schule bist.« Mark klopfte mir unnötig fest auf die Schulter. »Aber ich bin froh, dass es nicht so gekommen ist. Denn sie war so spitz, und ich hab alles, was sie brauchte.« Mark legte zwei Finger an seinen Mund und schob die Zunge dazwischen, während er sich in den Schritt fasste.

»So redest du über deine Freundin?«

Ich wurde aus Mark nicht schlau. Er war zwar erstklassig in der Verteidigung, aber ein guter Kerl war er eindeutig nicht.

»Du sollst einfach nur wissen, was du verpasst hast.« Mark redete nicht weiter, was wahrscheinlich auch daran lag, dass Greg ihm warnend die Hand auf die Brust legte.

»Wie wär's, wenn wir jetzt einfach weiterspielen und du aufhörst, dich wie ein Zehnjähriger aufzuführen«, schlug ich vor und hob die Hände für den Ball, den Greg Mark zugeworfen hatte. Er passte ihn härter als notwendig, aber ich ließ mir nichts anmerken. Meine Reflexe waren verlässlich schnell. Ich hatte die Bewegung des Balls noch nicht einmal bewusst wahrgenommen, als ich ihn auch schon auffing.

Und das war mein Freifahrtschein. Ich war großartig in diesem Spiel. Selbst an einem schlechten Tag war ich besser als jeder einzelne Spieler in der Mannschaft. Und an guten Tagen? Da hätte ich drei Spieler im Team ersetzen können. Ich war überall, fing Pässe ab, nahm todsichere Würfe, griff aggressiv an und punktete nach Belieben. Je näher wir der Finalrunde kamen, desto mehr brauchten sie mich. Also sorgte das Team dafür, dass Mark sich ruhig verhielt. Einige von den Spielern erinnerten sich daran, wie Pixie und ich als Kinder gewesen waren … einfach unzertrennlich.

Ich dachte daran, dass sie gerade mit Austin unterwegs war, um ein Kleid für den Abschlussball zu kaufen. Ich freute mich darauf, auch wenn ich mit jedem einzelnen Kerl im Saal kämpfen müsste, damit sie einen schönen Abend hatte.

56. KAPITEL

Pixie Rae

Austin stand mit einem ganzen Arm voller Kleider im Secondhandladen. Ich hatte einen Hosenanzug in der Hand, von dem er meinte, er würde toll aussehen, wenn er ihn aufgepeppt hätte. An der Kasse stand ein Behälter mit Stoffresten, und er nahm ein mit matt glänzenden Pailletten besticktes Stück heraus.

»Das ist genau das, was wir brauchen. Das Glück ist uns hold, Püppchen.« Die Verkäuferin packte alles in eine durchsichtige Tragetasche, und Austin schlang die Arme um das Bündel. »Ich kann alles schon ganz genau vor mir sehen.«

Als wir nach Hause gingen, stieß Austin mich mit der Schulter an. »Was geht da oben vor? Du wirkst so, als wärst du tief in Gedanken versunken.«

»Ich überlege nur gerade, ob Ashlin und ihre Freundinnen mir den Ball irgendwie verderben werden.« An der Kreuzung drückte ich auf den Knopf der Ampel.

»Gaze ist bei dir. Und er hat nur Augen und Ohren für dich. Die letzten Jahre hat er dich fast täglich erwähnt. Er wird im siebten Himmel sein, wenn er mit dir zum Abschlussball geht.«

Austin und ich überquerten die Kreuzung. Ich konnte schon die heißen Brezeln riechen, die an einem Stand am Ende der Straße verkauft wurden.

»Wirklich? Irgendwie habe ich mir immer vorgestellt, dass er gar nicht mehr an mich gedacht hat, während er mit euch zusammen war und eine tolle Zeit hatte. Er hat mir so viele Geschichten erzählt.« Nachdem wir einem älteren Pärchen, das Händchen hielt, Platz gemacht hatten, setzten wir unsere Unterhaltung fort.

»Oh, er hat jeden Tag an dich gedacht. Egal, was wir gemacht haben, alles erinnerte ihn irgendwie an seine Pixie. So war es ständig. Er hat dich nie vergessen. Himmel, ich hatte doch tatsächlich das Gefühl, einen Promi kennenzulernen, als wir uns endlich getroffen haben.« Als wir vor dem Haus ankamen, warf ich unwillkürlich einen Blick zu meiner alten Wohnung hoch. Bic stand am Fenster meines alten Zimmers. »Hier entlang, Kleine. Schau nach vorn.« Ich drehte mich zu Austin um, und seine freundlichen Augen sahen mich verständnisvoll an.

Ich nahm die Schultern zurück und folgte seinem Rat, als wir in Gaze' Haus hineingingen. Es war mir zuwider, wie stark der Sog zwischen Gaze' Fenster und meinem alten Zimmer war. Bic war für mich das Monster, vor dem man sich im Dunkeln fürchtete, und jetzt stand er am helllichten Tage da … und wartete. Natürlich waren die Vorhänge jetzt immer zugezogen und das Fenster fest verschlossen, egal wie heiß es drinnen wurde. Gaze beschwerte sich nie darüber.

Austins Einfühlungsvermögen berührte mich. Er schien zu spüren, was mich so beschäftigte. »Was hältst du davon, wenn wir uns unsere Beute in meinem Zimmer genauer anschauen? Bei manchen Sachen haben wir die Größe ja nur geschätzt.«

Wir hängten die Kleider auf Bügel, die wir im ganzen Zimmer verteilten, sodass man das Gefühl hatte, von Models umgeben zu sein. »Okay. Ich möchte, dass du jetzt jedes einzelne anprobierst.«

Als Erstes nahm ich das Kleid aus schimmerndem weißen Stoff, und es saß wirklich sehr schön. Ich kam aus dem Badezimmer und drehte mich vor Austin, während er sich auf den Zeigefinger biss. »Es fällt perfekt. Genau das, was wir brauchen. Okay, zieh's aus.«

Ich reichte ihm das weiße Kleid durch die Badezimmertür, und Austin nahm es zwar, gab mir aber kein anderes, sondern sagte: »Zieh dich an, Kleine. Das andere Kleid liefert nur Ersatzteile.«

Das brachte mich zum Lachen, und ich schloss die Tür. Bisher hatte ich nur von Autos gehört, die man als Ersatzteillager benutzte, deshalb war ich neugierig, welches Schicksal dem Rest unserer Einkäufe bevorstand.

Als ich wieder herauskam, schnitt Austin bereits das dunkelviolette Kleid auseinander, das vorne kürzer war und hinten eine etwas längere Schleppe besaß. Er schien genau zu wissen, was er tat, als er das Oberteil vom Rock trennte.

»Okay, hier hast du ein paar Sicherheitsnadeln. Ich möchte, dass du das Stoffstück mit den Pailletten nimmst und es vorn auf dem weißen Kleid befestigst. Wähle eine Stelle, bei der du meinst, dass es gut aussieht.«

Sicherheitsnadeln schienen mir nichts Endgültiges zu sein, deshalb gab ich mein Bestes und drapierte die Pailletten v-förmig auf dem Vorderteil des Kleides.

Austin trat von hinten an mich heran und hielt die violette Schleppe an meine Hüften. »Ein bisschen kürzer. Nur bis zum Saum.«

Ich fragte nicht, was er damit meinte, denn er schien völlig in seinem Element zu sein.

»Okay. Jetzt muss ich alle Teile zusammenfügen und schauen, ob wir verrückt sind oder nicht.« Er ging mit der Schleppe zum weißen Kleid, an das ich den Paillettenstoff geheftet hatte. Noch mehr Sicherheitsnadeln kamen zum Einsatz, bis das Kleid Gestalt annahm. »Was hältst du davon?«

Es fiel mir schwer, das zu erkennen, was er offensichtlich sah. Also, natürlich war da was, aber so wie es vom Bügel hing, sah es eigentlich nicht wirklich nach einem Kleid aus. »Schwer zu sagen.«

Er kniff die Augen zusammen. »Ja, ich glaube auch, dass wir die Pailletten noch anders gestalten müssen.«

Und dann wurden Austin und seine Schere wieder beste Freunde. Teile vom Stoff segelten zu Boden, und die Pailletten, die er zerschnitt, flogen wie Trickfilmkugeln durchs Zimmer. Ein paarmal musste ich mich ducken. Im nächsten Moment nahm er mehrere Stecknadeln zwischen die Lippen und ließ die Augenbrauen tanzen, als er mich ansah.

Nach einer Weile setzte ich mich aufs Bett und wartete einfach ab, was er wohl als Nächstes von mir wollte.

Als er schließlich zurücktrat, schien er mit sich zufrieden zu sein. »Wir haben's. Würdest du dir bitte die Mühe machen, es noch einmal anzuprobieren? Vielleicht muss ich dir mit dem Reißverschluss helfen, denn da stecken ein paar Stecknadeln drumherum. Ist das okay für dich?«

»Oh ja. Das ist in Ordnung.« Ich fühlte mich wirklich wohl mit Austin und fragte mich, wie der Rest der Familie war. Waren alle Familienmitglieder so einzigartig und aufgeschlossen?

Ich zog mich ein zweites Mal ins Badezimmer zurück, und es gelang mir, das Kleid über den Kopf zu streifen. An ein paar Stellen kratzten die Nadeln über meine Haut, aber keine piekte allzu sehr.

Mit offenem Reißverschluss kam ich aus dem Badezimmer heraus. Austin betrachtete mich mit professionellem Blick, ehe er mich mit einem herumwirbelnden Zeigefinger bat, mich zu drehen. Ich nahm mein Haar und legte es mir über die Schulter, damit er an den Reißverschluss herankam.

Er zog ihn hoch und zupfte das Mieder zurecht. »Okay, dreh dich.«

Ich warf mein Haar über die Schulter und drehte mich um.

Er legte die Hände zusammen und berührte mit den Fingerspitzen seine Lippen. »Oh, Püppchen. Du siehst umwerfend aus.«

Als er zur Seite trat und den Blick auf den Spiegel freigab, erkannte ich, warum er so hingerissen war. Die Zusammenstellung des Kleides war buchstäblich perfekt für mich. Ich wirkte größer und gleichzeitig majestätisch. Meine Figur strahlte Eleganz aus. Der zackige Saum des Paillettenstoffs umrahmte mein Dekolletee und betonte meine zarte Haut.

»Heilige Scheiße. Das ist Zauberei.« Ein breites Grinsen erstrahlte auf meinem Gesicht. »Wow. Wow. Wow!«

Austin klatschte erst seine eigene Hand und dann meine ab. »Gaze wird gar nicht wissen, wie ihm geschieht.«

Er griff in seine Tasche und holte sein Handy hervor. »Wenn man vom Teufel spricht ... Er muss zum Mannschaftsessen bei seinem Trainer. Dann können wir hieran weiterarbeiten. Ist dir das recht?«

Ich konnte mir zwar nicht vorstellen, was wir noch alles machen mussten, aber für mich war das in Ordnung. »Das können wir machen.«

Austins Lächeln ließ seine dunkelbraunen Augen funkeln. »Dann mal ran.«

57. KAPITEL

Gaze

Ich war froh, dass Pixie und Austin miteinander klarkamen. Dagegen war die Stimmung beim Trainer zu Hause eher angespannt. Ich nahm an, dass das auch der Grund war, warum er kurzfristig dieses Spaghettiessen einberufen hatte. Angesichts des bevorstehenden Balls und all der Dinge, die Schüler des Abschlussjahrgangs um die Ohren hatten, wollte er dafür sorgen, dass wir uns wirklich auf Basketball konzentrierten. Morgen würde das Turnier stattfinden. Mike hatte mir erzählt, dass ein paar Talentsucher bei meiner Schule vorbeikommen würden, um mein Spiel zu beobachten. Das sollte sie beruhigen, nachdem ich kurz mit dem Gesetz in Konflikt geraten war, weil ich Roe geschlagen hatte. Vorab hatte Mike ihnen eine Auswahl von Videos geschickt, die mich in früheren Spielen zeigten. Das Interesse war so groß, dass man zugesagt hatte, morgen beim Turnier vorbeizuschauen.

Mark rückte mir auf die Pelle, nachdem ich meinen Teller gefüllt hatte. »Ashlin hat gesehen, dass Pixie sich ihr Kleid für den Abschlussball in einem Secondhandladen gekauft hat … oder eher Einzelteile davon.«

Ich warf ihm einen bösen Blick zu. »Hört sich so an, als hätte Ashlin nichts zu tun und bräuchte eine Beschäftigung.«

Ich versuchte, ihm aus dem Weg zu gehen. Wenn es jetzt zu einer Prügelei mit ihm käme, würde ich wahrscheinlich aus der Mannschaft fliegen. Ich musste beim nächsten Spiel dabei sein, aber Mark schien zu wissen, wie stark ich mich mit Pixie verbunden fühlte. Ich wollte sie um jeden Preis beschützen – selbst davor, dass er auch nur ihren Namen in den Mund nahm.

Der Trainer trat zu mir und hielt mir einen Korb mit Knoblauchbrot hin. »Hör mal, Gaze. Könnten wir kurz zusammen in den Garten gehen? Ich möchte gern mit dir über etwas sprechen.«

Ich hoffte, dass mein Weg hier nicht gleich enden würde. Ich musste krampfhaft schlucken, als Mark hinter mir leise zu lachen anfing.

Nachdem ich die Schiebetür aus Glas hinter uns geschlossen hatte, fragte ich: »Was ist los, Coach?«

»Ich weiß, dass Mark dir zurzeit wirklich hart zusetzt und dich mit Mädchengeschichten reizt.« Der Trainer nahm den Brotkorb in die andere Hand. »Dieses Turnier wird wirklich entscheidend für dich sein. Ich kann an einer Hand abzählen, wie häufig Talentsucher zu einem Spiel in unsere Halle gekommen sind ... insbesondere so spät im Jahr.«

Ich nickte. Es war ein schmaler Grat zwischen Petzen und den Trainer darüber zu informieren, was für ein Mist abgezogen wurde.

»Du hast echtes Potential, aber es ist wichtig, dass die anderen ebenfalls vollen Einsatz zeigen. Auch Mark. Verstehst du das?« Er legte seine Hand auf meine Schulter.

Ich nickte wieder, sagte aber nichts. Ich würde alles in meiner Macht Stehende tun, damit der Trainer, Mike und Pixie stolz auf mich sein würden. Etwas aber behielt ich für mich: Pixie war in meinen Augen wichtiger als alle Talentsucher und Stipendien zusammen. Sie kam für mich an erster Stelle.

»So, und jetzt iss ein paar Kohlenhydrate. Rette mich, denn wenn du es nicht tust, werde ich den ganzen Korb leeressen.«

Der Trainer seufzte, während er wehmütig das Brot anschaute.

58. KAPITEL

Pixie Rae

Austin und ich hatten tatsächlich noch richtig viel zu erledigen. Wir wählten eine Frisur für mich aus, überlegten, wie das Make-up aussehen sollte, und wühlten uns durch meine Schuhe, um ein Paar zu finden, das zum Kleid passte. Austin zupfte Pailletten von dem übriggebliebenen Stoff, und während wir uns einen Krimi auf seinem Handy anschauten, arrangierten wir sie auf den Schuhen, um sie dann mit einer Heißklebepistole zu befestigen. Nur wenige Minuten, ehe Gaze vor der Tür stand, hatten wir alle Sachen für den Abschlussball in Austins Schrank verstaut.

Wir lungerten im Wohnzimmer herum und taten so, als würden wir uns langweilen. Er hatte einen Kapuzenpullover, Basketballshorts und Badelatschen an. Die Turnschuhe hingen zusammengeknotet über seiner Schulter.

»Wie war's? Gut? Hast du alle alt aussehen lassen?« Austin zog an meiner Hand, und wir gingen zur Couch.

Gaze kratzte sich träge am Bauch, sodass kurz sein phänomenales Waschbrett zum Vorschein kam. »Tu nicht so, als ob du nicht auch alle auf dem Spielfeld fertigmachen würdest. Du hast doch die Reichweite eines Yeti.«

Austin winkte ab. »Ach, komm. Als wären deine Arme nicht das Längste an dir.«

Gaze hielt einen Arm hoch. Austin trat neben ihn und tat es

ihm nach. Dann war es an mir, ein Urteil abzugeben. Ich kam vom Sofa hoch und ging um die beiden herum, während sie einander Blödsinn über unterschiedliche Armlängen erzählten.

»Deine Arme sind so lang, dass du dir die Schuhe zubinden kannst, ohne dich hinsetzen zu müssen«, behauptete Austin.

»Das mag vielleicht sein, aber ich kann fünf Schritte zurücktreten und dir mit einem Schlag deinen ganzen Verstand rausprügeln. Und meine Arme sind trotzdem kürzer als deine.« Gaze gab Austin einen spielerischen Klaps. Woraufhin Austin Gaze' Arm packte und ihn sofort zu Boden warf. Sie fingen an, miteinander zu ringen. Ich ließ sofort alles stehen und liegen und hüpfte aufs Sofa.

Eine Weile hörte man nur lautes Ächzen und Stöhnen. Ich musste lachen, denn obwohl mal der eine und mal der andere oben war, waren sie super vorsichtig, dem jeweils anderen nicht wirklich wehzutun – genau wie echte Geschwister, die einander mochten.

Schließlich sprang ich von der Couch und lief in die Küche. Ich schnappte mir einen Topf und einen Löffel und begann, damit kräftig Lärm zu machen. »Jetzt reicht's aber! Die Nachbarn werden noch die Bullen rufen, wenn ihr so weitermacht!«

Gaze rappelte sich auf und umarmte mich, sodass auch der provisorische Alarm aus Topf und Löffel zum Schweigen gebracht wurde.

»Verdammt, Pix. Mit dem Krach weckst du noch die Toten auf.«

Er meinte es nicht so. Er hatte meine Gedanken nicht in diese Richtung lenken wollen, aber wir kannten einander viel zu gut. Ich musste sofort an meine Mutter denken. Ich fragte mich, ob es wohl je wieder in meinem Leben so sein würde, dass ein Gedanke an sie tröstlich sein würde und nicht schmerzerfüllt.

»Hey.« Ich sah den Ausdruck der Reue auf seinem Gesicht. »Es tut mir leid. So leid.«

Austin spürte den Stimmungswechsel und kam vom Boden hoch. »Ich werde mal nach unten in den Waschraum gehen und ein paar Sachen in die Maschine werfen. Soll ich von euch was mitnehmen?« Er gab uns nicht die Gelegenheit, darauf zu antworten, bevor er zur Tür hinaus verschwand – ohne Wäsche.

Ich ließ Topf und Löffel fallen, doch Gaze fing beides auf, sodass die Sachen nicht auf den Boden knallten.

»Schon gut. Das ist eine ganz normale Redewendung. Ich muss mich einfach daran gewöhnen.« Ich zuckte die Achseln.

»Nein. Bei mir nicht. Komm mit ins Zimmer und lass uns reden.« Sanft zog er an meiner Hand.

Während wir in unser Zimmer gingen, bemerkte ich, dass er gut duftete. Das war nicht immer so, wenn er vom Basketballtraining zurückkam. »Hast du zu Hause bei deinem Trainer geduscht?«

»Nein. Seine Frau sagte, das sei der Preis für das Abendessen … dass wir alle vorher in den Umkleideräumen duschen. Jeder musste sich einem Geruchstest unterziehen. Sie ist schon viele Jahre die Ehefrau eines Trainers.« Gaze führte mich zum Bett, und nachdem ich mich hingesetzt hatte, packte er erst einmal seine Sachen weg, ehe er mir gegenüber Platz nahm.

»Wie war das Training?« Ich sah ihm ins Gesicht und versuchte, mit meinen Gedanken im Hier und Jetzt zu sein, und nicht bei meiner Mutter, die ich schmerzlich vermisste.

»Es war gut.« Er schaute nach unten und dann nach links. Er log.

»Jetzt erzähl mir, was wirklich passiert ist.« Gaze schien mit seinen Mannschaftskameraden eigentlich ziemlich gut klarzukommen. Ich wusste, dass sie ganz begeistert von seinem Können waren, aber so etwas weckte ja manchmal auch Eifersucht.

Er musterte mich mit seinen dunkelbraunen Augen, die so viel sahen. »Ashlin ist jetzt mit Mark zusammen.«

»Na, das ging ja schnell.« Ich lehnte mich mit dem Rücken an die Wand und zog die Beine an, sodass ich die Arme um sie legen konnte.

»Ja, hm, sie hat dich auf jeden Fall auf dem Kieker, und ich weiß nicht warum«, sagte Gaze, während er seine Badelatschen abstreifte.

»In der siebten, achten Klasse hat sich bei ihr viel aufgestaut. Vielleicht war sie ja auch damals schon in dich verknallt. Das würde erklären, warum sie jetzt so hinter dir her ist. Aber was hat das mit dir und mir zu tun, wenn sie jetzt mit Mark ausgeht?«, fragte ich und strich mein Haar nach vorn über die Schulter.

»Es war merkwürdig. Er faselte blödes Zeug und wollte mich dazu bringen zu sagen, dass ich mit Ashlin zusammen sein wollte. Dabei müsste man doch denken, dass genau das das Letzte wäre, was er hören will.« Gaze kam hoch und zog seinen Kapuzenpullover aus.

Eigentlich sollte ich an seine Muskeln gewöhnt sein. Aber als ich jetzt beobachtete, wie er sich in seinem ärmellosen Shirt bewegte, war ich völlig gebannt von seinem Anblick.

Er kam zu mir aufs Bett. Wir hatten schon so viele Male so zusammengesessen, aber heute Abend war irgendetwas anders. Vielleicht lag es daran, dass wir heute das Kleid für den Abschlussball vorbereitet hatten. Ich legte den Kopf an seine Schulter und seufzte zufrieden, weil er da war.

Dann drehte ich meinen Kopf ein bisschen und schnupperte an seinem Bizeps. Sauber. Gaze. Ich drückte einen Kuss auf seine Haut, als hätte ich das schon tausend Mal getan. Ich war dankbar, dass ich ihn hatte. Ich war *ihm* dankbar.

»Pixie.« Seine Stimme war jetzt viel tiefer als damals, als wir noch Kinder gewesen waren.

Ich hörte die Verwirrung und auch eine leise Warnung, die in seinem Tonfall mitschwang. Mein Herz fing nicht an zu rasen, na ja, tat es doch, aber nicht in einer Weise, die mir Angst einjagte. Ich drückte wieder einen Kuss auf seinen Arm.

Jeder einzelne Muskel in seinem Körper spannte sich an, als wollte er gleich aufspringen.

Ohne meine Haltung zu ändern, schaute ich zu ihm auf. »Alles okay?«

Seine Miene war eine Mischung aus Angst und Hoffnung. »Gerade so. Ich will nur, dass du weißt, dass du das nicht mit mir zu machen brauchst, wenn du es nicht willst.«

»Was meinst du damit?« Ich ließ von seinem Arm ab und spürte, wie mich schreckliche Verlegenheit überkam. Oh. *Oh!* Vielleicht mochte er mich gar nicht auf diese Weise und dachte jetzt, ich wollte mich an ihn ranmachen.

Bics Worte schlichen sich in meinen Kopf. »*Du hast Glück, Mädchen. Kein Mann wird dich je wollen. Du hast Glück, dass ich bereit bin, mit dir zu arbeiten.*«

Gaze rutschte vom Bett runter und kniete sich vor mich hin. »Ich liebe dich.«

Ich klammerte mich an diese Worte, aber … meine Gedanken rasten, um den Kuss auf seinen Arm als etwas Spielerisches erscheinen zu lassen.

»Ich liebe dich schon seit Jahren. Jeden Tag. Und ich weiß, was du durchgemacht hast.« Gaze hatte Tränen in den Augen, und als eine über seine Wange rann, wischte er sie weg. »Ich werde immer bei dir sein, wenn du es willst. Wir müssen nichts machen.«

Ich sah ihn an. Er liebte mich. Das hatte ich bereits gewusst. Oh Gott, ich liebte ihn auch. Aber er sprach von *richtiger* Liebe.

Es brauchte eine volle Minute, ehe ich wusste, was ich tun sollte. Ich beugte mich vor … kam näher, immer näher, den Blick auf seine Lippen gerichtet. Ich wollte einen Kuss. Ich war fast achtzehn Jahre alt, und ich wollte einen Kuss, der mir nicht wehtat. Und Gaze war der einzige Mensch auf der ganzen Welt, der mir das geben konnte.

Währenddessen blieb er stocksteif sitzen. Die Muskeln in seinen Unterarmen waren vor Anspannung steinhart. Und dann gab ich ihm einen ganz zarten Kuss. Sein Mund bewegte sich nicht, und so bewegte ich meine Lippen. Ich rutschte vom Bett, und er fing mich auf, damit ich nicht auf den Boden fiel. Ich küsste ihn einmal. Ich küsste ihn zweimal. Dann löste ich mich von ihm, um ihm ins Gesicht zu schauen. Ich zog eine Augenbraue hoch. *Lag ich völlig falsch? Machte ich gerade die wichtigste Beziehung in meinem Leben kaputt?*

Stolz und Zorn wollten in mir hochkommen.

»Wage es ja nicht, an dir zu zweifeln. Ich bin gerade der glücklichste Mensch auf der ganzen Welt.«

Trotzdem bewegte er sich immer noch nicht, obwohl er mich festhielt. Er wartete einfach ab, dass ich ihn erforsche. Ich berührte sein Kinn und fuhr seine Lippen nach.

»Erinnerst du dich noch daran, wie der Vogel am Fluss auf deinem Bein gelandet ist, als wir Kinder waren?«, fragte ich und legte die Hände auf seine Brust.

Er nickte einmal kurz.

»Jetzt hast du genau den gleichen Gesichtsausdruck«, sagte ich, küsste seine nackte Schulter und dann den Halsansatz.

Das ließ ihn leise lachen. Es klang zwar etwas gepresst, aber er antwortete: »Ich dachte damals, der fette Drecksack hätte ihn geschickt, um mich zu holen.«

Ich umfasste sein Gesicht mit beiden Händen und probierte einen weiteren Kuss. »Ich werde dir nicht wehtun.«

Er veränderte seine Position, bis er ganz auf dem Boden saß, während seine Arme mich weiter umschlangen. »Ich will nur nicht, dass dies hier falsch für dich ist. Das ist wahnsinnig wichtig.«

»Das weiß ich doch. Und ich will, dass du das auch weißt.« Ich lächelte ihn an. »Wenn du mich liebst, dann küss mich. Und lass es meinen ersten Kuss sein.«

Und dann kam Bewegung in seine steinharten Muskeln, und sie wurden weich. Sein Blick wanderte von meinem Mund zu meinen Augen und dann wieder zurück. Ich nickte, um ihn zu ermutigen.

Gaze legte eine Hand in meinen Nacken und schob die Finger in mein Haar. Ich schloss meine Augen fast vollständig, aber irgendwie wollte ich ihn auch sehen. Und dann beugte er sich über mich, um mich zu küssen. Es war Gaze, und er war mir vertraut, aber das war jetzt etwas völlig anderes, etwas ganz Neues, was alles veränderte. Doch sofort erkannte ich, dass sich eigentlich nichts ändern musste. Er gehörte mir bereits. Es war unser Kuss, der so ganz anders war als jener zufällige Kuss in unserer Kindheit. Seine Lippen schmeckten gut. Der Kuss war vorsichtig und sanft, aber mein Herz raste. Er hörte auf und schaute mir forschend in die Augen. Ich nickte leicht. Es ging mir gut. Das hier war gut.

Er schenkte mir meinen Mund und ließ mich diejenige sein, die entschied, dass sie geküsst werden wollte. Und dann hörte ich auf zu denken. Ich war einfach nur noch ein Mädchen, das einen Jungen küsste, und sich in den wunderschönen Moment fallen ließ.

59. KAPITEL

Gaze

Ich fühlte mich viel zu unerfahren, um Pixie zu küssen. Auch wenn ich wusste, wie man küsste – es hatte ein paar Mädchen gegeben –, war dies doch der wichtigste Kuss meines Lebens. Ich liebte sie. Aber da war noch mehr. Sie ging ein Risiko mit mir ein. Ich gehörte ihr. Ich würde das, was das Monster von nebenan ihr angetan hatte, nie ungeschehen machen können. Aber ich wollte, dass es in ihrer Hand lag. Sie sollte entscheiden. Und das tat sie. Sie wollte mich küssen. Sie wollte, dass ich sie küsste. Ich hatte noch nie in meinem ganzen Leben so viel nachgedacht wie in diesen Momenten. Ich achtete darauf, wo meine Hände waren; achtete darauf, wo Pixie und ich uns berührten. Ich wollte ihr die Möglichkeit geben, sich zurückzuziehen. Sie sollte jederzeit das Gefühl haben, es beenden zu können, wenn sie – aus welchem Grund auch immer – Luft zum Atmen brauchte.

Sie so nah zu spüren, war herrlich – danach hatte meine Seele sich immer gesehnt. Liebe. Egal, wie alt ich gewesen war. Egal, was die Zukunft bringen würde. Jetzt wusste ich, warum ich sie so sehr vermisst hatte. Ich war vor Sehnsucht nach ihr vergangen.

Und so gern ich auch mehr mit ihr gemacht hätte, musste ich mich doch so ruhig verhalten, wie sie es brauchte. Das gab mir jedoch die Gelegenheit zu sehen, wie vorsichtig sie vorging, und ich spürte, wie sie sich freute, als ich vor Lust leise stöhnte. Und dabei berührten wir uns lediglich – nur die Haut, die mein ärmelloses Shirt freiließ, mein Gesicht und mein Hals.

Vorsichtig löste ich meine Arme von ihr und stützte mich hinten ab. Sie blieb weiter auf meinem Schoß sitzen. Erst sah sie mich forschend an, doch dann beugte sie sich vor, um mich weiter zu küssen. Ich erinnerte mich noch an den Geschmack ihrer Lippen auf meinen, als wir Kinder gewesen waren. Zuckerwatte und Wassermelone. Meine Arme wurden zu Stahlseilen, weil ich sie nicht mit meinen Erwartungen bedrängen wollte. Ich wusste, dass sie mich spürte. Es war unmöglich, das zu verbergen.

Die Wohnungstür ging auf, und Austin kam laut singend herein. Ich musste darüber lächeln, dass er die Wohnung mit so einem Radau betrat.

Er wusste, dass etwas passieren würde, aber jetzt musste er zurückkommen. Er achtete sorgfältig darauf, dass alle Bedingungen der »Erwachsenen«, die uns von Officer Sam und Mrs Josephine auferlegt worden waren, auch eingehalten wurden. Ich wusste es zu schätzen, wie genau er die Regeln einhielt, aber viel lieber hätte ich herausgefunden, wie weit Pixie bereit wäre zu gehen.

Eilig rutschte sie von meinem Schoß und hüpfte aufs Bett zurück. Sie warf mir ein Kissen zu, damit ich es mir auf den Schoß legen konnte, aber Austin kam gar nicht herein, um nach uns zu sehen.

Pixie legte die Fingerspitzen an die Lippen und flüsterte: »War das in Ordnung? Ich meine, ist das in Ordnung für dich?«

Ich wünschte mir, ich könnte diesen Moment für alle Ewigkeit in meine Erinnerungen wie in Stein meißeln, wie mit einem Laser eingravieren. Ihr gerötetes Gesicht. Ihre Aufregung. Dass sie das hier mit mir getan hatte. Dass sie mich liebte.

»Ja. Was immer du willst, kannst du dir von mir nehmen.« Ich legte eine Hand auf meine Brust.

»Aber vielleicht bin ich verkorkst«, flüsterte sie. »Wenn ich nun nicht …« Sie hörte auf zu reden. Ich hatte die Zettel gelesen, die sie in die Kaffeekanne gesteckt hatte. Sie brauchte es also nicht weiter auszuführen – außer sie wollte es.

Ich kniete mich hin und hielt ihr meine Hand hin. Sie legte ihre hinein. »Wenn ich nun nie ein richtiger Vater sein kann, weil ich vielleicht wie meiner sein würde?«

Da umfasste sie meine Finger mit der anderen Hand und fing meine Sorgen ein. »Du bist der beste Mensch, den ich je kennengelernt habe.«

»Nein. Das bist du.« Ich hob ihre Hände an meine Lippen und küsste die Knöchel, um dann zu ihr aufs Bett zu klettern. Die Matratze gab unter uns nach. Sie kuschelte sich an mich und legte ihren Kopf an meine Schulter, wie sie es gern tat. »Wie laufen die Vorbereitungen für den Abschlussball?«

»Die machen Spaß. Zu dem eigentlichen Ball will ich gar nicht hin, aber das gehört wohl dazu, oder?« Sie lächelte mich an.

Ich gab ein leises Brummen von mir statt einer Antwort. Mir stand ein Turnier bevor. Wenn das erledigt war, würde ich mich auf den Abschlussball mit Pixie konzentrieren und dafür sorgen, dass er unvergesslich für sie wurde.

60. KAPITEL

Pixie Rae

Die Nacht war eine Kuschelorgie. Wir küssten uns ein wenig, aber bei Gaze fühlte ich mich sicher. Er schien in meinem Kopf zu sein und zu wissen, dass Berührungen ein Minenfeld waren. Am Morgen musste er früh aufstehen, um noch vor der Schule am Training teilzunehmen.

Er war bereits aufgestanden und hatte geduscht, während ich es gerade mal geschafft hatte, mir die Zähne zu putzen. Bevor er die Wohnung verließ, blieb er vor mir stehen, sodass ich zu ihm aufsah. »Küssen wir uns eigentlich zum Abschied und zur Begrüßung?«

Ich stellte mich auf die Zehenspitzen, und Gaze beugte sich zu mir nach unten. Wir gaben uns einen zarten Kuss, und dann ging er mit einem breiten Grinsen im Gesicht zur Tür hinaus.

Austin stand in der Tür zu seinem Zimmer und machte meine Stimme nach. »Mein Freund ist ja sooo toll.«

Ich drehte mich zu ihm um und fing an zu lachen. »Wir haben nicht darüber gesprochen, ob wir jetzt zusammen sind. Wir haben uns nur geküsst.«

Er kam zu mir ins Wohnzimmer. »Kleines, im Kopf ist er bereits mit dir verheiratet.«

»Wir sind erst siebzehn.« Ich ging in die Küche und holte mir einen Bagel.

»Das ist Liebe, Schätzchen. Er wird hin und weg sein, wenn er dich am Abend des Abschlussballs sieht.«

»Ich bin schon ganz aufgeregt. Es sind ja nur noch ein paar Tage. Allerdings wünschte ich mir, wir müssten nicht zum eigentlichen Ball gehen. Ashlin plant bestimmt schon eine Gemeinheit für mich.« Ich kam ins Wohnzimmer zurück, setzte mich hin und begann zu essen.

Austin setzte Wasser auf. Er liebte es, am Morgen Tee zu trinken. »Ich habe mit allen möglichen Versionen vom Typ Ashlin zu tun gehabt. Der wütenden, der höhnischen, der schrecklich schlauen und natürlich auch mit der riesigen und schwerfälligen Version mit zu viel Testosteron. Den Typen begegnet man immer wieder. Aber ich sag dir was … Das ganze Getue rührt zu einhundert Prozent daher, weil sie unsicher und neidisch sind. Ich fand es immer ein bisschen weniger einschüchternd, wenn ich daran dachte, dass ich ziemlich viel Raum in ihren Köpfen einnehme.«

Er warf einen Teebeutel in einen Becher mit heißem Wasser.

»Da hast du wohl recht. Die Highschool ist ein verdammter Spießrutenlauf, bei dem man gegen viel Dummheit zu kämpfen hat. Ich hätte nie gedacht, dass ich Gaze zurückbekomme, um das mit ihm gemeinsam durchzustehen. Und dich dazu.« Mittlerweile hatte ich den Bagel verputzt und warf die Krümel in den Müll. »Apropos Schule … ich sollte meinen Hintern in Bewegung setzen. Was hast du heute vor?«

Austin gab gerade Honig in seinen Tee. »Nun, ich werde meinen Eltern per Videocall guten Morgen sagen und dann an deinem Kleid weiterarbeiten. Ich werde alles ordentlich befestigen, damit nichts verrutscht, selbst wenn du tanzt.«

»Ach, ich hab ein schlechtes Gewissen. Es ist nicht in Ordnung, dass du einen ganzen Tag mit meinen Sachen beschäftigt bist.« Ich biss mir auf die Unterlippe. Vielleicht könnte ich ihm nach der Schule helfen.

»Nein, keine Sorge. Ich werde daraus eine Story für meinen Instagram-Account machen. Es gehört zu meinem Job, mich inspirieren zu lassen.« Er pustete in seine Tasse und nahm dann vorsichtig einen Schluck.

»Okay, danke. Trotzdem habe ich ein schlechtes Gewissen, aber ich werde jetzt nichts mehr sagen, weil das Kleid einfach nur toll ist.« Ich ging zu seinem Zimmer, wo er das Kleid an den Schrank gehängt hatte. Ich seufzte laut.

Gleich darauf stand Austin neben mir und seufzte ebenfalls. »Ja, ich weiß.«

61. KAPITEL

Gaze

Durch das vertraute Quietschen von Basketballschuhen auf dem Hallenboden und den Geruch von Schweiß war ich sofort in meinem Element. Wir waren an den Pokalen vorbeigegangen, die man auf einem Klapptisch auf dem Weg in die Halle ausgestellt hatte. Die Talentsucher hatten sich rechts, fast ganz oben auf der Tribüne, einen Platz gesucht, da man von dort den besten Überblick hatte. Unser Trainer sagte, dass er sie uns nach dem Spiel vorstellen würde – wenn sie blieben. Das Turnier fand nicht an unserer, sondern an einer anderen Highschool in der Gegend statt.

Ich musste die Talentsucher davon überzeugen, dass man auf mich setzen konnte, obwohl ich gleich nach dem Schulwechsel in eine Auseinandersetzung geraten war. Die Burathons hatten mir gesagt, dass sie ein Sparkonto eingerichtet hätten, um mein Studium zu finanzieren. Ich hatte mitbekommen, wie Mike sagte, er würde einen Nebenjob am Wochenende annehmen, um darauf einzuzahlen, sollte ich kein Vollstipendium erhalten. Also tat ich das hier nicht nur für mich, sondern auch für sie.

Ich dachte über Pixie nach und darüber, dass sie mich begleiten musste, wohin auch immer es mich verschlug. Aber darüber würden wir sprechen, wenn es so weit war. Ich hatte meine Glückssocken an und musste jetzt nur noch meine innere

Mitte finden und hoffen, dass meine Mannschaft mit mir an einem Strang zog.

Als hätte er meine Gedanken gehört, tauchte Mark plötzlich an meiner Seite auf und fragte: »Wie war Pixie letzte Nacht? Hat sie's dir auf die hinterwäldlerische Art besorgt?«

»Ach, weißt du was? Du kannst mich mal, aber vorher werd' ich dir den Arsch aufreißen.«

Mir war klar, dass das hier gerade den Bach runterging. Ich würde in eine Schlägerei verwickelt werden und dann wäre alles vorbei.

Der einzige Mensch, der mich aufhalten könnte, war ...

»Hey, Mark, vielleicht solltest du mal die Klappe halten und dich um deinen eigenen Scheiß kümmern. Wenn du es mit Ashlin treibst, bettelst du ja förmlich darum, komplett verseucht zu werden. Die hat doch alle Krankheiten von A bis Z.« Pixie hakte sich bei mir unter, ehe sie sich auf die Zehenspitzen stellte, um mir einen Kuss auf die Wange zu geben. Und dann lächelte sie Mark an. »Weißt du, woran ich gerade denken muss? In der neunten wolltest du den Hund des Kioskbesitzers quälen, und ich bin mit einem Baseballschläger hinter dir her. Da hast du dir in die Hosen gepinkelt, weißt du noch? Mein Vorschlag ist deshalb: Spiel, als würde dein Leben davon abhängen und lass das Rumgezicke.«

Mark ließ den Blick durch die volle Turnhalle schweifen und hielt die Hände hoch, als wäre ihm gerade eine fürchterliche Ungerechtigkeit angetan worden.

Der Trainer kam von hinten zu uns, und Pixie entfernte sich. »Machen wir uns bereit.«

Auf die meisten Jungs in meiner Mannschaft konnte man sich verlassen. Und wenn ich davon ausging, dass nur Mark mir einen Strich durch die Rechnung machen wollte, konnte ich die Spielzüge ohne ihn planen. Hoffentlich nahm ihn der Trainer aus dem Spiel, wenn er sich wie ein Arschloch aufführte. Er war zwar der Aufbauspieler, schien aber selten den Ball zu bekommen. Vielleicht ließen meine Mannschaftskameraden ihn ebenfalls außen vor.

Ich traf zwei Dreipunktwürfe, vier Körbe und lieferte drei Vorlagen in diesem Spiel mit hohem körperlichen Einsatz. Ich konnte fair spielen, und am Ende der ersten Hälfte fühlte ich mich ziemlich gut, obwohl der Punktestand ziemlich knapp war. Turnierspiele waren kürzer, hatten aber ein höheres Tempo.

Ich sah, wie Pixie mich anfeuerte, und Austin war ebenfalls da. Er hielt sein Handy hoch, weil vermutlich gerade ein Videocall mit Mike, Ronna, Milt und Teddi lief. Ich winkte zur Tribüne.

Kurz vor dem Tip-off zu Beginn der zweiten Halbzeit sah ich aus dem Augenwinkel Bic mit einer Baseballmütze auf dem Kopf hereinkommen. Ich vermasselte den Sprung, und der Ball ging zu meinem Verteidiger.

Ich hatte nicht damit gerechnet, dass ich Pixie während des Spiels beschützen müsste. Ich war davon ausgegangen, dass ich ihn verbal ausreichend in seine Schranken gewiesen hatte.

62. KAPITEL

Pixie Rae

Ich beobachtete, wie Gaze erstarrte und beim Tip-off viel zu spät reagierte. Als ich seinem Blick folgte, sah ich, was seine Reaktion ausgelöst hatte. *Bic.*

Dieser miese Bic tauchte hier auf, um Ärger zu machen. In früheren Jahren hätte ich geargwöhnt, dass er das Turnier nutzte, um seinen Glücksspielring zu decken und wie üblich bei Sportwetten viel Geld zu verlieren. Damals hätte er sogar auf zwei Schnecken bei einem Rennen gesetzt.

Aber ein Fan von Basketball war er eigentlich auch nie gewesen. Ich beobachtete, wie er den Blick über die Menge schweifen ließ, bis er mich schließlich entdeckte. Seine Miene verhärtete sich, und er richtete sich entschlossen auf. Er hatte sich die Mühe gemacht, den Austragungsort des Turniers und damit mich ausfindig zu machen.

Ich beugte mich zu Austin rüber. »Ich muss hier weg.«

»Wie bitte, Kleines?« Er ließ sein Handy so weit sinken, dass ich seine ganze Familie sehen konnte, die beim Spiel zuschaute. Es wäre furchtbar für mich, ihnen diesen Moment kaputtzumachen, und noch furchtbarer fände ich es, wenn Gaze von seinem Spiel abgelenkt werden würde.

Ich dachte ein paar Minuten über alles nach und holte dann mein Handy hervor.

Hi, ich muss verschwinden. Tolles Spiel. Mir geht's gut!

»Ich hab Gaze eine Nachricht geschickt. Ich wünsche dir noch viel Spaß beim Zuschauen! Wir sehen uns zu Hause.« Austin runzelte die Stirn. Er durchschaute mich. Ich beugte mich vor und gab ihm einen Luftkuss auf die Wange. »Bleib sitzen und sei weiter der bestaussehende Zuschauer. Verdreh allen den Kopf.«

Er wurde rot und warf mir einen Kuss zu, was ich als Zustimmung auffasste. Ich hatte Tribünen schon immer gehasst. Wahrscheinlich lag es an den endlosen Stufen, die mir unheimlich waren. Normalerweise ging ich sie immer vorsichtig rauf und runter, aber heute Abend flog ich die Treppe förmlich nach unten. Dabei behielt ich den Ausgang fest im Auge. Ich musste unbedingt hier raus. Ich würde mich einfach im Umkleideraum der Mädchen verstecken, wenn ich ihn finden konnte.

Als ich mich für einen Gang entschied, beruhigte ich mich damit, dass die meisten Schulen einen ähnlichen Grundriss hatten, und da Bic nie zu einem der Elternsprechtage erschienen war, zu denen er eigentlich kommen sollte, würde er sich hier noch weniger zurechtfinden als ich.

Ich hatte wieder den Moment vor Augen, als er am Fenster meines Zimmers gestanden und sich symbolisch die Kehle aufgeschlitzt hatte.

Und dann krallte sich plötzlich eine Hand in meine Schulter. Noch bevor er mich zu sich umdrehte, wusste ich, dass er es war. Er hatte mich an einer dunklen Stelle des Gangs zu fassen bekommen.

Ich erstarrte, als er meine Schultern packte, damit ich ihm ins Gesicht sah.

»Pixie? Warum läufst du denn weg? Willst du deinem kleinen Freund nicht bei seinem großen Moment zuschauen?« Er trat immer näher, sodass ich beim Zurückweichen ins Taumeln geriet. Ich hätte um Hilfe rufen sollen, ich hätte »Feuer« rufen sollen, aber ich war entsetzt und völlig durcheinander. Mein Körper wollte nur weg von ihm. Er war ein wandelnder Alptraum. Alles an ihm weckte die Erinnerung an die Dinge, die er getan hatte. Sein Geruch, sein Tonfall, die Silberkette, die er um den Hals trug. »Ich wollte mich nur kurz mit dir unterhalten, aber dich mal allein zu erwischen, ist neuerdings ja fast unmöglich.«

»Geh weg«, war alles, was ich hervorbrachte. Ich wünschte, ich würde fieser klingen. Eben noch hatte ich Mark souverän abgekanzelt, aber jetzt klang ich einfach nur jung und hilflos.

»Klar doch, gleich bist du mich los. Ich wollte mich nur kurz mit dir über deine Wohnsituation unterhalten. Tja, wenn du nicht mehr bei mir wohnst …? Die Schecks von deiner Mutter gehen dann nicht mehr an unsere Adresse. Und wir wollen doch sichergehen, dass dein zurückgelegtes Geld fürs College erhalten bleibt. Das hat sich deine Mutter so sehr für dich gewünscht. Sie hat mir immer erzählt, wie schlau du doch wärst und so. Eigentlich hatten wir das im Testament festlegen wollen, sind aber nie dazu gekommen. Ich will ja, dass du diese Rücklagen bekommst. Und jetzt weißt du auch, warum ich unbedingt mit dir sprechen wollte. Ich will einfach nur auf dich aufpassen.« Bics Griff wurde fester, sodass ich mich nicht mehr rühren konnte. Sein Daumen strich nun kreisförmig über meine Schulter.

Ich spürte, wie ich langsam abschaltete. So hatte ich in der Vergangenheit überlebt. Es war wie bei den pawlowschen Hunden: seine Stimme, die Berührung und dann diese Reaktion. Aber ich war nicht in meinem Zimmer. Ich war in einer Schule … in einer Schule voller Menschen.

»Sie hat nie davon gesprochen.« Meine Lunge zog sich immer mehr zusammen. Der Schrei, der in meiner Kehle feststeckte, saugte allen Sauerstoff auf. Gleich würde ich ersticken. Mein Herz schlug so schnell. Ich brauchte Luft. Ich musste hier raus.

»Nun ja, ich habe mich mithilfe des Geldes vom Amt und den Versicherungszahlungen die ganze Zeit um dich gekümmert. Aber die werden den Geldhahn sofort zudrehen, wenn sie herausfinden, dass du nicht mit Tante Dreama und mir zusammenlebst.«

Sie war nicht meine Tante.

Raus. Ich musste hier raus. Oh Gott, ich wollte sterben und ihn umbringen. Beides gleichzeitig. Ich wollte in Flammen aufgehen, und das Inferno sollte ihn verzehren.

»Kleines?« Austin. Austins Stimme. Austin, der es irgendwie schaffte, mit einem Tanktop aus Spitze, Jeans und einem Rock darüber sowie Springerstiefeln und dem obligatorischen Schal fantastisch auszusehen. »Lass sie los.«

Seine Stimme ging ein paar Oktaven nach unten.

»Du könntest dich freundlicherweise verdammt noch mal verpissen. Das hier ist eine Familienangelegenheit.« Bic nahm eine Hand von meinen Schultern, sodass er zum Ausgang zeigen konnte.

»Mmm. Das halte ich für riesigen Schwachsinn, alter Mann.« Austin reichte mir seine Hand, als wollte er mir über die Straße helfen. Ich wollte sie ergreifen, aber Bic packte mein Handgelenk.

Ich schlug mit der Faust auf die Stelle zwischen seinem Zeigefinger und Daumen und riss mich los.

»Geh weg!«, brüllte ich. Sauerstoff und Wut verbündeten sich gegen ihn. Er sollte mich hören.

Austin zog mich zu sich, als würden wir eine Tanzfigur ausführen, und ich warf mich in seine Arme. Bic wollte mich noch packen, aber Austin war so flink, dass ich bereits hinter ihm stand.

»Verschwinde. Das ist die letzte Warnung.« Er sprach wieder mit dieser tiefen Stimme, die versprach, dass er nicht nur ein hübsches Gesicht hatte.

»Denk dran, Pixie. Das College und deine ganze Zukunft hängen davon ab, dass du wieder nach Hause kommst. Keiner von diesen Jungen, mit denen du zusammenlebst, wird sich so um dich kümmern, wie ich es getan habe.«

Meine Stimmbänder verknoteten sich. Ich konnte nur einen unartikulierten Kiekser von mir geben.

»Scher dich weg, du Arschloch!«, brüllte Austin Bic hinterher.

Er drehte sich wieder zu mir um, als die Tür sich hinter Bic schloss. »Komm her.« Austin breitete die Arme aus, und ich ließ mich umarmen. »Du zitterst ja wie Espenlaub. Lass uns nach Hause gehen.«

Das konnte ich nicht tun. Wenn ich mit Austin ging, würde Gaze' Pflegefamilie nicht bei seinem Spiel zuschauen können. Außerdem wusste ich, dass er Bic gesehen hatte und sich deshalb Sorgen machen würde. Ich musste mehr Kraft aufbieten, als ich eigentlich hatte, um den Kopf zu schütteln. »Nein. Wir gehen wieder rein zu Gaze. Das ist so ein wichtiger Moment für ihn. Ich darf nicht der Grund sein, dass er es vergeigt.«

Ich war mir nicht sicher, ob meine Beine mich tragen würden. Normalerweise erstarrte ich sofort, wenn es um Bic ging, aber nun gelang es mir, sie wie Betonklötze über den Boden zu schleifen.

»Dann lass uns wieder reingehen. Ich bleibe an deiner Seite.« Austin hielt mich weiter mit einem Arm umschlungen. Ich hasste es, dass er diese Seite von mir sehen musste. Die Seite, die Träume und Selbstvertrauen auffraß und Panik zuließ.

Ich holte tief Luft – und dann noch einmal und noch einmal. Ich konzentrierte mich auf meine Beine, auf einen Schritt nach dem anderen. Dann dachte ich an meine Mutter. Und an Gaze. Mein Herzschlag beruhigte sich, während Austin und ich zu unseren Plätzen auf der Tribüne zurückkehrten.

Gaze wartete nur auf meinen Blick, und ich bedeutete ihm mit einem erhobenen Daumen, dass alles in Ordnung war. Ein einigermaßen echtes Lächeln brachte ich auch noch zustande. Mehr brauchte er nicht, um die nächsten Dreipunktwürfe zu treffen.

63. KAPITEL

Gaze

Der Trainer stand direkt neben mir und strahlte, als hätte er das weltberühmte Autorennen von Indianapolis gewonnen. »Tja, Junge, sie werden dir tatsächlich beide ein Vollstipendium anbieten … mit Unterbringung. Das ist fantastisch. Und sie haben uns inständig gebeten, mit keiner anderen Uni zu reden. Das ist buchstäblich die beste denkbare Ausgangssituation.«

Ich spürte, wie der Druck auf meiner Brust langsam weniger wurde. Wir hatten uns bis zum letzten Spiel gegen alle gegnerischen Mannschaften durchgesetzt. Es war schwer gewesen, aber ich hatte alles gegeben. Das war wirklich eine ganz große Sache. Wenn ich mich aus allen Schwierigkeiten raushielt, und es nicht irgendwie verbockte – das waren die Worte des Trainers –, würde ich mir die Uni aussuchen können. Ich hätte die freie Wahl, statt mir Sorgen machen zu müssen, dass ich vielleicht nirgendwo unterkam. Mike und Ronna feierten über den Videocall mit, und Austin war ganz aufgeregt und machte eine Million Fotos. Ich konnte sehen, dass Pixie sich für mich freute, aber irgendetwas war passiert. Wären sie und Austin nicht zurückgekommen, hätte ich das Feld mitten im Spiel verlassen.

Sie hielt sich immer in der Nähe von Austin oder mir auf, und ich wollte sie unbedingt so schnell wie möglich nach Hause bringen und herausfinden, ob sie mit mir darüber sprechen wollte.

Aber zuerst musste ich noch allen möglichen Leuten die Hand schütteln und dann unter die Dusche gehen. Austin und Pixie sagten, dass sie so lange warten würden. Das Team hatte bereits geduscht, und alle waren mehr oder minder angezogen, als ich in die Umkleide kam. Die Jungs begrüßten mich mit Jubelschreien und Schulterklopfen. Sogar Mark führte sich so auf, als hätte er ebenfalls etwas gewonnen. Die anderen Teams, die sich den Umkleideraum mit uns teilten, zogen sich auf ihre Seite zurück.

»Hey! Danke!« Ich hielt mich unter all den Freudenbekundungen nur mühsam aufrecht. Eine ganze Weile war ich völlig berauscht.

64. KAPITEL

Pixie Rae

Nachdem ich mich geschminkt und Austin mir mit dem Reißverschluss geholfen hatte, war ich bereit, Gaze gegenüberzutreten.

Ich betrachtete mich im Spiegel. Hätte ich auch nur das kleinste bisschen an Austins Talent gezweifelt, wäre dies spätestens in diesem Moment vorbei gewesen.

Ich sah immer noch wie ich selbst aus. Aber Himmel, ich hatte nicht gewusst, dass in meinen Augen dieses Funkeln lag oder meine Lippen so perfekt geformt waren. Meine Haare glänzten und fielen in Wellen über eine Schulter.

Das Kleid war einfach unglaublich. Es schmiegte sich perfekt an meine Rundungen und wäre einer Filmpremiere würdig gewesen.

Austin fächelte sich Luft zu. »Baby, du siehst aus wie ein Star.«

Ich raffte den Rock ein bisschen und drehte mich vor ihm. Seine Kreation aus unserem Einkauf im Secondhandladen gab mir das Gefühl, das teuerste Designerkleid der Welt zu tragen. Ich wollte unbedingt zu Gaze und sehen, ob es ihm auch gefiel … um dann vielleicht noch ein paar von seinen zärtlichen Küssen zu bekommen.

»Es steht dir fantastisch, wenn du errötest. Mach weiter damit.«

Gaze stand in der Tür zum Zimmer. Als ich von meinem Rock zu seinem Gesicht hochschaute, hob er die Hand an sein Herz, als wäre auf ihn geschossen worden. Er bewegte die Lippen und hauchte ein lautloses »Wow«. Mein Gesicht wurde ganz heiß, da ich noch tiefer errötete.

Gaze trug einen Smoking, den Austin für ihn gefunden hatte. Das Plastron – eine breite Seidenkrawatte – war der einzige Farbfleck, und nur Austin schaffte es, das cool aussehen zu lassen. Er rückte das Plastron zurecht und tätschelte dann Gaze' Wangen gleichzeitig. »So gut aussehend. Darf ich einen Videocall mit Mom und Dad machen? Du weißt, wie gern Mom das sehen möchte.«

Ich schlief jede Nacht mit Gaze in einem Bett, aber er sah so schick aus, dass er mir fast ein bisschen fremd war. Ich ging zu ihm, und er hielt mir seine Hand hin. »Du siehst toll aus. Atemberaubend. Und wie meine Pixie Rae.«

Es war wichtig, dass er das immer noch in mir sah, dass er wahrnahm, wer ich war.

Er neigte den Kopf und flüsterte in mein Ohr: »Ist es okay für dich, mit Mike und Ronna zu sprechen? Oder findest du das zu schräg?«

»Nein. Ich habe eh schon das Gefühl, sie zu kennen, weil ich so häufig mitbekommen habe, wenn Austin mit ihnen telefoniert.«

»Teddi und Milt könnten auch dabei sein. Ein Abschlussball ist für Teddi eine große Sache.«

Ich fand es toll, dass er sich meinetwegen so viele Gedanken machte, aber ich hatte damit kein Problem. »Ruf sie an. Wir wollen feiern, oder?«

Gaze setzte sich an den Küchentisch und lud mich ein, auf seinem Schoß Platz zu nehmen. Aber ich hatte nicht das Gefühl, dass jetzt der richtige Zeitpunkt dafür war, es auszuprobieren. Ich wollte einen guten Eindruck machen und mich so kultiviert verhalten, wie es das Prinzessinnenkleid von mir verlangte.

»Ach, du meine Güte! Austin! Was hast du mit ihnen angestellt?« Teddis Gesicht war viel zu nah an der Kamera dran. Sie hatte wunderschöne Haut.

Ich machte mir einen kurzen Moment Sorgen, ehe sie zurückwich und wir ihr breites Grinsen sehen konnten. »Das ist das Beste, was ich je von dir gesehen habe. Heiliger Strohsack!«

Austin stand hinter uns, während sein Handy an ein paar Büchern lehnte. Er deutete einen Knicks an, und Teddi und Milt lachten.

»Mach auf jeden Fall ein paar Fotos von ihnen für Instagram. Lass dir das nicht entgehen. Schau sie dir an. Oh, ich wäre jetzt so gern da, um für die Beleuchtung zu sorgen ... Pixie könnte über ihre Schulter schauen, und bei einem anderen Bild könnte sie vielleicht ihren Fuß auf sein Knie stellen und dann ...«

Ronna legte beide Hände auf Teddis Schultern. »Okay, Frau Regisseurin. Lass die alten Leute mal für eine Sekunde schauen.«

Ronna setzte eine Lesebrille auf. »Oh, Gaze. Sieh dich nur an. So erwachsen. Und Pixie? Du siehst atemberaubend aus. Ich bin euretwegen so aufgeregt. Was ist noch mal das Thema des Balls?«

Gaze schaute mich an, und ich wusste, dass er sich wünschte, ich würde antworten, damit ich mit seiner Pflegemutter ins Gespräch kam. »Äh, ich glaube Hollywood? Ich habe unterschiedliche Plakate gesehen, es ging also ein bisschen hin und her.«

Ronna hatte einen freundlichen, offenen Blick, und die Art, wie sie Austin und Gaze bewundernd anschaute, strahlte pure Liebe aus.

Mike beugte sich ins Sichtfeld. »Ihr seht alle ganz toll aus.

Ähm, ich will ja nicht das Thema wechseln, aber dein Trainer war sehr erfreut darüber, was die Talentsucher über dich gesagt haben, Gaze. Nur Gutes. Ich bin so stolz auf dich. Danke, dass du dein Bestes gegeben hast.«

Das Lob kam so leicht über Mikes Lippen, als wäre es ganz einfach, ein Kind zu ermutigen ... zu lieben. Ich berührte Gaze' Hand und dachte, wie viel besser es für ihn gewesen war, bei diesen Leuten aufzuwachsen, statt von Bruce umgebracht zu werden.

»Ich will ja ungern wiederholen, was deine Schwester gesagt hat, aber ich fände es ebenfalls toll, wenn ihr ein paar Fotos machen könntet – wenn es nicht zu viele Umstände macht?«, fragte Ronna. Im Hintergrund spielte Milt mit einem Cockerspaniel Fangen.

Gaze lächelte mich an. »Das lässt sich bestimmt arrangieren.« Dann hob er meine Hand an die Lippen und küsste meine Knöchel.

»Ach, du meine Güte!«, drang Teddis Stimme aus dem Lautsprecher. »Schaut sie euch an. Die beiden kommen ja direkt aus einem Disney-Zeichentrickfilm. Das ist ja so süß. Ich sterbe gleich.« Sie gab ein ersticktes Röcheln von sich.

»Tja, ihr macht euch jetzt wohl besser auf den Weg. Wann beginnt der Ball?« Austin winkte seinen Eltern zu und schickte ihnen Luftküsse, ehe er den Anruf beendete.

»Ich glaube, er hat vor zehn Minuten angefangen. Wir sollten uns sputen.«

»So ein Mist. Ich wusste nicht, dass wir schon zu spät dran sind!« Ich stand auf, holte meine passend zum Kleid dekorierten Schuhe und schlüpfte hinein.

»Ihr Lieben, ruft mich an, wenn ihr was braucht. Ich bin die ganze Zeit hier und warte. Ich mache die Fotos, wenn ihr zurück seid.« Er öffnete die Tür für uns.

»Hält mein Make-up denn so lang?« Austin hatte Produkte von Marken benutzt, die ich nie gehört hatte.

»Schätzchen, dein Gesicht wird wahrscheinlich die nächsten drei Tage so aussehen. Du wirst einen Eispickel und einen Spachtel brauchen, um das wieder abzubekommen. Und zwar nicht, weil ich so viel aufgetragen habe, sondern weil das Zeug besonders haltbar ist.« Ich steckte mein Handy in das Täschchen, das er genau für diesen Zweck in das Kleid eingenäht hatte.

»Vielen, vielen Dank, dass du uns bei all dem hier geholfen hast.« Ich drückte seine Schulter, als wir an ihm vorbeigingen.

»Immer wieder gern, Liebes. Viel Spaß. Und macht nicht *alles*, was ich machen würde. Aber probiert ein paar Sachen aus.« Austin überreichte uns ein Anstecksträußchen und eine einzelne Blume, als wir zur Tür gingen. »Die sind von Mom und Dad. Mit lieben Grüßen.«

Gaze und Austin verabschiedeten sich mit ihrem ganz persönlichen Handschlag, den ich schon von ihnen kannte, nachdem wir die Blumen befestigt hatten. Ich trug nun ein ganz entzückendes Gesteck aus weißen Rosen am Handgelenk.

Und dann gingen wir endlich die Treppe in Gaze' Gebäude hinunter. »Schau uns an. Wir sind bereit für den heutigen Abend. Ich sag dir was … ich hätte nie gedacht, dass wir mal so schick angezogen durch diesen Hausflur gehen, in dem es heftig nach Pisse stinkt.«

Ich prustete vor Lachen los, als wir am Fahrstuhl vorbeiliefen, der nur gelegentlich funktionierte. Es hing eindeutig ein durchdringender Uringeruch in der Luft.

»Na also. Dieses Lachen. Solange ich das bekomme, ist alles perfekt für mich.« Er warf mir ein strahlendes Lächeln zu.

Vor die Tür zu treten, fühlte sich seltsam an. Die Gegend, in der ich normalerweise im Tanktop durch die Straßen lief, hatte heute etwas Magisches. Die Sonne war gerade dabei unterzugehen, sodass alles in ein orangefarbenes Licht getaucht wurde.

Gaze legte seinen Arm um meine Schultern, sodass jeder sehen konnte, dass ich sein Date war. Aus allen Ecken und Winkeln kamen junge Leute, die zum Abschlussball wollten. Wir alle ernteten viel Aufmerksamkeit, es war ein echtes Schauspiel. Die Leute auf der Straße machten Bemerkungen und lobten unseren eleganten Aufzug. Mir war klar, dass mein Kleid etwas ganz Besonderes war. Den Kleidern der anderen Mädchen sah man auf den ersten Blick an, dass sie in einem Laden gekauft worden waren. Ich sah dreimal das gleiche blaue Cinderella-Kleid bei drei verschiedenen Mädchen, als wir uns in die Schlange der anderen wartenden Jugendlichen einreihten, um eingelassen zu werden.

Es kam eine leichte Brise auf, und die Geräusche der Stadt untermalten den besonderen Moment. Autos fuhren langsamer, weil ihre Insassen die Scharen herausgeputzter Jugendlicher bewundern wollten, die darauf warteten, in den Ballsaal zu kommen.

»Verdammt! Ich hab die Eintrittskarten vergessen.« Gaze klopfte all seine Taschen ab.

»Haben wir sie nicht als E-Mail?« Ich schaute mich um, ob jemand anders das gleiche Problem hatte, aber alle Pärchen schienen zwei Karten in der Hand zu halten.

»Du kennst doch die alte Schreckschraube. Die wird niemals E-Mails nutzen. Sie ganz allein ist für die Abholzung der Hälfte aller Bäume auf der Welt verantwortlich, um daraus Briefpapier zu machen.« Er biss sich auf die Unterlippe und ließ den Blick schweifen.

»Vielleicht können die beim Einlass überprüfen, wer welche

gekauft hat? Vielleicht hat man das ja notiert.« Ich zeigte auf den Anfang der Schlange.

»Das könnte sein. Bleib hier. Ich geh mal fragen.«

Er eilte davon, und sein Anblick, als er sich mit langen Schritten in seinem schicken Outfit entfernte, ließ mein Herz hüpfen.

Sobald er außer Sicht war, merkte ich, wie mir jemand in die Schulter piekte. Fest. Ich drehte mich herum.

Ashlin und zwei ihrer Freundinnen standen mit erwartungsvollen Gesichtern vor mir. »Okay, wir wissen, dass du das Kleid gestohlen hast. Das könntest du dir nämlich auf keinen Fall leisten.«

Ich war so perplex von ihren Worten, dass ich erst einmal an meinem Kleid hinunterschaute. Einen Moment lang dachte ich, es würde noch irgendwo ein Preisschild hängen, das mir entgangen war. »Was?«

»Das ist ein Designerkleid. Ich erkenne ein Hartsini-Modell, wenn ich es sehe.« Ashlin warf ihren Freundinnen einen selbstgefälligen Blick zu.

»Ich weiß noch nicht einmal, wer das ist.« Ich wich einen Schritt vor ihnen zurück.

Ashlin streckte die Hand aus, griff nach dem Saum meines Kleides und zog daran. »Die kosten ein paar Tausend Dollar. Du kannst auf keinen Fall so viel Geld ausgegeben haben, also hast du es geklaut. Oder vielleicht hast du dem Ladenbesitzer auch einen geblasen. Wir wissen ja alle, dass du in dem Bereich ziemlich viel Erfahrung hast.«

Ashlin hatte ironischerweise das gleiche blaue Cinderella-Kleid wie die anderen drei Mädchen an, die ich schon in der Schlange bemerkt hatte.

»Warum gehst du nicht zu deinem Date und lässt mich in Ruhe?« Mein Magen rebellierte. Ich hatte gewusst, dass Ashlin auch beim Abschlussball sein würde. Sie war der Fluch meiner gesamten Schulzeit.

Gaze sah so gut aus, dass ich an Ashlins Gesichtsausdruck erkannte, dass er wieder zurückkam. Sie hob den Kopf, und die gemeine Miene machte einem sanften, etwas nervösen Gesichtsausdruck Platz. Sie ließ die Augenlider flattern und verzog die Lippen zu einem Schmollmund.

Gaze legte seinen Arm um meine Schultern. »Meine Damen, ihr seid bestimmt hier, um Pixie zu sagen, wie atemberaubend sie aussieht, und euch dann zu verpissen.«

Ich hob meine Hand und schob die Finger zwischen seine.

»Eigentlich haben wir gerade gefragt, wo sie das Kleid herhat. Es ist uns gleich aufgefallen.« Ashlin schob eine Schulter nach vorn, als würde sie für ein Selfie posieren und nach dem besten Winkel suchen.

Ich gab Gaze mit einem Blick zu verstehen, dass sie eben mal wieder ein Miststück gewesen war. Gaze tippte sich ein paarmal mit dem Zeigefinger an die Lippen, dann zuckte er die Achseln. Als er sich wieder mir zuwandte und die Augenbrauen hochzog, wappnete ich mich. Ich kannte diesen Blick. Er hatte irgendetwas Freches im Sinn. Er drehte sich ganz zu mir um und schlang die Arme um mich. Dann küsste er mich langsam und sanft und machte eine richtige Show daraus. Ich umarmte ihn ebenfalls, schob eine Hand in sein Haar und legte die andere um seinen Hals. Weil der Saum meines Kleides vorne so kurz war, konnte ich meine Beine um seine Taille legen. Wir küssten uns so lange, bis es für Ashlin und ihre Freundinnen zu peinlich wurde, dabeizustehen und zuzuschauen. Noch einen Moment später trat dann eine Lehrerin hinter Gaze und räusperte sich. Ich fing an zu lachen, als er mir half, mich von ihm zu lösen, die Füße wieder auf den Boden zu setzen und das Kleid zurechtzurücken.

Schnell schlossen wir die Lücke in der Schlange, die durch unsere kleine Darbietung entstanden war. Dabei hielten wir die ganze Zeit Händchen.

Schließlich warf ich einen Blick über die Schulter, um zu sehen, wo Ashlin gelandet war. Sie stand am Ende der Schlange, aber sie sah in meine Richtung, mit einem bösen Lächeln auf den Lippen. Sie winkte mir zu, drehte sich aber zu ihrer Freundin um, als Gaze meinem Blick folgte.

»Oh Mann, warum muss sie wirklich überall sein, wo ich auch bin. Ich kann es gar nicht erwarten, von dieser blöden Pute wegzukommen.« Ich seufzte laut. »Warum muss sie heute Abend auch da sein?«

Gaze sah zu Ashlin und wieder zu mir. »Hey, also es ist so: Die haben keine Liste, und ich habe keine Eintrittskarten. Was hältst du davon, wenn wir diese Arschlöcher hinter uns lassen und unseren eigenen Ball veranstalten?«

Ich dachte ein paar Sekunden lang darüber nach. Ich verspürte keinerlei Enttäuschung, dass ich es verpasste, in der Cafeteria zu stehen und womöglich einen Social-Media-Streich von Ashlin in meinem schönen Kleid über mich ergehen lassen zu müssen.

»Ich glaube, das fände ich gut. Richtig gut sogar. Bist du dir sicher?« Vielleicht ruinierte das ja einen wichtigen Highschool-Moment, auf den er lange gewartet hatte.

»Oh, aber ja. Lass uns von hier verschwinden.« Er trat aus der Schlange und verbeugte sich vor mir. »Mylady …«

Er zog mich an seine Seite und winkte ein Taxi heran. Dann hielt er mir die Tür auf, ich glitt hinein, und er achtete darauf, dass die ganze Schleppe mit im Wagen war, ehe er die Tür schloss.

Nachdem er von der anderen Seite eingestiegen war, gab er dem Fahrer unsere Adresse.

»Wir hätten doch zu Fuß gehen können.« Ich warf ihm einen verwirrten Blick zu. Taxis waren für Touristen.

»Na, aber dann könnten wir das hier nicht machen.« Er beugte sich nach vorn und bat den Fahrer: »Könnten Sie bitte auf die Hupe drücken?« Er zeigte aufs Heckfenster, und als ich meinen Kopf drehte, flüsterte er mir ins Ohr: »Sie soll wissen, was wir von ihr halten.«

Ich zeigte Ashlin beide Mittelfinger, die von Gaze' Mittelfingern eingerahmt wurden. Und so machten wir uns auf den Weg zu unserem eigenen, ganz privaten Abschlussball und lachten uns kaputt, während Ashlin uns mit großen Augen völlig überrascht hinterherschaute.

Ich ließ mich nach hinten gegen Gaze' Brust sinken, und er schlang die Arme um mich. Ich drehte den Kopf, sodass ich ihn sehen konnte ... na ja, zuerst nur sein Kinn, bis er den Kopf senkte.

»Ich liebe dich so sehr, Gaze.« Es war das erste Mal, dass ich es so intensiv spürte. Er war mein Ein und Alles.

In dem Moment sah er so aus, als hätte er im Lotto gewonnen und gleichzeitig Superkräfte bekommen. Sein Gesicht strahlte vollkommene Freude aus.

65. KAPITEL

Gaze

Und in dem Moment änderte sich alles. Pixie Rae machte mich zum Mann, indem sie mich einfach voller Vertrauen und Liebe anschaute. Es war nicht die Art von Liebe, die wir als Kinder, als Familie füreinander empfunden hatten, sondern romantische Liebe. Sie liebte den Mann in mir, zu dem ich gerade wurde. Ich drückte ihr einen Kuss auf die Lippen.

»Du weißt, dass ich dich auch liebe. Für immer.« Ich rückte sie zurecht, um sie fest an mich ziehen zu können. Ich war dankbar, dass ich jetzt so groß war und in der Lage, sie zu beschützen.

»Dann gehen wir also nach Hause zum Feiern?« In ihrer Stimme schwang kein Vorwurf mit, sondern sie war einfach nur neugierig, während ich den Fahrer bezahlte und nach ihr aus dem Wagen stieg.

»Ich bin am Verhungern. So hungrig. Hungriger, als ich es in meinem ganzen Leben je gewesen bin.« Ich tat so, als wollte ich ihren Arm anknabbern.

»Okay, gut. Bei Pete bekommen wir am schnellsten was.«

Ich wollte ihr widersprechen, dass wir uns etwas Schickeres aussuchen sollten, als sie auch schon auf ihren hohen Absätzen davonstürmte. »Ich bin als Erste da.«

Die unbekümmerte Art, wie sie mich über die Schulter anschaute und der Schalk in ihren Augen erinnerte mich an die jüngere Pixie ... bevor ihr so viel genommen wurde. Ich rannte hinter ihr her – zum einen, um sie einzuholen, und zum anderen, um sie aufzufangen, sollte sie fallen.

Sie erreichte den Pizzaladen kurz vor mir. Ich zog die Tür für sie auf, und sie keuchte vom schnellen Laufen und lachte gleichzeitig.

Pete, der Besitzer der Pizzeria, machte viel Aufhebens um uns, als wir hereinkamen. »Ach, du meine Güte! Schau sich einer diese beiden Rabauken an. Richtig schön zurechtgemacht seid ihr. Schaut euch das an.«

Er rief all seine Angestellten nach vorne. Die meisten kannte ich noch von früher. Pixie und ich hatten den Laden als Kinder geliebt, kamen aber immer noch häufig her, um zu essen. Mit Pizza konnte man nie etwas falsch machen. Pete schien zu spüren, dass es uns guttat, von Erwachsenen verwöhnt zu werden. Bestimmt wusste er von Mrs Stone, und mein Vater war ja auch noch in der Stadt, deshalb wusste er über ihn garantiert auch Bescheid.

»Wir machen eine Herzpizza für euch beide!« Er bestand darauf, Fotos von uns zu machen, und zeigte uns ein Bild, das er hinter der Kasse an einer Pinnwand befestigt hatte. Es war unter ein paar Flyern vergraben, zeigte aber Pixie und mich, als wir noch jünger waren, wie wir uns ein Getränk teilten und jeder ein Stück Pizza aßen. Es war der Mittagstisch gewesen, und wir hatten uns überlegt, dass wir zwei Mahlzeiten bekämen, wenn wir uns das Getränk teilten.

»Wollt ihr euch das Getränk immer noch teilen?« Pete ließ seine Frau einen riesigen Krug mit Limonade füllen, in den sie zwei Strohhalme steckte. »Große Kinder bekommen große Getränke.«

Er machte für uns eine riesige herzförmige Pizza und weigerte sich, dafür Geld zu nehmen. Während wir am Tisch neben dem Fenster aßen, hätte man meinen können, wir wären Superstars und nicht Kinder aus der Gegend, die in einer kleinen Pizzeria saßen.

Pixie versuchte, nicht über mich zu lachen, als ich mir die Zunge an dem superheißen Käse verbrannte.

Sie beugte sich nach vorn und reichte mir eine Serviette. »Ich finde, das hier ist viel besser als ein Abschlussball.«

Ich trank direkt aus dem Krug und ignorierte die Strohhalme komplett.

»Oh ja. Ich kann definitiv darauf verzichten, mit diesen Idioten dort abzuhängen. Hier will ich sein. Und ich fange gerade erst an.« Ich griff wieder nach ihrer Hand. Als neue Gäste ins Restaurant kamen, mussten wir uns aber voneinander lösen, um sie zu begrüßen.

66. KAPITEL

Pixie Rae

Nachdem wir die Pizza aufgegessen hatten, umarmte ich Pete, und Gaze bedankte sich auf typisch männliche Weise bei ihm, indem er ihn halb umarmte und halb die Hand gab. Sobald wir draußen waren, scrollte ich durch die Bilder auf meinem Handy. Gaze und ich beim »offiziellen« Abschlussball. Ich vergrößerte das Foto und sah Ashlin, die mich von hinten beobachtete. Sie war so verbohrt in ihren Hass, dass es mir einen Schauer über den Rücken jagte. Dann waren da noch die Fotos im Taxi und von der herzförmigen Pizza sowie die Bilder, die Pete von uns gemacht hatte.

Gaze schaute über meine Schulter die Bilder mit an, während er gleichzeitig die Umgebung im Blick behielt.

»Schon verrückt, dass unser offizielles Abschlussballfoto in einem Pizzaladen aufgenommen worden ist.« Ich steckte das Handy wieder ein. »Und was jetzt? Gehen wir nach Hause?«

»Zur Hölle, nein. Wir haben doch noch gar nicht getanzt.« Wir winkten, wenn jemand hupte oder uns aus einem Auto hinterherpfiff, während wir die Straße entlanggingen. Offensichtlich hatte Pete allen Bescheid gegeben, dass wir unterwegs waren.

»Ich hab's.« Gaze zog mich mit sich. Als wir beim Park ankamen, gingen wir zu den Schaukeln. Zwei Kinder – Teenager zwar, aber deutlich jünger als wir – saßen auf den Schaukeln. Ein weiteres lehnte an einer der Streben.

»Ihr geht jetzt.« Gaze griff eine der Schaukelketten. »Die hab ich für heute Abend reserviert.«

»Wie bitte? Die kannst du doch nicht reservieren.« Ich kannte den Jungen. Er spielte hin und wieder Basketball auf dem Platz.

Gaze sagte nichts. Er stand einfach nur regungslos wie eine Statue da. Die Jungs beschwerten sich zwar noch ein bisschen, räumten dann aber das Feld und gingen.

Gaze stand hinter einer der Schaukeln, als hätte er nicht gerade ein paar Kinder vergrault. Er klopfte auf das Sitzbrett. »Auf geht's.«

Mit seiner Hilfe gelang es mir, die Schleppe über den Sitz zu heben, ehe er mich anstieß. Als ich dann mit den Beinen weiter Schwung holte, konnte ich das machen, ohne dass mein Kleid Schaden nahm.

Gaze setzte sich auf die andere Schaukel und fing ebenfalls an, Schwung zu holen. Als unsere Bewegungen schließlich synchron waren, wackelte das ganze Gerüst.

»Mist.« Gaze setzte mit einem Fuß auf dem Boden auf, damit wir nicht mehr beide in die gleiche Richtung schaukelten. Dafür trafen wir uns immer in der Mitte, und damit schien das Schaukelgerüst klarzukommen, sodass wir uns eine Weile in völligem Gleichklang bewegten.

Schließlich kamen Gaze und ich wieder zum Halten und fassten uns an den Händen.

»Und was fehlt uns jetzt noch?«, fragte Gaze und strich über meine Hand.

»Na, ich denke mal Musik, oder?« Ich kam von der Schaukel runter, und Gaze half mir wieder mit der Schleppe, damit sie auch mitkam. Trotzdem wurde sie etwas schmutzig dabei.

»Dann mal los.« Gaze und ich ließen die Schaukeln hinter uns, und die missmutigen Teenager kickten Steine vor sich her, als sie rüberkamen, um ihre alten Plätze wieder einzunehmen.

Die feuchte Wärme des Abends ließ langsam nach, die leichte Brise, die vor einer Weile aufgekommen war, zerzauste unser Haar.

Es war jetzt dunkel, und die Farben unserer Festtagskleidung tauchten immer wieder in die Schatten ein.

»Da haben wir's. Perfekt.«

Gleich neben dem Fluss, der durch den Wind ein wenig aufgewühlt war und übers Ufer schwappte, war eine Stelle, die von einer Straßenlampe erhellt wurde.

»Eine Tanzfläche«, schlug ich vor.

Gaze holte sein Handy hervor und wischte und tippte, ehe er einen kurzen Text abschickte. Nachdem er das Handy in die Brusttasche gesteckt hatte, erklang mein Lieblingslied.

»Oh. Das hast du dir gemerkt.« Ich trat zu ihm und legte meine Hände um seinen Hals.

Er schlang seine Arme um meine Taille. »Ich vergesse nie etwas, wenn es um dich geht.«

Die Seele, mit der ich als Kind schon so stark verbunden gewesen war, gehörte jetzt diesem gut aussehenden und selbstsicheren jungen Mann.

»Danke, dass du so aufmerksam bist. Du hast dieses Lied ausgewählt und damit einen perfekten Moment geschaffen.« Ich hoffte, er wusste, wie viel es mir bedeutete, dass er so viele Veränderungen auf sich genommen hatte, um mich in sein Leben einzubeziehen.

»Ich hatte keine andere Wahl. Du bist das Einzige, was für mich zählt, Pix.« Er küsste mich auf den Scheitel, ehe er mich herumwirbelte und dann wieder in seine Arme zog.

»Nur ich zähle?« Mir war schon klar, dass der Abschlussball und das Kleid für ein Mädchen sehr wichtig zu sein schienen.

»Du bist mein Leben.« So einfach war das für Gaze.

Mir fehlten die Worte. Angesichts meiner Liebe und seiner Hingabe konnte ich ihn nur küssen, um ihm zu zeigen, was ich fühlte. Er kostete meinen Mund und knabberte zärtlich an meiner Unterlippe. Seine Berührungen jagten mir einen Schauer über den Rücken.

»Hey, ihr beide, hört mal auf.« Ich erkannte Austins Stimme, als wir uns keuchend aus unserem Kuss lösten.

»Hey, Bruder.« Gaze lächelte und wandte sich dann mir zu. »Er macht jetzt unsere« – er deutete mit den Fingern Anführungszeichen an – »offiziellen Fotos. Ich dachte, wir sollten sie machen, ehe wir dein Kleid vollends ruinieren.«

»Ach, du meine Güte.« Ich legte eine Hand auf den Mund und tat so, als wäre ich schockiert. Gaze versuchte schnell, seine missverständliche Ausdrucksweise zu korrigieren.

»Mit Dreck! Dein Kleid wird ganz schmutzig. Das habe ich schon auf der Schaukel bemerkt!«

Austin war jetzt nah genug, um alles zu hören. »Ihr habt's auf der Schaukel getrieben? Und warum war ich nicht dabei?«

Gaze verdrehte die Augen. »Angesichts des horrenden Preises, den ich für diesen Fotografen hier bezahle, sollte man meinen, dass er sich die dreckigen Witze verkneift.«

Sie tauschten den mir mittlerweile vertrauten Handschlag. »Danke, dass du hergekommen bist.«

»Ehrlich gesagt bin ich ganz begeistert, ein paar Außenaufnahmen zu machen. In Innenräumen wirken Fotos längst nicht so lebendig.« Austin hatte eine große Tasche und ein kabelloses Ringlicht dabei.

In dem Moment erkannte ich, dass es bei Austins Instagram-Account zwar vor allem um Mode und die Inhalte ging, dass aber sein großes Talent im Grunde das Fotografieren war.

»Ich bin dabei. Es passt zum heutigen Abend.« Ich stellte mich auf die Zehenspitzen und glättete Gaze' Haare, die ich ihm beim Küssen zerwühlt hatte.

Und dann machten wir unser Fotoshooting. Es war total locker. Austin brachte uns zum Lachen und ließ uns posieren, selbst wenn wir gar nicht merkten, dass wir es taten. Er lotste uns zu den Schaukeln zurück, und wir vertrieben die Teenager ein zweites Mal, was diese murrend hinnahmen. Meine Aufgabe bestand darin, zu schaukeln und dabei den Kopf nach hinten zu legen, sodass meine Haare und das Kleid eine Linie bildeten … was immer das bedeuten mochte. Dann küssten wir uns ein paarmal nach Austins Anweisung.

Ich sah mir die Bilder an und war begeistert. Wir sahen so verliebt aus. Man konnte es deutlich erkennen. Wir waren zusammen aufgewachsen, und die Verbindung, die dadurch zwischen uns bestand, ging weit über das hinaus, was sonst zwischen Teenagern lief.

Ich bedankte mich bei Austin und umarmte ihn, obwohl ich ihn schon bald wiedersehen würde. Gaze hatte nämlich noch weitere Stationen für unsere ganz private Abschlussfeier geplant, und so verabschiedeten wir uns von Austin.

»Hast du Lust auf einen Nachtisch?« Gaze legte seine Hand an meine Taille.

Ich rührte mich nicht, als ich die Wärme seiner Hand spürte. Ich sagte ihm nicht, dass ich Angst davor hatte, seine Berührungen könnten mich irgendwann an Dinge erinnern, die ich um jeden Preis vergessen wollte. Noch nicht. Nicht heute Nacht. Heute Abend blieb die Vergangenheit begraben. Wir liefen zu unserem Lieblingseisverkäufer, und Gaze kaufte uns beiden ein Eis, ehe der Stand schloss.

»Es gibt wirklich nichts Besseres als das hier an einem heißen Tag.«

Wir toasteten uns mit dem Eis zu. Wir mussten das Eisessen unterbrechen, um Leuten zu danken, die an uns vorbeigingen und uns Komplimente zu unserer Kleidung machten. Gaze sah mich jedes Mal stolz lächelnd an, wenn jemand sagte, wie schön ich aussähe. Es war ein perfekter Abend. Doch der Wind hatte nachgelassen, und es wurde allmählich wieder schwül.

In der Ferne hörte ich vertrautes Gelächter, das von den Gebäuden widerhallte, und mir war klar, was das bedeutete. Nun übernahm ich die Führung und bestimmte, wie der gemeinsame Abend weitergehen sollte. Ich zog Gaze hinter mir her, nachdem wir die Stiele von unserem Eis weggeworfen hatten.

»Wie wär's mit einem Feuerwerk?« Ich zeigte auf den Feuerwehrhydranten, aus dem kristallklares Wasser schoss, durch das die Kinder liefen.

An Freitagabenden hatte schon damals, als wir noch Kinder gewesen waren, eine besondere Stimmung geherrscht. Dieser Abend am Ende der Woche war voller Freude. Die Kinder waren lange wach und durften noch spielen. Ich drehte mich im Sprühregen, hatte aber ein schlechtes Gewissen, weil die viele Arbeit, die Austin sich mit dem Kleid gemacht hatte, nun zerstört wurde. Doch dann zog Gaze sein Jackett aus und gesellte sich zu mir. Er nahm mich hoch und wirbelte mich herum, wobei ich mein Kleid so hielt, dass alle Kinder um uns herum Spritzer von meiner nassen Schleppe abbekamen. Gaze trat aus der Wasserfontäne, damit wir wieder zu Atem kommen konnten, und stellte mich ab. Eins der Kinder hatte eine Seifenblasenpistole – ein weiteres wunderbares Detail in dieser besonderen Atmosphäre.

Ich berührte Gaze' Wange mit den Fingerspitzen und fuhr dann den Umriss seiner Lippen nach. »Niemand hatte je einen so schönen Abschlussball wie wir.«

Wir küssten uns wieder, während das Wasser aus unserer Festtagskleidung tropfte. Als wir uns voneinander lösten, legte ich den Kopf in den Nacken, und trotz der Lichter der Großstadt sah ich ein paar Sterne.

67. KAPITEL

Pixie Rae

Das Beste am Abschlussball war, dass er den Anfang vom Ende einläutete. Die Übergangsriten der Oberstufenschüler fielen mit den Abschlussprüfungen und Abschiedstraditionen zusammen, sodass die Zeit für uns viel schneller zu vergehen schien. Die Oberstufenschüler beendeten die Schule im Mai, und Anfang Juni hatten Gaze und ich Geburtstag. In Bezug auf die Schule bedeutete es, dass die Lehrer weniger streng waren. Die Noten standen fest, und so mussten wir nicht mehr zu jedem Kurs erscheinen. Und selbst wenn man im Klassenraum saß und nur mit seinem Handy spielte, wurde es positiv vermerkt, dass man überhaupt da war.

Als Gaze und ich am Montag wieder in die Schule kamen, herrschte dort helle Aufregung. Offensichtlich wollten alle über die unglaublichen Fotos sprechen, die Austin von Gaze und mir am Abend des Abschlussballs gemacht hatte. Es liefen sogar Gespräche zwischen Austin und ein paar Zeitschriften und Webseiten, die ihn einstellen wollten. Bei Instagram hatte er ohnehin schon viele Follower gehabt, aber das ging jetzt weit darüber hinaus. Man erkannte Gaze und mich jetzt auf der Straße als *das* »Liebespaar«. Ashlin war stinksauer. Sie war zur Königin des Abschlussballs gewählt worden und Mark zum König, aber während das verkündet worden war, hatten alle auf ihre Handys gestarrt, weil Austin seine Bilder bei Instagram eingestellt hatte. **Fotos von der improvisierten Abschlussfeier zweier Teenager gehen viral** wurde tatsächlich sogar auf Buzzfeed gebracht.

Ich wusste nicht, ob es daran lag, dass ich nicht beim Abschlussball gewesen war, oder weil Gaze und ich eindeutig zusammen und glücklich waren … aber Ashlin schien sich jetzt zurückzuhalten.

Gaze und der Trainer mussten wegen der Stipendienangebote verschiedener Universitäten ein bisschen planen. Sie bezogen Mike und Ronna über Austins Handy mit ein, um so das Kontaktverbot zu umgehen, das Bruce erwirkt hatte, obwohl er gar nicht die Absicht zu haben schien, es auch durchzusetzen. Aber er war immer irgendwo in der Nähe, und die Leute in der Nachbarschaft redeten nun mal, sodass Bruce auf Umwegen unter Umständen von fremden Autos oder Besuchern erfuhr. Es war nur noch ein Monat, bis Gaze und ich unsere Geburtstage feiern würden. Und wenn wir achtzehn waren, dann spielte das Kontaktverbot keine Rolle mehr, denn Gaze wäre erwachsen.

Ich war allein auf dem Weg nach Hause, was nur selten vorkam, als sich Bic mir plötzlich in den Weg stellte. Er ragte über mir auf, und sein Schatten legte sich auf dem Bürgersteig über meinen, ehe ich ihn sah.

»Ich versuche schon seit Wochen mit dir zu reden, Pixie.« Er umfasste meinen Oberarm, drückte aber nicht zu.

Seine Stimme und seine Berührung lähmten mich und brachten meine Stimme zum Schweigen. Ich konnte nur voller Angst zu ihm aufschauen. »Ich habe Dreama gesagt, dass ich dich unbedingt sprechen muss.«

Mein Atem stockte. Ich konnte spüren, wie sich meine Adern weiteten, weil so viel Blut gleichzeitig in meinen Kopf strömte. Mein Fluchtreflex versuchte, mich in Gang zu bringen ... damit ich hier auf der Straße irgendwo untertauchte. »Ich hab noch ein paar Sachen von deiner Mutter oben, und ich muss dir den Kram zeigen, ehe ich ihn wegwerfe.« Er ließ die Hand sinken.

Moms Sachen. Der perfekte Köder, mit dem man mich locken konnte. Ich vermisste sie. Er wusste, dass ich sie ständig vermisste, und hatte sich immer darüber lustig gemacht, wenn ich vor Gaze' Rückkehr wegen etwas weinen musste, das ihr früher gehört hatte.

Ich schüttelte den Kopf. Nein. Nur eine kleine Bewegung, aber trotzdem ein Triumph für mich. Ich tat es wieder. Nein.

Auch wenn ich die Sachen von meiner Mutter unbedingt haben wollte, ich würde mich nie wieder in die Hand dieses Mannes begeben. Mein Mund war trocken. Ich beobachtete, wie sich seine große, schneckengleiche Zunge in seinem Mund wand, sich um meinen Namen legte, mich herumkommandierte ... wieder.

»Nein.« Meine Stimme war außerhalb meines Kopfes, außerhalb meines Herzens. »Nein.« Sie war nicht laut genug für all die Wut, die in meinem Herzen brodelte. Ich wollte nicht mehr die Beute dieses Mannes sein ... sein Spielzeug.

Seine Stimme klang freundlich, aber er meinte es nicht so. Sie diente einem äußerlichen Zweck, falls Leute uns beobachten sollten. Es war der gut gelaunte Bic. Der freundliche Bic. Sein Blick war hart wie bei einer wütenden Statue.

»Okay, gut. Kein Problem. Du willst den Kram nicht? Dann werde ich die Sachen wegwerfen. Aber ich glaube, du solltest etwas wissen. Und das hatte ich dir eigentlich oben sagen wollen ...« Er machte einen Schritt auf mich zu, streckte den Arm aus und deutete mit der anderen Hand auf die Tür meines früheren Wohnhauses.

Ich trat zurück. Meine schockstarren Füße funktionierten

also doch, wenn ich sie brauchte. Zu ihrer Verteidigung musste ich jedoch sagen, dass ich all meine Reflexe damals mit Gewalt unter Kontrolle behalten hatte ... um zu überleben.

Der Geruch seines Rasierwassers schlug mir ins Gesicht, als ihn ein Windstoß von hinten erwischte. Ich spürte, wie meine Seele sich ganz klein machte und weit wegwünschte.

»Nein.« Dieses Mal war meine Stimme lauter und hatte einen leicht scharfen Klang.

Ich fuhr mir mit beiden Händen durchs Haar. Die Bereitschaft, eine Szene zu machen, wurde immer größer. Allmählich war ich bereit zu kämpfen.

»Deine Mutter nahm mir das Versprechen ab, dir dieses Jahr ein Geschenk zu geben. Es ist etwas, das sie gemacht hat, als du noch klein warst. Der Briefumschlag liegt oben in deinem alten Zimmer. Komm einfach mit rauf, und dann gebe ich ihn dir.«

Der Druck auf meiner Brust wurde immer größer. Ich konnte das hier nicht länger ertragen. Ich wollte weg. Weg. Weg von ihm. Ich trat zur Seite. Es war helllichter Tag und die Straße so belebt, dass er mich nicht festhalten konnte ... wenn es mir gelang, mein lähmendes Entsetzen zu überwinden, wenn es mir gelang, zu agieren ... mich aus meiner Erstarrung zu lösen ... zu laufen.

Ich konnte es schaffen. Ich konnte es.

Und dann war ich weg. Jeder Atemzug machte meine Lunge etwas freier. Jeder Schritt meiner Beine brachte mich der Freiheit näher ... befreite mich von ihm.

Ich würde dafür sorgen, dass Bic nicht für immer in meinem Kopf lebte und er mich nicht mehr in die Finger bekam. Ich gehörte mir selbst. Nachdem ich die Tür aufgestoßen hatte, rannte ich die Treppe hoch. Ich schaute mich nicht ein einziges Mal um. Es war nicht so sehr Angst, die mich antrieb, sondern Entschlossenheit. Er wollte etwas von mir, und ich würde das komplette Gegenteil tun. Als ich bei Gaze' Wohnung ankam, hatte ich bereits den Schlüssel in der Hand. Meine Finger zitterten ein bisschen, doch ich konnte ihn problemlos ins Schloss schieben. Ich hörte Bic die Treppe hinter mir hochstapfen, vielleicht ein Stockwerk tiefer. Er war schneller, als ich erwartet hatte, aber immer noch weit genug weg, dass ich zuversichtlich war, es in die Wohnung zu schaffen.

Ich riss die Tür auf und knallte sie hinter mir zu, um sofort alle Riegel zu schließen. Das Herz schlug mir immer noch bis zum Hals. Ich schnappte mir ein Steakmesser und behielt die Tür im Auge. In meinem Kopf war Bic ein Monster, aber eine Tür einzutreten, erschien mir für ihn doch schwer. Sehr schwer. Falls er diesen Kraftakt dennoch schaffen sollte, wäre ich bereit.

Ich wartete und wartete und war die ganze Zeit in Versuchung, durch den Spion zu schauen, aber stattdessen lauschte ich nur. Die schweren Schritte, auf die ich wartete, kamen nicht. Nach ungefähr zehn Minuten warf ich dann doch einen Blick durch den Spion, aber vor der Tür war niemand. Da war keiner, der mich verfolgte. Ich behielt das Messer in der Hand, ging aber in Gaze' Zimmer. Ich sah zum Fenster, ging hinüber und öffnete es ein paar Zentimeter, wobei ich mich aber weiter hinter dem Vorhang versteckte.

Diese Gebäude standen so dicht nebeneinander, dass man manchmal ganze Gespräche mitverfolgen konnte. Ich holte ein paarmal tief Luft, um mich zu beruhigen. Ein und aus. *Ich bin hier. Niemand kann mir etwas tun. Ich bin in Sicherheit.*

Trotzdem reagierte ich instinktiv auf Bics Stimme, auch wenn ich wusste, dass er sich jetzt wieder in meiner alten Wohnung befand.

Sein tiefes Murmeln drang zu mir herüber. Dann hörte ich Dreamas schrille Stimme. »Wo ist sie? Du hast sie doch gesehen, oder? Sie sollte jetzt hier sein.«

»Kannst du sie verdammt noch mal sehen?«, fuhr Bic sie wütend an. »Nein. Sie ist weggelaufen. Ich konnte sie mir schließlich nicht auf offener Straße über die Schulter werfen, Dreama. So läuft das nicht.«

Dreama gab nicht auf. »Also bitte. Sie ist dein Kind. Wenn jemand fragt, könntest du einfach sagen, dass es zur Erziehung gehört. Da würde sich dann jeder raushalten.«

Bics Stimme kam nun dröhnend in Fahrt. Ich packte das Messer fester, als ich seine Wut hörte. »Nicht bei Pixie. Die ist doch der verdammte Liebling des ganzen Viertels.«

»Warte mal, ich dachte, sie wird in der Schule gemobbt und so? Zumindest sagen das ein paar von meinen Freundinnen. Sie ist 'ne richtige Schlampe geworden, seit sie weg ist. Hat jetzt diesen gut aussehenden Jungen als Freund und …«

Dreama wurde mit schneidender Stimme unterbrochen. »Was sagst du da?«

Ich rückte näher und schob den Vorhang etwas zur Seite, sodass ich hinübersehen konnte. Während ich im Schatten verborgen blieb, sah ich die beiden in meinem alten Zimmer. Bics Hände lagen um Dreamas Hals, und sie machte ihren Mund panisch auf und zu.

Noch ehe überhaupt zu mir durchdrang, dass ich gerade Zeugin eines gewalttätigen Aktes wurde, ließ er sie auch schon wieder los. »Halt dein dreckiges Maul, Dreama.«

Bic spielte sich als mein Beschützer auf, weil Dreama schlecht über mich geredet hatte. Mir wurde augenblicklich so schlecht, dass ich mir an den Magen fasste.

»Ich weiß, wie wichtig es für uns ist, dass sie hier wieder einzieht. Wir brauchen den Aufenthaltsnachweis bis Montag, sonst kriegen wir die Schecks nicht mehr. Und ob wir je an das Geld rankommen, das ihre Mutter beiseitegelegt hat …«

Dreama bemühte sich sehr, ihn wieder zu beruhigen. »Wir brauchen es. Du brauchst es. Du verdienst es. Du hast das kleine Mädchen ganz allein aufgezogen. Keiner hat dir geholfen. Du hast dir dieses Geld verdient.«

Erstaunt zog ich die Augenbrauen hoch. Bic hatte mich nicht aufgezogen. Ich hatte mich selbst aufgezogen. Er hatte mich missbraucht. Er durfte nicht davon profitieren, mich zu kennen oder meine Mutter zu einer Heirat gedrängt zu haben.

»Erzähl mir nichts, was ich nicht schon weiß. Wenn ich Ratsy nicht schnell sein Geld gebe, habe ich bald keinen Mund mehr, um mich über irgendetwas zu beschweren.«

Das passte. Jetzt ergab alles einen Sinn. Er hatte Schulden bei Ratsy, dem schlimmsten Typen in der Gegend, und kam jetzt nicht mehr an das Geld meiner Mutter heran.

»Okay, wir holen sie her und schließen die verdammte Tür ab. Das machen wir.« Dreama rieb Bics Schultern.

Mir wurde noch mulmiger, während ich sie beobachtete. Ich ließ den Vorhang langsam fallen und brachte das Fenster vorsichtig wieder in die alte Position.

In dem Moment ging die Wohnungstür auf. Gaze und Austin waren wieder da.

»Hi, Pix! Wir haben Sandwiches mitgebracht. Wo bist du?«

Ich schob das Messer unter die Matratze in Gaze' Zimmer. Ich wollte hören, wie es für Gaze gelaufen war, und mir war klar, dass es ihn wütend machen würde, wenn ich ihm erzählte, was Bic gesagt hatte. So wütend, dass er vielleicht nicht das tat, was nötig war, um eins der Stipendien zu bekommen.

68. KAPITEL

Gaze

Der Traum wurde wahr. Zwei Unis waren ganz erpicht darauf, dass ich für sie spielte, und boten mir Vollstipendien an. Es war einfach großartig. Eine Universität lag etwa vierzig Minuten von den Burathons entfernt und die andere ungefähr vier Stunden. Ich sprach über Austins Handy mit Mike und Ronna, und sie boten an, dass Pixie bei ihnen wohnen könnte, ehe ich überhaupt etwas gesagt hatte. Ich sah im Hintergrund Teddi, die ganz begeistert darauf reagierte, dass vielleicht bald noch ein Mädchen mit im Haus wohnen würde.

Ich wusste nicht, wie Pixies Pläne für die Zukunft aussahen, aber ich brauchte sie einfach in meiner Nähe. Als ich mit Austin die Wohnung betrat, spürte ich sofort die veränderte Atmosphäre. Irgendetwas stimmte nicht, und ich suchte sofort nach Pixie. Sie saß auf meinem Bett und wirkte blass, schien aber glücklich, mich zu sehen. Sie griff nach meiner Hand und zog mich zu sich aufs Bett.

»Erzähl mir alles.«

Austin kam schließlich mit den Sandwiches herein, und wir setzten uns alle drei auf den Fußboden und veranstalteten ein Picknick.

»Dann wirst du also die Unis besuchen müssen, oder? Um entscheiden zu können, welche dir besser gefällt?« Sie nahm einen Schluck aus ihrer Wasserflasche, und ich meinte, einen Hauch von Unsicherheit zu spüren.

»Ja, wir müssen hinfahren, und zwar dieses Wochenende. Die drängeln richtig, aber mein Trainer meint, dass die nur verhindern wollen, dass eine andere Uni mich ihnen wegschnappt.« Ich zuckte die Achseln, konnte meine Begeisterung aber nicht wirklich verbergen. Es war einfach zu unglaublich.

Pixie legte ihr Sandwich weg und umarmte erst mich und dann Austin. »Ihr beide seid echt toll. Das ist wirklich fantastisch«, sagte sie.

Aber da war auch eine Ernsthaftigkeit in ihrem Blick, die ich durchschaute. »Wir werden es so arrangieren, dass du mitkommen kannst – und auch bei mir wohnst. Das ist meine Bedingung, und ich bin vielleicht in der Position darum zu bitten.«

Austin fing meinen Blick auf und rieb sich den Nacken. Man sah ihm an, dass er sich da nicht so sicher war. Aber ich war fest entschlossen. Auch wenn die Vertreter der Uni vom Thema abgelenkt hatten, als ich über Pixie sprechen wollte. Einer hatte sogar die Frechheit besessen, mir zu erklären, dass Teenagerromanzen selten hielten. Sie wussten einfach nichts über Pixie und mich.

»Wann fährst du los? Dürfen Mike und Ronna mitkommen?« Pixie griff wieder nach ihrem Sandwich und knabberte daran.

»Tja, Freitag im Laufe des Tages. Wir könnten abends wieder zurück sein. Ronna und Mike dürfen nicht mitkommen, aber ich muss von einem Erwachsenen begleitet werden, weil ich erst siebzehn bin. Austin hat gesagt, er würde mitkommen. Wir fahren also Freitag. Wann willst du deine Tasche packen?« Ich beugte mich nach vorn und strich ihr eine Haarsträhne hinters Ohr.

Sie schmiegte ihr Gesicht in meine Hand und schloss kurz die Augen. »Ich muss hierbleiben. Ich will mich um ein paar Dinge kümmern, mich über Unis informieren und so'n Zeug. Denn weißt du ... ich glaube, ich muss raus aus dieser Stadt.«

Austin stellte unsere Teller zusammen und entschuldigte sich. Wir hatten auf dem Nachhauseweg darüber gesprochen, wie wir Pixie alles erklären wollten. Ich war mir nicht sicher, ob das unbedingt heute Abend passieren musste, weil ich eigentlich noch keinen richtigen Plan hatte. Ich wusste nur, dass ich nicht von ihr getrennt werden wollte. Das wäre völlig inakzeptabel für mich.

»Willst du nicht mit mir mitkommen? Ich meine, richtig mitkommen?« Ich berührte ihren Arm und strich über ihre zarte Haut. Sie legte ihre Hand auf meine.

»Doch. Natürlich. Ich werde da sein, wo du bist. Ich werde mir beide Universitäten anschauen und herausfinden, ob man sich noch um ein Stipendium oder irgendeine Förderung bewerben kann. Vielleicht unterstützt man mich ja finanziell, weil ich überhaupt keine Mittel habe. Du und Austin schaut euch erst einmal die Unis an, dann entscheidest du dich und sagst mir, wo es hingeht, wenn du zurück bist.« Sie lächelte mich an und berührte meine Hand.

Irgendetwas stimmte nicht. Ich wusste nicht genau, was es war, aber ich hatte den Eindruck, dass sie sich wegen irgendetwas Gedanken machte.

Aber statt sie zu bedrängen, damit sie es mir sagte, wollte ich ihr Zeit geben und Raum lassen.

Ich hoffte, dass das nicht die falsche Entscheidung war.

69. KAPITEL

Pixie Rae

Sie fuhren los, und ich wusste, dass Gaze sich Sorgen machte. Wir kannten uns zu gut, um unsere Emotionen voreinander verbergen zu können. Ich hatte mein zufälliges Zusammentreffen mit Bic für mich behalten. Außerdem hatte ich noch ein paarmal gelauscht, wenn ich allein in Gaze' Zimmer war. Glücklicherweise waren Bics dumme, laute und Dreamas schrille Stimme gut zu hören, und die Informationen schossen wie ein gut gezielter Pfeil von einem Haus ins nächste.

Bic musste wegen der Versicherungszahlungen und der Schecks vom Sozialamt mit einem Anwalt sprechen. Dreama sprach davon, dass sie sich um ihre Fingernägel kümmern müsse. Das Gespräch fand zufälligerweise gerade statt, als Gaze nicht in der Wohnung war.

Nachdem ich mich von Gaze und Austin an der Tür verabschiedet hatte, hatte ich die Wohnung für mich allein. Ich konnte die gegenüberliegende Wohnung beobachten und mich gleichzeitig darauf vorbereiten, über die Rampe zu laufen.

Es war eine blöde Idee. Das war mir klar. Aber die Rampe hatte im Laufe der Jahre viele Male ihren Zweck erfüllt.

Als ich hörte, wie in meiner alten Wohnung die Tür geschlossen wurde, zog ich mir einen leeren Rucksack über die Schultern und steckte mein Handy in die Tasche. Ich hatte mir viele Gedanken darüber gemacht, wie ich die Rampe überqueren sollte. Laufen war keine gute Idee. Es erforderte viel Mut, eine Straße in Höhe des vierten Stocks zu überqueren. Ich wusste nur zu gut, wie tief es nach unten ging, denn Gaze und ich hatten oft genug den Ball geworfen und fallen gelassen. Ich erinnerte mich auch an das letzte Mal, als ich über die Rampe gelaufen war … um Gaze zu retten. Nun, dieses Mal würde ich mich selbst retten.

Ich wusste, dass Gaze sich Sorgen darüber machte, was nach der Highschool aus mir werden sollte. Und die Wahrheit war, dass ich es selbst nicht wusste. Wahrscheinlich würde ich in die Fußstapfen meiner Mutter treten und einen Job machen oder drei, um über die Runden zu kommen.

Ich schob das Fenster ganz nach oben und setzte mich auf das Fensterbrett, sodass meine Füße herunterbaumelten. Die Rampe wirkte viel schmaler, als ich sie in Erinnerung hatte … und auch dünner. Sie bestand zwar aus Metall, aber altes Metall hatte eine bestimmte Patina, die es zerbrechlich aussehen ließ – wie bei einer Eierschale.

Ich streckte das rechte Bein aus und setzte den Fuß auf die Rampe. Sie fühlte sich stabil an. Das Gleiche machte ich mit dem linken Bein. Ich drehte mich um, sodass ich mich immer noch am Fenstersims festhalten konnte. Hatte der Wind immer so kräftig durch die Gasse geweht? Wir waren verrückt gewesen damals. Ich war *jetzt* verrückt.

Ich atmete tief ein und hielt die Luft an, als ich den Sims losließ. Immer noch alles in Ordnung. Langsam drehte ich mich um. Nun stand ich also schwankend auf dieser Metallrampe, die Gaze und ich für eine tolle Idee gehalten hatten, als wir zwölf Jahre alt gewesen waren. Ich breitete die Arme aus, um die Balance zu halten. Es war eigentlich nicht weit. Aber meine Beine fühlten sich jetzt viel länger an, es erschien mir schwerer, das Gleichgewicht auf ihnen zu halten – und die Gefahr war äußerst real. Ich hörte, wie der Wind unter mir durch die Häuserschlucht pfiff, aber ich schaute nicht hin. Ich konnte es nicht. Mein Blick blieb nach vorn auf mein Ziel gerichtet. Mein altes Fenster. Als ich die Mitte der Rampe erreichte, wölbte sie sich in der Mitte leicht nach unten und wippte bei jedem Schritt ein wenig. Wenn ich es nach drüben schaffte, würde ich die Wohnung durch die Tür verlassen und nicht denselben Weg zurücknehmen.

Noch zwei Schritte. Noch ein Schritt. Ich packte das Sims meines alten Fensters. Es hatte nie einen Riegel gehabt. Den brauchte es auch nicht. Es befand sich nicht in der Nähe der Feuerleiter, und das Gebäude stammte aus einer Zeit, in der man so etwas einfach nicht eingebaut hatte. Aber plötzlich hatte ich die Befürchtung, dass Bic vielleicht nachträglich ein Schloss angebracht hatte. Doch glücklicherweise konnte ich das Fenster problemlos nach oben schieben.

Ich kletterte in mein altes Zimmer. Ich war zurück an dem Ort, wo ich so viel Schlimmes erlebt hatte, freute mich aber gleichzeitig, wieder festen Boden unter den Füßen zu haben. Es roch schrecklich in dem Raum. Als mir die Tränen kamen, merkte ich, dass ich durch irgendetwas an meine Mutter erinnert werden wollte. Doch stattdessen roch es nur nach alten Zwiebeln und Schweiß.

Mein ehemaliges Zimmer war jetzt ein Abstellraum für Gerümpel. Die Ansammlung von Krempel überwältigte mich schier. Müll, Klamotten. Dreama und Bic waren echte Messies. Nachdem ich innerlich aufgeschrien hatte, versuchte ich, mich wieder zu beruhigen. Ich musste meine Zeit in der Wohnung nutzen. Ich musste konzentriert und fokussiert sein, um zu finden, was ich brauchte. Ich wollte alles mitnehmen, was Bic noch von meiner Mutter hatte. Ich wollte alle anderen Papiere, die ihnen in irgendeiner Weise nützlich sein könnten, vernichten. Und wenn dann noch Zeit war und meine Empörung, die gerade mein ganzes Denken beherrschte, etwas nachgelassen hatte, wollte ich nachschauen, ob ich bei meinem Auszug irgendetwas von meiner Mutter zurückgelassen hatte – vielleicht ein paar Bilder, ein Video oder Ähnliches.

Mom und ich hatten die wichtigen Papiere im Wohnzimmer aufbewahrt, in den Schubladen des Schreibtisches, der ein Sperrmüllfund lange vor Bics Zeit gewesen war. Wir hatten ihn bis in den vierten Stock geschleppt und irgendwann auch angemalt. Ich zog die Tür auf, hinter der sich die Schubladen befanden, und berührte unsere Signaturen, die wir dort hinterlassen hatten. Ich zog mein Handy hervor und machte ein Foto davon. Den Schreibtisch konnte ich nicht mitnehmen, aber das Bild gehörte jetzt mir. Dann wurde ich aktiv. Ich stürmte durch die ganze Wohnung, öffnete Schränke und Kommoden, um zu sehen, ob ich noch mehr Spuren von Mom finden könnte. Seitlich am Kühlschrank hing ein alter Magnetkalender. In der Handschrift meiner Mutter waren alltägliche Aufgaben, aber auch Geburtstage eingetragen, die sie mit kleinen Luftballons verziert hatte, um den Tag besonders hervorzuheben.

Wieder beim Schreibtisch zog ich die Schublade auf und dachte zuerst, dass ich falschlag. Ich sah nur Speisekarten von Lieferservices. Aber weiter unten fand ich dann die Schnellhefter, die Mom angelegt und mit deren Hilfe ich die Rechnungen bezahlt hatte. Im letzten Ordner des Stapels befanden sich die wichtigen Unterlagen: Sozialversicherungskarten und meine Geburtsurkunde. Und dann, ganz hinten, ein Briefumschlag, den ich nie angefasst hatte. Darauf stand *Mein letzter Wille*. Ich stopfte den Briefumschlag und alle anderen Papiere, die mir gehörten, in den Rucksack. Ich bezweifelte, dass Bic diesen Brief meinte, als er versucht hatte, mich in die Wohnung zu locken. Aber der Fund ließ meine inneren Alarmglocken losschrillen. Mein Herz fing an zu rasen, und meine Handflächen wurden feucht. Das war nur ein Anfall von Paranoia, denn bestimmt dauerte ein Besuch beim Anwalt länger, als ich mittlerweile hier in der Wohnung herumschnüffelte.

Ich stürmte zu dem kleinen Klapptisch, der neben der Wohnungstür stand, und auf dem wir immer irgendwelchen Kleinkram und Schlüssel abgelegt hatten. Er diente immer noch demselben Zweck, nur dass jetzt noch viel mehr Dinge darauf lagen. Ich wühlte mich durch die Papiere und Werbeprospekte. Es war nichts Wichtiges dabei. Ein paar Papiere fielen zu Boden, und als sie auf dem Holz aufkamen, hörte ich etwas, das sich wie das ganz leise Weinen eines Babys anhörte.

Ich erstarrte, stand regungslos da und wartete, ob ich es noch einmal hören würde. Und da war es wieder. Ich schaute unter den Tisch. Nichts.

Dann hörte ich es erneut. Es klang eigentlich nach dem hellen Miauen eines Kätzchens. Ich folgte dem Geräusch zu dem kleinen Wäscheschrank. Nachdem ich die Tür geöffnet hatte, kullerte ein kleines gestreiftes Pelzknäuel heraus. Das weit geöffnete Mäulchen war voller spitzer Babyzähne. Die grünen Augen nahmen fast das ganze kleine Gesicht ein. Ich betrachtete, was Bic und Dreama für das Kätzchen vorbereitet hatten: einen Pappkarton mit ein paar Lagen Zeitungspapier als Katzenklo und eine leere Dose Thunfisch.

Ich griff nach dem Kätzchen und nahm es hoch. Etwas anderes hätte ich auch nicht machen können, denn es kletterte bereits an meinem Bein nach oben.

Es stupste mich immer wieder mit seinem Köpfchen an und

kratzte mit seinen Pfötchen an meinem Hals. Ich würde das kleine Kerlchen mitnehmen. Zur Hölle mit Bic und Dreama und ihrer beschissenen Vorstellung von Haustierhaltung.

Ich steckte das Kätzchen zu den Papieren in meinen Rucksack.

Die Sache, die meine Mutter mir angeblich hatte zeigen wollen, lag nicht offen herum. Verdammt, vielleicht hatte Bic sie mit zum Anwalt genommen.

Der Anwalt ... mit dem er über das Testament und den restlichen Kram reden wollte. Allerdings hatte er den letzten Willen, den ich aus dem Stapel mit den wichtigen Papieren herausgezogen hatte, nicht mitgenommen.

Plötzlich sackte mir der Magen bis in die Kniekehlen. Vielleicht hatte er Dreama angelogen, als er ihr gesagt hatte, wo er hingehen wollte. Und das bedeutete, dass er jeden Moment wieder nach Hause kommen könnte.

Ich ließ den Blick ein letztes Mal schweifen, ehe ich die Tür öffnete, um zu verschwinden. Genau in dem Moment hörte ich schwere Schritte auf der Treppe.

Bic.

So klang Bic. Wie jedes Mal spürte ich beim Takt seiner Schritte das pure Entsetzen. Schnell schloss ich die Tür wieder und heftete den Blick darauf, während ich langsam zurückwich. Es gab nur einen Ausweg. Das Fenster. Und wieder über die Rampe.

Ich musste es tun. Das Kätzchen miaute in meinem Rucksack. Während ich in mein altes Zimmer eilte, spürte ich die Veränderung der Atmosphäre, als die Tür aufging.

»Was zum Teufel ist denn hier los? Dreama? Hast du wieder Chaos veranstaltet?«

Das Kätzchen maunzte.

»Ich habe dir doch gesagt, dass du die verdammte Katze

entsorgen sollst. Ich werde sie in der Spüle in der Küche ertränken. Ich will hier keine Tiere haben. Ich bin allergisch.«

Mein altes Zimmer hatte keine Tür, die ich hätte schließen können. Er würde mich sehen, wenn ich das Zimmer durchquerte, um zum Fenster zu kommen. Dennoch war dies hoffentlich der letzte Ort, an dem er nachschauen würde. Es schien so, als hätten sie es nicht häufig in Gebrauch.

Ich saß rittlings auf dem Fensterbrett, und mein linker Fuß stand bereits auf der Rampe, als ich ins Zimmer zurückgerissen und zu Boden geschleudert wurde.

»Pixie Rae. Du bist also doch zu mir zurückgekrochen gekommen. Ich wusste, dass du das tun würdest.« Bic verzog seinen teuflischen Mund, sodass seine gelben Zähne zu sehen waren. »Und? Wie hast du dich reingeschlichen? Ach, das klären wir später. Heute ist der Tag, an dem du wieder bei mir einziehst. Wir sind endlich wieder eine Familie.«

Er machte einen Schritt auf mich zu. Tief im Innern wusste ich, dass ich mit diesem Mann noch nicht fertig war. Warum ich ihm jedoch wieder gegenübertreten musste, konnte ich nicht sagen.

»Du wirst diese Wohnung nie wieder verlassen. Nur damit dir das klar ist.« Bic beugte sich vor, packte meine Arme und zog mich vom Boden hoch.

»Du kannst mich hier nicht festhalten. Gaze wird nach mir suchen. Das ist Entführung.« Ich wehrte mich gegen ihn, aber er wusste genau, wie er mich packen musste, damit ich mich fügte. Ich hasste ihn. Ich hasste seine Berührungen.

»Dein eigener Vater kann dich nicht entführen.« Er schubste mich ins Badezimmer und knallte mir die Tür vor der Nase zu, während er draußen blieb.

Die Tür ging nach außen auf, deshalb drückte ich dagegen, um sie zu öffnen. Sie bewegte sich kein Stück. Ich nahm meinen Rucksack ab, um nach dem Kätzchen zu sehen. Während ich mit den Händen über den kleinen Körper strich, konnte ich nichts entdecken, deshalb hoffte ich, dass es sich bei dem Handgemenge zwischen mir und Bic nicht verletzt hatte.

Ich schmiegte das Kätzchen an mein Kinn, und es gab leise Schnurrgeräusche von sich. Mein Geist löste sich aus meinem Körper. Ich durfte einfach nicht hier sein. Ich war draußen. Draußen. Ich war in Sicherheit. Mein Körper war woanders. Ich konnte überall hingehen. Aber hier würde ich nicht bleiben. Ich war in Sicherheit. Frei.

Bic brüllte vor Lachen auf der anderen Seite der Tür.

»So, jetzt bist du da drin. Tu dir nicht weh, wenn du gegen die Tür hämmerst. Ich hab den Fernsehtisch vor die Tür gezogen.«

Der Fernsehtisch wog ungefähr zehn Tonnen. Na ja, nicht wirklich, aber er war dort geblieben, wo die Möbelpacker ihn abgestellt hatten, weil Mom und ich nicht in der Lage gewesen waren, ihn irgendwo anders hinzuschieben. Ich drückte auf die Klinke, aber sie bewegte sich nicht. Bic hatte tatsächlich etwas darunter gestellt.

Ich durfte jetzt nicht durchdrehen. Das hier passierte mir nicht wirklich. Ich hatte keine Ahnung, ob Gaze schon zurück war. *Gaze.*

Mein Handy. Ich holte mein Handy hervor und schrieb eine Textnachricht.

Du musst nach Hause kommen. Ich brauche dich hier.

Ich würde mich nie wieder von Bic ausnutzen lassen. Durch das Leben ohne Bic hatte ich erkannt, dass ich mich niemals dafür entscheiden würde, mit ihm zusammenzuleben.

Ich begann, das Badezimmer zu untersuchen. Ich öffnete das Badezimmerschränkchen, das fast völlig leer war. Alle Badezimmerutensilien, die sie hatten, waren auf der Ablage verteilt. Um die Badewanne herum standen ein paar Kerzen. Dreama gönnte sich offensichtlich ab und zu ein bisschen Wellness in der winzigen Wanne. Bestimmt gab es hier drin etwas, womit ich die Kerzen anzünden konnte. Ich wühlte in den Schubladen.

»Was zur Hölle machst du da drin?«

Ich beachtete ihn nicht. Ich musste hier raus. Meine innere Stimme schrie mich an. Sie hatte einen schneidenden Tonfall. *Raus!* Ich musste auf diese Stimme hören. Hinter der größten Kerze versteckt fand ich ein Feuerzeug. Ich hoffte inständig, dass es nicht feucht geworden war. Ich drückte einmal und dann ein zweites Mal, ehe eine kleine orangefarbene Flamme erschien.

Mein Blick ging zum Rauchmelder an der Decke. Vor Jahren, noch bevor Bic eingezogen war, hatte es einen kleinen Brand im Keller gegeben. Die Eigentümer des Gebäudes hatten daraufhin unzählige Rauchmelder installieren lassen müssen, um die Wohnungen weiter vermieten zu dürfen. Es gab Gerüchte, dass die Rauchmelder direkt mit der Feuerwache verbunden waren. Nur mit dieser Auflage war die Genehmigung erteilt worden, die Wohnungen weiter zu vermieten.

Mom hatte mich ständig gewarnt, dass die Feuerwehr kommen und die Sprinkleranlage ausgelöst werden würde, wenn ich mal das Essen anbrennen ließe, weil die Rauchmelder das sofort weiterleiteten. Der Vermieter hatte allen mitgeteilt, dass er den Verursacher eines Feueralarms sofort vor die Tür setzen würde. Die Drohung war wahrscheinlich nicht legal, aber eine bezahlbare Wohnung zu haben, erforderte nun einmal Opfer. Dazu gehörte auch, dass wir diesen widerlichen Vermieter ertrugen.

Jetzt hoffte ich darauf, dass diese Gerüchte der Wahrheit entsprachen. Ich musste hier raus.

Vorsichtig steckte ich das Kätzchen wieder in meinen Rucksack und setzte ihn mir auf. Ich riss ein paar Seiten aus einer Illustrierten, die auf dem Spülkasten lag, und zündete sie an. Dann stellte ich mich auf die Toilette und hielt die Flamme an den Rauchmelder. Das Plastik begann zu schmelzen, aber weiter passierte nichts.

Ich musste das Papier fallen lassen, ehe ich mir die Finger daran verbrannte. Die Rolle Toilettenpapier, die ich mir daraufhin schnappte, fing viel schneller Feuer und erzeugte viel mehr Rauch.

Innerlich betete ich zu meiner Mutter: »Lass es funktionieren. Bitte, lass es funktionieren.«

Und dann schallte plötzlich der ohrenbetäubende Alarm durch die Wohnung. Im ganzen Haus gingen daraufhin korrespondierende Alarmsignale los und warfen den Lärm als Echo zurück.

»Du kleines Miststück«, rief Bic, und das scharrende Geräusch auf der anderen Seite der Tür gab mir Hoffnung. Sobald die Tür auf war, würde ich losrennen. Ob nun durch die Haustür, über die Feuertreppe oder über die Rampe … ich würde hier rauskommen.

Seine riesige Gestalt füllte den Türrahmen, nachdem er sie aufgerissen hatte. Ich warf das Toilettenpapier in den Mülleimer.

»Was zum Teufel hast du getan?«

Ich versuchte, an ihm vorbeizukommen, aber er packte wieder meinen Arm. »Die Bullen kommen«, keuchte ich ihm ins Gesicht, während Rauch an mir vorbeiquoll, »und die Feuerwehr auch. Das Haus ist 'ne Bruchbude, aber die Rauchmelder sind top. Das weiß ich von meiner Mutter.«

Ich zerrte an meinem Arm, um mich seinem Griff zu entwinden.

»Deine Mutter war 'ne Schlampe«, knurrte er.

Ich beugte mich nach vorn und biss ihm, so fest ich konnte, in die Hand. Er ließ mich los, schlug mir aber gleich darauf mit dem Handrücken ins Gesicht.

Ich taumelte durch die Tür in den Flur. Aus dem Badezimmer drang ein orangefarbenes Glühen.

»Du dummes, kleines Stück Dreck. Du fackelst das ganze Haus ab.« Bic wandte sich dem Feuer zu, und ich hörte, wie er den Wasserhahn der Badewanne aufdrehte.

Das war meine Gelegenheit. Ich musste losrennen.

Den Weg ins Wohnzimmer hatte Bic mit dem Fernsehregal versperrt, und mit der Feuerleiter wollte ich es auch nicht versuchen, weil ich mir ziemlich sicher war, dass der Zugang durch sein Bett blockiert war. Am schnellsten käme ich durch mein altes Fenster aus der Wohnung raus. Halb krabbelnd, halb rennend gelangte ich zum Fenster, das immer noch offen stand. Dieses Mal ließ ich die Angst gar nicht erst in mir hochkommen. Ich wollte nur fliehen. Ehe ich beide Füße auf der anderen Seite des Fensters absetzen konnte, erschütterte eine Explosion das Gebäude. Ich drehte mich um und sah einen Feuerball durch den Flur rasen.

All der Müll und das ganze Gerümpel, das hier herumlag, gab dem Feuer sofort Nahrung. Ich hörte Bic vor Schmerz aufschreien.

Die Sirenen in der Ferne hallten von den Gebäuden wider. Ich trat auf die Rampe und wagte mich vor. Als ich in der Mitte ankam, spürte ich, wie die Rampe unter meinem Gewicht ächzte.

»Du verdammtes Arschloch. Wie kannst du es wagen?« Bic war auch auf der Rampe. Ich brauchte mich nicht umzudrehen, um nachzuschauen, denn ich spürte das zusätzliche Gewicht – genau wie seinen Hass, der sich in meinen Rücken bohrte.

Das war's. So würde ich also sterben. Ich erlebte einen Moment des absoluten Friedens, denn ich war frei. Ich war weggelaufen. Er hatte keine Kontrolle mehr über mich.

Und dann versuchte ich, das letzte Stück zu laufen. Die Rampe brach, und ich fiel. Ich sah Gaze' von Entsetzen erfülltes Gesicht, als ich anfing zu schreien.

70. KAPITEL

Gaze

Wir sahen uns nur eine Uni an, und zwar die, die am nächsten lag, denn ich hatte ein ungutes Gefühl. Ich versuchte es zu ignorieren, weil dieses Wochenende so wichtig für mich war. Austin war bei mir und gab den Burathons verbotenerweise die Möglichkeit, über einen Videocall bei der Besichtigung dabei zu sein. Die Fragen, die eigentlich wichtig gewesen wären, stellte ich nicht. Ich wollte nach Hause. Ich wollte zu Pixie. Was als leichtes Unbehagen angefangen hatte, wurde immer schlimmer, bis ich vor Stress innerlich zitterte.

Austin musterte mich, sagte Ronna und Mike, wir müssten umplanen, und steckte mich in sein Auto, damit wir heimfahren konnten. Ich versuchte immer wieder, Pixie zu erreichen, aber bei ihrem Handy sprang jedes Mal nur die Mailbox an.

Meine Nervosität übertrug sich auf Austin. »Sollen wir jemanden anrufen, der nach ihr sieht? Ist dein Vater da?«

Ich schüttelte den Kopf. »Nein. Ich meine, es könnte sein, aber er wird nicht in dem Zustand sein zu helfen. Es ist bestimmt nichts. Vielleicht macht sie ein Nickerchen?«

Austin justierte den Rückspiegel und beschleunigte noch ein bisschen, wobei er die zulässige Höchstgeschwindigkeit überschritt.

»Normalerweise schläft sie nicht tagsüber.« Er wechselte die Spur, um zu überholen.

»Ja. Ach, ich weiß nicht. Ich hab das Gefühl, dass sie irgendetwas vor mir zurückgehalten hat. Und du weißt doch, dass wir uns eigentlich immer alles erzählen.«

»Ja, ich weiß. Ich höre euch beide jeden verdammten Abend reden.« Er versuchte, die Stimmung zu lockern, aber ich konnte trotzdem nur nervös aufs Armaturenbrett klopfen und immer wieder Pixies Nummer wählen.

Als wir ankamen, brauchte ich Austin nicht zu sagen, dass er mich schon vor der Tür rauslassen sollte. Er tat es einfach.

Eine Textnachricht ging auf meinem Handy ein. Sie war von Pixie.

Du musst nach Hause kommen. Ich brauche dich hier.

Ich hörte das Sirenengeheul immer näher kommen. Bei der Treppe nahm ich drei Stufen auf einmal, und der Schlüssel entglitt mir zweimal, ehe es mir gelang, ihn ins Schloss zu schieben. Ich stieß die Tür auf, und sie knallte gegen die Wand. Sofort sah ich das Feuer gegenüber. Ich rannte zum Fenster und sah Pixie draußen auf der Rampe, die blanke Panik in ihren Augen.

Ich packte ihren Arm, ehe ich überhaupt wusste, dass meine Hand sich bewegte. Meine übernatürlichen Reflexe waren die Grundlage meines Basketballtalents und reagierten in diesem Moment, ehe mein Verstand überhaupt zu arbeiten anfing.

Mit der anderen Hand griff ich nach ihrem Handgelenk, während ihr Gewicht meinen Oberkörper über das Fensterbrett riss. Meine Hüften knallten auf den Fensterrahmen, und ich kämpfte darum, den Halt nicht zu verlieren. Meine Hände fühlten sich rutschig an. Ich war der Einzige, der verhindern konnte, dass sie in den Tod stürzte. Ich ignorierte eine Bewegung hinter ihr und auch den Lärm, als etwas auf der Straße aufschlug. Ich konzentrierte mich einzig und allein auf Pixie.

Sie sagte nichts, sondern versuchte nur, mit ihrem Fuß irgendeinen Halt zu finden. Ich wusste, dass ich sie nicht loslassen würde. Sollte ich merken, dass sie mir entglitt, würde ich ihr folgen. Kopfüber.

Ich spürte, wie starke Hände sich auf meine Schultern legten. »Was? Was kann ich tun?«

»Hilf mir, sie festzuhalten!«

Austin war da. Er schlängelte sich mit dem Oberkörper durchs Fenster und griff nach unten. Ich zog Pixie ein bisschen höher, denn Austins Arme waren tatsächlich nicht so lang wie meine. Sobald er ihre Hände ebenfalls zu fassen bekam, zogen wir gemeinsam. Ich sah, wie ihr Knie über die Hauswand schürfte, aber das spielte keine Rolle. Wir zogen sie durch das Fenster rein, während ein paar Schaulustige klatschten.

Sie fiel auf mich drauf, und ich schlang die Arme um sie. Unsere Herzen hämmerten. Austin umarmte uns beide.

»Was in drei Teufels Namen ist da passiert?«

»Er hat dich nicht gekriegt. Ich bin hier. Ich bin hier. Er hat dich nicht gekriegt.«

Pixie drückte uns beide an sich und nickte. Was immer sie auf die Rampe getrieben hatte, musste sie in Angst und Schrecken versetzt haben. Ich schob sie sanft von mir weg. »Tut dir irgendetwas weh? Deine Schultern? Deine Arme? Dein Knie blutet.«

Austin setzte sich auf. »Ich hole den Erste-Hilfe-Kasten.«

»Es geht mir gut. Alles okay.« Pixie ließ sich von mir aufhelfen, während wir überprüften, ob bei ihr wirklich alles in Ordnung war.

Sie berührte meinen Arm. »Ich habe dich gekratzt. Das tut mir so leid.«

Ich zog sie in meine Arme. Nach ein paar Sekunden hörte ich plötzlich ein schrilles Maunzen.

Pixie löste sich von mir und nahm vorsichtig ihren Rucksack ab. Sie zog den Reißverschluss so langsam auf, als befände sich eine Bombe darin. Doch stattdessen war eine kleine gestreifte Katze der Grund für ihr behutsames Vorgehen und die ungewöhnlichen Geräusche.

»Es geht ihr gut. Mir geht es gut. Ist Bic …?« Ihr Blick ging zum offenen Fenster. Das blinkende Blaulicht des Krankenwagens spiegelte sich darin.

Ich warf einen Blick hinaus, während ich Pixie mit dem ausgestreckten Arm davon abhielt, sich den zertrümmerten Körper unten auf der Straße anzusehen. Bic war auf das Pflaster aufgeschlagen. Wahrscheinlich mit dem Kopf zuerst.

»Er wird dir nie wieder wehtun.«

Pixie

Das Geräusch, wenn ein Mensch aus dem vierten Stock stürzt und auf den Bürgersteig klatscht, sollte in einer Liebesgeschichte eigentlich nicht vorkommen. Aber wir hatten nie irgendetwas richtig gemacht – er und ich.

Das Feuer warf einen flackernden orangen Lichtschein auf Gaze' Gesicht. Ich wollte nicht nach unten schauen und sehen, was passiert war, also tat er es. Und so sah ich zu, wie er vor meinen Augen seine Kindheit hinter sich ließ.

Seine Gesichtszüge wurden hart, und er ballte die Hände zu Fäusten. Ich beobachtete, wie er die Lippen bewegte, als würde er etwas zu der unten liegenden Gestalt sagen.

Auch ich schloss mit meiner Kindheit ab, während ich mühsam die nächsten Worte hervorbrachte. »Ist er tot?«

»Ja.« Er spuckte aus dem Fenster, und ich würde alles darauf wetten, dass er getroffen hatte. Er war sehr gut im Spucken. »Es ging zu schnell. Es war zu leicht für ihn.«

Ich wollte mich aus dem Fenster beugen, weil ich plötzlich das Gefühl hatte, mich mit eigenen Augen überzeugen zu müssen.

Aber er drehte sich um, versperrte mir den Weg und packte meine Schultern. »Nein. Du sollst diesen Anblick nicht in deinem Kopf behalten. Das werde ich für uns beide tun.«

Ich rückte näher in Richtung Fenster, wodurch ich wie zufällig auch in seinen Armen landete. Er konnte toll umarmen.

»Sollte ich jetzt nicht vielleicht in Tränen ausbrechen? Verhalte ich mich richtig?« Bestimmt stand ich unter Schock.

Tröstend strich er über mein Haar, dann streichelte er meinen Rücken. »Du kannst weinen, wenn du willst.«

Er würde mich nicht dafür verurteilen. Das hatte er nie getan und würde er auch nie tun.

»Wir haben gerade jemanden umgebracht.«

Und dann sah ich mit einem Mal völlig klar. So erging es mir immer in seiner Gegenwart. Er sprach meine Gedanken aus. Nur mit ihm hatte ich diese Verbindung. »Nein. Er hat es verdient.«

Er verstand mich. Er wusste, was ich wollte. Ich wollte mich mit dem Tod dieses Monsters wie mit einer Trophäe schmücken. Ich hatte sie mir verdient. So wahr mir Gott helfe, ich hatte sie mir hart erarbeitet.

Ich schlang die Arme wieder fester um ihn und lauschte seinem Herzschlag, während das Gebäude nebenan knackte und brannte. Sein Herz schlug fest und ruhig, trotz der Last, die es zu tragen hatte.

Ich hoffte inständig, dass wir nur mit diesem einen Tod fertigwerden mussten.

Es gab bestimmte Regeln, die befolgt werden mussten, wenn jemand starb. Die Polizei kam, um Fragen zu stellen. Beide Male öffnete ich die Tür, als die Polizisten klopften.

Keiner erwähnte, dass ich über die Rampe gelaufen oder Bic mir gefolgt war, was letztendlich zu seinem Tod geführt hatte. Die Nachbarn waren gut darin, Dinge für sich zu behalten.

Die Unterhaltung mit den Polizisten verlief weitestgehend wie es zu erwarten war, bis Officer Clarke mehr über die Rampe zwischen den beiden Gebäuden wissen wollte.

»Der Nachbar von unten hat gesagt, er hätte euch als Kinder immer über eine Rampe laufen sehen, und mir sind unten auf der Straße die Überreste von einer Auffahrrampe oder etwas Ähnlichem aufgefallen. Weißt du irgendetwas darüber?«

Gaze hatte schneller eine Antwort parat als ich.

»Als wir klein waren, hatten wir eine Planke zwischen unseren Fenstern, über die wir uns immer einen Ball zugeworfen haben. Einmal bin ich da draufgeklettert, um einen Vogel zu retten. Wahrscheinlich ist es das, woran sich der alte Frankie erinnert hat.« Gaze fuhr sich mit einer Hand durchs Haar und warf mir einen raschen Blick zu.

Ich wusste, dass er mich schützen wollte. Meine alte Wohnung war völlig ausgebrannt, ein schwarzes Loch in der gegenüberliegenden Hauswand. Die Feuerwehrmänner hatten Unmengen von Wasser gebraucht, um das Feuer unter Kontrolle zu bringen. Ein paar Stockwerke tiefer sah ich Bewohner aus ihren Fenstern schauen, also liefen nicht mehr alle draußen auf dem Parkplatz herum. Ich fühlte mich schuldig wegen des Feuers, aber ich hatte immer noch keine Idee, wie ich besser mit der Situation umgehen könnte, obwohl ich jetzt wieder einen klaren Kopf besaß und Zeit gehabt hatte, um darüber nachzudenken.

Austin trat zu mir und legte einen Arm um meine Taille. Ich lehnte den Kopf an seine Schulter.

Nach ein paar weiteren allgemeinen Fragen packte Officer Clarke sein Tablet wieder ein und wünschte uns alles Gute, nachdem er uns noch seine Visitenkarte gegeben hatte. Und dann waren wir endlich allein.

Austin zupfte mein Haar etwas zurecht, bevor er mir zwei Luftküsschen gab. »Ich bin froh, dass du in Sicherheit bist, Kleines. Ihr zwei habt bestimmt eine Menge zu bereden, deshalb lasse ich euch jetzt mal allein.«

Er nahm mir das Kätzchen aus den Händen. Austin hatte offensichtlich im Supermarkt für unser neues Haustier eingekauft, denn auf dem Boden stand ein Schüsselchen mit Futter.

Ich stand in der Küche und schaute auf die Arbeitsplatte, als sich Gaze' Arme von hinten um mich legten und er mich an seine Brust zog.

Ich machte mir Gedanken darüber, dass ich anderen nie etwas über Bics Schandtaten erzählt hatte und ihm somit vielleicht eine Art Heldentod in der Öffentlichkeit zugestand. Zwar würde keiner, der ihn wirklich gekannt hatte, zu dieser Fehleinschätzung kommen, aber ich konnte mir gut vorstellen, dass der Tratsch in der Nachbarschaft mit ein paar Lügen ausgeschmückt werden würde.

Ich spürte, wie sich Gaze an meinem Rücken entspannte. Bestimmt war er erleichtert, dass er es rechtzeitig zu mir geschafft hatte.

Das war der Stand der Dinge. Austin telefonierte mit seinen Eltern. Mit der freien Hand hielt er sich das Ohr zu. Ich drehte mich in Gaze' Armen, um ihn anzuschauen.

»Ich kann es gar nicht glauben, dass er weg ist. Ist es falsch, glücklich darüber zu sein? Es fühlt sich an wie das schönste Geschenk, das ich je bekommen habe. Macht mich das zu einem schlechten Menschen?« Ich kaute an der Nagelhaut meines Daumens und dachte über den moralischen Zwiespalt nach, in dem ich mich befand.

»Ich weiß ganz genau, was Bic zu einem schlechten Menschen gemacht hat. Und an dir gibt es nichts, was nicht voller Liebe und Mitgefühl ist … also vergiss es.« Er strich mir leicht über die Hüften. »Möchtest du heute Nacht in Austins Zimmer schlafen? Vielleicht ist es für dich schwer zu verkraften, was vor unserem Fenster passiert ist …«

Ich dachte eine Weile darüber nach, ehe ich antwortete. »Dein Zimmer. Ich möchte genau an der Stelle sein, wo ich mich sicher fühle. Bei dir.« Ich hob die Hand und legte sie an seine Wange. »Es wird vielleicht sogar die beste Nacht seit langer, langer Zeit sein.«

Ich umarmte Gaze noch einmal und löste mich dann von ihm, um zu duschen. Ich hatte mich etwas beruhigt, und es war an der Zeit, Asche und Staub aus meinen Haaren zu waschen.

Ich hatte das Gefühl, an dem einen Tag unter der Dusche zu verschwinden und an einem völlig anderen Tag wieder herauszukommen. Das Licht im Wohnzimmer war gedimmt. Ich ging zur Couch und setzte mich. Austin legte mir das Kätzchen auf den Schoß, und Gaze kniete sich vor mich, mit einer antibakteriellen Salbe und Verbandsmull in den Händen.

»Ich möchte die Wunde verbinden.«

Ich nickte, als er auch schon anfing, mein aufgeschürftes Knie zu verarzten. »Danke.«

Das vorhin noch so laute Kätzchen war jetzt nur noch ein schnurrendes Häufchen Glückseligkeit. Ich kraulte sein Köpfchen. Das kleine Bäuchlein wölbte sich vor, weil es reichlich Futter bekommen hatte.

»Tja. Wie es aussieht, habe ich jetzt wohl eine Katze, hm?«

Für mich war es gar nicht infrage gekommen, die Katze bei Bic und Dreama zu lassen. Die beiden waren unfähig, sich um irgendetwas zu kümmern. Weder um Menschen noch um Geld. Schon gar nicht um mich.

»Das haben wir bemerkt.« Gaze war mit dem Verbinden fertig. Mein Knie hatte nach dem Duschen tatsächlich angefangen, mehr wehzutun, obwohl ich es vom Wasserstrahl ferngehalten hatte.

»Ist einer von euch allergisch?« Ich kraulte das kleine Köpfchen erneut, und das Schnurren stoppte kurz, um dann noch lauter zu werden.

»Nicht so stark, dass wir die Katze aus der Wohnung werfen müssen. Sie ist super süß.« Austins Augen waren tatsächlich ein bisschen rot.

»Danke. Ich werde häufiger staubsaugen und solche Sachen.« Ich legte die Hände um das Kätzchen, damit es ein kleines Nestchen hatte. Es kuschelte sich hinein.

»Ich glaube, das eigentliche Problem besteht darin, dass in diesem Haus keine Haustiere erlaubt sind. Wir haben ein paar Sachen zu besprechen, aber ich bin völlig erledigt. Lasst uns alle ins Bett gehen. Ich will noch schnell duschen und komm dann nach, Pixie.« Gaze beugte sich vor, gab mir einen Kuss auf die Stirn und streichelte das Kätzchen kurz.

Ich hatte das Gefühl, nicht genug Energie zu haben, um aufzustehen. Mir tat alles weh von der Rettungsaktion, als ich durch das Fenster in die Wohnung reingezogen worden war: meine Schultern, meine Arme.

»Hast du bekommen, was du brauchtest?« Austin setzte sich zu mir auf die Couch, obwohl sich seine Nase bereits leicht rötete.

»Was meinst du damit?« Ich schaute nach unten, wie ich es immer tat, wenn ich in der Schule gemobbt wurde.

»Hey. Ich will nur sichergehen, dass du alles gekriegt hast. Denn was es auch gewesen sein mag, ich würde dir sonst helfen, wenn ich kann.« Austin stieß sanft mit seiner Schulter gegen meine.

»Drüben in der Wohnung waren Papiere und andere Sachen, die ich brauchte. Es war unglaublich unbedacht und unvorsichtig. Ich bin einfach einem Impuls gefolgt. Ich hatte Gaze nicht erzählt, dass Bic mich abgefangen hatte, denn ich wollte nicht, dass er sich aufregt. Er musste doch wichtige Entscheidungen hinsichtlich seiner Unilaufbahn treffen. Und danke für dein Angebot, aber ich glaube, ich habe alles geholt, was ich holen konnte. Alles andere ist jetzt eh verbrannt oder durchnässt.«

Ich stand auf und legte das Kätzchen an meine Schulter. Es klammerte sich fest. Ich ging in Gaze' Zimmer, und Austin folgte mir. Wir schauten hinüber zur anderen Seite. Es war schon verrückt, dass das Fenster, das jetzt so nah erschien, plötzlich so weit entfernt war, wenn man auf einer Rampe balancierte.

Ich hörte Gaze' Schritte, dann sprachen die Brüder leise miteinander, ehe Austin ging und Gaze hinter mich trat und ebenfalls nach gegenüber schaute.

»Tja, nun hat sich das geklärt.« Er deutete auf die Brandstelle.

Es kam mir komisch vor, vielleicht sogar unpassend, als wäre der Blick auf die ausgebrannte Wohnung eine letzte dramatische Einstellung am Ende eines Spielfilms.

Meine Erschöpfung und die strapazierten Nerven ließen mich in ein hysterisches Lachen ausbrechen. Ich musste mich nach vorn beugen und die Katze festhalten, als ich noch heftiger lachte. Gaze wusste nicht, worüber ich denn nun eigentlich lachte, aber der anfangs besorgte Ausdruck auf seinem Gesicht verwandelte sich in ein Lächeln, bis er schließlich auch anfing zu lachen. Wir ließen uns beide aufs Bett fallen, und ich wischte mir die Lachtränen aus den Augen. Gaze holte keuchend Luft zwischen den Lachattacken.

Es dauerte eine volle Viertelstunde, bis wir uns wieder einigermaßen beruhigt hatten. Trotzdem brachen wir auch danach noch immer wieder in Gelächter aus. Aneinandergekuschelt schliefen wir schließlich ein. Die Haut von meinem Gesicht spannte leicht wegen der Tränen, die auf meinem Gesicht getrocknet waren. Wir durchlebten alle Emotionen, bis keine mehr da waren und wir schließlich einschliefen.

71. KAPITEL

Gaze

An einem Samstagmorgen mit der Aussicht auf einen freien Tag aufzuwachen, war normalerweise ein Grund zur Freude. Doch an diesem Morgen war alles anders. Es dauerte ein paar Minuten, bis ich mich wieder an unsere völlig veränderte Situation erinnerte. Bic war tot. Pixies alte Wohnung war nur noch ein völlig durchweichtes, schwarzes Loch im gegenüberliegenden Gebäude.

Sie war hier bei mir und schlief noch. Das Kätzchen hatte sich unter ihr Kinn gekuschelt. Sie hatte es geschafft. Ich würde niemals ihren panischen Blick vergessen, während ich sie festhielt und verhinderte, dass sie nach unten auf die Straße stürzte. Meine Brust zog sich zusammen, wenn ich nur daran dachte. Beinahe hätte ich sie verloren. Ich schlang einen Arm um sie und legte meine Hand auf ihren Bauch. Ich vergrub die Nase in ihrem Haar und atmete den Duft ein.

Das Kätzchen schaltete von der Tiefschlafphase in den Angriffsmodus und attackierte meine linke Hand.

Eigentlich wollte ich Pixie sanft wecken, doch nun richtete ich mich ruckartig mit einem Schrei auf.

»Oh, du kleines Miststück«, schimpfte ich, während ich versuchte, die nadelspitzen Krallen aus meiner Haut zu ziehen.

Pixie starrte mich an, als würde ich eine Fremdsprache sprechen, bis sie sah, was die Katze mit mir angestellt hatte. Und dann besaß sie doch glatt die Frechheit, mich auszulachen.

Die Katze begann, mit einer Locke von Pixies Haar zu spielen und kletterte auf ihren Hals, sodass ihr Lachen abrupt endete. Ich hob das kleine Monster hoch und hielt es mit ausgestreckten Armen auf Abstand.

Es gefiel mir, dass Pixie lachend ins Bett gegangen war und genauso wieder aufwachte. Das fühlte sich gut an.

Pixie setzte sich auf und lehnte sich mit dem Rücken an die Wand. Ich tat dasselbe und gab ihr das bissige, kleine Kätzchen auf den Schoß. »Das hier gehört dir.«

»Ja. Stimmt.« Sie streichelte das Kätzchen, und es griff ihre Hand an, ehe es sich hinwarf und schnurrte.

»Die ist verrückt«, stellte ich fest.

»Ja. Ich glaube, alle Katzen sind ein bisschen durchgeknallt.« Sie sah zu mir auf. »Hey, danke, dass du mir das Leben gerettet hast.«

Sie streckte die Hand aus und legte sie auf meinen Bizeps. Ich spannte den Muskel an, weil ich nicht anders konnte.

»Sollen wir darüber reden, wie du mit einem Kätzchen im Rucksack auf die Rampe gekommen bist?« Ich wollte sie nicht bedrängen, aber sie hatte noch gar nichts zu alldem gesagt. Ich hoffte, sie würde es mir zumindest ein bisschen erklären.

Ihr Blick ging zum Fenster, und sie seufzte. »Ich hätte es dir erzählen sollen, aber ich wollte nicht, dass du deine Chancen auf ein Stipendium aufs Spiel setzt. Mir war klar, dass du wütend werden würdest.«

Ich spürte, wie mit einem Mal das Blut in meinen Ohren rauschte. Meine Hände ballten sich zu Fäusten.

»Hat er dich angefasst?« Ich war mir nicht sicher, ob man einen Toten noch umbringen konnte, aber ich war wütend genug, um es zu versuchen.

»Vor ein paar Tagen hatte er mir gesagt, ich müsste wieder in meine alte Wohnung ziehen.«

»Du hast mit ihm geredet? Wo war ich in dem Moment?«

»Du hattest ein Gespräch mit deinem Trainer. Bic sagte, er hätte etwas von meiner Mutter für mich. Deshalb dachte ich darüber nach, wie ich rübergehen und herausfinden könnte, ob das alles nur Blödsinn war.«

»Verdammte Scheiße. Du bist also rübergegangen, und er war da?«

»Zuerst nicht. Er sollte eigentlich beim Anwalt sein. Das wusste ich, weil ich ihn und Dreama belauscht hatte.«

»Aber du wolltest es mir nicht erzählen. Du wolltest nicht, dass ich dir helfe.« Ich empfand es als Verrat. Wir hatten keine Geheimnisse voreinander. Wir taten doch alles zusammen.

»Natürlich wollte ich es dir erzählen. Aber ich hätte niemals zugelassen, dass du dir wegen mir deine ganze Zukunft versaust. Das ist ja wohl klar, oder?« Allmählich wurde sie wütend. Ich musste mich beruhigen und meine Emotionen unter Kontrolle bringen, damit wir vernünftig weiterreden konnten.

Ich atmete tief durch und schob den Zorn und das Gefühl des Verrats erst einmal beiseite.

»Hat er dir wehgetan?« Mit aller Macht kam alles zurück ... dass sie allein mit ihm gewesen war und was er ihr in der Vergangenheit angetan hatte.

»Er sperrte mich ins Badezimmer und erklärte mir, dass er mich dabehalten würde, sodass ich gezwungen wäre zu sagen, dass ich mit ihnen zusammenlebte. Die Zahlungen von der Versicherung und vom Sozialamt sollten nämlich eingestellt werden, weil ich nicht mehr bei ihnen war.«

Ich umklammerte meine Faust mit der anderen Hand und drückte sie. »Er hat versucht, dich zu entführen?

»Ich zündete ein Stück Papier an und hielt es unter den Rauchmelder, damit ...«

Ich führte ihren Satz zu Ende: »Damit der Alarm losgeht und die Sprinkleranlage anspringt. Außerdem geht eine Meldung bei der Feuerwehr ein.«

»Ja, genau. Es war riskant, weil ich nicht wusste, ob er mich wieder aus dem Badezimmer rauslassen würde. Ich hoffte, dass ich lebendig sein musste, damit er die Zahlungen erhält. Als ich vor ihm weglief, stieg ich durchs Fenster auf die Rampe. Das Ding war total durchgerostet.« Wieder ging ihr Blick zum Fenster.

»Den Rest kenne ich. Es tut mir leid, dass du dachtest, du könntest es mir nicht erzählen.«

»Aber was hättest du denn getan?« Pixie beugte sich vor und nahm meine Faust in beide Hände.

Ich bemerkte die Wut, die ich kaum unter Kontrolle hatte. »Da hast du wohl recht.«

Ich breitete die Arme aus, sie schmiegte sich an meine Brust und murmelte: »Aber ich will nicht, dass so etwas jemals wieder vorkommt. Schau dir an, was dann passiert. Etwas ohne dich zu machen, ist total blöd.«

»Ja, um es vorsichtig auszudrücken. Ich verstehe, warum du es getan hast, aber wie hätte ich dich finden sollen? Was hätte dir alles passieren können?« Ich hielt ihre Hand in meiner.

»Bist du sauer?« Pixie zog meinen Arm an ihre Brust.

»Ich bin froh, dass ich da war. Ich glaube, da hatte deine Mutter ihre Finger im Spiel.«

Ein trauriges Lächeln huschte über Pixies Gesicht. »Oh ja, bestimmt. Sie hat immer gesagt, sie wolle ein Kätzchen für mich besorgen, wenn sie nicht mehr reisen müsste.«

»Tja, ich glaube, das Versprechen hat sie gehalten.« Ich streichelte wieder den kleinen Kopf des Kätzchens. »Du, Pixie, ich wollte dich was fragen.«

»Raus damit.«

»Wir haben beide nächste Woche Geburtstag, und das bedeutet, dass die Kontaktbeschränkung der Burathons keinen Bestand mehr hat. Deshalb will ich sie fragen, ob wir beide bei ihnen einziehen dürfen. Aber nur, wenn es dir recht ist.«

Sie setzte sich ein paar Minuten aufrecht hin, bevor sie ihre Meinung zu meinem Vorschlag äußerte. »Ich möchte erst dafür sorgen, dass der ganze Papierkram erledigt wird. Meine Mutter hatte einige Dinge für mich geregelt. Eine Ausbildungsversicherung und solche Sachen. Denn weißt du, ich möchte in der Lage sein, für mich selbst aufzukommen.«

Ich nickte. »Das verstehe ich. Ich weiß aber auch, dass die Burathons super hilfsbereite Leute und wirklich nett sind. Schließlich sind sie Pflegeeltern. Sie kümmern sich gern um Kinder, und sie lieben mich. Ich weiß, dass sie auch dich lieben werden.«

Sie wirkte ein bisschen eingeschüchtert. »Ich will deine Beziehung zu ihnen nicht belasten. Sie ist etwas ganz Besonderes.«

»Du bist mein Ein und Alles. Das wissen sie. Das weiß die ganze Familie. Es gibt mich nicht ohne dich.« Ich hob ihre Hände und küsste die Knöchel.

»Ich bin einverstanden. Wir können darüber reden.« Pixie beugte sich vor und küsste mich auf die Lippen.

Epilog

Pixie Rae

Ein Jahr später ...

Es fühlte sich unwirklich an, dass das erste Jahr im College schon zu Ende war. Noch surrealer war es, dass ich zu den Burathons in mein neues Zuhause zurückkehren würde. Mike und Ronna hatten mich in ihre große Familie aufgenommen, als wäre es schon immer so geplant gewesen. Einen Großteil meiner Kindheit hatte ich mich nach genau einer solchen Umgebung gesehnt, in der Gaze und ich jetzt lebten: Filmabende mit der Familie, das gemeinsame Essen an einem großen Tisch, Basketballspiele im Garten.

Milt und Teddi waren toll. Ich hatte Tiger, das Kätzchen, behalten dürfen, und er war zu einem wahren Teufelsbraten herangewachsen. Er ließ sich von Rocket nicht unterkriegen und machte sich einen Spaß daraus, sich aus dem Hinterhalt auf den Spaniel zu stürzen. Nachts liebte er es, auf Mikes Brust zu schlafen, also hatte er sich wirklich in das Herz der ganzen Familie eingeschlichen.

Teddi und Ronna waren das ultimative Rezept für die Steigerung meines Selbstwertgefühls. Es war einfach nur toll, mit ihnen zusammen zu sein. Sie waren lustig und liebenswert. Wir verbrachten sogar ein paar Mädelsabende miteinander, von denen wir hoffentlich noch mehr machen würden.

Austin war in die Stadt gezogen, kam aber häufig zu Besuch. Genau genommen lebte er in der Wohnung, für die Gaze' Großvater bezahlte, und arbeitete nun für eine große Kosmetikfirma. Er machte die Werbefotos für deren Instagram-Kanal. Milt fing nach der Sommerpause mit seinem Informatikstudium an und ging dafür an eine Universität am anderen Ende des Landes. Er absolvierte ein bezahltes Praktikum bei einer Rüstungsfirma vor Ort und würde wahrscheinlich eines Tages mehr verdienen als wir alle zusammen.

Ich hatte Austins altes Zimmer bekommen, verbrachte die Nächte aber immer bei Gaze.

Der Papierkram war erledigt, und mithilfe des Anwalts der Burathons konnte ich schließlich auch auf das Geld meiner Mutter zugreifen, das sie für mein Studium zurückgelegt hatte. Zwar musste ich immer noch einen Kredit aufnehmen, aber dank meiner Mutter waren die Schulden, die ich machen musste, überschaubar. Im ersten Semester hatte ich ein Community College besucht, während wir die bürokratischen Hürden nahmen. Danach wechselte ich an Gaze' Uni, die vierzig Minuten von den Burathons entfernt war.

Er machte sich hervorragend in seiner Mannschaft und bekam eine Unterkunft gestellt. Es handelte sich um ein riesiges Haus, in dem einige der Basketballspieler wohnten. Außer einem Pool gab es auch ein kleines Gästehaus, in dem Gaze und ich wohnten.

Das ganze Jahr über war ich in Therapie. Gaze ging zur selben Psychologin, doch während meiner Zeit am Community College hatte ich mehr Sitzungen gehabt.

Es war wichtig für mich, jemanden zu haben, der mir zuhörte und das Rüstzeug an die Hand gab, wie ich mit gewissen Dingen für den Rest meines Lebens umgehen konnte. Ich lernte, dass ich Ängste haben durfte und dass sexueller Missbrauch zwar einen lang anhaltenden Effekt hatte, es aber trotzdem ein Leben danach gab. Ich musste meinen persönlichen Zugang zu Intimität finden und erkennen, dass Sexualität nichts Schambehaftetes war.

Zum Glück hatte ich Gaze, der mir während vieler langer Nächte zu verstehen gab, dass er nur mit mir zusammen sein wollte, egal was das bedeutete. Unsere sexuelle Beziehung hatte begonnen und wieder aufgehört. Wir gingen es in meinem Tempo an. Meine Psychologin sagte mir häufig, dass Gaze ein großartiger Mann sei, dass er sehr viel Empathie und Geduld mit meinen Fortschritten zeigte.

Doch wenn der richtige Moment kommen und die Sterne günstig stehen würden, dann würde ich in der Lage sein, eine vollständige Verbindung mit Gaze einzugehen – mit meinem Körper und meiner Seele – und mich dabei trotzdem frei fühlen. Mein Körper gehörte mir und meine Lust ebenfalls. Ich hatte ein Recht darauf, dass es so war.

Gaze

Meine Mannschaftskameraden zogen mich immer damit auf, dass ich bereits verheiratet war. Ich wusste, dass es schwer war, die Beziehung zwischen Pixie und mir zu verstehen. Im Verlaufe unseres Lebens hatten wir einander immer wieder gerettet. Unsere Seelen waren alt, und wir hatten viel gemeinsam durchmachen müssen, während wir aufwuchsen.

Mir war klar, dass Bic sie gebrochen hatte. Pixie hatte das Gefühl, dass sie dieses Opfer im Austausch für mein Leben hatte bringen müssen. Um sicherzustellen, dass ich lebte, musste sie Bics Grausamkeiten akzeptieren. Dass ihre Mutter und ich sie dann auch noch fast zum gleichen Zeitpunkt verlassen hatten, war eine niederschmetternde Erfahrung für ein junges Mädchen gewesen.

Pixie lag fast flach auf dem Beifahrersitz meines roten Cabrios. Sie war nun kein kleines Mädchen mehr. Ihr Haar war jetzt länger, und da sie im vergangenen Jahr kaum noch Stress gehabt hatte, glänzte es, und ihre Haut schimmerte zart. Sie war eine atemberaubend schöne Frau. Sie war albern, lustig und aufmerksam. Ich wusste, dass sie die Richtige war. Egal, wie viele andere mir hinterherliefen, in meinem Kopf war sie seit meiner Kindheit schon meine Frau. Ich war nur froh, dass sie mich in ihrer Nähe haben wollte. Sie würde immer meine Heldin sein, und ich wollte einfach alles tun, damit ich das Gleiche für sie war.

Heute Nacht war Vollmond, und in der warmen Luft hingen die Verheißungen eines unbeschwerten Sommers. Sie lächelte mich an und zeigte zum Himmel. »Erinnerst du dich noch an das erste Mal, als ich die Sterne so gesehen habe?«

»Ja. Du sagtest, wir würden in Sternen ertrinken.«

»Erinnerst du dich an alles, was ich je gesagt habe?«

»Nicht an alles, aber an das meiste.« Ich schaute ebenfalls zum Himmel hoch, den sie so sehr bewunderte. »Das Beste daran ist, dass wir nicht alle Sterne da draußen sehen können. Das ist nur die Spitze des Eisberges.«

Pixie richtete sich auf und kam zu mir rüber. »Na?«

Ich hielt den Atem an. Ich war kein Roboter. Ich wollte Pixie. Aber ich war bereit zu warten, bis sie das Zeichen gab.

»Na?«, wiederholte sie. »Ist es okay für dich, wenn ich etwas ausprobiere?«

Scheu. Es machte mich völlig fertig, wenn sie sich schüchtern zeigte, denn ich wusste, dass sie von ihrer Art her eigentlich mutig war. Ich nickte und atmete tief durch, als sie sich rittlings auf mich setzte.

»Darf ich dich einfach nur berühren?«

»Ja.« Gütiger Himmel, ja. Jetzt musste ich mich im Zaum halten. Dies hier war genauso wichtig wie der Moment, in dem ich sie aufgefangen hatte, als sie mit der Rampe abgestürzt war. Ich würde ihr alles geben, was sie brauchte.

Ich hob die Arme und umfasste die Kopfstütze. »Mach, was immer dir gefällt.« Ich war bereits hart. Steinhart.

Pixie fing ganz langsam an. Sie küsste meine Lippen und legte immer wieder Pausen ein, um mein Gesicht zu berühren, um an meinem Ohr zu knabbern. Mein Atem ging schneller.

Sie fasste nach dem Saum meines T-Shirts und zog es bis zu meinem Kopf hoch. Da ließ ich die Kopfstütze los, damit sie es mir ausziehen konnte.

Sie hatte mich schon häufig ohne Oberteil gesehen. Puh, wenn wir morgens aufwachten, hatten wir immer meinen Ständer zwischen uns. Sie kannte mich.

Etwas zaghaft und voller Ehrfurcht fuhr sie mit den Fingern über meine Brust und meinen Bauch. »Du bist wunderschön.«

Ich versuchte, ihr zu sagen, dass sie auch schön sei. Dass der Mond ihr Haar wunderbar schimmern ließ und ihr Gewicht auf meinem Schoß mich tief im Innern berührte. Ich wollte sie so sehr. Aber statt etwas zu sagen, gab ich nur ein leises Stöhnen von mir.

Sie lächelte. Es war ein Hauch meiner wahren Pixie. Der Pixie, die sich ihrer selbst sicher war.

»Ich will dich.« Pixie sagte es im Flüsterton, doch in meinem Kopf hallten die Worte laut wider. Ich nickte.

»Ist das okay? Fühlst du dich wohl damit?«

Zustimmung. Sie wollte meine Zustimmung.

»Ich genieße das hier mehr als alles andere, was ich je erlebt habe. Die Antwort ist also Ja. Ich fühle mich wohl. Ich verspreche dir, es zu sagen, wenn sich daran etwas ändert.«

Sie fuhr mit den Händen über die Unterseite meiner Oberarme, sodass ich die Kopfstütze noch fester packen musste.

Pixie umfasste den Saum ihres T-Shirts und zog es sich über den Kopf. Das Verlangen, ihre Brüste anzusehen, war groß, aber dennoch schaute ich ihr erst in die Augen.

Sie nickte. Es ging ihr gut. Sie war mit mir im Gleichklang und tat nach wie vor nur das, was sie bereit war zu tun. Als sie mit den Händen über ihren Körper und ihre Brüste strich, dachte ich tatsächlich, dass ich gleich in meiner Hose kommen würde. Der Anblick von Pixies Haut, die im Mondlicht leuchtete, würde für mich bis ans Ende meines Lebens der Inbegriff von Erotik sein. Mir wurde ganz elend, so sehr sehnte ich mich nach ihr, aber ich wartete.

Sie hatte einen Rock an, und als sie anfing, sich mit dem Knopf meiner Jeans abzumühen, bot ich ihr meine Hilfe an. Es war ein schwieriger Knopf. Sie erlaubte mir, dass ich meine Hose öffnete. Dabei strichen meine Knöchel über ihre heiße Mitte, und mein Schwanz rührte sich in meiner Hose. Sobald ich die Jeans über die Hüften bis zu den Oberschenkeln runtergeschoben hatte, legte ich die Hände wieder an die Kopfstütze.

Pixie schaute auf meinen Schoß und lächelte immer noch. Sie berührte mich ein paarmal, ehe sie sich zum Beifahrersitz rüberbeugte und etwas aus ihrer Handtasche nahm. Ein Kondom.

»Du hast das hier geplant?« Ich war gleichermaßen überrascht, begeistert und froh.

»Ja. Ich wollte es ohne Wände um uns herum tun. Nur wir und die Sterne. Wenn denn alles gut laufen sollte.«

Jetzt verstand ich, warum sie mit mir an diesem Abend die Sterne hatte anschauen wollen und bei der Planung so aufs Wetter geachtet hatte.

Wegen Sex. Mit mir. Sie war bereit und ich ebenfalls. Hier würde es also passieren ...

Sie reichte mir das Kondom. »Kannst du das erledigen?«

Ich riss die Verpackung so hastig auf, dass das Kondom fast heraussprang. Dann wäre es vorbei gewesen, und ich hätte mich von einer Klippe gestürzt – Penis voran.

Ich streifte das Gummi über und achtete darauf, die Spitze wieder ein bisschen abzuziehen. Es sollte so sicher wie nur irgend möglich für Pixie sein. Und dann, statt ihre Brüste zu berühren oder sie zu streicheln, packte ich wieder die Kopfstütze. Das hier war ihre Party, und ich war nur ein Gast.

Sie zog ihren Rock nicht aus, sondern kam ganz langsam auf mich runter. Unter dem Rock hatte sie nichts weiter an. Zentimeter für Zentimeter nahm sie mich in sich auf. Ich beobachtete ihr Gesicht, während sie entdeckte, was für ein Gefühl es war, mich in sich zu haben. Ich konnte ... ich durfte sie nicht berühren, aber ich konnte sie mit Worten lieben und mit ihr fühlen.

»Ich liebe dich. Und ich bin so stolz auf dich.« Meine Stimme klang erstickt und rau in meinen Ohren.

Kurz hielt sie in ihrer Bewegung inne. »Danke.«

Und dann war sie wieder ganz bei sich und erforschte mich. Ich wollte ihr sagen, dass wir sie mehr hätten vorbereiten sollen, aber sie war feucht genug, um keine Schmerzen zu haben. Erneut war ich völlig überwältigt, dass sie mich tatsächlich wollte. Als sie schließlich auf meinem Schoß saß, war ich ganz tief in ihr drin.

»Ich spüre dich.« Sie berührte mein Gesicht und beugte sich nach vorn, um mich zu umarmen. Dabei drückten sich ihre nackten Brüste an meine Haut.

»Ich bin glücklich.« Wieder klang meine Stimme rauer, als ich es beabsichtigt hatte.

Sie küsste meine Lippen und strich mit den Händen über

meine Brust, dann richtete sie sich wieder auf. Schließlich begann sie, ihre Hüften zu bewegen.

Zuerst war sie etwas zögerlich und langsam, aber ihr Selbstvertrauen wuchs rasch, und sie erhöhte das Tempo. Mein Herzschlag war im Gleichklang mit ihren Bewegungen. Ich ließ sie nicht aus den Augen und beobachtete, wie sie ihren Körper zurückeroberte. Ihr Lächeln wurde breiter, ihre Bewegungen wilder. Meine Hüften hoben sich, obwohl ich mich nicht hatte rühren wollen.

Ich könnte es schöner für sie machen, aber erst, wenn sie es mir sagte. Und dann, als hätte sie meine Gedanken gehört, sah sie mir tief in die Augen und wisperte: »Halt dich nicht zurück, Gaze. Es ist wundervoll.«

Meine Finger kribbelten, weil ich die Kopfstütze so fest umklammert hatte. Ich berührte sie ganz zart, obwohl der primitive Höhlenmensch in mir die Führung übernehmen wollte. Ich berührte ihr Gesicht, ehe ich meine Hand zu ihrer Brust gleiten ließ. Während ich mit den Knöcheln über die Wölbung strich, stand ich kurz davor, mich in ihr zu verlieren. Sie bewegte sich so schnell, dass ich Sorge hatte, sie würde das Kondom abstreifen. Ich berührte ihren Schenkel, und als ihre Augen ganz groß wurden und sie »Ja« flüsterte, glitt meine Hand weiter. Ich schob meinen Daumen zwischen ihre Schenkel und übte sanften Druck aus. Und dann ließ sie sich fallen. Meine wunderschöne Pixie erreichte den Höhepunkt und lehnte sich dabei nach hinten, sodass ihr Rücken auf die Hupe drückte.

Mit der anderen Hand griff ich nach einer Brustspitze und kniff ganz leicht hinein. Und dann ließ ich mich auch fallen. Ich verlor mich in ihr, meine Hüften schnellten nach oben und suchten verzweifelt nach ihrer Wärme. Bei jedem weiteren Stoß kam Pixie wieder gegen die Hupe. Ich kam mit ihrem Namen auf meinen Lippen, stöhnend und fluchend.

Aber dann hatte ich genug Verstand, sie an mich zu ziehen, sodass sie nicht mehr auf die Hupe drückte. Wir standen auf einem leeren Feld, waren aber nicht so weit vom nächsten Haus entfernt, sodass womöglich jemand neugierig werden könnte, was das Hupkonzert zu bedeuten hatte. Pixie keuchte mit weit aufgerissenen Augen. Das Lächeln, das auf ihrem Gesicht lag, schloss mich fast nicht ein. Sie schob die Hände in ihr Haar und schüttelte es aus.

»Hey, meine Schöne.« Fast hatte ich das Gefühl, sie zu stören. Ihr Blick richtete sich auf mich. »Wie geht es dir?«

Ich wollte sichergehen, dass sie – auch wenn die Lust gestillt war – immer noch bei mir war, immer noch glücklich.

Sie lachte leise, und dann kamen ihr die Tränen. Sofort geriet ich in Panik. Ich war immer noch in ihr und würde mich bald zurückziehen müssen, damit nichts passierte.

»Nach so vielen Jahren gehöre ich jetzt endlich wieder mir selbst.« Sie schlang die Arme um mich und drückte mich ganz fest an sich.

»Tja, dann sind wir ja schon zwei.« Ich berührte ihr Gesicht und küsste sie.

Ein ganzer Sommer lag vor uns. In der nächsten Woche würden die Burathons die Adoption abschließen, was ein Anlass zu großer Freude und zudem ein sehr berührender Moment sein würde. Voller Stolz würde ich ihren Namen annehmen. Ich hatte eine Familie für Pixie und mich gefunden, und sie hatte den Teil von sich wiedergefunden, den sie geopfert hatte, um mein Leben zu retten.

»Ich liebe dich, Pixie Rae.«
»Ich liebe dich, Gaze.«

Ende

Liebe Pixie Rae,

du repräsentierst so viele Dinge für mich. Als ich ins Berufsleben eintrat, sprach ich mit anderen darüber, was Weiblichkeit bedeutete und wie es als Frau war, erwachsen zu werden. Ich saß mit vielen Frauen an einem Tisch und fragte sie, ob sie sich je unwohl in der Gegenwart eines Mannes gefühlt hätten. Jede einzelne Hand ging nach oben. Im Verlaufe jenes Tages traten vier Kolleginnen an mich heran, um mir ihre Geschichte zu erzählen.
    Am Ende umarmten wir uns. Ich werde diesen Tag nie vergessen.
    Pixie Rae, du trägst all diese Geschichten in deinem Herzen. Du verkörperst die Momente, in denen ich mich nicht sicher fühlte. Ich halte mit meiner Meinung nicht hinter dem Berg. Ich bin ziemlich direkt. Aber auch ich habe viele Momente erlebt, in denen ich mir auf die Zunge gebissen habe. Es war eine schmerzhafte Erfahrung, dich beim Schreiben das Gleiche tun zu lassen, obwohl ich dich doch retten wollte. Aber du musstest mir und allen anderen, die das Wagnis eingehen, dieses Buch zu lesen, zeigen, dass es ein Danach gibt oder geben kann. Ein wunderschönes Danach, das du verdienst.
    Spoileralarm: Ich war Gaze, der immer und immer wieder auf Bic eingeschlagen hat. Die Rampe war vom ersten Moment an dazu bestimmt, Bic in die Tiefe stürzen zu lassen. Ich möchte alle umarmen, die eine Geschichte in sich tragen, welche kleine oder große Narben hinterlassen hat.

Pixie, du zeigst uns auch, dass wir manchmal etwas ertragen müssen, um uns zu schützen oder andere.

Du bist stark, obwohl du so viel durchmachen musstest. Manchmal zwingt uns das Leben dazu.

Wenn ich das schreibe, muss ich unwillkürlich an den typischen Rat denken, dass man »Rückgrat« zeigen soll. Wenn ich dir einen Rat geben darf, dann diesen:

Sei du selbst. Du selbst zu sein, ist ein Sieg. Du bist etwas Besonderes, wenn du du selbst bist und wegen allem, was du in deinem Leben erlebt hast. Du wirst geliebt. Du bist es wert, geliebt zu werden.

Ich weiß, dass du eine wunderbare Fantasie hast und ein Herz voller Mitgefühl. Deshalb sind wir jetzt hier zusammen.

Ich kann Gaze nicht vergessen, der auch so viele Geschichten in seinem Herzen trägt und für Dinge steht, von denen ich den Blick nicht abwenden werde ... oder über die ich weine.

Ich grüße dich von ganzem Herzen,
Debra

Danksagungen

Familie

Ich danke meinem Ehemann, der besser zuhört und liebt, als ich es mir je erhoffen konnte. Ich danke meinem gut aussehenden Sohn, dass ich so viel Zeit mit dir verbringen durfte, als du deine Laufbahn als Autor/Lektor begonnen hast, und meiner wunderschönen, temperamentvollen Tochter. Ich bewundere dich und deine Kraft, die du stets an den Tag legst.

Mom und Dad S: Ihr seid wunderbar. Ihr erzieht und unterstützt uns immer noch, obwohl eure Babys schon ganz schön alt sind ... für Babys.

Pam und Jim: Herzlichen Glückwunsch zu Cookie! Ich glaube, sie gibt einen großartigen Herrscher für euch beide ab.

Mom und Dad D: Ihr seid so hilfsbereit und freundlich zu allen, und es macht alles so viel Spaß mit euch. Ich liebe euch.

Der coole Florida-Zweig der Familie: Dad, du bist mir mein ganzes Leben lang ein toller Vater gewesen. Von Schaukeln aus Autoreifen bis hin zu Ausflügen an den See – du hast nie eine Gelegenheit ausgelassen, mit Pam und mir und jetzt deinen Enkelkindern zu spielen. Entschuldige, dass ich dich so sehr in Anspruch nehme, aber es tut mir leid … du bist einfach zu gut darin. Mom, ich danke dir, dass du immer wieder nachschenkst, für gute Stimmung sorgst und die Musik lauter stellst, während du ununterbrochen hilfst. Ihr solltet beide eine Gehaltserhöhung bekommen. Ich liebe euch beide so sehr.

Tante Jo und Onkel Ted: Ihr seid die Allerbesten. Ich liebe euch. Tante Jo, ich danke dir, dass ich mir deinen Namen ausborgen durfte. Du hättest eine viel bessere Sozialarbeiterin abgegeben als die Josephine aus dem Buch.

Freundinnen

Helena Hunting: Wie viel hiervon haben wir uns im Laufe der Jahre geschrieben? Ich weiß es nicht. Wir sehen uns beim Mittagessen. Danke für alles. Ich liebe dich.

Tijan: Du sorgst dafür, dass ich weitermache und an mich glaube, und du sagst mir, wenn ich netter zu mir selbst sein muss. Ich liebe unsere Gespräche und dass keine von uns je eine richtige Bluse trägt.

Erika: Du bist die Anmut und Frechheit in Person und einfach toll. Danke für die Schnellschreibwettbewerbe.

Katherina: Memes, ich liebe dich.

Christina Santos: Knallhart, einfühlsam und sorgfältig. Ich danke dir.

Heather Brown: Ich werde immer an dich denken, wenn Derbra uns in einem Fahrstuhl schubst.

Meine Wahnsinnskumpel

CP Smith
Nina Bocci
Sarah P
LLL
Ashley S
Melissa G
Tiffany

Produktionsteam

CP Smith: Fürs Formatieren, das mich ehrlich erstaunt.
Paige Smith: Fürs Lektorieren. Ohne dich hätte ich es nicht geschafft. Ich bin so froh, dass ich die Namen festgelegt habe … endlich.
Gel: von Tempting Illustrations
Christina Santos

PR-Team

Social Butterfly PR
Jenn Watson
Nina Bocci
Shan Brown
Hilary Suppes

Erfolgsgaranten

Kimberly Brower und Aimee Ashcraft von Brower Literary

Debras Rezensionsteam

Debras Gefolgsteam:
Helena Hunting
Christina Santos
Sarah Piechuta
Heather Brown
Marty Keely
Lauren Lascola-Lesczynski
Book Bre
Ashley Scales
Elaine Turner
Jennie Gordon Coon
Brenda Parsons
Michele Macleod
Katie Friend
Tracy Gonzalez
Elizabeth Clinton
Danielle Holder
Tessa Poffé
Amanda Marie
Tiffany Johnson
Veronica Ashley
Sophie Ruthven
Amanda Kay Anderson
Melissa Gaston
Brandi Zelenka

Jeananne Cappetta
Jennifer Dyche
Karen McVino
Carol Sonnet

An alle, die ich vergessen habe … ihr kennt mich. Ich steige fast nie im richtigen Stockwerk aus. Danke, dass es euch gibt.

Über die Autorin

Debra erschafft fiktive Gestalten in ihrem Kopf und malt sie in prächtigen Farben auf die riesige, wunderschöne Leinwand unserer Fantasie. Sie hat einen Bachelor in Politikwissenschaften und schreibt dramatische New-Adult- und lustige Liebesromane. Sie lebt mit ihrem Ehemann und zwei tollen Kindern in Maryland.

Mehr Informationen über die Autorin gibt es auf DebraAnastasia.com. Wenn dir dieses Buch gefallen hat, hinterlasse eine Rezension. Eine Rezension ist praktisch das Gleiche, als würde man ein Einhorn streicheln. Danke fürs Lesen!

TRIGGERWARNUNG

Drowning in Stars enthält Elemente, die triggern können.

Diese sind:
sexueller Missbrauch (off-screen), Alkoholmissbrauch,
häusliche Gewalt, Armut

Manchmal braucht man die Worte eines anderen, um seine Geschichte zu erzählen ...

Emma Scott
NEVER DOUBT
Aus dem amerikanischen
Englisch von
Inka Marter
496 Seiten
ISBN 978-3-7363-1280-7

Für das, was vor einem Jahr geschah, hat Willow keine Worte. Erst als sie die Rolle der Ophelia am städtischen Theater bekommt, sieht sie eine Chance, ihren Schmerz mit den Zeilen Shakespeares in die Welt zu schreien. Ihr Hamlet ist Isaac Pearce, der Bad Boy der Stadt. Instinktiv versteht Isaac ihren Hilferuf, und mit jeder Konfrontation der tragischen Liebenden auf der Bühne kommen Willow und Isaac sich näher. Doch um wieder wirklich zu leben, muss Willow ihre eigenen Worte finden ...

»Es gibt nicht genug Worte, die beschreiben könnten, welche Gefühle Emma Scotts Geschichten in einem auslösen.« TOTALLY BOOKED BLOG

LYX

Die Community für alle, die Bücher lieben

★ In der Lesejury kannst du Bücher lesen und rezensieren, die noch nicht erschienen sind

★ Gemeinsam mit anderen buchbegeisterten Menschen in Leserunden diskutieren

★ Autoren persönlich kennenlernen

★ An exklusiven Gewinnspielen und Aktionen teilnehmen

★ Bonuspunkte sammeln und diese gegen tolle Prämien eintauschen

Jetzt kostenlos registrieren: www.lesejury.de

Folge uns auf Instagram & Facebook:
www.instagram.com/lesejury
www.facebook.com/lesejury